廁所大不同

妹尾河童／著

林皎碧・蔡明玲／譯

遠流

目次

廁所大不同

探險作家椎名誠篇

1

最近用「便所」一詞的人變少了。以前常使用的「御手洗」「御不淨」也越見稀少，「憚り」(habakari) 或「廁」(kawaya) 等古典派說法更是消失無蹤了。

根據最近報紙的調查發現，用「化妝室」(トイレ，toilet) 來表示廁所的人已上昇到百分之八十五左右。

以前的廁所老讓人覺得燈光暗淡、臭氣沖天，但這種印象已經扭轉過來了。或許是隨著抽水馬桶普及，惱人的臭味不見了吧。而「化妝室」這種說法，也讓廁所特有的臭味消失了。

「那是因為時代演變至今，大家都已經能認同『食物從嘴巴吃進去，必定要排出』是件再自然不過的事了啊。」雖然也有人這麼認為，但我想這難道不是因為有堅定的意識改革才有此結果嗎？難道不是因為要隱藏的不潔感消失、廁所已不再像從前是個令人丟臉的地方了？

再加上坐式馬桶快速普及，人們也接受了歐美的想法，將廁所當成一間房間。

去年秋天，在東京赤坂的高樓大廈中曾舉辦「歐洲古典廁所展」。參觀一列列各式各樣的展品，可以一窺歷史上便器的變遷。

隔壁是間茶館，在裡頭可以邊欣賞馬桶的形狀或色彩，一邊喝茶吃蛋糕，倍覺有趣。

展場外掛著「世界浴廁廣場」的牌子，好像連遊覽團都把這裡排入行程了，只見導遊領著一整團客人來參觀。

近來關於廁所的書大量出版，多得令人吃驚，而排便的話題也在人們的對話中熱鬧登場。

「差不多可以進行了吧。」

我向《週刊文春》的編輯這麼一說，

「我已經等三年了呢。終於打定主意要認命了啊。」

他一臉認真地逼上來。

之所以有這樣的對話，是因為我曾答應要寫一個窺看人們家中廁所的連載，構想是「希望各界人士能說說與廁所有關的考察或小插曲」。

這樣應該能了解各種人的各樣想法。其中或許有人會坦率說出真心話，或是種種失敗經驗，或闡明與排便相關的深刻思考。不是講些無聊笑話，而是可以表達此人獨有的內涵學養的談話。但這個企劃案也僅止於想想罷了，遲遲沒有付諸行動。結果老覺得心有愧疚，沒法兒向前邁進。現在，被稱為「窺看狂」的我終於來到「窺看人們家中的廁所」的階段。

雖說廁所給人的印象已經比較開放了，但在家裡仍屬於要保有隱私的場所。

我有點不知道要如何開啟這扇聖域之門。輕輕扣門好像不成，大概得用相當的力道才行。

「這個連載有沒有辦法進行，關鍵在於能否獲得首肯呢。」

責任編輯S君說得好像事不關己一般。

「如果前頭兩三位接連著拒絕的話，那可真的是前途無亮了。」

我也開始不安了。

「一開始最好選好像很容易答應的人。你覺得椎名先生怎麼樣?他有本書叫《俄羅斯尼塔利諾夫的馬桶座》，連書名都可以出現

『馬桶座』了，應該不成問題吧！」

不好意思，這發想過程實在簡單得緊。不過打電話時還是講得有點結巴。結果一說明連載的旨趣後，

「好啊！很有意思的企劃呢！」

椎名先生爽快地答應了。

椎名誠先生是一位風格獨特無人能及的行動派探險家，也是位不屈不撓秉性強韌的作家。曾經橫越攝氏零下五十幾度的俄羅斯，歷時兩個月之久。而他不久前才從消失在沙漠中的夢幻之城——樓蘭回來，整趟旅程十分嚴酷。

身在連廁所也沒有的沙漠裡，到底要如何解決大小便的問題呢？我想應該可以聽到不少趣事。

造訪椎名先生位於小平市的住所，發現他家裡有三間廁所。聽說椎名先生最喜歡二樓書房附近的那一間，便要求先去參觀。

馬桶上安著圓形木製馬桶座，和便盆的形狀並不相合。椎名太太渡邊一枝女士說，這是因為買了單獨賣的馬桶座再裝上去的，才變成這模樣。

她去匈牙利時，看到當地的木製馬桶座非常喜歡，回國以後到處找，好不容易才買到類似的。本來以為椎名先生可能會介意，沒想到他也很喜歡。

他說的時候臉上表情很可愛：

「木製馬桶座很好呢。坐起來舒服。屁股不會冷冰冰的，坐著坐著自然隨體溫上升，就變得溫暖了。」

讀了《俄羅斯尼塔利諾夫的馬桶座》，才知道西伯利亞的飯店裡沒有馬桶座。

「為什麼沒有馬桶座呢？」

這在外景隊十一位工作人員間引起了大騷動。有人在屁股底下墊拖鞋，有人爬到馬桶上蹲著，更有人用保麗龍削成馬桶座等等，

大家各使奇招演出了可笑的馬桶奮戰記。

大家開始推測謎團的成因。結論是，最初應該有，但因為壞掉後沒修理，直接拿掉，所以就只剩下便盆了。

椎名先生的橫越西伯利亞之旅，是為了重現百年前在俄羅斯出事失蹤的大黑光太夫的行跡而拍攝的電視節目。

因為聽說在零下六十度的極冷地區，一小便尿液就會變成拋物線般的冰柱立在地面，出發前還先做了實驗。

「結果不會呢。尿出來後和體溫差不多，到著地之前溫度仍是零上，所以不會變冰柱。」

「光太夫這號人物踏遍了西伯利亞原野，他那個時代在零下六十度的環境裡要如何上廁所呢？」

「馬拉雪橇上有個箱型便器。也是不會一排出就馬上結冰，但很快就會凍住了，所以即使坐在上面也不覺得臭。」

「聽說椎名先生在什麼環境下都能夠睡得好、吃得下、拉得出來呢。」

「置身邊境之地，這三要件缺一不可。如果會便秘，那是沒辦法去探險旅行的。但我當然還是覺得平常的廁所用起來最舒服囉。每次旅行回來，一坐上這木製馬桶座整個人就放鬆了。」

話雖這麼說，椎名先生畢竟還是一個會為了追求與日常生活的不同體驗而去參加嚴酷旅行的人。

在樓蘭廣大的沙漠中哪兒都能當廁所的話題也非常有趣。上廁所時間各有不同，分為早上型和晚上型。

早上型的人會趁天色還沒亮，偷偷離開帳篷走得遠遠的，遠到人看起來只有豆子般大的地方時，才蹲下來。若看到有相同目的的人走來，便咳嗽作聲或吹口哨，以防對方靠

椎名先生家有三間廁所
第一間，一樓玄關旁的廁所

客人用的廁所緊臨著玄關。家人使用的廁所在客廳還要再進去的居家生活區域。雖說是藉著取材的名義才有機會看見這些地方，多少還是有偷窺的感覺，不免有點猶豫，放不開。還對招呼我參觀的椎名太太渡邊一枝女士說：「一旦開始了就不能後退。實在很不好意思！」淨說著些曖昧不明的藉口，真慚愧。

往玄關旁這間廁所天花板一看，直接就看到了樓梯下面凹凹凸凸的部分。有椎名誠先生最喜歡的木製馬桶座的廁所，就從這道樓梯爬上去。因為他和夫人的書房在二樓，在家中寫作時就使用那間。到了晚上，則使用一樓寢室旁的廁所。總之所有的廁所都讓我參觀了。

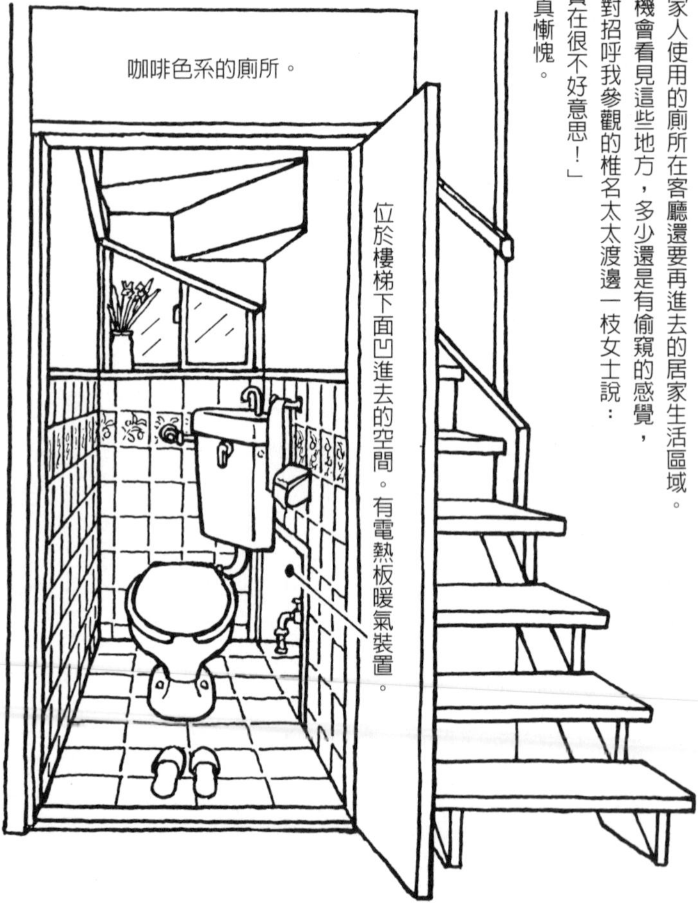
咖啡色系的廁所。
位於樓梯下面凹進去的空間。有電熱板暖氣裝置。

第二間，寢室旁的廁所

「溫水洗淨式馬桶！」不覺大聲叫出來。這是遇到的第一號溫水洗淨馬桶。型號是GII TCF 451X。這是相當早期的型號。「是啊，大概是七年前吧。我母親有風濕病，所以不只是房間，希望連廁所也可以暖和些……。其他廁所就是普通馬桶了。」

聽說椎名先生的母親是四年前過世的，此後母親的房間成了夫妻倆的臥室，不過把溫水洗淨式馬桶的電源切斷了。「現在就當成普通馬桶來用。」聽了之後我不覺喃喃自語：「真可惜！明明特地裝了啊。」因為我家沒有溫水洗淨式馬桶，非常羨慕。「聽說習慣了的話，相當好用喔！」突然一副銷售員的口吻推銷起它的功效了。最近溫水洗淨式馬桶好像相當普及了，往後還要拜訪五十多戶人家，究竟會有幾家裝了溫水洗淨式馬桶呢？我對這數字很感興趣。預估應該有百分之二十吧？最後再來算算看。

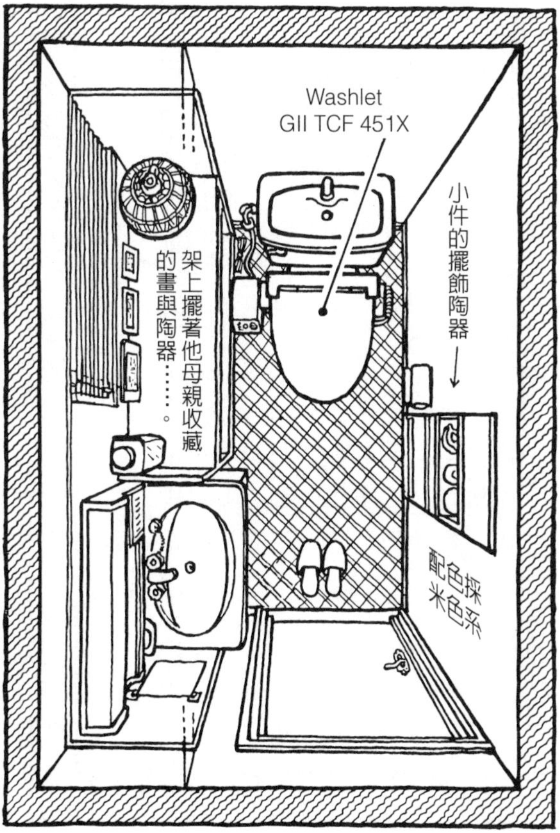
Washlet
GII TCF 451X
小件的擺飾陶器
架上擺著他母親收藏的畫與陶器……。
配色採米色系

雖然椎名先生家的地板下裝有暖氣，但他好像很不習慣屁股有暖烘烘的感覺。玄關旁的廁所雖然也有電暖器，但沒有裝加溫型馬桶座。

第三間，椎名先生愛用的廁所

他說：「坐在有加溫裝置的馬桶座上，很奇怪地會定不下心。但是木製馬桶座跟屁股的觸感很自然，感覺很好。」

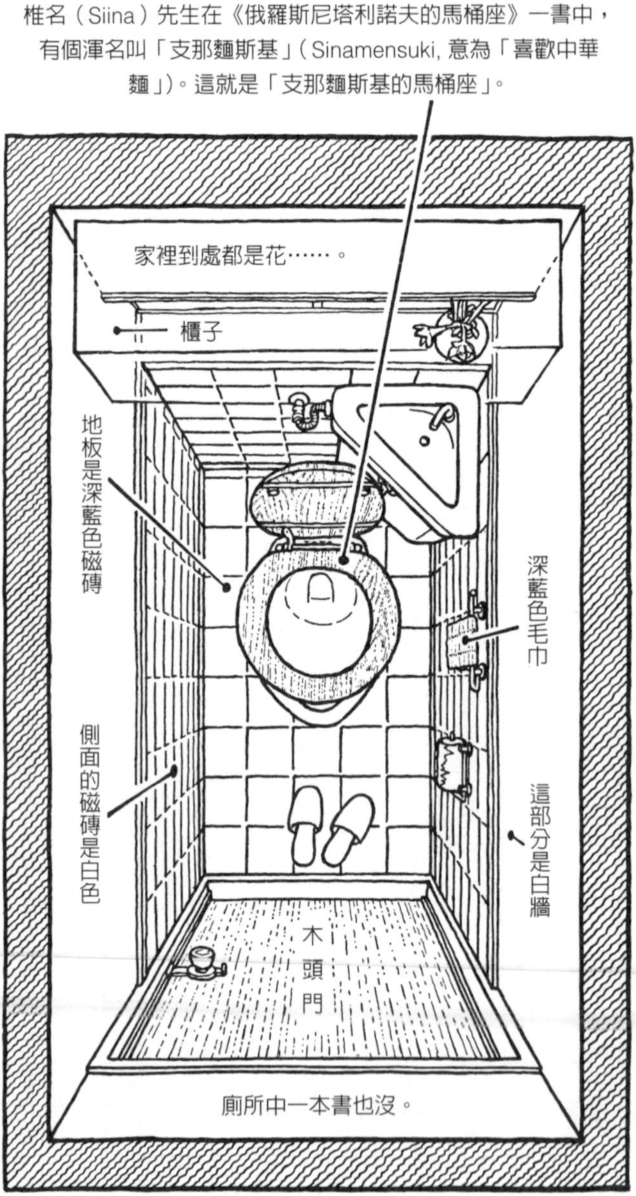
椎名（Siina）先生在《俄羅斯尼塔利諾夫的馬桶座》一書中，有個渾名叫「支那麵斯基」（Sinamensuki, 意為「喜歡中華麵」）。這就是「支那麵斯基的馬桶座」。
家裡到處都是花……。
櫃子
地板是深藍色磁磚
深藍色毛巾
側面的磁磚是白色
這部分是白牆
木頭門
廁所中一本書也沒。

椎名先生喜歡的木製便座雖然和馬桶形狀不合，但感覺很溫暖，跟椎名家給人的感覺一樣。萬一這馬桶座壞掉就糟了，所以又買了個一模一樣的。

近。對方發現的話也會保持適當距離，這是沙漠中的基本禮儀。也有絕不拍下彼此上廁所模樣的紳士約定。

晚上型的人，在黑暗的沙漠中得戴頭燈才能出門。走到適當的距離外，蹲下，然後朝著帳篷的方向辦事。在沙漠中看見點點微光與滿天星星融合於一，真是難得的景象啊！

被稱為「失落的湖泊」，消失在沙漠中謎樣的湖……
羅布泊湖底的貝殼
與實物同大
給太太一枝女士的紀念品。
這個螺貝證明了此地從前是湖底。

完事後都用沙掩起來，經烈日曝曬，隔天就變得乾硬，所以不會覺得髒。但要是吹起沙漠狂風，看到粉紅色的紙滿天飛舞也只能苦笑了。所謂粉紅色的紙，是中國的廁紙。

「椎名先生，那您是早上型還晚上型？」

「早上型。在旅行中，要是上得出來的時候不先解決，那就傷腦筋了……。但是適應了環境以後，到哪裡都可以大得出來。」

許多人對廁所的乾淨程度與環境等等很神經質。例如骯髒的話會便意全消，或是在寬廣的地方會不安，希望在能讓自己安心的環境裡上廁所。如果蹲下來眼前一片開闊，走過的人都能一目了然，對日本人來說可是難堪得緊的事情，簡直無法忍受。

「我們在前往樓蘭的根據地——綠洲米蘭（Miran）的時候，住處外面有個廁所，是四

樓蘭之神

椎名先生在旅行期間雕刻的鳥。在樓蘭時放月光下一個晚上，讓魂魄進入其中，就成了神。

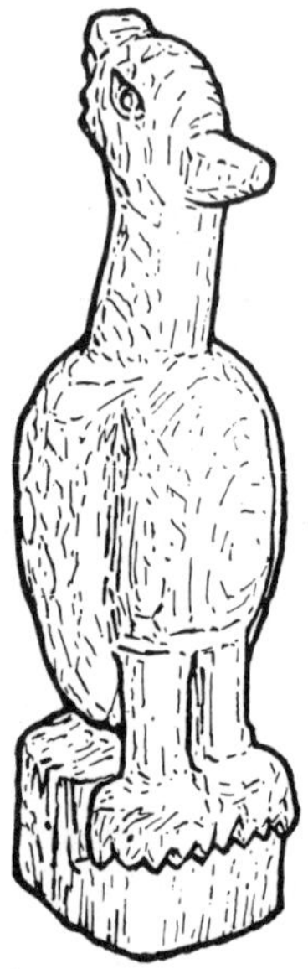

高一九五釐米

周以磚頭圍起來的建築。進去裡頭一看，五個坑一列排開。上的時候得屁股朝牆蹲下。而且是中國式的廁所，沒有門。和旁邊的區隔只有一公尺高的隔板，也沒有單獨成間。眼前一片開放，看得到排隊的人手中拿著粉紅色的廁紙站著等。拉屎的時候有人從正面瞧著你，還真是難捱哩！」

說到大便時，椎名先生用「kuso」這個字來表示。

「是漢字的『糞』還片假名的『kuso』？」

他笑著說：

「是片假名的『kuso』。『unchi』這詞聽起來總覺得不太有力，『kuso』的講法感覺比較有男子氣概……。」

我用的正是幼兒語的「unchi」，真有點不好意思。從怎麼稱呼那玩意兒可看出該人的風格，這點很有趣。但是，下次不要再問這種問題了，否則接下來沒人願意接受採訪的話，可就糟囉。

詩人高橋睦郎篇

第二回決定請詩人高橋睦郎登場。原因是說不定廁所也有詩意……，我對此頗感興趣。

詢問他是否願意接受採訪，他答道：

「雖說是『詩人的廁所』，卻是間稀鬆平常的廁所。如果這樣也可以，非常歡迎！但能否事先告知時間和日期？」

原本就會選他方便的時間往訪，但從「事先告知時間和日期」這句話裡頭，就可以知道他不單是調整行程而已，連讓我們見識廁所的方式也會隱含高橋式的美學。

關於茶道精神，有這樣的說法：

「說到茶道，主人有三項要用心招待客人的：酒、飯、雪隱。」

利休在茶會當天，除了酒和料理之外，他最用心的就是雪隱（廁所）的清潔了。這是他身為主人招待客人的心得。

客人看見廁所後也會感嘆主人的用心，而生「瞻仰雪隱」之心，這是茶會中接受招待時的禮儀。

如果是高橋先生的話，我想他大概會焚香什麼的吧……，結果卻非如此。

「問你來的日期和時間，是為了要準備料理。」

原來如此。茶會中都會附帶酒和飯。真不愧是高橋先生啊。正這麼想的時候，他接著說了：

「我要你把米變成異物、留在我家後，才

讓你回去。」

與米相異之物，意思是，「糞」。

真是敗給他了。

從他對採訪廁所說了「ＯＫ」之後，全部都變成像在玩高橋睦郎式的遊戲。

他的寓所在神奈川縣逗子海邊的谷戶內，是一棟西洋式兩層建築。目標廁所在一樓工作室深處。打開塗著藍灰色油漆的門，發現地板和牆上的磁磚全是粉紅色的，讓人嚇一跳。

「這是高橋先生喜歡的顏色嗎？」

「不是，搬來時就這樣的。」

這房子是三年前畫家朋友賣給他的。不過他也覺得這個顏色蠻有趣的，所以就盡量搭配成套。

衛生紙、拖鞋、馬桶蓋，全是粉紅色。撿來裝飾用、已經不會走的時鐘，坐在馬桶上會吊在眼前的手冊、鉛筆，也全是粉紅色，還真徹底啊！

擺櫃子上或窗邊的飾品，也無不令人覺得「果然是詩人的廁所！」

在相片、明信片上頭寫著三句拉丁格言。梅普爾索普（Robert Mapplethorpe）拍攝的男人屁股上是「memento excrementi」——「想想大便吧！」意思近似「就像活著時要想到死亡，吃東西的時候也要想到排便的情況。」

印著達文西《最後的晚餐》的明信片上寫著「大完再吃吧！」而指著十二點不動的時鐘鐘面上也寫著「有進有出」。

看到我在抄那些拉丁文，高橋先生笑了出來。他穿著一件可愛的泰迪熊圍裙，這當兒應該在準備料理的，卻不時跑過來看我在做什麼。他對我在採訪時精密丈量廁所的尺寸好像很感興趣。

「其實，那些拉丁格言是我編的。」

高橋睦郎先生的廁所

上完廁所後在隔壁浴室洗屁股。他說：「所以不能洗屁股的地方就不行了。」

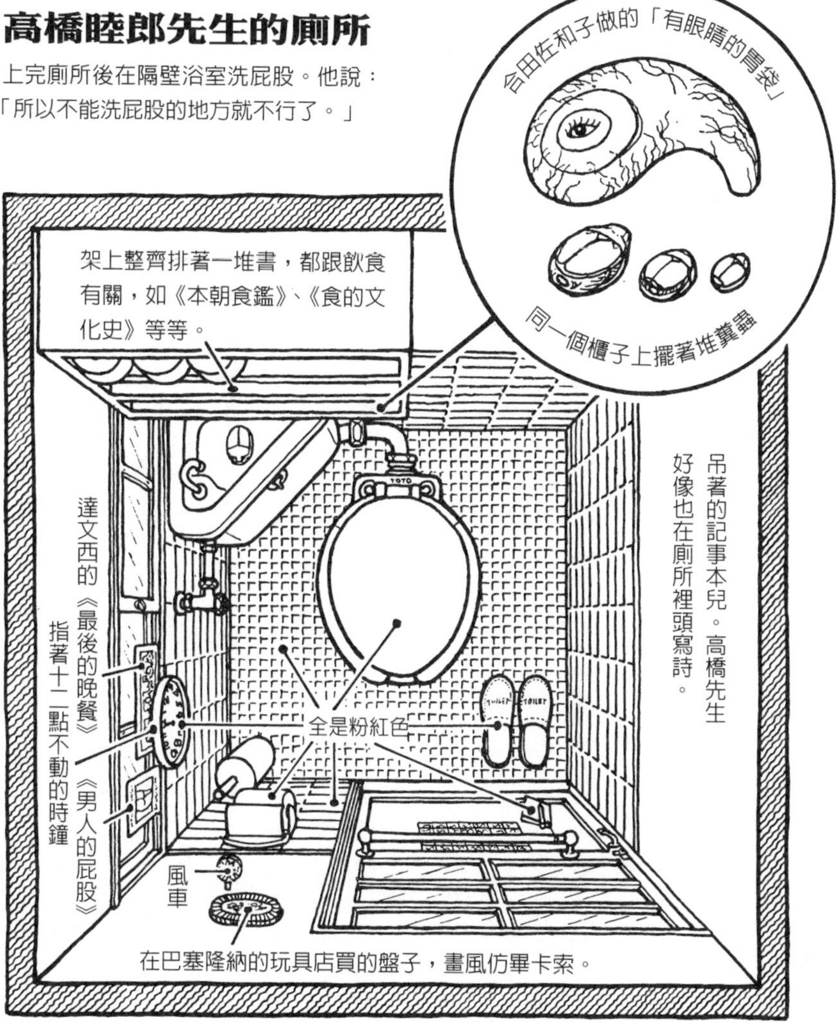
合田佐和子做的「有眼睛的胃袋」
同一個櫃子上擺著堆糞蟲
架上整齊排著一堆書，都跟飲食有關，如《本朝食鑑》、《食的文化史》等等。
吊著的記事本兒。高橋先生好像也在廁所裡頭寫詩。
達文西的《最後的晚餐》
指著十二點不動的時鐘
《男人的屁股》
全是粉紅色
風車
在巴塞隆納的玩具店買的盤子，畫風仿畢卡索。

架上擺著的香水有迪奧的「毒藥」、香奈兒的「Antaeus」、亞曼尼的「Armani」、佛瑞的「Ferre」……等。瓶蓋開著的是「毒藥」。高橋先生說：「香水只放在廁所裡。」香水旁邊擺著中國製陶豬和埃及的堆糞蟲，大大小小約有十個。兩者都是吃「糞」的象徵。他說：「因此把它們擺在廁所裡，挺配的。」……

原來那好像幹了什麼惡作劇的笑容，是因為這個啊。

不久，廚房飄來陣陣香味。

「河童先生，差不多該吃飯了。邊聊排泄的話題邊吃吧！」

在鋪著地板的房間裡圍著矮桌開始吃晚餐。

費盡心思安排的菜單有：

生魚片　在葉山的魚寅買的

酒　立山一級

烤厚片油豆腐　油豆腐在逗子車站旁的相模屋買的

鮭魚卵海帶卷　金澤・淺田屋

酒鹽鍋　菠菜、油豆腐、烏龍麵（富山的大門素麵）

奈良漬　奈良・森老舖

甜豆沙饅頭　葉山・永樂家

「酒鹽鍋」是京都的家常菜。

「想請你吃的就是這道。」

難怪高橋先生要這麼說，因為真的是演出效果十足。掀開砂鍋蓋子，將一點八升煮沸的酒用火柴點著，「轟」地一聲冒出一道火柱。房間裡頭燈關掉，熊熊火焰讓人看得入迷。

火燒了五分鐘才熄滅，然後在酒裡滴進醬油、輪流下菠菜和油豆腐、灑上山椒粉和生薑食用。最後放烏龍麵。做法很簡單，不過很好吃。

吃著的時候一直在談和排泄有關的種種話題。

高橋先生排便後是用手洗屁股的。

據說是因為年輕時參加某個宴會，看到盛裝的紳士淑女齊聚一堂，突然想到眼前這些人在互相打招呼的同時，屁股上都沾著點黃黃的東西……。自此之後，便有了這習慣。

到別人家住宿時被認為舉止怪異就糟了。

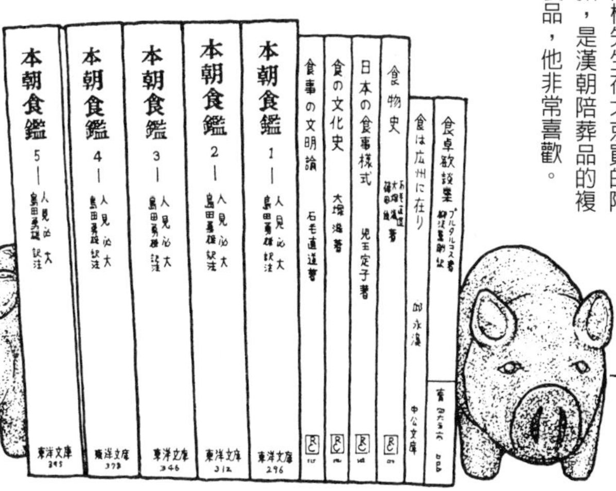
食は広州に在り
邱永漢
中公文庫
食物史
日本の食事様式
児玉定子著
食の文化史
大塚滋著
食事の文明論
石毛直道著
本朝食鑑 1 人見必大 島田勇雄 訳注 東洋文庫 296
本朝食鑑 2 人見必大 島田勇雄 訳注 東洋文庫 312
本朝食鑑 3 人見必大 島田勇雄 訳注 東洋文庫 346
本朝食鑑 4 人見必大 島田勇雄 訳注 東洋文庫 373
本朝食鑑 5 人見必大 島田勇雄 訳注 東洋文庫 395

高橋先生在北京買的陶豬，是漢朝陪葬品的複製品，他非常喜歡。

中國有用人糞當飼料的豬廁所；高橋先生家的豬則是用來固定住和食物有關的書。

「我有怪癖喔！」他會事前告訴對方他有洗屁股的習慣。

「在廁所裡擺著堆糞蟲和豬，這也是你熱中的把戲吧！」

堆糞蟲是一種把大便滾成圓球的昆蟲。古埃及人把那顆糞球看作太陽，因此捧著太陽的堆糞蟲就成了象徵復活和創造的神祇。

「我家廁所的守護神也是堆糞蟲。此外，豬和廁所也有很深的淵源呢。」

把豬圍起來就成了「圂」，這個字是廁所的意思。因為古代中國是用人糞來餵豬的。從遺跡的出土物品意外得知，這習慣自很早以前就有了。

「這豬擺飾是中國漢朝陪葬品的複製品，在北京的琉璃廠買的。」

把排泄的話題當配菜，晚餐終於結束了。我也遵守了先前的約定，為了將米變成異物，借用了詩人的廁所。

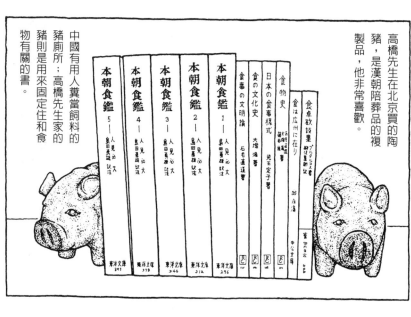

作家松村友視篇

3

松村先生家是茶室風格的優雅建築。

「好像與和式廁所很相稱呢！」

雖然我這麼想，但現在在東京都內應該找不到和「廁」（kawaya）一詞相稱的和式廁所了。不過我卻暗自想像，松村先生也許是個戀戀不捨舊式廁所的人。之所以會這麼猜，是因為我想起他在漢城奧運的摔角觀戰記中這麼寫著：

「日本以前摔角很強，是因為蹲在和式廁所中自然能鍛鍊出腳力和腰力。現在一般家庭的廁所幾乎都已由和式改為西式，所以，這項支撐了日本傳統絕藝的因素已不再是確切可依靠的了。今後的摔角，隨著西式廁所時代來臨，也必須重新開始。」

我一打開玄關的門，松村先生就說了：

「廁所分為客人用及私人用的，先看哪一間？」

當然是先看私人用的。玄關的右邊是起居生活空間，左邊是工作室。在住家用的二樓的私人廁所並非和式，而是温水洗淨及温風烘乾的西式馬桶。

一坐到馬桶上，就看到正面牆上貼著標明截稿日期的紙頭。果然是作家的廁所。當我正猶豫是否要照實畫下，松村先生馬上說：

「没關係，畫吧！」

他很感興趣地看著我工作，還反過來採訪我關於描繪房間的方法。果然對什麼事都抱著強烈的好奇心。

架子上層擺著一大排漫畫：《貳十手物語》、《戈爾哥13》、《曼陀羅屋的良太》。下層有林不忘的《時代小說名作全集》，坂口安吾的《安吾捕物帖》、夏目漱石的《文學論》、《大南北全集》、《名作落語全集》，谷崎潤一郎的《近代情痴集》，世界文學全集15《基度山恩仇記》等等……。

「前人寫的東西呢，常常隨手翻翻就會看到有醍醐灌頂之感的措詞或訣竅，所以放在這裡，時不時會有些啓發。」

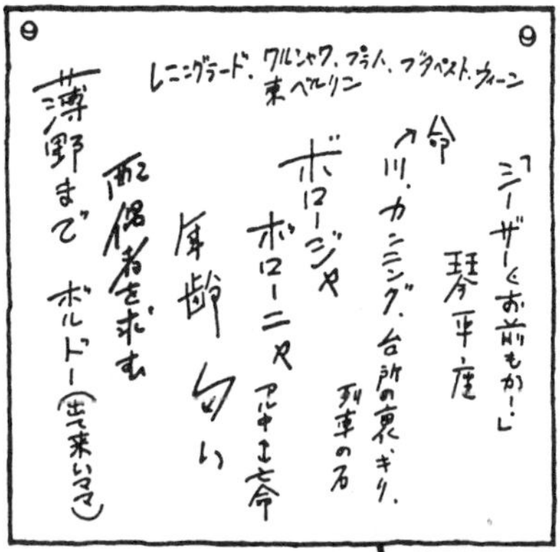

レニングラード、ワルシャワ、プラハ、ブダペスト、ウィーン
東ベルリン
「シーザーくお前もか！」
琴平座
ボロージャ
ボローニャ
年齢
配偶者を求む
薄野まで
ボルドー（出来います）

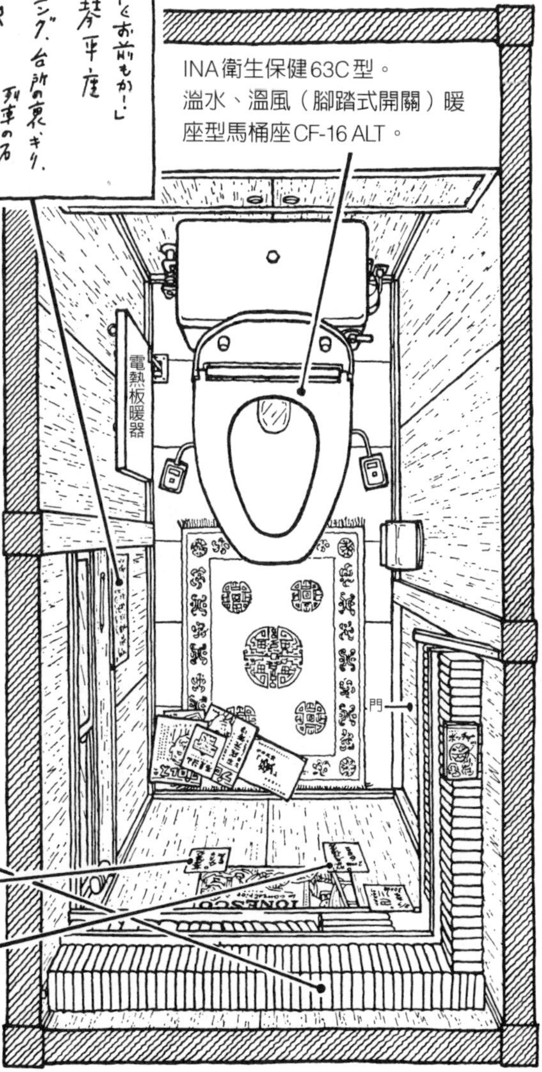

INA衛生保健63C型。
溢水、溫風（腳踏式開關）暖座型馬桶座CF-16 ALT。
電熱板暖器
門

松村先生家二樓的個人專用廁所

即使是和松村先生蠻親近的編輯，應該也沒用過這間廁所。從貼滿牆上的文字中好像窺見了松村先生思考的片段，不免心想：「寫下來好嗎？」話雖這麼說，還是覺得很有意思，於是就……。

架子上的漫畫全都讀過了，是他喜愛的藏書。

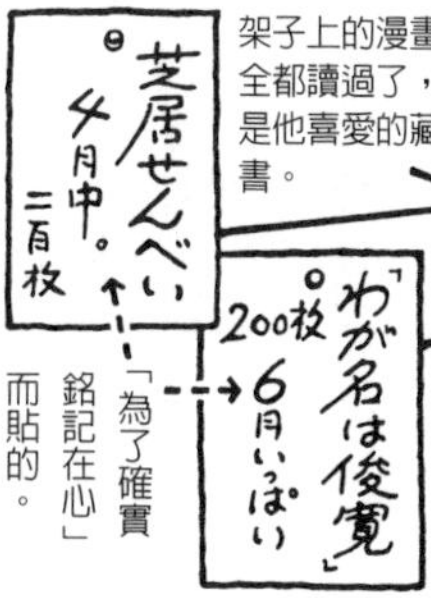

芝居せんべい
4月中。
二百枚
「わが名は俊寛」
200枚
6月いっぱい

「為了確實銘記在心」而貼的。

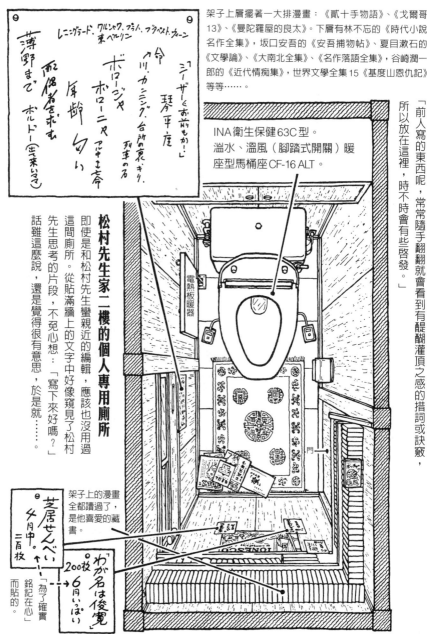

「一邊看著截稿日期一邊構思內容嗎？」

「並不會一直想，但是在上廁所的短短時間裡瞄到會留意說，『也有這件事哦』，這樣便會加深印象。截稿日期是一條非常不可思議的夢幻底線；如果沒有它，搞不好一輩子都寫不出來。要截稿了，所以會逼出一股力量，類似火災現場常有的那種蠻力。那不是作家的醞釀功力，沒那麼高層次，而是會有夢魘或壓力的，需要有相當的覺悟。」

「右邊牆上像備忘的紙呢？」

「這是動筆前的準備階段，把想強調注意的地方先記下來。比如《河川》和《廚房裡》寫的是小時候差點死掉的事情。去釣魚時掉到河裡，奇蹟式地獲救，或是掉進親戚家廚房裡的水缸之類的回憶。這些就像種子一樣，會不會發芽完全不知道，只是突然浮現在腦海裡的片段。」

如果寫滿了字便會換一張新的貼上，但不會將寫過的重抄後留下。

「忘記就算了。把它擺一邊，重要與否自然而然會慢慢呈現，就像色澤有濃淡輕重。會消失的就讓它消失，有時遺忘也是很有價值的……。感覺上像在享受重要性浮現的過程呢。」

以濃淡來形容，讓我聯想到谷崎潤一郎在《陰翳禮讚》中關於上廁所的段落。「每次被指引到古色古香、光線昏暗、打掃乾淨的廁所，總會被日本建築的價值深深感動。雖然茶室也很好，但日本廁所是為了讓人在精神上獲得寧靜休息而建的。……那種地方，最好還是籠罩在一片朦朧昏暗之中，究竟哪裡乾淨哪裡不乾淨，便模模糊糊不了了之了。」

松村先生也有同感。

「如果可以鋪張一點，倒是想蓋間和式廁所呢。好呈現那種獨特的廁所世界。我並不

一樓玄關旁的廁所

客人用的是這間廁所。

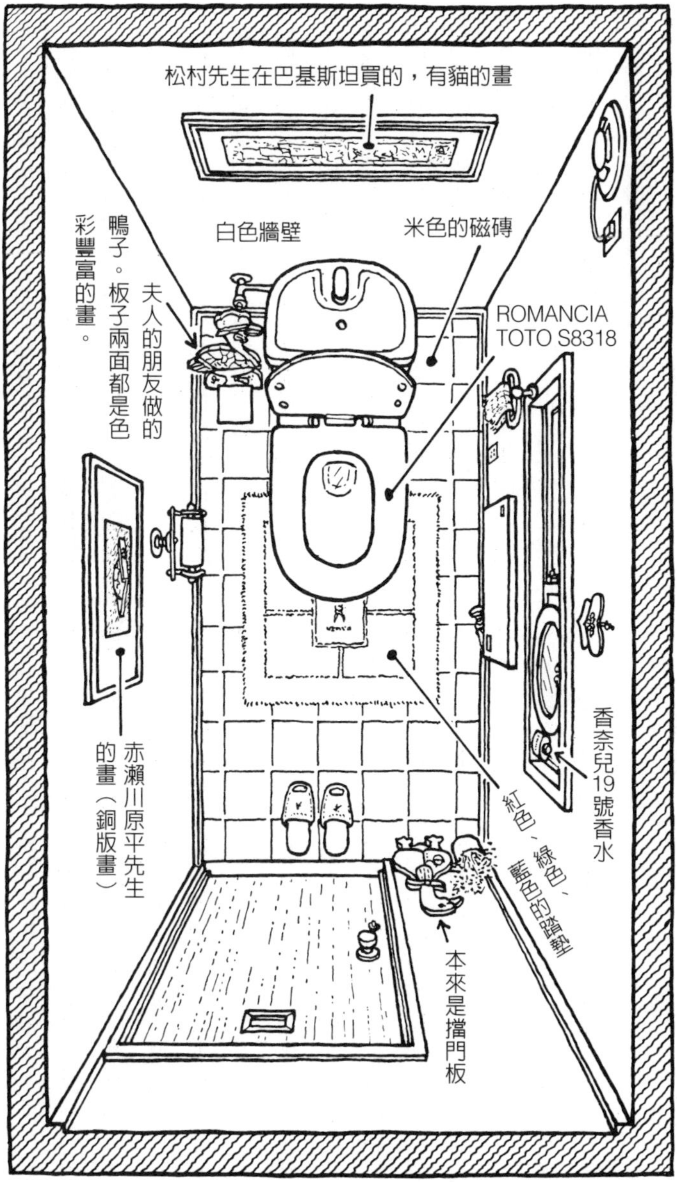

松村先生在巴基斯坦買的，有貓的畫
白色牆壁
米色的磁磚
ROMANCIA
TOTO S8318
夫人的朋友做的鴨子。板子兩面都是色彩豐富的畫。
赤瀨川原平先生的畫（銅版畫）
香奈兒19號香水
紅色、綠色、藍色的踏墊
本來是擋門板

否定西式廁所，也不是想回到從前，只是像我在廁所裡貼的紙條一樣，那或許會讓我想起一些關於日本早先的模樣，印象深刻的回憶呢。」

松村先生從和式廁所談到馬桶座，再從馬桶座談到摔角，接著又談到進去被前面的人弄髒的公共廁所時的心情、旅途中的廁所等等，話題連串展開。

「搭新幹線的時候，遇到標示廁所無人使用的燈亮起，便會想，剛才經過的那個女人是不是去上廁所呢？正想著人家剛回座馬上就站起來會有點奇怪，那待會兒再去吧，沒想到就見一個中年男人站起來走過去了。在那個男人後頭用廁所有點討厭哪，心裡這麼東想西想，時機就錯過了。」

我是那種燈一滅就馬上起身的人，所以聽到有人是這樣在思考廁所告示燈明滅的種種，這種作家的思路讓我覺得蠻有意思的。

松村先生年輕時曾被廁所深深感動，由這件事可以瞥見時代的風貌，令人不禁會心一笑。

二十八九歲的時候，松村先生第一次搬到屋裡有廁所的公寓住。在這之前的住處都得使用設在走廊的公共廁所；所以他覺得在房裡有自己專用的廁所比附浴室還奢侈。那個令人懷念的地方，據說在東京都品川區的大井町。

說到大井町，就是松村先生得到直木賞的作品《時代屋的老婆》故事發生背景地。

作家安部讓二篇

4

「你看你看，廚房沒桌子吧。給這傢伙生氣砸壞了。」

快三天沒睡好的安部先生邊揉眼睛邊告狀。

「是你先拿碗和筷子丟我才開始的耶！」

「我快嚇死啦，以為要被宰了哩！這人發起脾氣來真的很恐怖。」

夫人被暱稱為「狆姊姊」，這兩人的對話若是一字一句如實照錄，看起來火爆得緊，其實一來一往毫不帶刺，而且還笑笑地講，感覺像在玩遊戲。

「什麼玩遊戲啊，這可是很認真在決勝負呢。你看你看，外面丟著一張壞掉的桌子不是？」

表面上看起來是這樣，的確東西就擺在那兒……。但是，我覺得安部先生像個撒嬌的孩子，而夫人真由美女士就這麼由著他哄他呢。當作家的老婆真辛苦。

大家正笑成一團的同時，催稿及拜託寫稿的電話鈴聲不絕於耳。

「搬到這裡以前是住在世田谷的公寓，只有六個榻榻米大的房間。那個房東說：『就當是馬桶座的修理費，你出十五萬吧！』雖然是我坐壞的，但『十五萬太貴了！』結果房東便不願意續約了。很傷腦筋只好去找房子，最後找到一間『可以養貓』又便宜的，可是很恐怖。地板因為濕氣重而凹凸不平，感覺像是可以種香菇哩！」

房屋仲介說在河對岸的偏遠處有賣剩的預售屋，可以便宜賣，而且還附帶談妥銀行貸款。就因為這樣，四年前買了現在的房子。

「我這種人，人家連房子都不肯租，卻有人願意貸款給我，當然感激。而且，即使是揹著債，但畢竟有了自己的房子，還是很高興。當時我每月的固定收入只有為《室內》雜誌寫稿的稿費三萬六千圓，所以我老婆只好去電器行做些零件加工好維持生計。真是一對怪夫妻吧。雖然儘可能避人耳目過普通日子，可是呢，如果人家告狀說『安部家的貓偷魚吃！』就慘了，所以貓咪的伙食費可不能省。結果，我們就只能吃飯糰了。」

貓咪一直不斷增加，現在共有八隻。

「聽到剛出生的貓咪喵喵叫，心想『不能去外面看，否則又多一隻了』，結果雖然想充耳不聞，但一旦發現三天以來持續不斷的叫聲越來越微弱……，就再也忍不住了。飛奔出去，心想好吧好吧，就照顧牠吧！結果就變成這樣了。」

「嗯——，那個，廁所可不可以讓我參觀一下？」

「啊！對喔對喔。為了給河童先生看，特地沒整理哦。」

是溫水洗淨式馬桶。工作室在對面公寓裡，那間廁所裝的是普通的西式便盆。

「我是遊牧民族，哪兒的廁所都無所謂。廁所枕頭都不挑。大部分是早上上廁所，但不是一定得如此。」

在監獄的時候，早上從起床吃早餐到出去工作前的時間很短，卻有很多事情要做，所以就變成晚上上廁所了。

他用「吃臭飯」來形容坐牢的那段日子。以前便桶放在房間裡，吃飯也是在裡頭，所以就稱為「吃臭飯」。現在已經改為沖洗式的，應該不像以前那麼臭了……。

府中監獄的獨居房

掀起椅背就變成馬桶，打開桌面就變成洗臉台。沒有比這更節省空間的設計了。

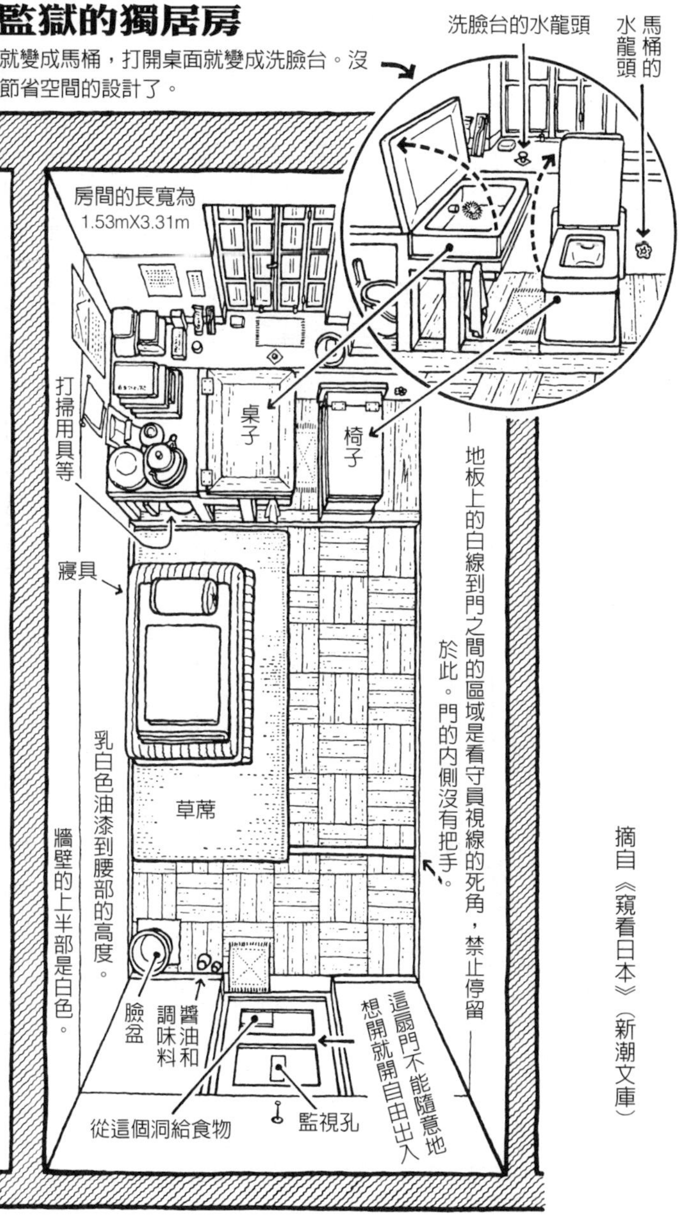

洗臉台的水龍頭
馬桶的水龍頭
房間的長寬為
1.53mX3.31m
打掃用具等
桌子
椅子
寢具
地板上的白線到門之間的區域是看守員視線的死角，禁止停留於此。門的內側沒有把手。
乳白色油漆到腰部的高度。
牆壁的上半部是白色。
草蓆
臉盆
醬油和調味料
這扇門不能隨意地想開就開自由出入
監視孔
從這個洞給食物

曾經住過這種房間的安部先生看了這幅畫說：「苦澀的懷念啊。」獨居房有兩種，一是白天出去工作、只有晚上回來睡覺，符合「聯合國最低標準」的「人權房」；另一種是日夜都得關在裡頭的「禁閉室」。看似舒適的房間，可是不能外出的禁閉感是很難捱的。

摘自《窺看日本》（新潮文庫）

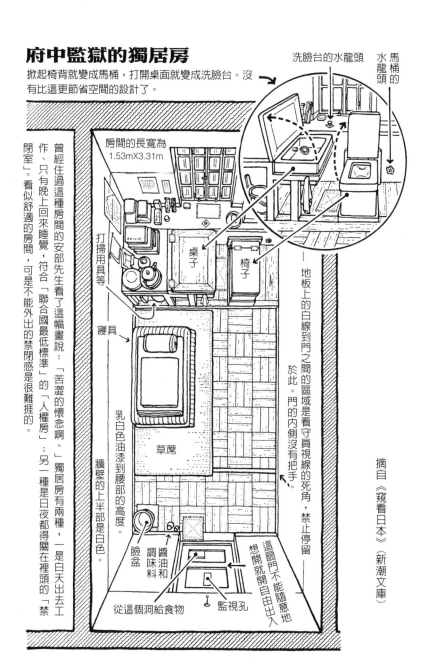

安部先生家的廁所

位在另一棟大廈的書房也讓我參觀了。那邊的廁所和這一間差不多。

安部先生笑著說：「這房子因為是小型建築，只有四個六疊大，因此稱為『四六莊』。」

米色的廁所裡貼著淡粉紅色花紋的壁紙。感覺和安部先生不太搭調，因為是家人共用的廁所。

貼紙好像是夫人為了孩子而貼的。安部先生的兒子現在已經中學一年級了。

他說：「雖然寫著『請注意小便不要濺到此處』，但這對男生來說實在不容易辦到呢！」

「不對，河童先生，不是這樣的。進監獄後，嗅覺會變得異常發達。因為那是一個沒有色彩、沒有聲音、沒有味道的世界。特別是鼻子敏感的傢伙，即使在離廚房很遠的地方做工，也可以正確猜出來『今晚的菜色是rabbit』呢！所謂的rabbit，是豆渣。廚房煮咖哩的時候，袋子打開的瞬間馬上就冒出『今晚是印度風味』（意指咖哩）。連我這種鼻子很鈍的人都可以在晚餐前幾小時就聞出來呢。還有，雖說是抽水馬桶，吃完咖哩後上廁所，那股味道還是會撲鼻而來。不過，出獄後鼻子就不靈了。因為獄外的世界混雜著各種味道。」

雖然睡眠不足，安部先生還是這個那個的跟我聊了很久。

「我最討厭流氓了。流氓光存在這世界上就是一種罪惡。這是我在不當流氓以後才發現的。」

「一般人都會避開『流氓』『騙子』『政治家』這類不恰當的話題，只會滔滔不絕說些自己得意的事情。」

這種深具安部特色的論調，現場聽到比散文讀來更有震撼力。

也有些令人感受深刻的話語。

「從出獄一直到可以餬口謀生，也花了八年的時間。所以像現在這樣有人邀稿，我真的是心存感激，沒辦法拒絕。不過，如果寫不出來的話，搞不好整個人又會不行了吧。即使有那麼一天，我還是覺得美夢已經實現了。還有，為了到那種時候也可以保持步調活下去，我會一直住在這棟狹窄房子裡的。啊，已經十年沒服刑了呢。（轉向夫人說）喂！來辦個『慶祝十年獄外生活』的派對吧！」

演員岸田今日子篇

5

岸田今日子小姐在電話那端，用她獨特的嗓音回答：「可以啊。」

我鬆了口氣。打鐵要趁熱，便想馬上決定訪問的時間。翻開手上的記事本，試著問看看：「明天可以嗎？」

「可以啊。」

我覺得自己實在很走運。今日子小姐目前正在演出塚公平先生編導的《今日子》一劇，應該每天都很忙碌才對。

「剛好明天劇組休假。雖然晚上我得去一個音樂會唸旁白，但白天的話就沒問題。」

「當然那個時間就可以了。」

我很高興地掛斷電話，接著馬上打給編輯部。

為什麼呢？因為原本擔心大概不會有女性願意在這個窺看系列登場。特別是女明星的廁所……，我也蠻猶豫的。萬一破壞了對方的形象那真的很不好意思，再則，對方應該會覺得為難而拒絕我吧……，想到這裡我就氣弱了。

「咦！OK嗎？真有一套！」

電話那端響起了責任編輯振奮的聲音。

今日子小姐的寓所位於大廈的八樓。她穿著一襲苔綠色寬鬆洋裝，請我進了一間房間，裡頭的架子上放了一個瑞士民家造型的大音樂盒。

「這音樂盒現在還會響？」

「會哦。想聽嗎？這樣轉動把手就行了。」

帶著懷舊氣息的美妙樂音響起時，突然發現自己偏離正題了，慌慌張張地說：

「待會兒再讓我好好欣賞。是不是可以先參觀一下廁所……。」

廁所有兩間。一間緊鄰著今日子小姐的寢室，另一間則在有音樂盒的房間隔壁。主人客人都會用這間，寢室旁那間則是今日子小姐專用。廁所的門是兩折式，蠻少見的。明亮的光線從窗户照進來。這裡的佈置也跟其他房間一樣，充滿岸田小姐的色彩。在我丈量尺寸畫圖的時候，貓咪果醬君走進廁所，興趣濃厚地盯著素描本瞧，還用嘴啣住捲尺一端，很積極想參與我的工作。今日子小姐笑著說：

「沒錯，這隻貓像河童先生一樣，好奇心很強，求知慾很旺盛喔。如果忙到連貓兒的手都想借時，請。」

這隻與眾不同的貓，經過訓練的話搞不好真能成為好幫手。不知是否因為果醬君在看著，丈量和畫圖都比預期來得早完成，於是便輕鬆地聽著音樂盒的音樂，邊和今日子小姐閒聊。

首先聊到了音樂盒。

「我去波士頓的時候，夜晚的街頭飄著細粉般的雪花……。走過古董店亮晃晃的櫥窗前，一眼就看到這音樂盒，仔細一瞧，裡頭有三個小小的芭蕾舞孃正隨著音樂起舞呢。心想好美啊！一問之下，卻是我買不起的價格。這音樂盒從瑞士渡海來到美國，在博物館和收藏家手中輾轉，最後才到了骨董商那兒。加上做工精緻又有年代，當然價格不菲了。可是，如果沒有買下來，我一定會後悔的，所以就向朋友借錢買了。」

光從音樂盒這件事，就可以看到岸田今日子小姐特有的夢幻世界。

「跟廁所有關的回憶呢？」

「大概是二十二、三年前，新藤兼人導演在拍攝《惡黨》時的事了……。當時在京都附近的山上搭建佈景，晚上住一起，白天拍片。那時勘景小組送來一張『自備物品』的單子，上面詳細列著臉盆、盥洗用具、筷子、睡衣……等等，其中也有手電筒。這是為什麼？原來廁所離組合屋宿舍蠻遠的，晚上去廁所的路上可是一片黑漆漆。」

在山上的那一個月，雖然過著不太自由的團體生活，今日子小姐倒覺得很有趣。聽說新藤導演原本以為她是個更纖弱的人呢。

從外表看不出來，其實今日子小姐很能適應環境。

她說：「說到廁所，就想起印度呢。」

那是她和女兒真由以及吉行和子小姐，三個人跟著印度通山際素男先生到印度旅行時的事情。

「清晨從機場進入齋蒲爾市區時，豬、狗、牛，就連猴子、孔雀也都混在人群之中，在街上漫步。面街的每戶人家門口都蹲著兩三個小孩。正想他們在做什麼呢？結果人家告訴我，他們正在上大號，手中拿的空罐是完了裝水清洗用的。在朝霧中看到光屁股的小孩和滿街動物渾然成為一景，心裡好感動。」

「是因為他們大方不扭怩？」

「根本沒想說要怎麼形容，就只是很單純地覺得感動呢。」

還有一件，也是在印度發生的事。從孟買坐火車往普那（Poona）時的窗外情景。

「在好開闊的草原正中央，有個頭小小、身材又瘦又高的男人，手裡拿著那種空罐走著。附近看不到住家，所以他家應該也很遠吧！不知道是他都習慣走這麼遠，還是因為喜歡草原……。」

「然後，他蹲下去了嗎？」

音樂盒

客廳裡的桃花心木音樂盒，寬88.8cm高80cm長40cm，造型相當美觀大方。上緊發條大約可以演奏三十分鐘共八首曲子，其間還有三位芭蕾舞孃一直跳舞。

把手
芭蕾舞孃

今日子小姐寢室的廁所

要看今日子小姐專用的廁所，就得進她的寢室。雖然她打開門說：「請！」我輕輕鬆鬆就進了閨房，但不知怎的，床和睡袍顯得有點刺眼，害我心頭小鹿亂撞。還看到床邊桌上擺著稿紙，她說那是寫稿的地方。我想還是不要東瞧西看比較好，說：「今天的目標是參觀廁所，其他的東西我什麼也沒看到。」她看我說得慌慌張張的，笑了出來。

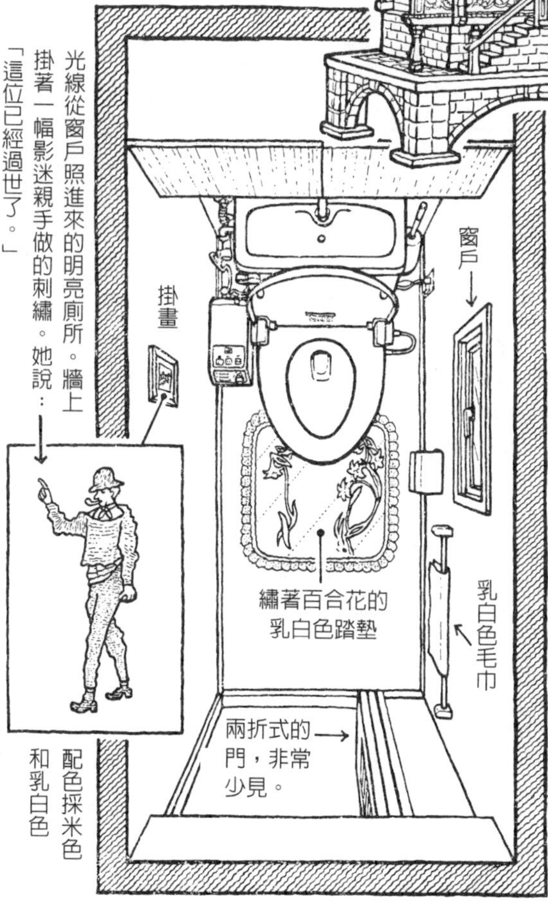
光線從窗戶照進來的明亮廁所。牆上掛著一幅影迷親手做的刺繡。她說：「這位已經過世了。」
掛畫
窗戶
繡著百合花的乳白色踏墊
乳白色毛巾
兩折式的門，非常少見。
配色採米色和乳白色

今日子小姐家客人用的廁所

某個秋夜，在屋頂花園舉辦「收穫祭」，友人們齊聚一堂。在市中心的屋頂上種植蘋果和葡萄，實在像她的作風。而受邀的賓客也都是非常有意思的人，蘋果樹就是詩人谷川俊太郎送的。我也和今日子小姐約好，蘋果收成了要送我一顆。

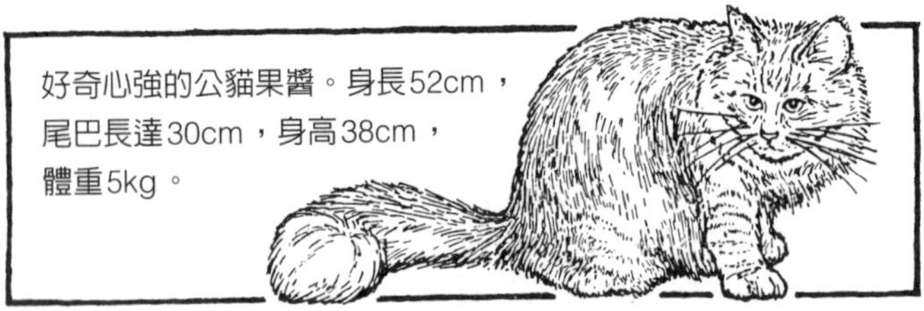
好奇心強的公貓果醬。身長52cm，
尾巴長達30cm，身高38cm，
體重5kg。

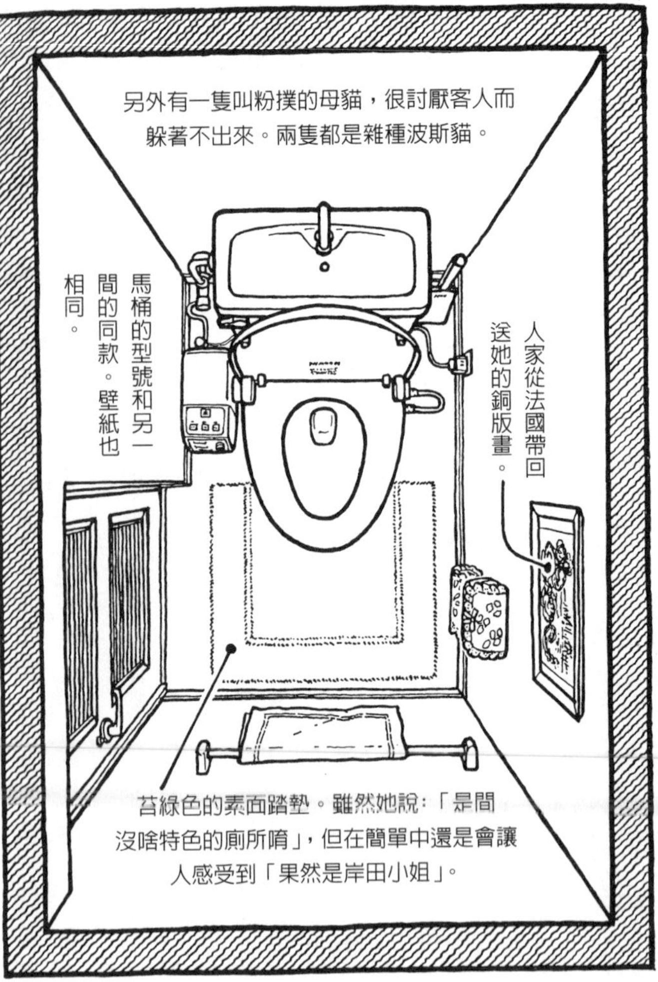
另外有一隻叫粉撲的母貓，很討厭客人而
躲著不出來。兩隻都是雜種波斯貓。
馬桶的型號和另一間的同款。壁紙也相同。
人家從法國帶回送她的銅版畫。
苔綠色的素面踏墊。雖然她說：「是間
沒啥特色的廁所唷」，但在簡單中還是會讓
人感受到「果然是岸田小姐」。

「有沒有蹲下去……，後來的記不太清楚了呢。讓我留下深刻印象的就只是他走路的模樣而已。在廣闊的草原中，一個步履悠然的高個兒印度男人。從奔馳的火車往窗外看見這景象，心裡想到的是——說得誇張一點——原來也有這樣的人生啊。」

「今日子小姐的故事，都很夢幻哪！」

「唉呀，會嗎？」

邊喝紅茶邊聽她聊了這些話題。這時候，指針正好指著三點，架子上的音樂盒響了起來。

藝術家池田滿壽夫
小提琴家佐藤陽子 夫婦篇

「我是坐在獅子上頭的呢！」

在某個派對上，大家正高談闊論有關廁所的話題時，小提琴家佐藤陽子小姐發出了這番爽朗笑語。聽說她家有四間廁所。

「想去的時候，大家撞在一起會很討厭。人啊，想去的時候幾乎差不多。再加上那個人不但上的時間久，又常常去呢。以前我總認為一天上一次就夠了，但是和他在一起以後，才發現一天上個幾次也不錯呢。所以我也就……。」

「什麼什麼?」

「那個人」——池田滿壽夫先生插進來，加入我們的談話。

浴室也有三間。好像很有趣。

6

「請務必到熱海來玩。」

由於受到誠意邀約，很快就去拜訪了。搭新幹線到熱海剛好五十分鐘，比想像中來得近。陽子小姐在車站出口接我，勞駕人家讓我鑾不好意思。

「實在很抱歉，他因為工作出門了，人不在呢。」

那就改天再以電話請教池田先生了，現在先去參觀廁所。

陽子小姐的車開上一座大斜坡。他們家位在高原的半山腰，可以瞭望熱海的街道和海岸。

玄關門一打開，六條狗很高興地飛奔而至，好像在等女主人回家。有一隻母的黃金

◄**這就是傳說中的獅子**

牆上裝飾著一個白色乳房的浮雕和池田滿壽夫先生的版畫。池田先生說：「有獅子的那間是照著陽子的想法下去玩的。」也就是說這間廁所充滿佐藤陽子風格。

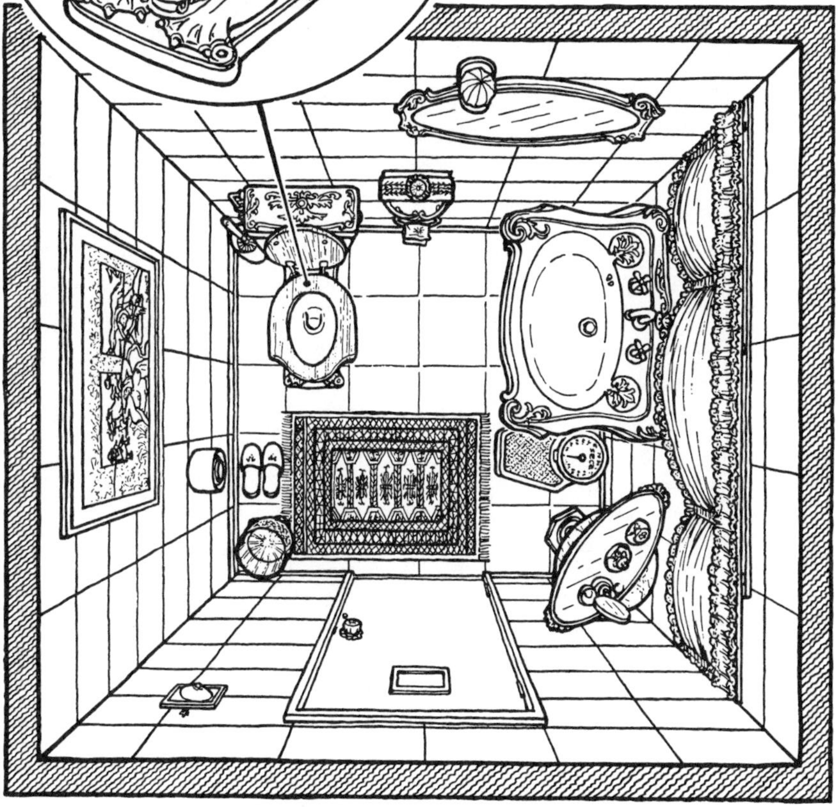

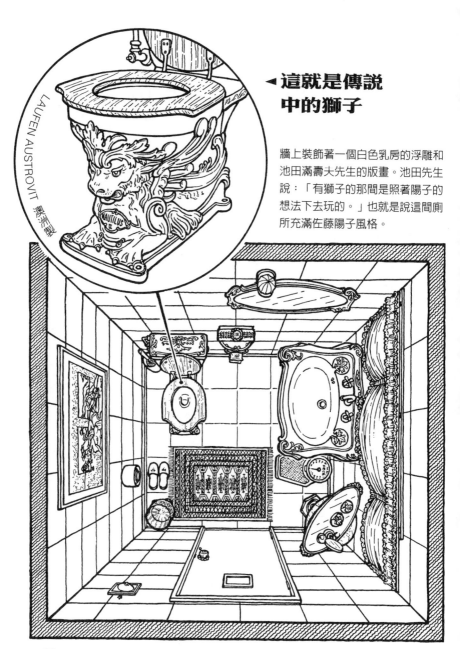

獵犬，還有一對柴犬夫婦以及牠們的三隻小狗。

或許狗兒知道我不討厭狗，所以受到牠們熱烈歡迎。而我也就用狗言狗語和他們玩了起來，但今天的主角是獅子。

「獅子在哪裡？」

「這裡哦！」

她打開給我看的是位於客廳入口、像個小房間的廁所。一片藍色中坐著頭獅子。澳洲製的。為了看清楚獅子的臉，我就整個人趴到地上了。趴在廁所的地板上還是頭一遭。獅子看起來相當漂亮。

「蠻有味道的吧！我很喜歡它的木製馬桶座。在國外時看熟用慣了。光看就覺得很暖和，坐上去也不會冷冰冰的。」

陽子小姐是個美食主義者，也喜歡做菜。當然連最後的階段也要在良好的環境中結束吧。我想在這裡讀書什麼的應該非常舒服，可以坐上很久。

「在廁所裡讀書嗎？」

「當然囉！」

在捲好的窗簾內側是一座三層式書櫃，書擺得滿滿的。角落的小桌子上擺著女兒節人偶。據說五月端午節會擺上鯉魚旗、近年底時則改放聖誕樹，就這樣隨著季節換上不同的裝飾品。

「對廁所這麼講究的原因是？」

「一定要去的地方嘛。普通上廁所時，多少覺得有點麻煩吧？但如果是有趣的地方，那不管幾次也可以很輕鬆地去上吧。」

「原來如此。」

「因此旅行時去的次數都會減少，身體狀況也變得怪怪的。」

為了讓廁所變成舒適又喜歡去的地方，每間廁所都用不同色彩來搭配。

「尤其廁所是個適合在裡頭作變化、帶來

這是一間彩色玻璃很多的屋子，房間裡到處都有透過彩色玻璃射入的璀璨光線，這間廁所和浴室也是。廁所裡香水櫃門上的彩色玻璃在荷蘭買的，帶回來後才訂做櫃子把它安上去。浴室外凸窗中央的彩色玻璃是德國製的，兩旁的是為了與之配合而在日本做的。充滿夢幻氣息的綠色和黃色光線灑落在檜木浴室裡。這也是陽子小姐的設計。

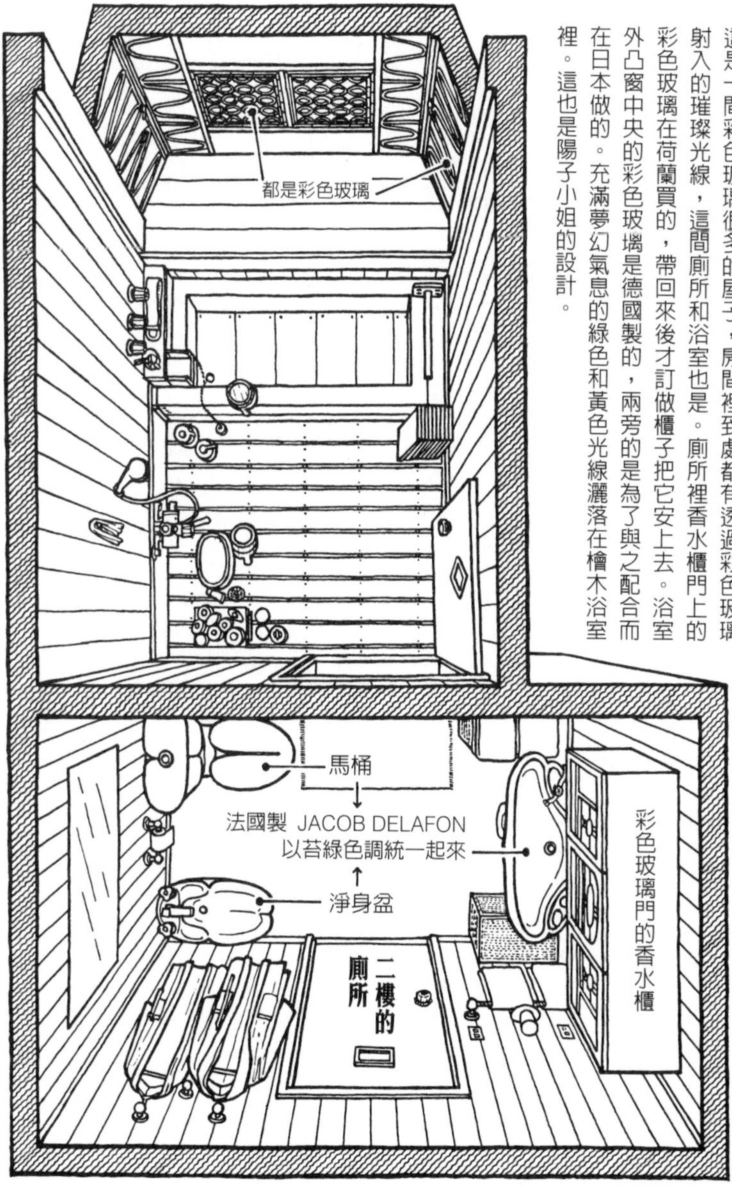
都是彩色玻璃
馬桶
法國製 JACOB DELAFON
以苔綠色調統一起來
淨身盆
彩色玻璃門的香水櫃
二樓的廁所

生活樂趣的空間不是？不過，如果連住的房間也全跟著變色，不但麻煩，也會變得很奇怪呢。所以客廳採用不會讓人有強烈感受的咖啡色系。」

客廳鋪著木地板，房間整體以木頭色調來統一。

「遭小偷後才養了狗。為了要裝地板暖氣才把地板重鋪過。在我們家好像是以狗兒的生活為第一優先呢。」

地板上放著一台超大螢幕電視，電視開著的，據說也是為了狗狗。

「接下來是二樓的廁所。」

我和狗兒們跟在陽子小姐後面走，簡直像個巡迴廁所的遊覽團。

靠近二樓寢室的廁所在浴室隔壁。檜木建成的房間中有一套苔綠色的馬桶、淨身盆和洗臉台。線條十分優美，讓人聯想到花瓣或蓮葉。這是法國製的。

打開浴室的門便看到一座全貼著檜木的浴池。真是令人懷念的味道。

「我最喜歡洗澡了。我沒別的嗜好，只有一個心願，就是蓋間令人心情舒爽的檜木浴室。因此洗得很高興，最多一天會洗五次。有時一次洗上兩個鐘頭呢。邊泡澡邊看書，而且不管是洗三温暖或上廁所我都會看書，所以一天會看個兩、三本。雖然書都變得硬梆梆的，但與其在意這個，書還是要讀才有價值吧！」

除了這間浴室和一樓的三温暖之外，還有一座石造的温泉池。

第三間廁所在温泉池對面。離池田先生的畫室最近，於是便成了他個人專用。牆上一幅畫也沒有，很簡單。

參觀廁所的一行人在移動途中，陽子小姐一發現小狗大小便了，就趕忙用衛生紙擦地板。怪不得屋子裡到處擺著衛生紙了。

離池田滿壽夫先生畫室最近的專用廁所

和陽子小姐的獅子廁所完全相反，是間樸素簡單的廁所。

「這是間有缺陷的廁所。您發現了嗎？沒洗手的地方。我都到隔壁的浴室去洗，但是客人用完後發現無法洗手，好像都會有點不知如何是好呢！」池田先生惡作劇般地笑著說。

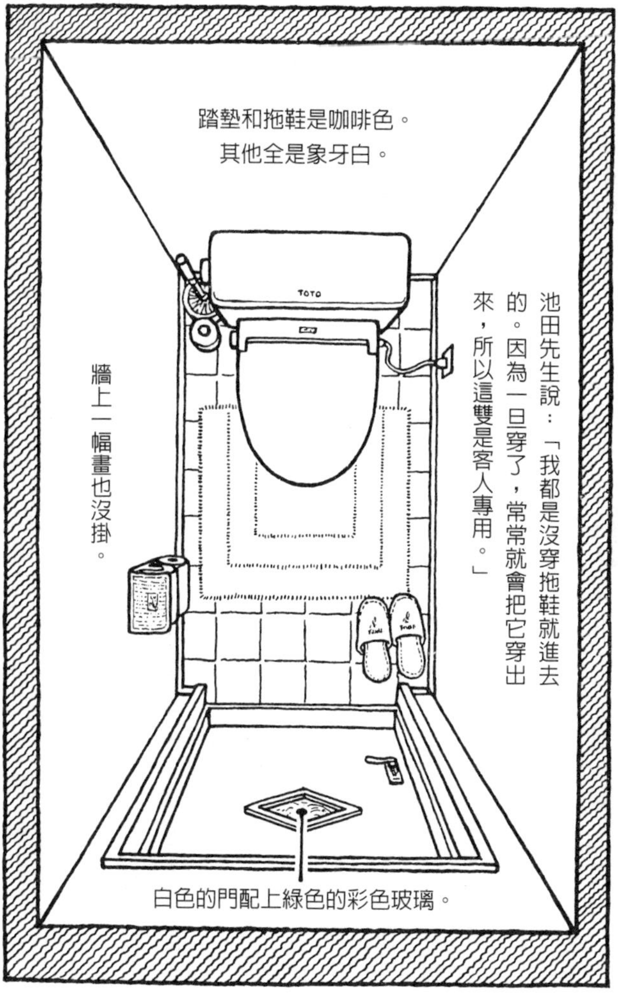
踏墊和拖鞋是咖啡色。
其他全是象牙白。
池田先生說：「我都是沒穿拖鞋就進去的。因為一旦穿了，常常就會把它穿出來，所以這雙是客人專用。」
牆上一幅畫也沒掛。
TOTO
白色的門配上綠色的彩色玻璃。

令我印象深刻的是每間廁所都各有不同的色彩搭配。

第四間廁所位於廚房的後面。

「這裡是主婦用。如果客廳有客人，或大家正在吃吃喝喝，從人家面前走去廁所的感覺有點討厭吧。這種時候就讓人覺得我是到廚房來了，此為主婦廁所的妙用。」

廚房地板上擺了幾個造型蠻有特色的陶盤。裝著水的盤子顯得閃閃發光。

「啊，那是狗狗用的。他的失敗作品。但被狗狗舔著舔著好像就漸漸變漂亮了呢。」

我忍住沒向她要這些盤子。

受開朗的陽子小姐及狗狗們熱情款待，差點錯過最後一班車。在月台上急急跑著，終於在車門關上前趕到。

事後，我打電話請池田先生談談有關廁所的回憶。

「跟廁所有關的回憶，都是沾滿了大便又髒又臭的哦。我八歲時住在中國的張家口，冬天時有次掉到糞坑裡頭，差點死掉。那時候的廁所只是在地面挖洞，埋進個大罈子，上面再搭兩塊木板而已。結果因為結冰滑倒了。這個記憶一直在腦海中揮之不去，後來就一直很怕晚上去上廁所……。再來，是小學六年級的時候。因為戰爭結束回國，從佐世保往廣島的火車大爆滿，連走道及車廂連接的地方都擠滿了人，要去廁所難如登天。後來好不容易擠到了，進去一看，大便已經滿到馬桶外面了。雖然心裡頭哇哇叫，但實在再也憋不住了，只好踮起腳尖脫了褲子蹲下去。我運氣實在很背，居然在這當兒遇上緊急煞車，結果一屁股坐進大便堆裡頭。實在是太悲慘了，馬上就號啕大哭了呢。」

「住在長野縣歸國者宿舍時，是十幾個家庭共用一間廁所，那裡也很髒。在那個時代，用的還是那種得找人來掏糞的糞坑。如果大便掉下去的同時不馬上抬高屁股，就會被濺起來的東西給噴髒。當時的我腸胃很

主婦用廁所

位於廚房後頭的廁所。陽子小姐招待客人，在客廳及廚房間穿梭時才使用的廁所。

不管到哪個房間，狗狗們都很高興地跟著。我問她：「有沒有教狗一些規矩？」「沒教。因為我不太喜歡絕對服從主人的狗。即使有時候蠻粗野的，我也不會糾正，就讓牠順其自然。而且，我覺得這樣牠們才會有活力。」

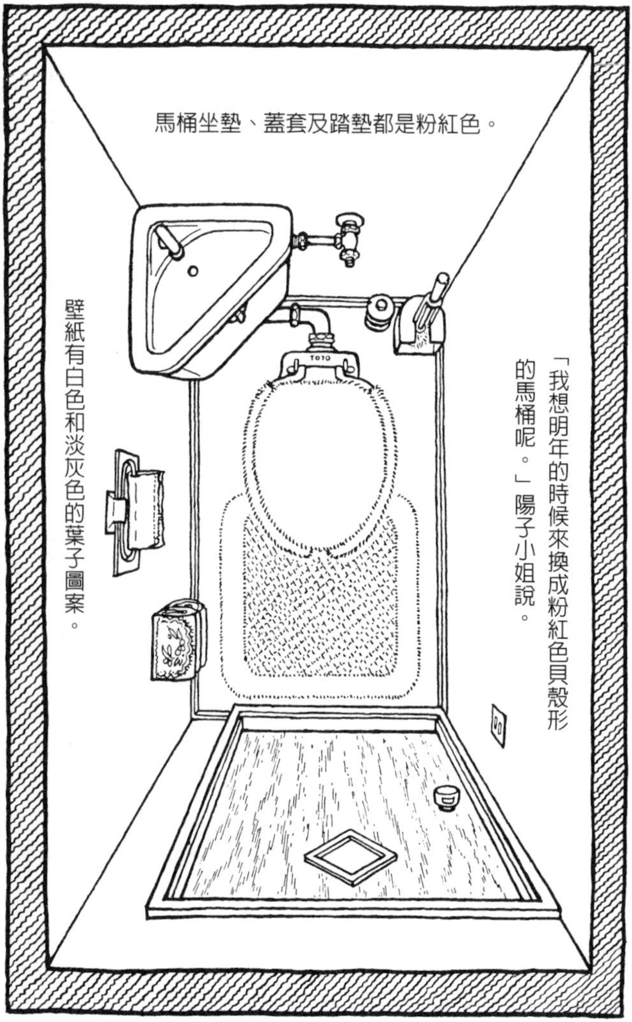
馬桶坐墊、蓋套及踏墊都是粉紅色。
TOTO
「我想明年的時候來換成粉紅色貝殼形的馬桶呢。」陽子小姐說。
壁紙有白色和淡灰色的葉子圖案。

如果覺得有四間廁所很令人訝異，「去年才把一間改成化妝間，否則有五間呢！」

弱，一直拉肚子，所以雖然覺得很噁心，也只能屁股一撅一矮地在吹著颼颼冷風的廁所裡蹲著。現在的廁所已經舒適到與『化妝室』的稱呼很相稱了。不過，就如同野坂昭如先生說的，此後再也看不到自己的作品了呢。也或許是不想看，所以才盡可能趁早沖掉吧！」

那些沾滿大便的後遺症現在好像還殘留在池田先生身上。我問他可以這樣寫嗎？他笑著說：

「請。我跟廁所的回憶真的都是沾滿了大便的啊。」

「不過，有吃就有拉，這是自然的道理，所以能夠快食‧快便是最好的呢。我覺得，想上的時候可以開心地上，可是活在最佳狀態的證明呢。」

過著開朗、自然生活的一對夫妻，談起廁所的長篇大論時可一點也不臭呢。

廣告人仲畑貴志篇

7

「說到屁股，就好想洗喔！」

曾經有支這樣的電視廣告。雖然是七年前的作品了，令人至今印象深刻。而寫出這文案的就是廣告界名人仲畑貴志。即使沒聽過他名字的人，也會透過電視雜誌或報紙的廣告接觸到他的工作成果。

例如三多利的廣告就有好幾支。野坂昭如邊跳邊唱：「是蘇、蘇、蘇格拉底還是柏拉圖？」穿和服的田中裕子說：「這樣的話，就是ＴＡＫＯ了。ＴＡＫＯ。ＴＡＫＯ說，有了喜歡的女孩呢！」這些也是仲畑先生寫的。其他還有許多，例如新力以隨身聽為首的系列電視廣告、丸井的「因為喜歡，所以送給你」等等都是他的作品。

我想一定得見見這位仲畑先生。因為到目前為止，去採訪的人家裡大多都使用「溫水洗淨式馬桶」。雖然並不意外，但數量居然有這麼多，還是讓我蠻吃驚的。這得歸功於他把「說到屁股……」的廣告帶進每個家庭的客廳。我總覺得不和他碰個面的話，這個連載就無法進行下去。

雖然是初次見面，但還是先參觀仲畑先生家的廁所。廁所有兩間，果然裝的都是ＴＯＴＯ的溫水洗淨式馬桶。仲畑先生較常使用的是二樓那間。馬桶蓋蓋得好好的。

「隨時都蓋著嗎？」

「不，都是掀著的。應該是我老婆故意做做樣子的吧。其實她還曾在這間的牆壁貼上小孩照片。但是在廁所裡看見小孩的照片還真是不舒服呢。就把它撕下來了。還真搞不懂我老婆在想什麼呢。」

這些話不太像是能看透人心或心理轉折的仲畑先生會說的話。我順勢說了些合理的推測。

「仲畑先生在家的時間一定很少。因此夫人想，在一定會去的廁所裡貼上孩子照片，您就會看見了吧……。」

仲畑先生苦笑說：

「隱含著這種心思嗎？」

初子夫人笑著點點頭。

坐下來眼前就一座書櫃。仲畑先生在廁所裡必定會看書。

他說：「在廁所裡最好是看些短文或短篇專欄。」總之，他是一個如果不讀些字就上不出來的人。

「出外景的時候，若遇上廁所裡沒東西可讀，就讀自己記事本上的註記事項。」

真是個條件反射型的鉛字中毒者。

「那您到書店的時候，會不會突然想上廁所……？」

「會啊！一進書店就想上廁所。但是我沒辦法對小書店說『跟你們借一下廁所』，所以就跑到咖啡廳。但多半就上不出來了。」

「會不會是屁股挑地方？」

「我還是希望在乾淨的地方上廁所。並不是有特別的審美觀，但總希望在用心打掃過的地方上，這樣比較舒服。因此我常常拿衛生紙擦拭咖啡廳的馬桶，擦完才離開。」

從外表看不出來，仲畑先生是一個對廁所乾淨與否蠻神經質的人。

「那個溫水洗淨式馬桶的文案，是您親自使用過後才完成的作品囉？」

「起初我對那個功能半信半疑。因為我也是消費者，無法讓我心服口服的話是不會買

仲畑先生家二樓的廁所

馬桶蓋是蓋著的。仲畑先生說：「今天是我老婆刻意蓋上的。」「那我要畫哪一個呢？我是希望連馬桶蓋都儘可能正確地畫出來……。」「那就請畫打開著的吧！」

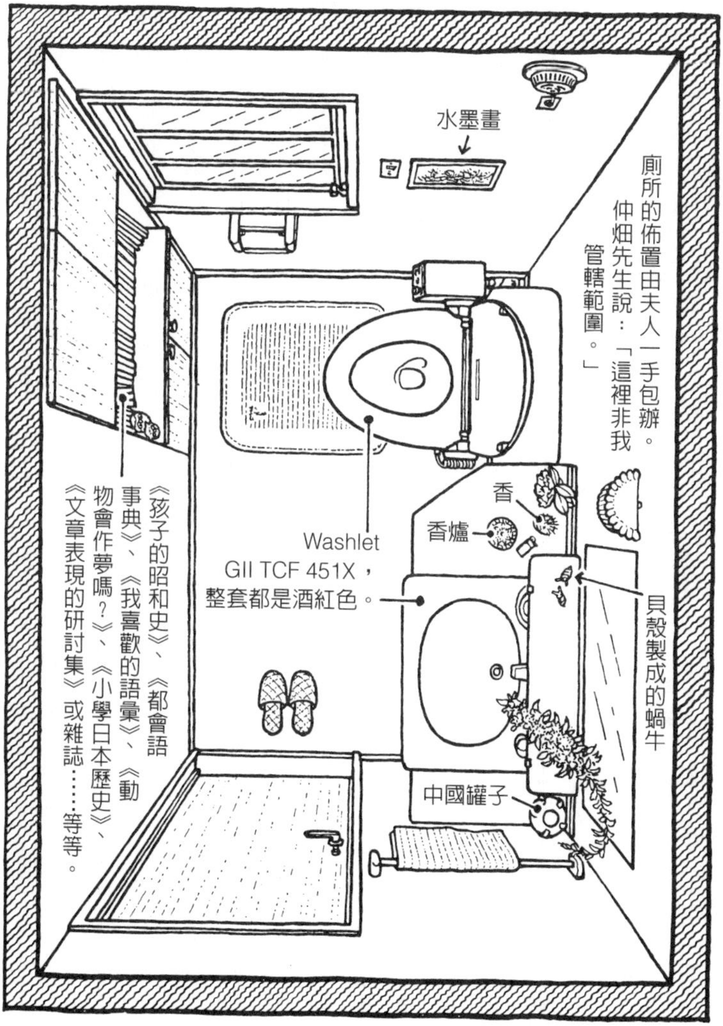

水墨畫
廁所的佈置由夫人一手包辦。仲畑先生說：「這裡非我管轄範圍。」
香
香爐
Washlet GII TCF 451X，整套都是酒紅色。
貝殼製成的蝸牛
中國罐子
《孩子的昭和史》、《都會語事典》、《我喜歡的語彙》、《動物會作夢嗎？》、《小學日本歷史》、《文章表現的研討集》或雜誌……等等。

「除了書以外，我沒有別的嗜好。」仲畑先生指著水墨畫說：「這個很傷腦筋。我老婆最近很熱中畫畫呢。我說畫不適合掛房間，但廁所的話倒還可以，沒想到她就真的掛在這裡了。」我想他是有點不好意思，其實夫人的水墨畫畫得不錯呢。這讓我想到「廁所是可以見到家人的地方」。

的。因為屁股不洗也不會死啊。我劈頭就問TOTO的人，『這十五萬圓的價值到底何在？』我想，不能把這件事傳達給消費者的話，是沒辦法開始進行的。最近的廣告漸漸都不說明商品的功能，轉而找其他賣點，但我們小時候可不是這樣。像我媽，買了東西會很自豪地說：『貴志，這件衣服縫得很牢固，可以讓你穿上一輩子呢！』但現在已不是以堅固為賣點的時代了。在肥皂剛開始生產的時代，會說：『這是可以讓油污脱落的東西，稱為肥皂。請購買。』這種就是最好的廣告。並不需要像現在特意跑到美國西岸拍照，想出流行的行銷方式。現在的商品是一點兒也不提它的功能，儘找些非必要的賣點。若非如此，就很難從同類商品中凸顯差異、脱穎而出。這是今昔很大的不同。但是溫水洗淨式馬桶，就好像肥皂剛生產的時期，必須說明它的功能才賣得出去。也就是說，已經很久不見這種新鮮的產品了。當TOTO的人被問到『十五萬圓的價值何在？』時不知如何回答，後來在手掌塗滿藍色顏料然後對我說：『仲畑先生，請用衛生紙擦擦看。』我就用紙一直擦一直擦，直到紙都已經碎碎爛爛再也沒辦法擦了為止。這時他說：『紙已經不能再擦了，但手掌上還殘留著這麼多藍色呢。其實每個人上完廁所都像這樣。』原來如此，很有道理！因此我在廣告裡才會突然加入把手掌上的顏料擦掉的畫面。但是，如果不用簡單的話來說明，很難去表現商品的功能，也難流傳。為了提高訊息傳佈的速度，有必要想出容易朗朗上口的文案。而我們這些寫文案的人，就像是為廣告裝上『把手』。傳播這些語言就是在煽動受訊者的心。在文案的短句中，只要有一句能深入人心就夠了。所以，『說到屁股，就好想洗喔！』這句話像是為了容易捕捉到商

仲畑先生家的一樓廁所

其實平常馬桶蓋是掀著的。但這樣畫就無法表示「請勿亂射」貼紙的位置，不得已，只好畫出不真實的樣子。我說：「安部讓二先生也曾說，這種馬桶是『對女性體貼對男性嚴苛』。」仲畑先生也說：「我有同感。但女性無法理解呢。」

「一樓的廁所簡單明瞭。這間廁所是孩子隨性拿了許多東西來佈置的。」仲畑先生笑著為我開門。這裡也是溫水洗淨式馬桶。「事務所那邊很早就使用溫水洗淨式馬桶，但我家是在戶川純的『說到屁股，就好想洗喔！』的廣告播出好久後才裝的。」

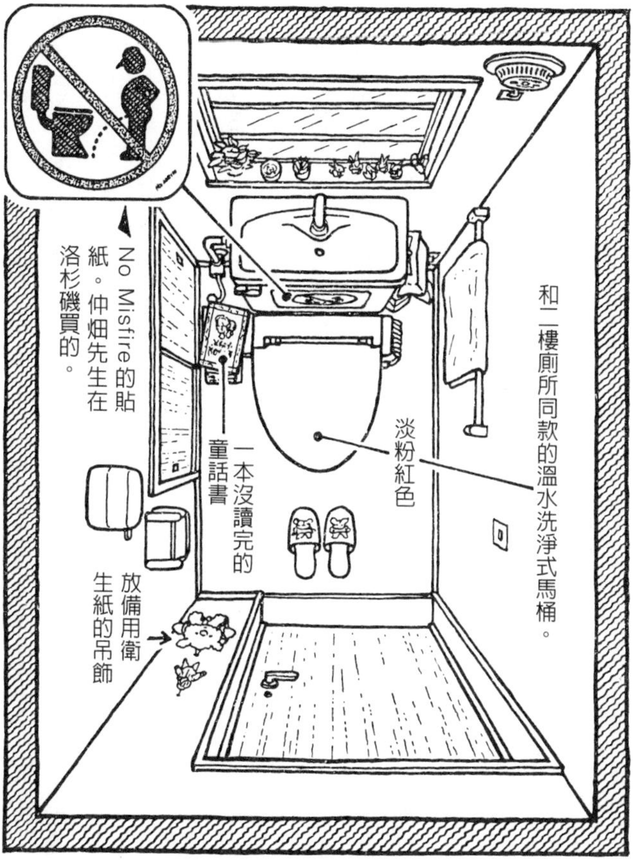

No Misfire的貼紙。仲畑先生在洛杉磯買的。
和二樓廁所同款的溫水洗淨式馬桶。
淡粉紅色
一本沒讀完的童話書
放備用衛生紙的吊飾

有本童話《像豆子般大的小狗》（講談社・青鳥文庫）；窗邊擺著小兔子的樂隊。這也是他女兒擺的。

品特色而裝上的把手一般。」

那支電視廣告播放後，溫水洗淨式馬桶的銷量一飛沖天；其實溫水洗淨式馬桶是伊奈製陶（現在的INAX）先製造販售的，現在卻敵不過TOTO。

「而到底要命名為『Shower Toilet』還是『Washlet』，也了考慮很久。雖說就馬上能說明功能而言應該選『Shower Toilet』。但還是就這麼決定了。因為我會比較偏心稍居弱勢的那一方。」

雖然覺得是笨問題，但還是問問看：

「您會去積極尋找『把手』嗎?」

「那句是突然想到的呢。突然想到的點子比較好。語言不只是意義，它是超越於道理之上的，同時沒有與其相應的訊息是不成的。所謂的廣告，並非『對新生活的提議』這類狂妄的想法，而只是輕微觸動接受者潛意識底下的內心世界。這樣的語彙想不出來時該怎麼辦?這就得靠技術了。因為有經驗，所以下工夫的話文案還是想得出來的。但這樣的東西可沒什麼爆發力哦。我覺得光靠技術做出來的東西還是行不通的。」

所謂的發想，或許就像在廁所中自然而然的噗通一聲，都是令人欣喜的吧！

8

指揮家岩城宏之篇

「Iwaki」來了電話。

「Iwaki」就是指揮家岩城宏之。我和他是三十幾年的老朋友了，所以叫他「Iwaki」。

「我剛回東京。你的連載《廁所大不同》很有趣喔。身為忠實讀者，趕緊打通電話給你。」

他每個禮拜讀四本日本的週刊。雖然帶著指揮棒在世界各地飛，但秘書會把雜誌寄到他的落腳處，大約三天就收到了。因此他可是比我還了解日本發生的事情，不能大意。聽過他對這個連載的感想後，又試著問他：

「Iwaki，你一直在不同國家旅行，常常換廁所也無所謂嗎？」

「換廁所也是沒辦法的事。為了讓外在條件儘可能保持不變，我有個可以帶著走的玩意兒。攜帶式蓮蓬頭。」

「你有帶回來嗎？」

「這個是無論何時何地我都帶著的。」

「那我想看看。順便參觀一下你家廁所。」

「喂！我可不是想讓河童窺看才打電話過去的啊！」

「我知道啦！你哪天在家？」

他的行程排得滿滿的。去年秋天他就任音樂總監後辦了「重奏在金澤」的音樂會，再加上歌劇錄音、指揮NHK交響樂團等，結果算一算，停留日本的一個月中會在家的時間只有兩天。

「無論如何你也給我兩個鐘頭嘛！」

拜託之後終於可以造訪Iwaki的家。

廁所有兩間。私人用的那間和浴室一起；客廳旁的那間客人也可以用，是洗淨式馬桶。

「我小時候一直生病，是常常住院的老病號。也因此都是護士幫我擦屁股，一點也不會不好意思。我老是拜託她『再擦一次啦！』她都回我『不用啦，已經很乾淨了。』這就播下欲求不滿的種子。到了中學時，因為空襲火災無家可歸，家人都回鄉下住，只有我一個人先去東京寄住叔叔家。當時是用報紙擦屁股，我比別人多用上了好幾倍的紙，結果嬸嬸生氣地對我說：『自從你來以後，一個月得請挑糞的人來三次。』從此以後，擦完屁股就把紙裝袋子裡，心情慘澹地悄悄帶到外面丟。」

照Iwaki的說法，他之所以會得痔瘡，是擦屁股時用力過火了。動過痔瘡手術後，為了保持乾淨就開始洗屁股。他認定用蓮蓬頭沖洗具有按摩功效，可以讓血液循環良好，對身體很有益處。

「在國外旅行時，如廁後當然也用蓮蓬頭洗屁股，可是在英語系國家如英國、美國、澳洲就沒辦法。因為他們的蓮蓬頭都高高固定在浴室牆上，拿不下來。為什麼會這樣？查了資料才知道，原來英國貴族自古認為淋浴等於是從上淋下的雨水，所以堅持如此。而且覺得從下面噴水就不高尚。因此，在英語系國家就很傷腦筋。雖然誰也看不到，但總不能對著高高的蓮蓬頭倒立撅屁股吧！所以才帶了一條所有浴室都能接用的蓮蓬頭到處跑。」

這條攜帶式蓮蓬頭是在澳洲買的。有賣這樣的東西，或許表示當地覺得此物方便好用的人為數不少。

「我有想到萬一這條壞掉的情況，所以備

在世界各地飛來飛去的指揮家的旅行用具中，這條攜帶式蓮蓬頭是必需品。在墨爾本買的。但看包裝上寫著ANSELL made in Hongkong。換算成日幣大約550圓。

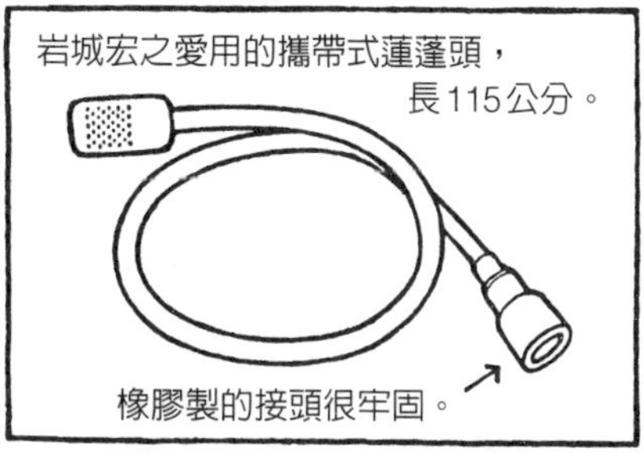
岩城宏之愛用的攜帶式蓮蓬頭，
長115公分。
橡膠製的接頭很牢固。

「我在廁所裡讀書看報，也看電視。旅行時依舊如此。語言不通也開來看，即使到摩洛哥也一樣。攜帶式電視一刻也離不開視線，特別是看相撲的時候最好用了。還有就是這房子裡電話很多，響的時候不管人在哪裡都可以接電話。共有六具電話。」

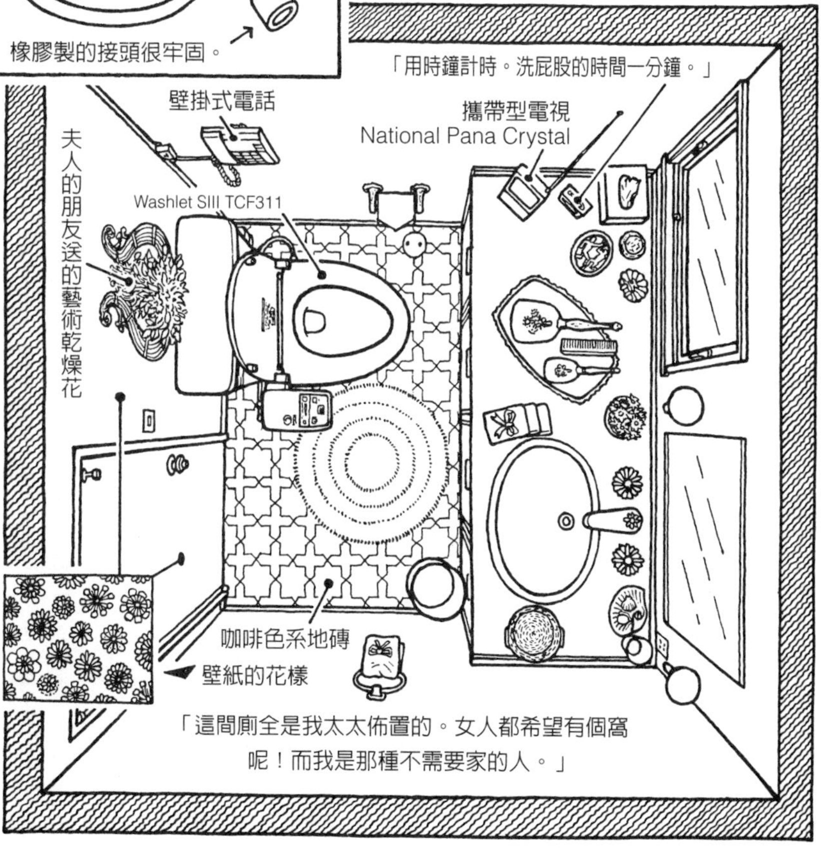
「用時鐘計時。洗屁股的時間一分鐘。」
攜帶型電視
National Pana Crystal
壁掛式電話
夫人的朋友送的藝術乾燥花
Washlet SIII TCF311
咖啡色系地磚
壁紙的花樣
「這間廁全是我太太佈置的。女人都希望有個窩呢！而我是那種不需要家的人。」

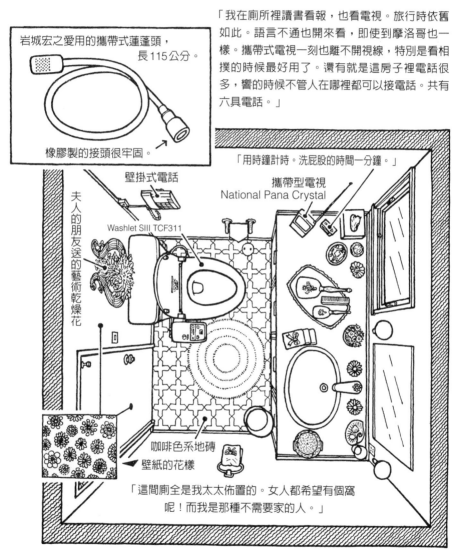

用品也帶著走。」

看不出來Iwaki是個杞人憂天的人。

「指揮是一種不知何時會遇上哪種意外的職業呢。指揮時總會想：『萬一棒子一揮沒聲音跟著出來怎麼辦？』所以杞人憂天是職業病。褲子的吊帶萬一斷了怎麼辦？所以就多帶一條。燕尾服也是，得考慮到汗溼了的情況，所以是三套帶著走。因此我的行李有上百公斤，這也是沒辦法的事。」

有人看到不停遷徙的吉普賽人帶著全部家當流浪，因而覺得行李越輕越好，那是不了解旅行的人的想法。遷徙是生活的全部，所以一應俱全是必要的，Iwaki這麼認為。

他去年得了一種名稱很難記的病，「頸椎後縱韌帶骨化症」，動了一個成功率只有百分之五十的大手術。手術結果良好，而為了不讓頭部轉動，還戴上一個在頭蓋骨上鑽螺絲好固定住的器材。入院前Iwaki就預想到可能得像個機器人般生活一段時間，所以自費買了個溫水洗淨式馬桶，在動手術前先裝到他的單人病房裡。沒想到被他猜中了，大大派上用場。

「在醫院裡才真的是需要『自動溫水洗屁股機』呢。我能好好清洗屁股，全是拜它所賜。」

所以Iwaki出院前將這台自動洗屁股機捐給醫院的大病房。

Iwaki也是個和所持興趣徹底肉搏的人。人家都說我對事情窮究不捨，但和他比起來簡直小巫見大巫。他對廁所的形狀和功能的考察也是如此。

「我覺得現在馬桶的形狀對男人來說很不好用呢。男人小便時，老是得注意不要灑到馬桶外。這實在很難辦到吧。女性或許不能理解，但光因這點每天得緊張上好幾次，男人就會比女人來得短命呢！」

其中也有諸如此類的珍奇理論……。
「下次我五月二十一日回來。」

拋下這麼一句話，指揮家又帶著他愛用的
攜帶式蓮蓬頭起飛了。

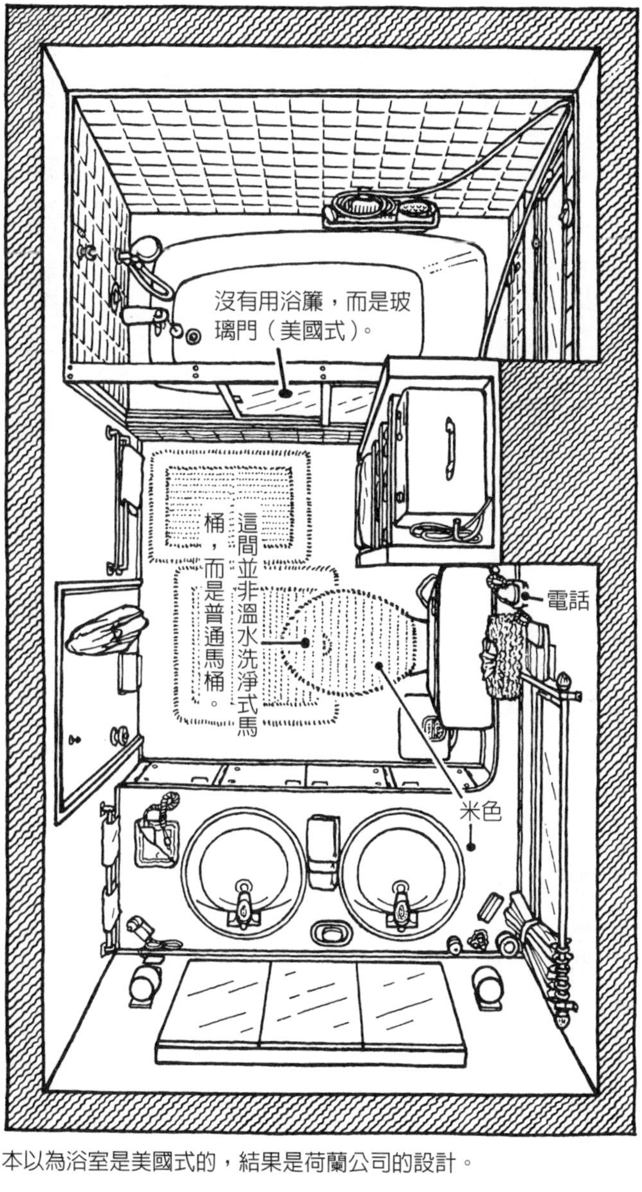
沒有用浴簾，而是玻
璃門（美國式）。
這間並非溫水洗淨式馬
桶，而是普通馬桶。
電話
米色
本以為浴室是美國式的，結果是荷蘭公司的設計。

作家田邊聖子篇

9

攤開田邊聖子女士寄給我的手繪地圖，邊走出車站剪票口。車站前有座開滿玫瑰花的小公園，再往前不遠有條小河，過了小河馬上可以看見紅磚蓋成的房子。這就是田邊女士的家。路線完全跟地圖所畫的一樣，實在佩服。

外表看起來這棟房子像沒有窗户，進到裡面才發現並非如此。感覺很開放的房間呈半圓形地圍著有片草坪的明亮中庭。

「很有西班牙宮殿風格呢！」

「是嗎？請本地的年輕建築師伊丹設計的呢。不管從哪個房間都可以直接去中庭。住大樓的話，連出去一下都非得化妝不可。但像這樣的中庭，即使是晚上、穿著睡衣也可以出去。而且在自己家裡就可以曬到太陽了喔！」

在參觀廁所之前，田邊女士將她心愛的家全部介紹一遍。正如傳聞，比人還高的「長男史努」——布偶史努比和其他狗兒坐在沙發上。每隻都取了名字，個性也各有不同。田邊女士抱起牠們為我一一介紹。

「這是哲學家歐進。這是其比，他很會說謊。」

我有點不好意思地和他們打完招呼後，田邊女士將擺在牆邊的娃娃屋指給我看。按實物比例縮小的娃娃屋數一數共有七間。

「小暖爐上的色鉛筆是我做的。牙籤削一削再塗上顏色呢。」

廁所是五角形的，因為房子整體呈
半圓形圍住中庭。

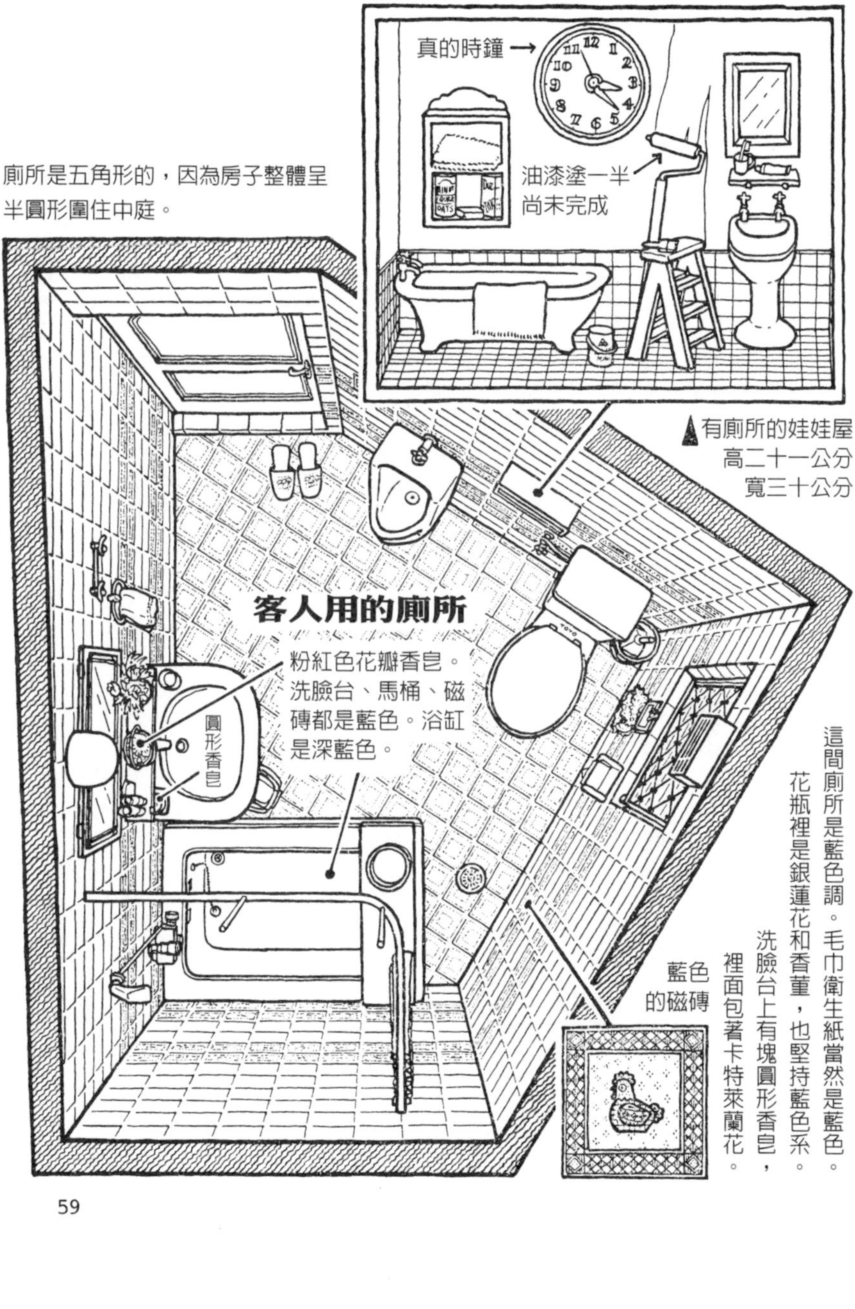
真的時鐘
油漆塗一半
尚未完成
有廁所的娃娃屋
高二十一公分
寬三十公分
客人用的廁所
粉紅色花瓣香皂。
洗臉台、馬桶、磁
磚都是藍色。浴缸
是深藍色。
圓形香皂
藍色
的磁磚
這間廁所是藍色調。毛巾衛生紙當然是藍色。
花瓶裡是銀蓮花和香堇，也堅持藍色系。
洗臉台上有塊圓形香皂，
裡面包著卡特萊蘭花。

仿照英國式房子做成的大娃娃屋裡全照規矩來，設著廁所。各個房間也裝有電燈。

終於要參觀真的廁所了。靠近玄關這間是客人用。第一次看到五角形的廁所，附有浴缸。

「這是為了留宿的編輯或客人能夠自由使用而設的。我常用的浴室和廁所是靠近工作室的那間。」

個人專用的廁所也是五角形。兩間廁所都有包著花瓣的香皂，整體的色彩搭配也很講究。櫃子上擺飾著粉紅色蠟燭等小東西，很有田邊女士的風格。但這些裝飾品卻比我預期的來得少。

「以前擺得更多呢！廁所圓形把手上套著蕾絲或毛織的把手套。後來因為我老公『臉色難看』，就全拆下來了。要是在以前，娃娃啦、其他的東西可是很多的……。」

我也是男人，很能了解她老公的心情。

「廁所裡怎麼一本書也沒有？」

「因為上的時間很短，短到根本沒時間看書。雖然熱水澡泡蠻久的。」

「那都想些什麼？」

「如果接著要外出吃飯，就會想想該穿什麼衣服、要吃什麼之類的。」

「工作的事呢？」

「我是個思考正面積極的人，所以想的都是接下來一定寫得很順手，或是那篇稿子編輯一定也很喜歡……等等。泡澡的時候很舒服，所以總會覺得不管怎樣絕對沒問題。有時還會看看自己的肚子和腳丫子說：『哇！好白哦！都已經六十了還這麼漂亮。』」

田邊女士真是個可愛的人。

問她泡澡的時間多久，原來也只是短短的十五分鐘而已。

剛好遇上這機會，便請教她一個關於女性心理的想法。

田邊女士的個人專用廁所

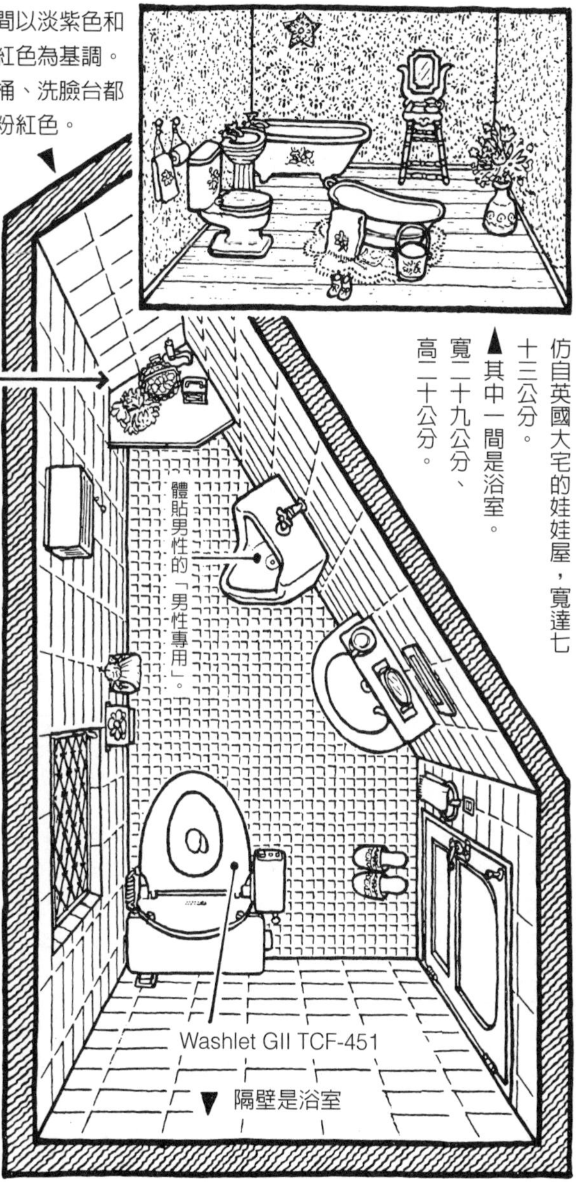
仿自英國大宅的娃娃屋，寬達七十三公分。
▲其中一間是浴室。寬二十九公分、高二十公分。
這間以淡紫色和粉紅色為基調。馬桶、洗臉台都是粉紅色。
▼
花瓶裡有紫色的銀蓮花。時鐘。花瓣香皂。粉紅色蠟燭（為了萬一停電而準備的……。）
體貼男性的「男性專用」。
Washlet GII TCF-451
▼ 隔壁是浴室
這裡也有老公專用的小便斗。

「對於有人要求參觀廁所，身為女性的您是否會心生抗拒？」

「我們不像男人，男人是被可以公開談論這種事、對此可以開懷大笑的文化給教育長大的，而女性的文化則奠基於『含蓄才是美』的觀念……。歷史上，『含蓄反而能顯露魅力』的時期比起『坦然表露一切』要來得更悠久吧。當然全部說出來大家笑成一團是很有趣，但如果變成這樣，那也就不需要化妝和時尚流行了吧。所以女人還是含蓄一點比較好。」

「但是您馬上就回答『可以啊』，那又是為什麼呢？」

「我沒打算把我家的廁所給隱藏起來啊。因為這種事大家都一樣吧。但如果要參觀我的書房，那就……。」

「這倒是很意外哪！為什麼呢？」

「被人家知道我讀什麼書、用哪種筆或稿紙、怎麼寫作等等，很討厭呢。我寫的大多是愛情小說，所以就像寶塚歌劇團的後台一樣，對於被人攤開在陽光底下會有點心生抗拒。想台詞或構思情節時並不會一直坐在書桌前，而是會去摸摸喜歡的衣服、和史努玩一玩，或拍拍其比的頭，或看一看收藏品等等。」

家中到處坐著的舊娃娃、狗兒布偶們以及娃娃屋，不單是收藏品而已，也是田邊女士小說創作的共謀者。

就在我告辭之際，田邊女士想起了女校時代的回憶。

「一年級在學校上廁所時捏住鼻子，結果被外面高年級大聲嘲笑：『上廁所還捏鼻子呢！』我嚇了一跳，『啊？不能捏嗎？』現在已經不這麼做了……。」

題外篇
東洋與西洋的古早廁所

⑩

我來窺看「三代將軍家光的廁所」。佔地兩塊榻榻米大。

兩塊榻榻米大的廁所聽起來好像很寬敞，但是和武田信玄的廁所一比就不算什麼了。根據文獻記載，信玄的廁所有六塊榻榻米大。為何需要這麼寬敞的空間呢？原來是怕上廁所時若遇刺客襲擊，房間太窄會無法揮刀防衛。而且他不僅在那裡上廁所，連書桌也搬進去，焚沉香、讀書信，思考事情，當成附廁所的書房般靈活運用。雖然很想窺看實物，可惜沒有保存下來。

可喜的是將軍家光的廁所至今仍可看到。這間大有來頭的廁所保存在埼玉縣川越市的寺廟——喜多院中。

這裡不僅有廁所，「家光誕生的房間」與「春日局的化妝間」等也都遷移至此復建，作為寺廟的會客室或書院。其實這些建築原本是屬於江戶城的。

至於為何會遷至四十多公里外的川越市，緣起於家康信賴喜多院的住持天海僧正，所以此寺和德川家代代都有密切交往。

寬永十五年（一六三八）川越發生大火，喜多院被燒得只剩山門。家康死後，三代將軍家光奉天海僧正如父，於是希望儘快重建燒燬的喜多院，便下令把江戶城的建物移築此地以供寺方使用。

我拜訪喜多院時有大批觀光客湧入，熱鬧非凡。一方面正值櫻花盛開，再加上NHK

電視台的連續劇《春日局》正在全國播映，「化妝間」也因故事女主角之故備受注目。

目標廁所位於「家光誕生的房間」。廁所裡沒有配置電路，我帶來的手電筒可是派上用場了。到處照來照去，邊量尺寸邊素描。

問了喜多院的人，他說：

「是不是家光公的廁所——這個嘛……，我不是學者，不敢斷言。」

不過我認為這一定是家光的廁所。理由是這間廁所並非移建後才蓋的。加上這附近是除了家光以外所有男性都禁止出入的區域，而這裡卻有男用便器。

聽說是「擺榻榻米上的箱型便器」，事實卻非如此。便器的框埋在榻榻米下面，一打開蓋子就看到下頭有個洞。現在當然是禁止使用。

我偷偷跨上去，蹲下來看看。從下面吹起了嘶——嘶——的風聲。我把頭伸進洞裡瞧瞧地板下面，有個接住落下物的箱子。

那個箱子嵌在木製軌道上，可以拉出來。在手電筒的照射下可以看到用墨水寫著「昭和二十六年修補」的字跡。

喜多院從明治初年到戰後，荒廢了很長一

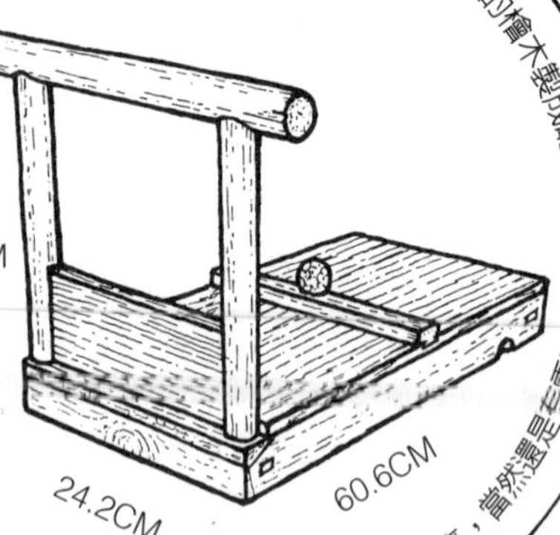

這個時代的豪華版便器有許多是黑色漆器，但這個是用沒上色的檜木製成的。就將軍的身份而言是非常樸素的。但和當時平民百姓的廁所比起來，當然還是有雲泥之判。

三代將軍家光的廁所

同時代的桂離宮或是橫濱的三溪園的廁所，大小也同樣是兩塊榻榻米。

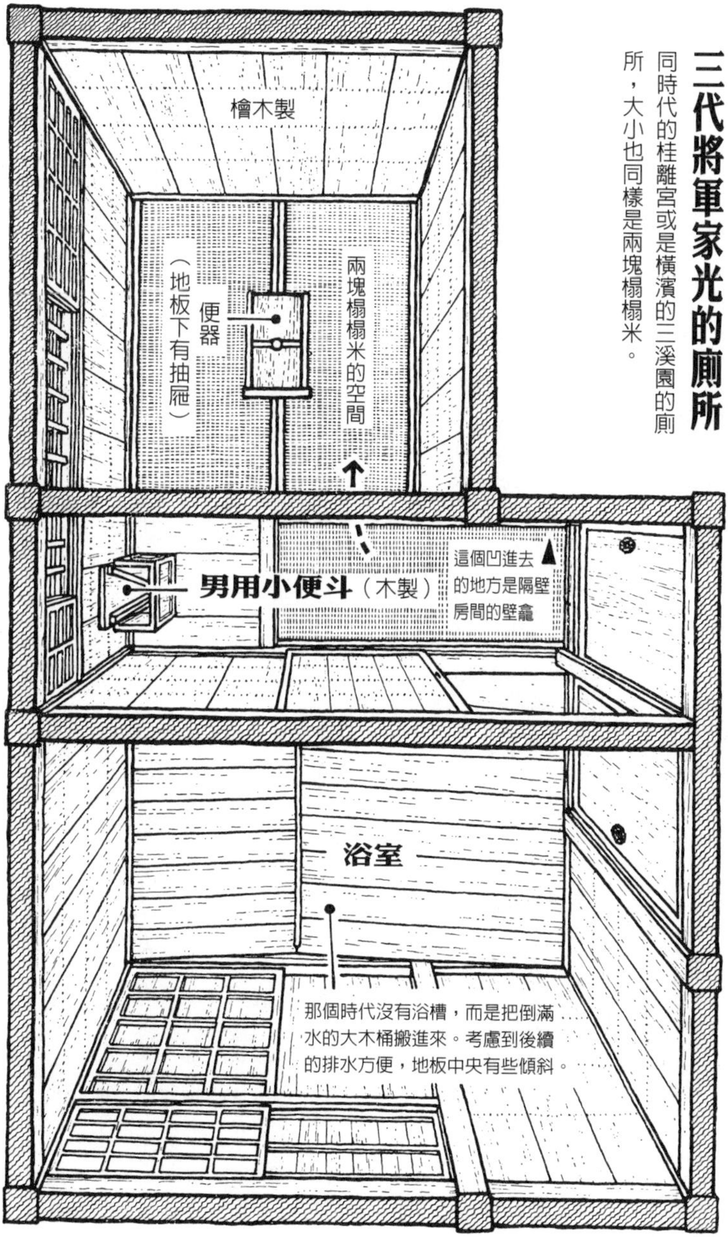
檜木製
兩塊榻榻米的空間
便器
（地板下有抽屜）
男用小便斗（木製）
這個凹進去的地方是隔壁房間的壁龕
浴室
那個時代沒有浴槽，而是把倒滿水的大木桶搬進來。考慮到後續的排水方便，地板中央有些傾斜。

段時間。昭和二十四年（一九四九）起花了幾年時間進行大規模整修，這才起死回生。當時也整修了這間廁所吧。

喜多院的建築雖然已有三百五十年以上的歷史，粗大的柱子卻仍散發著生命力，讓人覺得樹木好像還活著一般。

我不免開始想：「榻榻米的廁所好像不錯呢」。只不過，如果真蹲在這種地方，我的窮酸本性一定會開始作祟而沒辦法安心上大號的……。

說到古代的廁所，就想起熊本城有「空中廁所」。把那個畫下來！就飛快出發了。

只為了窺看廁所而去到熊本，真是有夠會幹蠢事、有夠奢侈、有夠怪的……。

從機場打電話給當地的友人，結果他說：

「請不要再被逮到了啊。」

他知道我曾經在熊本城被警衛大罵的事。

「熊本城的石牆又陡又直，絕對爬不上去的！」

由於當地人一臉得意地說明，我那喜歡確認事情真假的惡習又跑出來了，就往牆上爬去。下面的部分簡直像在引誘攀登一樣，非常平緩好爬；但越往上去，遇到稱為「武者當返牆」的懸突設計就窒礙難進了。當我爬到一半，

「你在幹嘛啊！告示牌上不是寫著不准攀爬嗎！快下來！」

一聽到大喊，我趕緊慌慌張張往下降，回程的時候腳抖個不停。本來應該在下面仰頭看著的朋友早就逃光光了，一個兒也不剩。

後來，熊本的《日日新聞》一定要我把這段始末寫出來，所以我就交了一篇題為〈對不起〉的文章。因此我常被熊本人嘲笑。

「不會再做出攀登石牆那種傻事了。這次是要窺看城裡的廁所。」

那位愛看熱鬧的朋友在城堡前的銀杏樹下

等我。從正下方望向熊本城，真是氣勢磅礡撼人。

進入熊本城前不遠處，可以看見在左側石牆凹陷的部分有個突出空中的地方。

「那裡就是廁所唷。」

「咦，是那個？連本地人也不知道哩！」朋友大叫出聲。這樣說來，大部分人都是沒有發覺就直接從下面經過，進入熊本城。

城牆中最難防禦的部分就是凹陷的地方。因為和向外突出的牆角比起來，不但容易攀爬，而且死角很多。所以就利用這部分蓋成廁所，以妨礙敵人攀登。

在城壁上蓋著向外突出的廁所，事實上不只日本，歐洲各地也有。不管東洋西洋，中世紀的城堡都有同樣的點子，真是有趣。

列支敦士登宮（Liechtenstein Palais）位在維也納郊外，這兒也有「空中廁所」。而且還名實相副呢。

從外面眺望，可以清楚看見牆上的污痕。雖然照道理想，下面應該是長年堆積而成的糞山，但當時的人似乎不像我們會覺得那有多不乾淨。

住在市區的人一到早上就毫不猶豫地把夜壺裡的排泄物從窗户往街上倒。寬簷帽、包住身體的斗篷和高跟鞋等，都是為了保護身體不讓從天而降和堆積街頭的的穢物弄髒。雖然長久以來都這樣「放生」自己的糞尿，然後一邊告訴自己「我不在意我不在意」，假裝若無其事，其實大家對此都非常困擾。

一五八五年法國的波爾多市下令市民蓋廁所，而且規定「嚴禁任何人從窗户往街上傾倒穢物、尿液和不乾淨的水。」

在這十九年前，巴黎市也頒佈了同樣的法令，卻形同具文。歐洲各地好像都有同樣的煩惱，這個問題可是跨越了國家和地區。

儘管巴黎的凡爾賽宮建於十七世紀後期，

熊本城的空中廁所

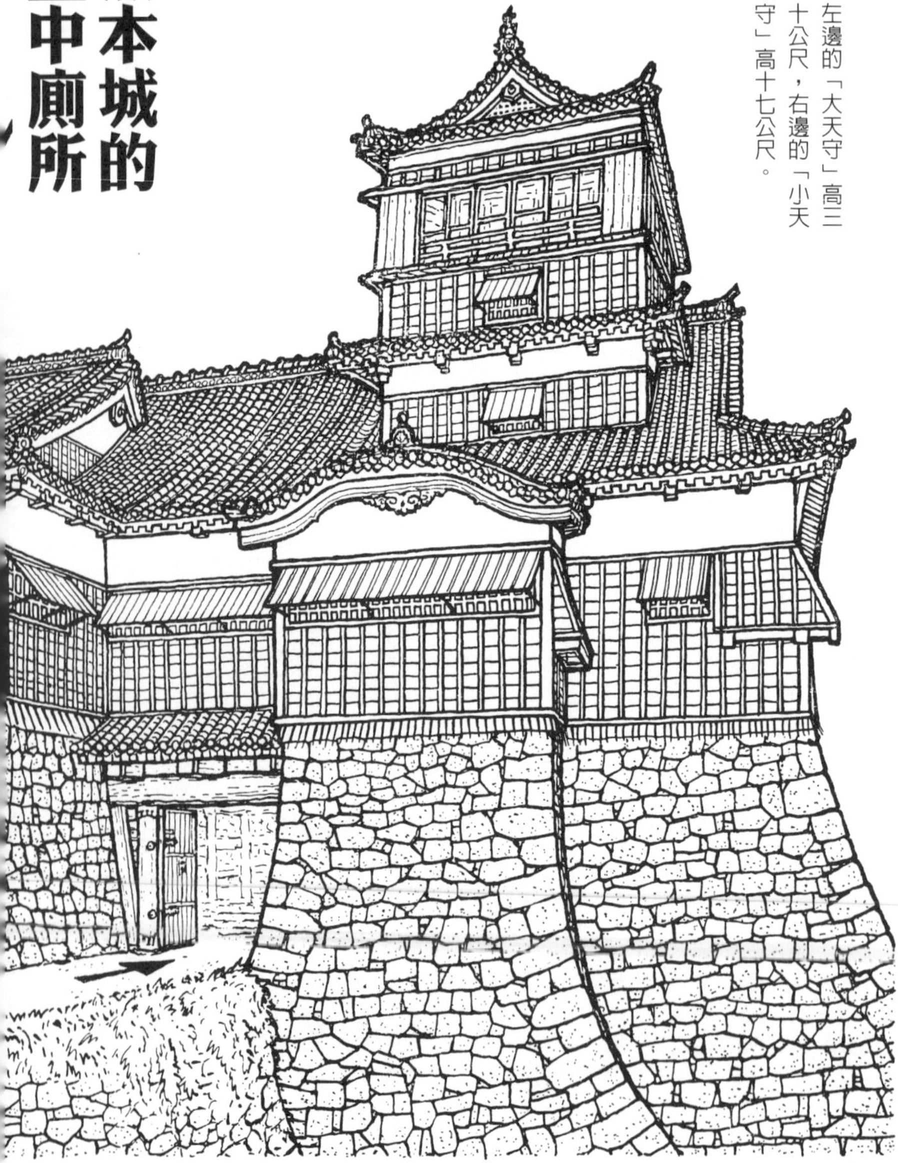

左邊的「大天守」高三十公尺，右邊的「小天守」高十七公尺。

慶長十二年（一六〇七）落成的熊本城，在兩百七十年後，也就是明治十年（一八七七）燬於祝融之災。於昭和三十五年（一九六〇）重建的熊本城內部全由水泥蓋成，已經完全沒有往日面貌，不知為何仍再現了空中廁所呢？

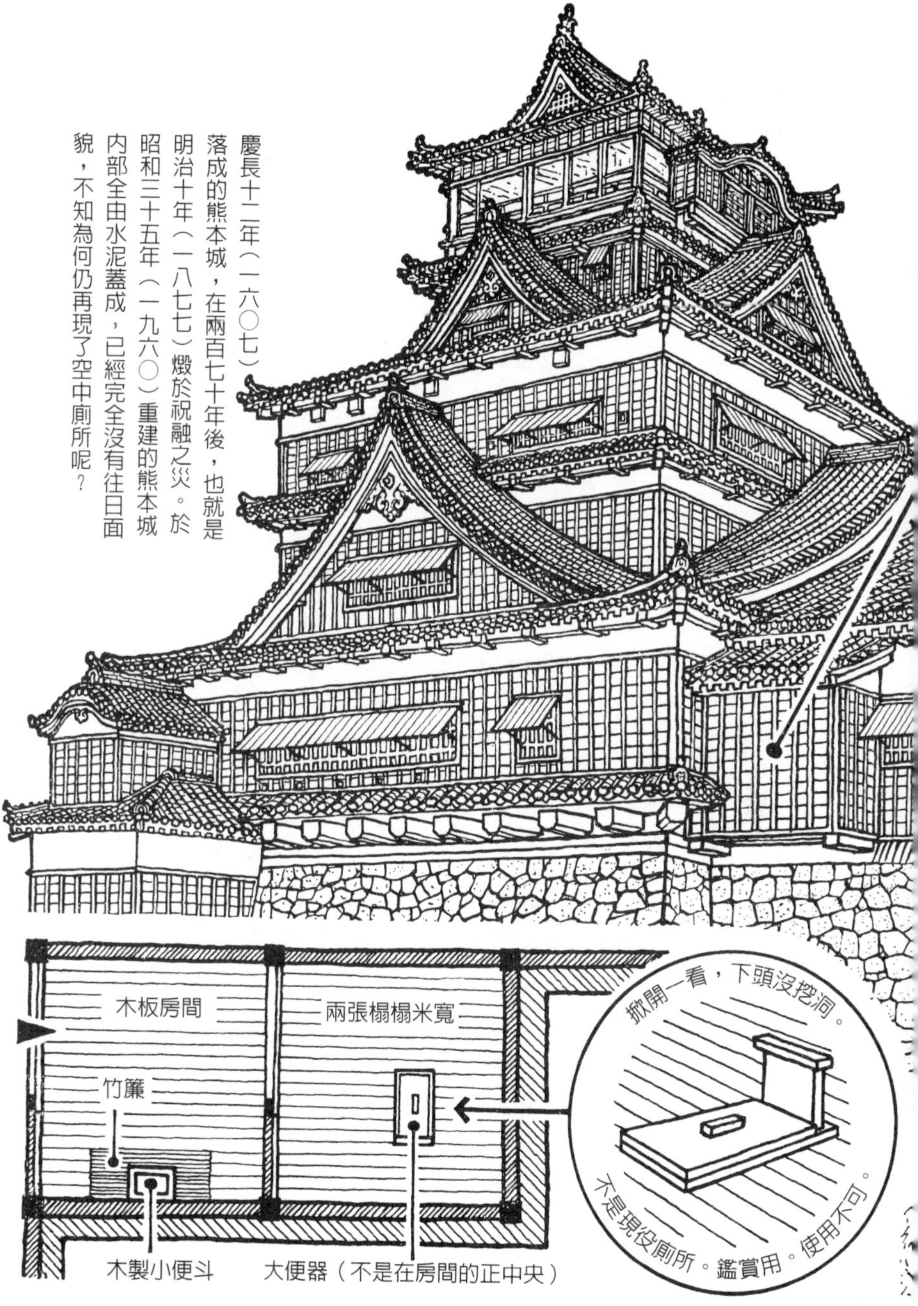
木板房間
兩張榻榻米寬
竹簾
木製小便斗
大便器（不是在房間的正中央）
掀開一看，下頭沒挖洞。
不是現役廁所。鑑賞用。使用不可。

列支敦士登宮的空中廁所

奧地利　維也納郊外

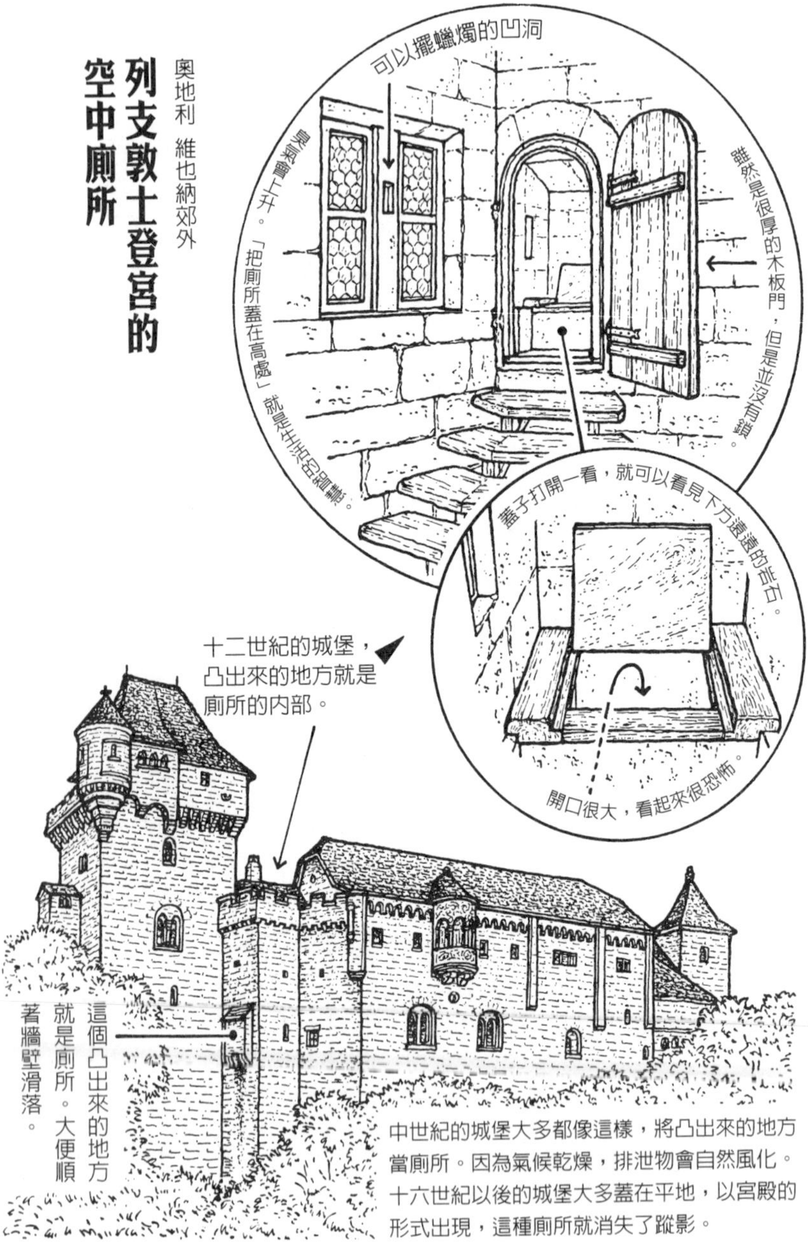
可以擺蠟燭的凹洞
臭氣會上升。「把廁所蓋在高處」就是生活的智慧。
雖然是很厚的木板門，但是並沒有鎖。
蓋子打開一看，就可以看見下方遠遠的岩石。
開口很大，看起來很恐怖。
十二世紀的城堡，凸出來的地方就是廁所的內部。
這個凸出來的地方就是廁所。大便順著牆壁滑落。

中世紀的城堡大多都像這樣，將凸出來的地方當廁所。因為氣候乾燥，排泄物會自然風化。十六世紀以後的城堡大多蓋在平地，以宮殿的形式出現，這種廁所就消失了蹤影。

歐洲開洞的座椅（十八世紀）

好像坐在房間中有洞的椅子上大小便，即使有人在場也不會不好意思。法國的亨利三世（(Henri 三)）就是坐在便器上接見廷臣時被暗殺而亡的。透過便器可以看到，每個國家的氣候、風土、宗教不同，對於排泄的觀點、羞恥心的糾結或文化的本來面貌也會隨之改變。

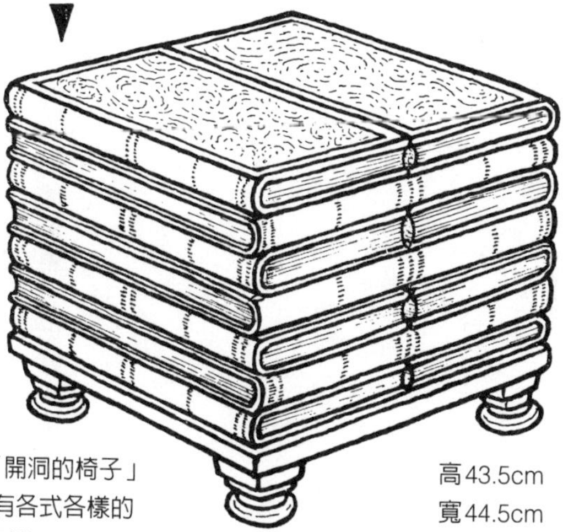
平民百姓與漂亮的「便器」無緣，這是王宮貴族的用品。以疊起的書本形狀來掩飾。
「開洞的椅子」有各式各樣的形狀。
高43.5cm
寬44.5cm

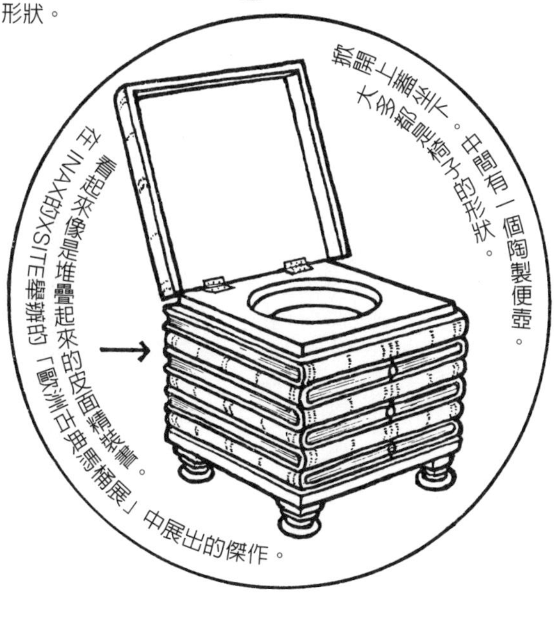
掀開上蓋坐下。中間有一個陶製便壺。
大多都是椅子的形狀。
看起來像是堆疊起來的皮面精裝書。
在INAX的XSITE舉辦的「歐洲古典馬桶展」中展出的傑作。

同樣沒有廁所。進出宮殿裡的王公貴族、朝臣、與宮廷有關的人員、士兵等等，合計近兩萬人，所以即使有許多開著洞的椅子應該也無濟於事。因此宮廷到處瀰漫著惡臭，淑女會在庭園裡林木花草茂密處蹲下解手，或是香水會發達流行等種種現象，也就不難理解了。

隨著時代潮流變遷，已經可以無視屎尿公害而一笑置之了。那是由於下水道建設完備的關係……。

在日本，由於糞尿是重要的肥料，所以處理方式不會粗糙隨便。

諷刺的是，這卻是下水道發展得太遲緩的結果呢。

11 薩克斯風演奏家坂田明篇

坂田先生是爵士薩克斯風的頂尖演奏者，但只有熟人才知道他也是「魚的權威」。稱他為權威，他一定會急忙搖手否認吧，因為他是個可以理解魚的感覺的人。曾聽他說過關於高體鰟鮍的事，非常好笑。

「正如名字一般，玫瑰色閃閃發光（按：日文名為「大陸玫瑰鯽」）。心想好漂亮啊，一開始就養了十尾。過了不久就泛出婚姻色，顯示交配期到了，卻遲遲沒有產卵。一查淡水魚圖鑑，才知道竟然全是公的，當然不會產卵了。所以我才不是什麼權威呢。」

聽說他慌慌張張踩著腳踏車去水族店買母魚。

「飛快騎回來，一放進十尾母魚後，水槽裡醋海生波，嚇了我一大跳呢。公魚們春心大動，色澤更加閃亮耀眼，背鰭臀鰭也張得老開挺得直直的。看了覺得真是對不起牠們啊。也就是說，我之前只是把一群小夥子給塞進工寮裡嘛。」

坂田先生比手劃腳談的不只是魚，接著也聊到了男女話題。

「不，其實都一樣呢。說人和魚都一樣，不知道會不會對魚太失禮。公魚會靠近自己喜歡的母魚旁邊，其他公魚一過來就發動猛烈攻勢，將之擊退。公魚想和母魚留下自己的後代。不久，母魚便將水槽中雙殼貝的排水管當產卵管來產卵。在一旁焦急等待的公魚看了趕緊朝貝殼的吸水管射出白色精液。

過了幾天，水槽中開始有幾尾五釐米左右、細長黑色的生物游著，那是由卵孵化而成的小魚。想到其間的基因承續，我感動得眼淚都快流出來了。」

坂田先生說，不管是飼養生物或自己的人生，若非抱持以人為本的人道主義是不行的。他飼養的座右銘是「不需多有學問，也不需多麼專精，只要和生物一起生活」。他屢經失敗而逐漸適應的過程好像很有趣。

「我有養當魚飼料的水蚤，很可愛喔。你要不要來看？」

承蒙邀請，我就去位在埼玉縣蕨市的坂田先生家拜訪。只是水蚤和廁所到底有什麼關連？多少有些擔心……。

庭院裡有大大小小各式各樣的水槽。有木桶，也有在木框貼上塑膠布的自製水槽。

水蚤最大的也只有兩釐米左右，所以即使把頭伸進水槽仔細瞧也不見蹤影。坂田先生從有水蚤的桶中舀水倒進玻璃瓶，向光舉起來說：

「這樣就看得到了吧！」

像垃圾一樣漂著，上下左右一張一縮地漫遊。他用放大鏡看，

「啊，這隻抱著蛋。你等一下。」

他拿了顯微鏡來，放在鏡頭下觀察。

「啊，有三個小孩。」

坂田先生說水蚤有「三個小孩」。我也來看看。可以看到剛由卵孵化的水蚤寶寶在孵育囊中蠕動。

「在我們肉眼可見的東西中，最小的就是浮游生物吧。水蚤身體是透明的，就像是生命的縮影，因此什麼都可以看得一清二楚。由卵孵化的水蚤，從產卵到死亡只有六天的生命。所謂僅僅六天，是人類依照自己的時間來計算的。若就生命的延續來看，牠們已經活了幾億年了。」

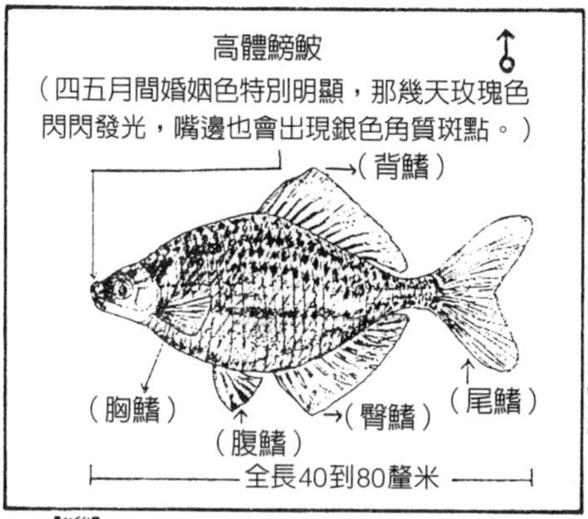
高體鰟鮍
（四五月間婚姻色特別明顯，那幾天玫瑰色閃閃發光，嘴邊也會出現銀色角質斑點。）
（背鰭）
（胸鰭）
（腹鰭）
（臀鰭）
（尾鰭）
全長40到80釐米

◄借用坂田明先生素描本裡的畫

水槽裡除了高體鰟鮍之外，還有矛鱊、緣鱊、羅漢魚、蝲蛄、雙殼貝、水蚤等。除了養魚以外，他還有個特技是用扁擔挑糞桶。他笑說：「現在已經沒有任何用處囉。」

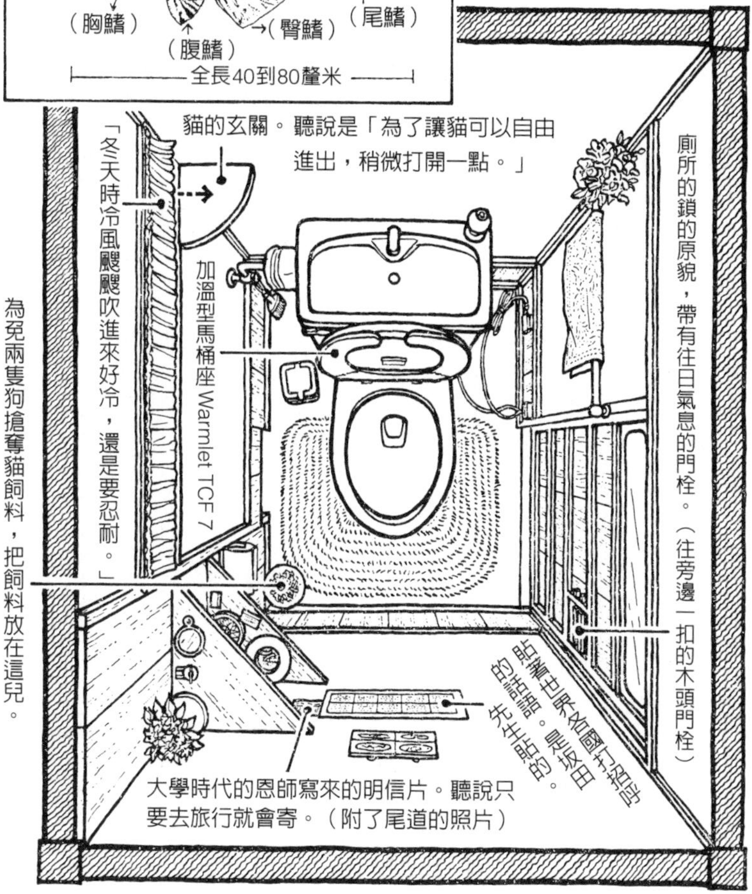
貓的玄關。聽說是「為了讓貓可以自由進出，稍微打開一點。」
「冬天時冷風颼颼吹進來好冷，還是要忍耐。」
加溫型馬桶座Warmlet TCF 7
廁所的鎖的原貌，帶有往日氣息的門栓。（往旁邊一扣的木頭門栓）
為免兩隻狗搶奪貓飼料，把飼料放在這兒。
貼著也跟飯團打招呼的話語。是坂田先生貼的。
大學時代的恩師寫來的明信片。聽說只要去旅行就會寄。（附了尾道的照片）

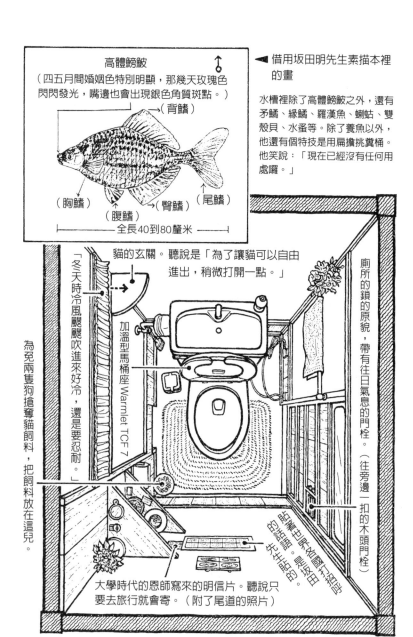

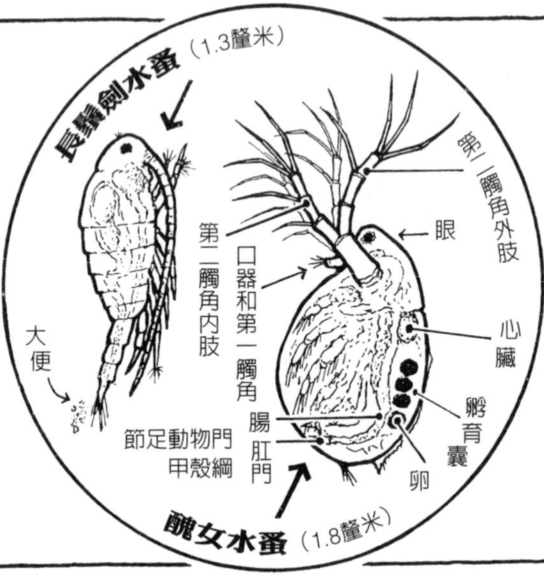
長鬚劍水蚤（1.3釐米）
大便
第二觸角外肢
眼
第二觸角內肢
口器和第一觸角
心臟
孵育囊
腸
肛門
卵
節足動物門
甲殼綱
醜女水蚤（1.8釐米）

即使將裝著水蚤的瓶子向光，也只能看到小小一點在游動。想要看得更清楚的話，只有買顯微鏡了。雖然有點遲疑，最後還是買了。我有種不好的預感：此後每一天都得持續觀察牠了……。

這樣一說，水蚤世界好像變得如宇宙般廣闊。

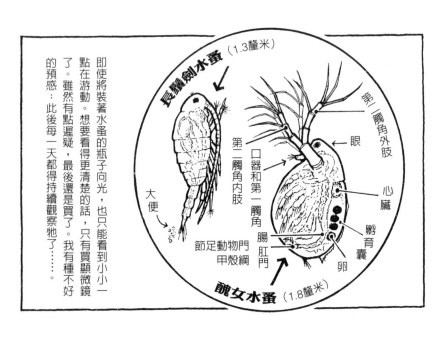

「因為自然環境遭破壞，生態系改變，別說什麼幾億年、什麼生命的延續，都很容易就中斷了。人為了過更便利的生活，幹了許多破壞自然改變生態的事。在孕育水蚤的溝渠中曾經有很多貝類。因為貝類多，當然也會有鯽魚。可是現在都整治成U字溝了。確實，河川變得很乾淨，不再有孑孓了，但在全用水泥糊住的河裡頭，水蚤、貝類也無法生存了，鯽魚當然也就跟著消失。牠們的生態環境已經被破壞了。對牠們而言，這個生態系就是牠們的宇宙……。我們隨隨便便地破壞了許多東西；我想，不知什麼時候，我們居住的世界也會輕易地就被破壞了吧。因為事情的成因正是出自我們本身啊。」

這麼說，最近很盛行的水耕蔬菜等等，不需要太陽也不需要土壤。但是如果沒有了石油，又無法借助電力的話，那就糟了。

「像以前的有機農業，要等那種有蟲啃咬的青菜長大得花上一段時間，但絕不會有土壤壞死的情形發生。破壞水或土壤與破壞地球是相關聯的呢。不是說要把現在所有事情全都歸零、回歸自然，但我認為，無論是自然生態系中的食物鏈、或者萬事萬物的存在價值等等，即便只佔腦中一隅，也都要牢牢記住才好。」

說到這裡，終於談到了糞便。

「現在的糞尿處理方式和以前不同，但是一到瀨户内海的島上，就又可以看到自然環境中的食物鏈喔。像在船舶停靠的地方，有根直徑一公尺左右的排水管突出海面。魚兒在那裡游來游去，等著定期排出的糞便。一有東西出來，魚兒便嘩地聚集過來，轉眼間就吃光了。大魚吃小魚，人類吃大魚，這就是食物鏈啊。或許有人知道這事之後就不敢吃魚了……。但這是千真萬確的事實。否定了這個就等於是否定自己，那就毀了。『對糞便也要有愛』，『對水蚤也要有愛』。因為它們都和地球或宇宙有很深的關聯啊。」

回家時，我向坂田先生要了一小瓶水蚤。為了將「以宇宙規模來思考」的想法納為自己的觀點，從此開始飼養水蚤。

12

賽車手三好禮子篇

「我最——喜歡有關廁所的話題了。可以講個三天三夜喔！」也有這樣的人。

依照下面的提示，問問喜歡摩托車的人或年輕人，應該馬上就知道是誰。

「以摩托車挑戰巴黎—達卡賽車的年輕女性」

正確答案是三好禮子小姐（現在已經是山村禮子了）。

她參加過人稱「世界最嚴苛的賽車」——「巴黎—達卡」，正式名是「巴黎・突尼西亞・達卡」。

賽事於每年十二月二十五日在巴黎展開，經過巴塞隆納，橫越突尼西亞、利比亞、尼日、馬利、幾內亞、塞內加爾八國，要在二十天內跑完全程，約一萬一千公里。汽車和摩托車混合競速，這次有一百五十五輛摩托車參賽。禮子小姐是日本第一位參加摩托車賽的女性。

可惜她中途就出局了，但她隨即搭別人的便車一直坐到目的地達卡。

讓我感興趣的是，她在接受採訪時表示，對於自己被淘汰並不懊悔：

「這麼說或許有點奇怪，雖然我遇到了挫折，卻非常開心。」

我想見識見識她的爽颯作風。

去拜訪時馬上就讓我參觀的廁所果然也很有她的個人風格。

非洲大地圖、南極朝上的地球儀、佈告欄

上好像是她正在學的法文單字。真是間明亮的廁所。

「沒錯，我喜歡明亮又有開放感的廁所。租房子的時候我都以廁所來決定。我甚至覺得，如果廁所乾淨，在裡頭睡覺也沒關係，我不覺得髒。十三年前，我還每天在廁所吃早餐呢。」

「咦？為什麼特地在廁所吃早餐？」

那是十八歲周遊日本途中，在大阪地下街的服裝店打工時的事。因為開始工作就沒時間吃飯，於是上早班的她一到店裡就先去隔壁的廁所，坐在裡頭吃買來的麵包邊看書。

「早上的地下街一個人也沒有，很安靜，所以廁所變成能度過個人時間又舒適的單人房。雖然在排出的地方吃東西，但我一點也不在意。」

她之所以對廁所抱有親切感，據說是因為十歲時讀了漫畫《廁所博士》，大受感動。裡頭的內容具體又科學，而且以活潑開朗的手法畫出大便的種種事情，令人讀來有「對啊，就是這樣」的共鳴。

「我喜歡把自己當作別人來分析，樂此不疲。」

她說不管便便或賽車都一樣。

「我認為不管便便也好賽車也好，都可以透過它們看出一些事情呢。也就是說，它們像一種濾鏡。我想，從巴黎到達卡之間的沙漠讓我『看到自己』。在那之前，我只覺得沙漠就是沙漠，其實並不只是這樣。我在沙漠中才知道，原來自己只是個既可憐又軟弱的人類罷了。雖然有點像是懺悔，但我真的心想：從今以後要開始第二個人生了。從內心的糾葛中看到的，仍舊只是自己呢。便便也是如此。透過便便也會看見自己。即使它只是便便，但是，從怎麼看待便便也可以知道……。」

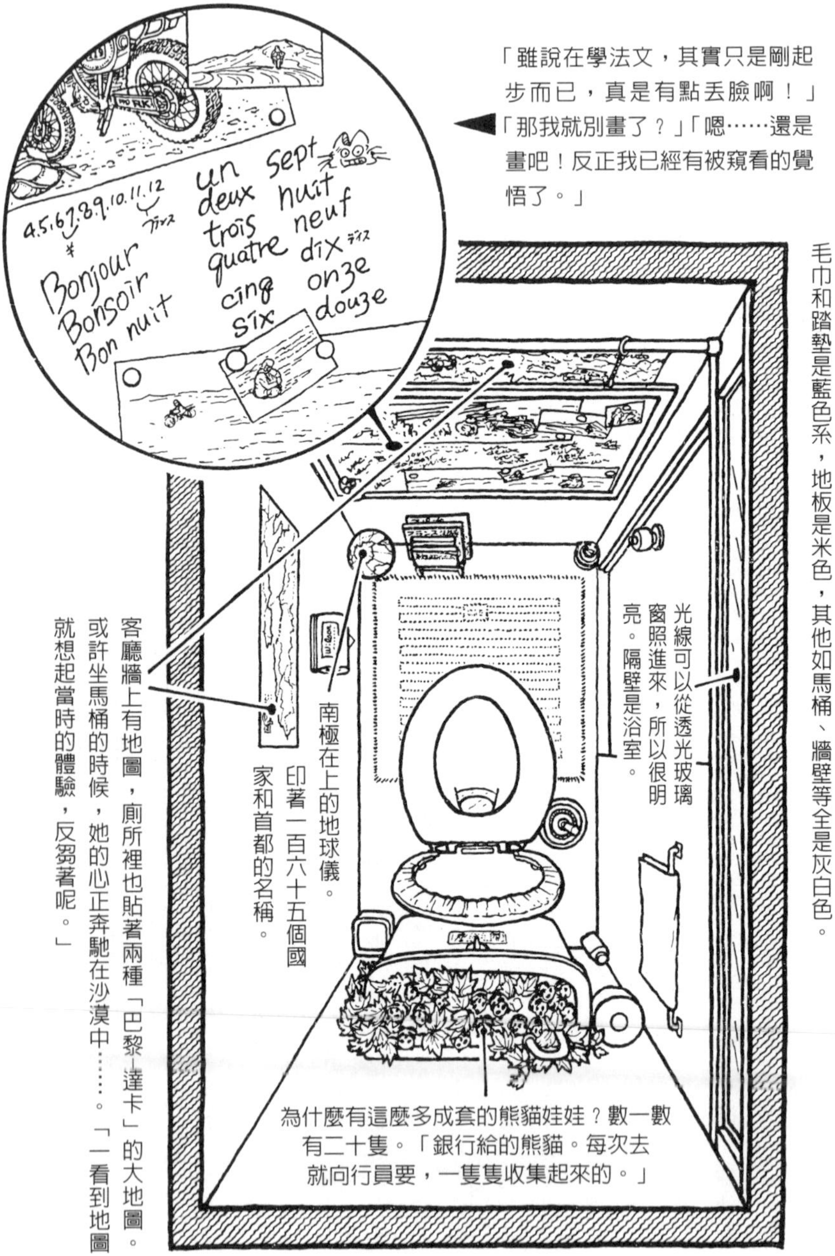
「雖說在學法文，其實只是剛起步而已，真是有點丟臉啊！」「那我就別畫了？」「嗯……還是畫吧！反正我已經有被窺看的覺悟了。」
4.5.6.7.8.9.10.11.12
Bonjour
Bonsoir
Bon nuit
un
deux
trois
quatre
cinq
six
sept
huit
neuf
dix
onze
douze
毛巾和踏墊是藍色系，地板是米色，其他如馬桶、牆壁等全是灰白色。
光線可以從透光玻璃窗照進來，所以很明亮。隔壁是浴室。
南極在上的地球儀。
印著一百六十五個國家和首都的名稱。
客廳牆上有地圖，廁所裡也貼著兩種「巴黎－達卡」的大地圖。或許坐馬桶的時候，她的心正奔馳在沙漠中……。「一看到地圖就想起當時的體驗，反芻著呢。」
為什麼有這麼多成套的熊貓娃娃？數一數有二十隻。「銀行給的熊貓。每次去就向行員要，一隻隻收集起來的。」

她說，不能把日本人對廁所的想法或對乾淨的標準帶到其他的國家。

「去參加香港—北京大賽時，或許人家覺得來了個珍奇人物，結果不管到哪裡都有將近千人往我這邊瞧。即使要上大號而去草叢裡，也有上百人跟來呢。我也會害臊啊，被那麼大群人盯著拉野屎，實在是羞死人了，白天再怎樣也上不出來。一直忍耐到半夜，才在加油站的陰暗角落解決呢。」

在非洲的時候，就已經可以像當地人一樣了。

「在馬利街頭問人廁所在哪兒，路人笑著往地上一指。『唉呀！這種地方不行啦！不是小號，是大號耶！』結果指給我一處用矮泥牆圍起來的地方。進到裡面才發現，牆的高度只到脖子，一蹲下臉就會露出來，所以可以看到街上的人。但是，誰也不會往這邊張望，自然而然這已經成了一種規矩。」

她說，以有沒有廁所或衛生紙來論斷不同文化地區的優劣是不對的。因為氣候風土不同，自然便便也不同。

「到非洲的時候，我雖然有帶衛生紙，但因為是在沙漠，所以會拉出那種一粒一粒不擦屁股也沒關係的大便。但人在東京就拉不出那種大便了。因此他們用沙或水來擦是出於資源面的考量，很有道理。我這人像變形蟲，到哪兒都會隨著容器的形狀馬上改變，適應環境。這樣子比較輕鬆，收穫也多。」

「周遊日本時也是在外面解決？」

「日本無論走到哪裡都有人。如果會在意人影，那根本還沒拉就得跑了，所以都是在各地野放。只要估計好迎面來人的距離，告訴自己『現在的話還來得及，趕快上趕快上』。」

她不能適應的反而是太氣派的廁所。她笑說：「我會惶惶不安地擔心『在這種地方上

非洲馬利的公共廁所

中間圍起來的地方堆滿了糞便。聽說「前輩們」的糞便都已經乾了，所以不會有不潔感。她開朗地笑著說：「但是還沒變乾的新糞就很醒目哦！」

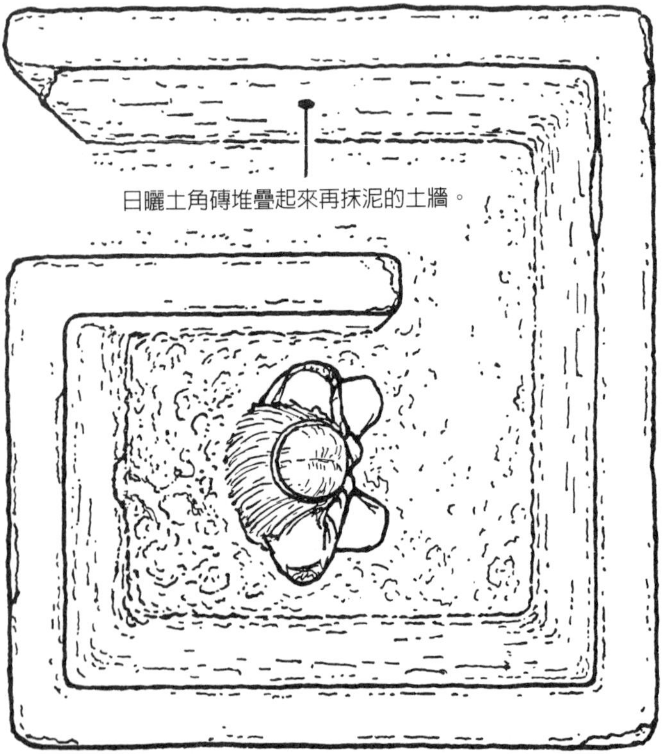

「大小約為2.5公尺乘以1.7公尺，牆壁高不到1公尺。人蹲著頭臉還是會露出來。所以從外面就可以知道正在使用中呢。但是在外面走著的人，即使看到也會裝做沒看到。」並非在非洲各個地方都可見到這種廁所，但是呈漩渦狀的露天廁所世界各地都有。我在印度的城鎮中就看過。

好嗎？』」而能令她安心上廁所的是感覺「大便可以回歸大地」的地方。她蹲沖水馬桶的時候似乎總想著大便的去處。

在沙漠中上大號，她不覺得那是污染自然環境；但看到被丟棄的空罐，卻有心痛的感覺。

「在賽車通過之後，營地會有空罐或輪胎等各種垃圾堆積成山，我問：『誰來打掃？』有人回答：『我們有付錢給經過的地區，沒問題的』。我聽了大受衝擊。我也丟了兩三次垃圾，十分後悔，淘汰出局後就邊撿垃圾邊前進。我覺得，要守護地球或要破壞地球，關鍵都在我們自己本身……。啊！說了大話了。」

「妳還會再去參加巴黎—達卡？」

「想再去挑戰一次。想清楚確認自己。但我並不想死，所以遇到危險迎面而來的時候或許又會退出。」

她在廁所中望著地圖、死命背法文、想著巴黎—達卡大賽。

告辭時，禮子小姐用小瓶子裝進撒哈拉的沙送我作紀念。這沙和日本海濱的沙不同，帶點紅色，粉狀又光滑。

插畫家和田誠 料理愛好家平野里美 夫婦篇

13

好久沒來和田先生家了。

首先讓我感興趣的是馬桶座的位置。因為聽說里美女士曾對和田先生說：

「男人在上完小號後不把馬桶座放下來，是男人處於優勢地位的證據。所以在家裡是否重視女人，從馬桶座就知道。」

自此之後，「馬桶座都不掀起來」成了和田家的規矩。

當時還小的唱君現在十三歲，率君也九歲了。男性人口已經是三比一的多數，那項規定到現在還沒改變嗎？

里美女士笑著打開廁所門說：「當然還是放下的囉。你看，不用我說小孩也會照做。好像是小便時單手扶住圈座，完了就順手放下。如果馬桶座不放下來，我可是會離家出走喔。」

里美女士在和田家的地位仍然沒有改變。

「沒錯。女人在家裡得強勢些。」

最近他們家廚房大整修，所以也順便參觀一番。廚房裡處處可見充滿里美女士風格的合理設計，例如將放砧板的流理台面傾斜，裝上專用的水龍頭。這樣即使不移動砧板也可以直接清洗，水會自然流進水槽排掉。又如把抽屜內側設計成一平面，這樣就可以防止東西卡住而拉不出來，諸如此類的點子不勝枚舉。

里美女士曾經請木工在壁隙間做出「食品櫃」。她敲著廁所的牆壁說：

自宅的廁所

雖然是長二點三公尺、寬一點零三公尺的窄長型房間，卻讓人覺得很寬闊，好像是大了一倍的正方形。因為有整面牆全貼著鏡子，效果挺不錯的。

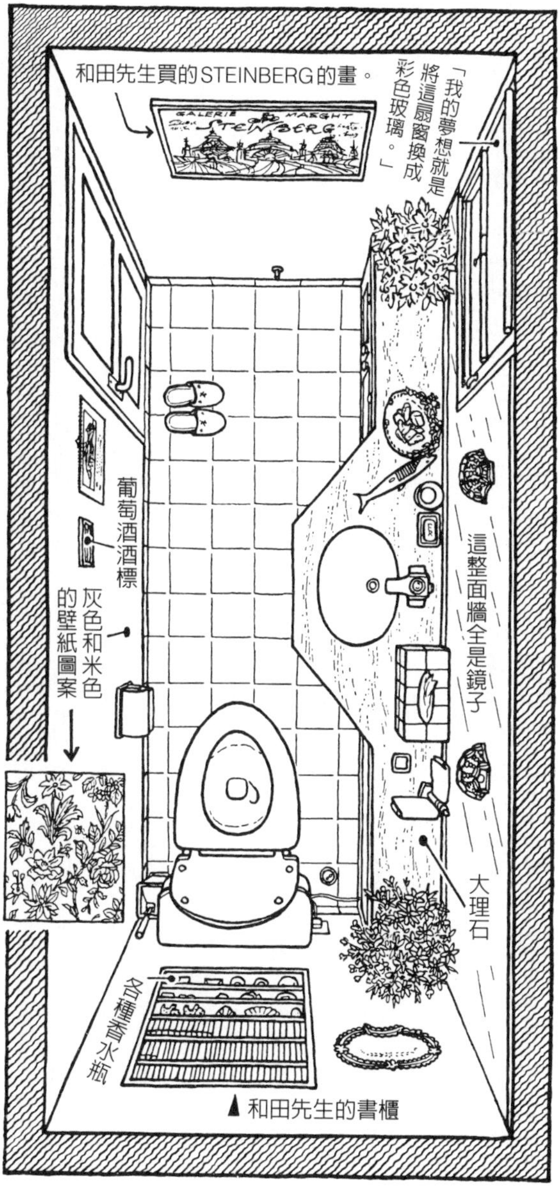
和田先生買的STEINBERG的畫。
「我的夢想就是將這扇窗換成彩色玻璃。」
這整面牆全是鏡子
葡萄酒酒標
灰色和米色的壁紙圖案
大理石
各種香水瓶
▲和田先生的書櫃

這間廁所的設計全出自里美女士之手，和田先生只要求「要有書櫃」。

「咦，這面牆也有空隙。在廁所裡做個食物櫃不也挺好的嗎？廁所雖說沒辦法像花園一樣，但總想設計得比其他地方漂亮呢。原本希望廁所能更寬一點。洗臉台是貨真價實的大理石哦。在廁所上我們可花了不少錢。正因為是廁所，才花這麼多錢的。」

設計全由她一手包辦，和田先生好像什麼也沒說。

「他只說在這裡做個書櫃。」

里美女士在廁所上費了不少心思，希望讓狹窄的空間可以感覺更寬敞，還有聲音不會外洩。

「我非常喜歡這間廁所。因為坐在裡頭好舒服啊。即使上完了我也會一直坐著，直到把書看到告一段落。」

二樓有另一間廁所。

「因為在寢室旁，大多是半夜或大清早還睡眼朦朧時進去，就稱為『睡眼惺忪專用廁所』。所以這裡的裝潢很簡單。」

的確，和一樓的廁所比起來，這兒什麼都沒有。也有書櫃，但其他就只有馬桶了。

為了與和田先生聊一聊，我告別了里美女士，往和田先生的工作室去。依照和田先生每天通勤的路線，換搭地下鐵，約二十分鐘後就到了。

「等了好一會兒呢！先看廁所？廁所是租的時候就這樣，我沒有再添加什麼⋯⋯。」

這裡的馬桶座和家裡的相反，是掀著的。

「因為公事上的訪客大多是男性？」

「不是。我和人家談事情通常速度很快，所以客人很少用廁所。馬桶座保持掀起來是為了我自己使用方便。」

「里美女士說，家裡的馬桶座如果不是放下的，就要離家出走喔！」

「哈哈哈」

和田先生只是笑。

和田先生
工作室的廁所

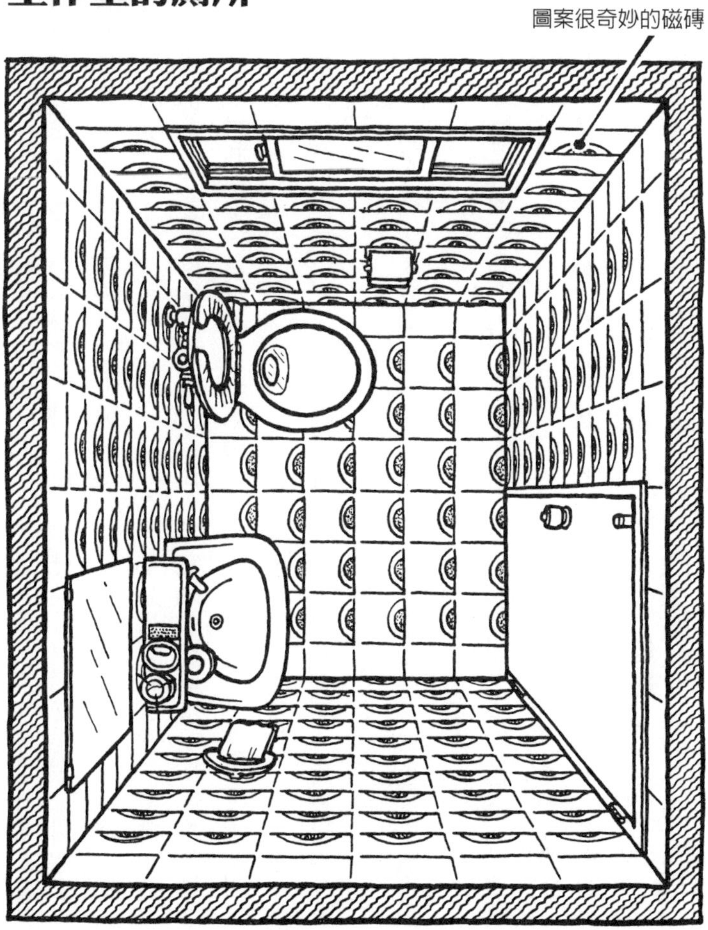

進了廁所後大吃一驚。好像被很多雙眼睛包圍、監視，讓人心神不寧。「很多人這麼說呢。我搬進這棟樓時就是這樣，沒增加什麼喔。」因此這並不是和田先生的喜好。

「要求在家裡的廁所做書櫃的是和田先生吧！」

「我啊，在廁所裡幾乎都不看書。只是因為窮酸本性作祟，知道牆壁裡有空間沒利用到就覺得浪費，所以才做的。」

不過，這書櫃不祇裝飾用而已，他會瞄瞄書背，看到有引起興趣的題目就抽出來帶到電車上讀。

「那個書櫃可說像個索引呢。因為我一定會瞧那裡的。」

和田先生工作室的廁所和家裡廁所的氣氛完全不同。

「和田先生，你是對廁所沒有特別要求的人嗎？」

「我看起來好像很神經質，其實不是。和里美完全相反，我不管哪裡的廁所都能上，睡哪兒也都沒關係呢。」

和田先生在廁所裡有個奇癖，聽了不由得笑出來。他一坐到馬桶上就會開始揉衛生紙，而且揉個不停。雖然現在的紙很柔軟，已經沒這個必要了，但四十年前的記憶卻不知不覺會甦醒過來。在以前，不管哪個家庭都是用舊報紙當衛生紙。進了廁所之後，大家都會在使用前揉搓報紙好讓它變軟。

「在舊報紙之後，便是用回收報紙製造灰色衛生紙的時代。再生紙中的鉛字痕跡都還歷歷可見呢。今天會出現什麼字呢？每次我都會找找看。」

原來如此。那也是一種樂趣呢。想起來還真是引人發噱。

「和田先生對外國的廁所有興趣嗎？」

「比起廁所本身，我倒是對廁所入口的標示牌比較感興趣呢。每個國家都各有不同的表現方法。以圖畫標示的就清楚明瞭，但如果只有文字，常常會有不知道哪邊才是男廁所的情形。我曾經看到M字開頭的廁所就進

和田誠先生畫的廁所標示圖

「嗯，用動物來表現應該不錯。那就畫容易從外觀分辨雌雄的獅子吧。」和田先生邊說邊畫。

▼

去了，結果卻是女用廁所。圖畫標示的大多是用King和Queen，或是大禮帽等等的。」

令我意外的是，和田先生竟然不曾設計過廁所入口的標示牌。那麼就馬上請他畫在我的素描本上。

推理小說家佐野洋篇

有本名為《一塊鉛》的推理小說，它的命案現場設定在女子公寓的廁所裡。作者是佐野洋先生。

曾聽過這樣的傳聞：「佐野先生的書房裡有間小便專用廁所。」我心想，這可得去拜見一番。

到了採訪當天，我先到他家門口，然後盯著手錶等待約定的時間來臨。

既然拜訪推理小說家，那就來製造一點氣氛。時間一到，我分秒不差地按下電鈴。

「哇！您還真準時呢！」

被來開門的夫人這麼一說，單純的我馬上喜形於色。

接著被引進客廳，享受美味的下午茶。

「聽說書房裡有廁所？」

「我習慣大量喝水，所以常去上廁所。每次都得走到房間外面實在很麻煩，所以改建的時候就想，那乾脆在書房蓋間小便專用的廁所吧。」

偷偷告訴各位：我曾經被押到旅館專心寫稿，那時候因為廁所在外面很麻煩，我就在房裡的洗手台解決了……。

所以，會想在書房裡蓋間小便用廁所是極為自然且符合佐野先生作風的想法。

「對我而言，那不僅是生理上的排泄，也有心理層面的效果。寫著寫著遇到瓶頸，馬上就想上廁所。可以說是轉換氣氛，或者說像占卜一樣。『卡住就排掉』。所以，不管

14

到哪裡，我一定會先確認廁所的位置。不知道廁所的所在就無法安心。」

說到無法安心，我也因為想早點看到廁所而心不在焉，馬上就被佐野先生識破了。

「還是先參觀廁所？」

佐野家在一樓、二樓各有一間廁所。一樓的是深藍色，很時髦。但是，

「唉啊！這可是失敗之舉。這是我看了目錄，覺得真好看啊！就決定的，結果因為是深色，就無法看出大便的顏色，而且一弄髒

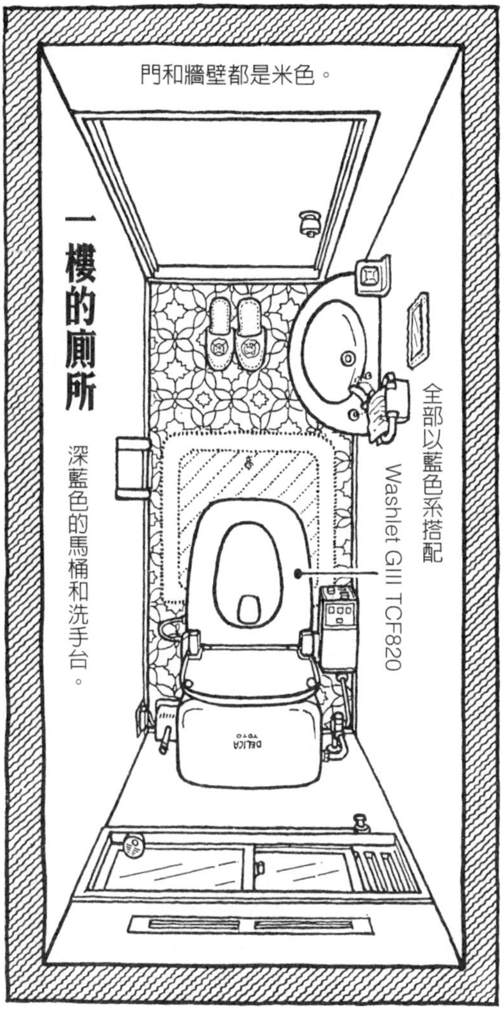
門和牆壁都是米色。
一樓的廁所
深藍色的馬桶和洗手台。
全部以藍色系搭配
Washlet GIII TCF820
DELICA

佐野先生說：「打高爾夫球最讓人在意的就是痔瘡，因此才使用溫水洗淨式馬桶。洗了屁股後再做右一百下、左一百下的佐野式按摩。」

就很醒目，實在不好用。雖然不必像健康檢查那樣精確，但總是想確認一下顏色或糞便量等等的……。」

佐野先生好像都會確認自己大便的顏色。佐野先生得過肝炎，所以會特別留意大便的狀態。

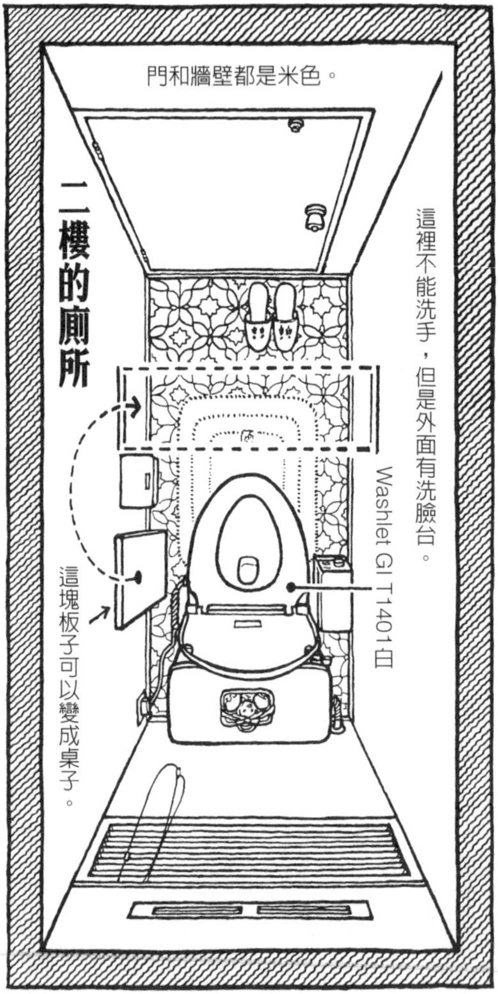
二樓的廁所
門和牆壁都是米色。
這裡不能洗手，但是外面有洗臉台。
Washlet GI T1401白
這塊板子可以變成桌子。

一般家庭廁所的主導權都是掌握在太太手中，但佐野家不同。「我們換溫水洗淨式馬桶吧！」據說十年前佐野洋先生就這麼主張。

「排出白色的大便時嚇了一跳。小便反而是咖啡色的呢。糞便的顏色來自於膽汁，所以，一旦膽汁沒有進入胃腸而混合到血液裡面，大便就會變白，小便就會變成咖啡色的哦！」

二樓的馬桶是灰白色的，這樣就可以仔細

端詳排泄物的顏色了。

這間廁所的牆壁上靠著一塊板子。

「坐在馬桶上，把這塊板子往前一擺，就成了一張簡易桌子。」

「在廁所裡會看書或想事情嗎？」

「只帶必要的書進去讀。廁所裡沒什麼特別醒目的東西，容易集中精神思考，所以我很喜歡進廁所。曾有人向我邀稿寫篇以〈落筆前的五分鐘〉為題的隨筆，我寫了『靜下來坐著的話』。我一旦坐下來大號就文思泉湧，各種點子全冒出來，落筆就可成文呢。挺有趣的吧。」

從廁所裡的一塊板子可以看出佐野先生專注的樣子。

從廁所所在的二樓可以往一樓探身，中間是個挑高空間。從廁所這邊的走道望得見對面書房的門，但沒辦法直接走過去，得先下幾階樓梯，穿過中間的夾層，再爬上樓梯，才能到達。簡直像戒備森嚴的城堡一般，真是有趣。

「這房子是十二年前蓋的。四年前增建時蓋了書房，所以才變成這麼奇怪的模樣。」

進了書房就想窺看傳說中的廁所。

乍看之下，不覺得裡頭藏著間廁所。一打開門，發現二樓的房間向外突出——這不就跟「城堡的空中廁所」一樣嗎？雖然只向外突出五十一公分，但要容納一座小便池卻是綽綽有餘了。上廁所時門得開著，但這房間只佐野先生一個人使用，所以不成問題。

面向小便池，眼前就是窗户，可以看見外頭有座高壓電塔。面前就有扇窗户敞開，這種開放感應該有助於轉換心情，實在是個好點子。

佐野先生用來轉換心情的事還有一樣，那就是眾所周知的「摺紙鶴」。聽說這已經被稱為他的拿手絕技，趕緊請他折給我。

小便專用廁所，從房間向外突出。

佐野洋先生的書房

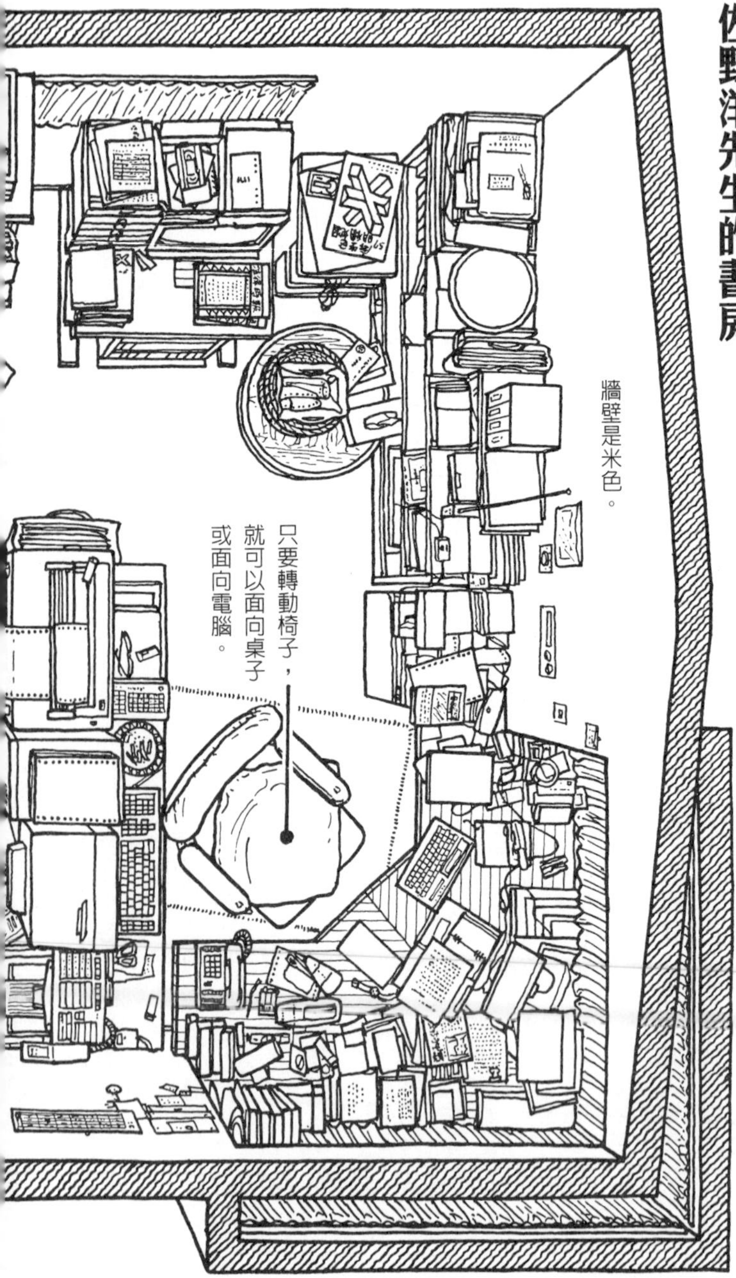
牆壁是米色。
只要轉動椅子，就可以面向桌子或面向電腦。

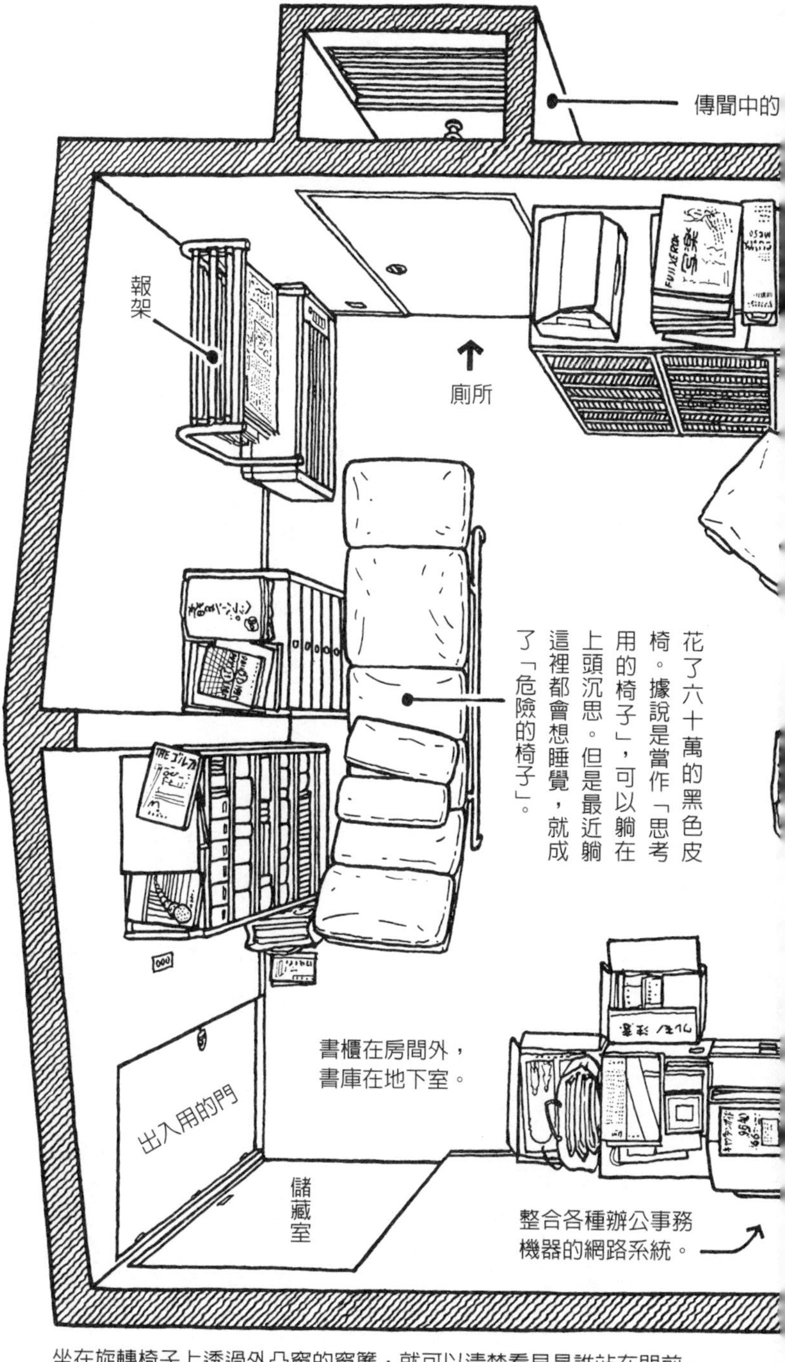
傳聞中的
報架
廁所
花了六十萬的黑色皮椅。據說是當作「思考用的椅子」，可以躺在上頭沉思。但是最近躺這裡都會想睡覺，就成了「危險的椅子」。
書櫃在房間外，
書庫在地下室。
出入用的門
儲藏室
整合各種辦公事務
機器的網路系統。
FUJI XEROX
THE ゴルフ

坐在旋轉椅子上透過外凸窗的窗簾，就可以清楚看見是誰站在門前。

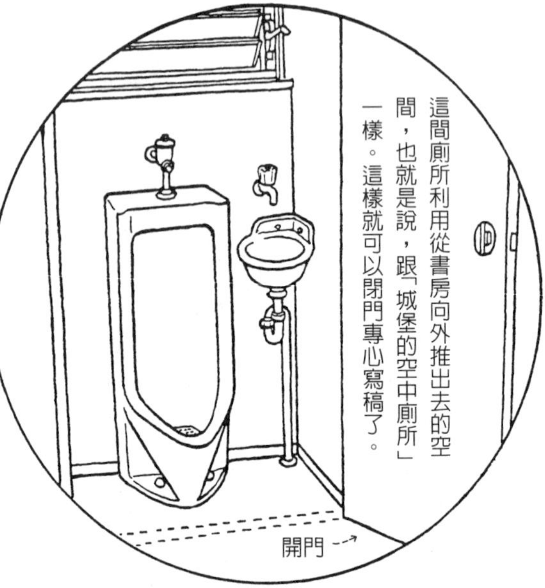
這間廁所利用從書房向外推出去的空間，也就是說，跟「城堡的空中廁所」一樣。這樣就可以閉門專心寫稿了。
開門

據說摺紙鶴有集中精神的效果。手上做的完全是機械化動作，腦子裡便可以想些別的事。那和女性一面編織一面想事情是同樣道理。

聽說他曾經坐在馬桶上邊摺紙鶴邊構思推理小說的情節。

「女兒笑我說，全日本大概找不到第二個會在廁所裡摺紙鶴的人了……。總之，只要手邊有紙，我就會無意識地折起紙鶴。這是從小就養成的癖好。在宴會中只要一覺得無聊，就會用裝筷子的紙袋來折。」

就這樣邊說邊折，馬上就折好了兩隻。說是兩隻，卻是用一張紙折出來的，翅膀的地方還相連呢。而且兩隻居然是紅白雙色，令我大吃一驚。

「這算簡單的了。豆子大小的鶴得用牙籤折；遇到要折超大紙鶴的時候，還得用腳踩呢。」

據說他還會折多種變形鶴。什麼親嘴的鶴啦、懷孕的鶴啦、屁股相連的鶴啦、小孩騎父母身上的親子鶴等等，還有把紙鶴放進瓶口很小的威士忌瓶裡。這次要不是為了廁所而來，一定要請他折出更多種紙鶴給我看。

「曾經截稿時間逼近，卻整天不停地摺，結果整張桌上紙鶴堆得滿滿的。」

在旁人眼中，摺著紙鶴的佐野先生好像一派悠閒，其實卻……。

「被逼得走投無路，寫不出來的時候，就會拚命地做這個做那個。試著做些不一樣的事情。也曾經在家裡掛著電車的吊環，然後抓住它搖著身體邊思考呢。」

「？」

「這是三十年前的事了。那時我還在當新聞記者，有時也寫點東西。在通勤途中的電車上抓著吊環時，常常會湧出連自己都覺得不可思議的點子。辭去工作不久，有段時期什麼都寫不出來。於是想說那只要抓著吊環應該就又能寫了吧。所以就把朋友送我的吊環掛在拉門的通風口上。」

「那，效果如何？」

「完全沒用。果然眼前還是得有一幕幕移動的風景才行……。只好作罷。寫不出來的時候上再多次廁所也還是寫不出來。去年一月的某個晚上，明明隔天就得從成田機場出發了，卻怎麼樣都寫不出來。一邊上廁所一邊看著窗外，月光映照著眼前的高壓鐵塔。白天只看得見鐵塔，但那時不知為何，居然瞧見一根粗細剛好可以卡住脖子的樹枝。當時我真的很想就這麼吊上去呢。」

正當我哈哈大笑收起他折給我的紙鶴時，卻聽到這種可怕的事。

15

作家鹽田丸男
料理研究家鹽田蜜琪夫婦篇

鹽田丸男先生在某期雜誌有篇以「紙派？水派？」為標題的文章，寫到如廁後到底是用衛生紙擦呢？還是用水清洗呢？

根據那篇文章，鹽田先生屬於「水派」。曾有很長一段時間鹽田先生是紙水兼用派；但兩年前廁所改建，引進溫水洗淨式馬桶之後似乎就完全變成水派了。

「在那之前，我是先用衛生紙擦拭再到浴室沖洗，所以裝了新型馬桶對我來說真是如獲至寶。」鹽田先生讚不絕口。

到鹽田家參觀廁所，原本打算從丸男先生採用溫水洗淨式馬桶的來龍去脈著手，沒想到居然是由夫人蜜琪女士對丸男先生的吐槽拉開序幕。

「一開始鹽田可是大大反對。但是，現在呢？常常到處推薦：『溫水洗淨式馬桶很好哦！』總之這個人啊，只要是新事物，二話不說，一概先排斥。就拿我們家廚房裝飲水機來說吧，就比鄰居家晚了很久，不是嗎？光會說什麼『熱水還是用水壺煮沸比較好，要滾幾次都可以』，一堆有的沒的藉口，反正就是不讓我裝飲水機罷了。」

「那個不已經是古早古早以前的事了嗎？」

「你啊，一直都這樣！就拿冰箱的事來說吧，不也是？『我們不需要那種東西。那是美國生活方式下的產物，在日本只要每天到早市或黃昏市場買新鮮東西就行了』。買吸塵器時也是如此：『只要有掃帚跟抹布就可以打掃乾淨了』。大概只要能讓老婆輕鬆點的東西，他一律反對！」

作家鹽田丸男先生可是以守備範圍寬廣聞名的，居然敵不過夫人蜜琪。不管是回馬槍或平日的犀利口才，全都不知道跑到哪兒去了。

聽說他們目前正打算改建廚房，便問問他們的構想。雖說是料理研究家，但蜜琪女士的廚房居然沒有洗碗機，真令人覺得不可思議。

蜜琪女士笑著說：

「因為他一定會反對，那下次不跟他商量就……。」

丸男先生緊接著說：

「我可不討厭洗碗哦。我第一次站到廚房時，就是被叫去光整理善後呢。」

「那是你的說詞，我可不記得有叫你這麼做。你說料理拍攝完一定很累吧？看不過去才來幫忙的，不是嗎？」

「最後出手幫忙是擔心妳會打破餐具啊。我不管什麼事都會很小心注意，做得很仔細。」

「你才不是什麼做事仔細呢，根本就是煩人而已。我開車時你坐旁邊，一直『喂！紅燈紅燈！』地鬼叫鬼叫，這種情況也不知有幾次了。」

「妳還不是氣呼呼地說：『紅燈這等小事我也看得見！』」

「當然會生氣啊！」

「但最後妳翻臉大吼：『你很囉嗦耶！』劈哩啪啦就把駕照撕破了。我是怕萬一啊，萬一妳漏看了紅綠燈怎麼辦，所以才提醒的嘛。」

看這對結婚已經三十六年的好搭檔唇槍舌劍你來我往，我也顧不得什麼禮貌不禮貌的了，不禁捧腹大笑起來。

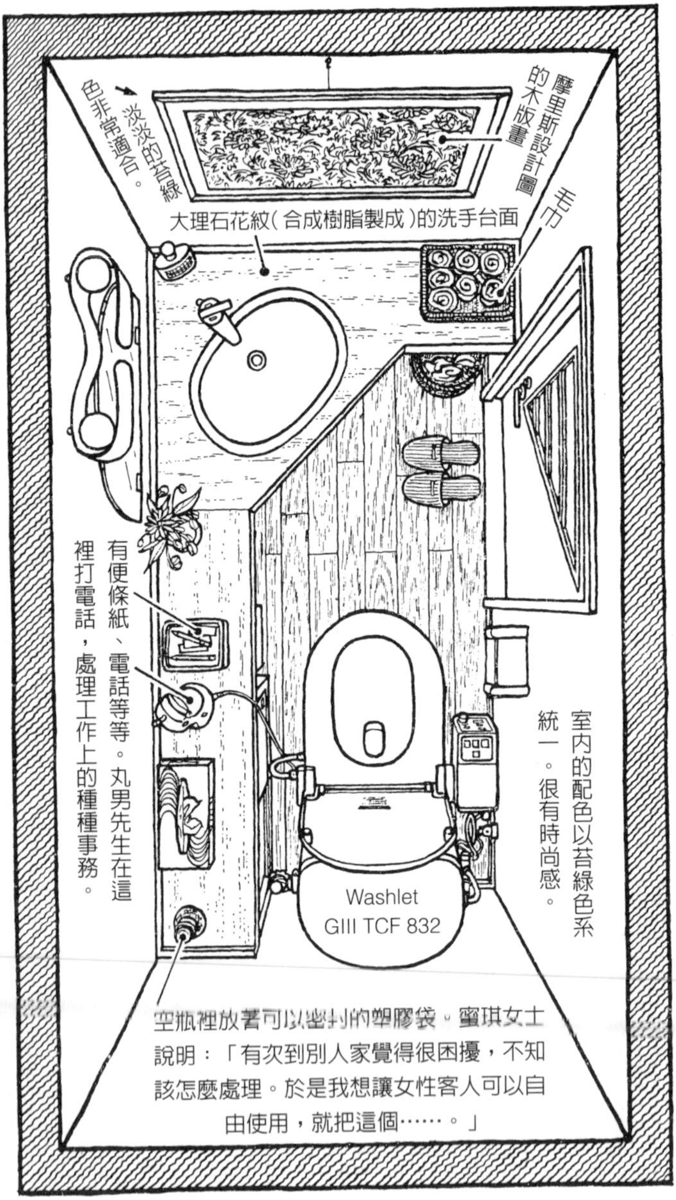
摩里斯設計圖的木版畫
淡淡的苔綠色非常適合。
毛巾
大理石花紋（合成樹脂製成）的洗手台面
有便條紙、電話等等。丸男先生在這裡打電話，處理工作上的種種事務。
室內的配色以苔綠色系統一。很有時尚感。
Washlet
GIII TCF 832
空瓶裡放著可以密封的塑膠袋。蜜琪女士說明：「有次到別人家覺得很困擾，不知該怎麼處理。於是我想讓女性客人可以自由使用，就把這個……。」

這間廁所的隔壁是洗臉台和浴室。在洗臉台那邊有個特別裝置的貓廁所。鹽田家貓兒們的生活實在是舒適又奢侈啊。據說不管人或貓用的廁所都是依照蜜琪女士的想法而設計的。

至於最重要的廁所，從門打開的那一刻我就了解，蜜琪女士不僅握有引進溫水洗淨式馬桶的主導權而已。

整間廁所以柔和的苔綠色系統一，非常有整體性，連牆上莫里斯（William Morris）設計的壁紙圖案木刻版畫……，全是苔綠色的。我想，就算丸男先生個性仔細一板一眼，要他做到這麼精緻細微的搭配應該也是件不太可能的事情。

「廁所裡要有電話是我的主意，其他全是她的設計。我們家小事全由老婆一手包辦，我只決定大事。但到現在大事一次也沒發生過。」

丸男先生笑著回答。或許因為他也覺得這間廁所比其他地方的都來得舒適，聽說一天至少要進去上五次大號。

「我得了慢性下痢，一年大概只有兩三次的大便是固體的。所以一遇到這種情況，我就會叫老婆『喂！這次是成條的，快來看！』她總是很生氣：『誰要看那種東西啊！』其實我只是想讓她了解一下老公的健康狀態嘛。」

一定要請他用理論來好好說明這種想讓喜歡的人看自己大便的幼兒心態，不過還是另找機會吧，今天暫且放過。

「廁所裡一本書也沒有？」

「每次都會抱著一大堆資料進去呢。剛剛也抱了五本。在必要的地方夾上書籤，打電話聯絡，邊查看記事本邊調整時間表。因此記事本也一定會帶進去。」

廁所簡直像書房的延續。他也讓我參觀了書房。依照項目編列索引的檔案夾成排擺在架上，各領域的相關資料或文獻之充實程度不遜於報社的資料室。不擅長整理的我環視這間功能強又實用的書房，突然一陣暈眩，好像要昏倒了。

這時蜜琪女士又開口了：

「這是他的興趣呢。我說，整理可是非常花時間的，真像在做傻事。不過話說回來，想知道的事情他都能馬上答出來，我也是受益不少呢。」

書房裡有兩張同樣的椅子。

「曾經在我去廁所的時候，貓咪跑進來睡到椅子上。把牠叫醒的話很可憐，這時我就會去坐另一張椅子。」

鹽田家並不是以人為中心在過日子，而是秉持著「貓本主義」來生活呢。

真是個流露出愉快氣氛的家庭啊。

廁所旁邊通往洗臉台和浴室的門
43.9cm
31 cm
為了讓貓咪可以自由出入，開了一個沒裝玻璃的洞。

丸男先生說：「我家有兩間廁所。」這是玩笑話，另一間指的是貓用廁所。

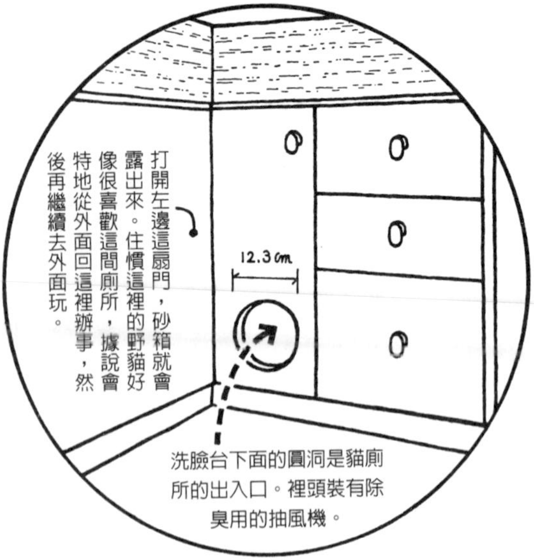
打開左邊這扇門，砂箱就會露出來。住慣這裡的野貓好像很喜歡這間廁所，據說會特地從外面回這裡辦事，然後再繼續去外面玩。
12.3cm
洗臉台下面的圓洞是貓廁所的出入口。裡頭裝有除臭用的抽風機。

建築師藤森照信篇

16

星期天的午後，我拜訪了在「東京建築偵探團」及「路上觀察學會」中熟識的藤森照信先生府上。

穿著涼鞋的藤森先生到東京郊外的國分寺車站來接我。從車站走到他們家只要十二三分鐘。

從商店街彎進去，走進一條沒什麼車子的小路，再從竹林旁邊出來。旁邊有條乾淨的小河。感覺還留存著武藏野的自然風貌，讓人不禁心生緬懷之情。

「夏天這附近會有螢火蟲飛來飛去喔！」

這條他常走的路可不是尋常道路。會穿過人家的前庭，一邊對著在溫室前工作的農家婦人說「您好」，又繼續往前。

「那裡就是我家。本來應該是從那邊進來才對……。」

好不容易才從鄰家圍牆的空隙中鑽進藤森家的庭院。庭院裡草長得非常茂盛。在掘土挖洞積水而成的小池子旁，有個少年正捏著泥巴。池子好像是他挖的。害羞地說著「您好」，迎向我們。這是藤森家的長男高史君，小學一年級。

他們一家人都到玄關來打招呼。

夫人美知子說：「長女文乃參加高中的登山社，今天去爬山不在。這是次女百勢，小學六年級十一歲。三女若菜則是快滿五歲了。」

藤森家是十三年前蓋的，看起來好像用貨

櫃組成的房子。

「這是朋友開發的組合式住宅，當時每坪只要二十萬圓左右，是最便宜的了。我格外喜歡這種『箱子』，一點也不像是房子。」

「如果要重新改建的話？」

「我不喜歡半調子的房子，很有家庭氣氛那種不錯呢。我正在考慮，到底是要讓我評價很高的建築師來徹底改建呢？還是像現在這種沒特色的箱子就好？」

對建築內行的藤森先生當然有很多建築師朋友。他會想拜託誰，我很感興趣，但卻不敢問。

「你會不表達居住者的要求而完全委由建築師一手包辦嗎？」

「自己的要求是一定會表達的，但說了他們一定也聽不進去，這我可清楚得很。我的好友正在找可以讓他們放手大幹一場的業主呢！」

他愉快地笑著說出這番話，我也不禁笑了起來。因為腦海裡浮現了幾張想法激進的建築師的面孔。

若談到住家，有一點藤森先生是一定會堅持的，那就是不要圍牆，而且庭園裡的花草樹木要讓它們儘可能地自然生長。

的確，這裡沒有圍牆也沒有門，五十坪左右的庭院裡雜草叢生，樹木沒有經過修剪或矯正姿態，全都以藤森家的「自由造型」茂盛地生長著。

「雖說家裡有間起碼可用的廁所，但如果要正式介紹我的廁所生活，得從外面說起。庭院的樹叢這兒就是了。」

「咦？」

他對吃驚的我笑著說：

「不在這裡上大號啦。但是在這兒小便最有解放感，最舒暢了。每次回家時都已經將近深夜了，進家門前在這兒仰望星空，一邊

邊看星星邊在這裡……。

◀藤森先生喜歡的場所。說不定會有男性羨慕他能在自宅裡頭保有一塊這樣的地方。但是對女性來說這或許很難理解吧……。

或許因為家裡女性較多，馬桶蓋是放下來的。牆上掛著一幅高史君的畫。聽說曾經家裡的牆壁全被他的畫給淹沒了。

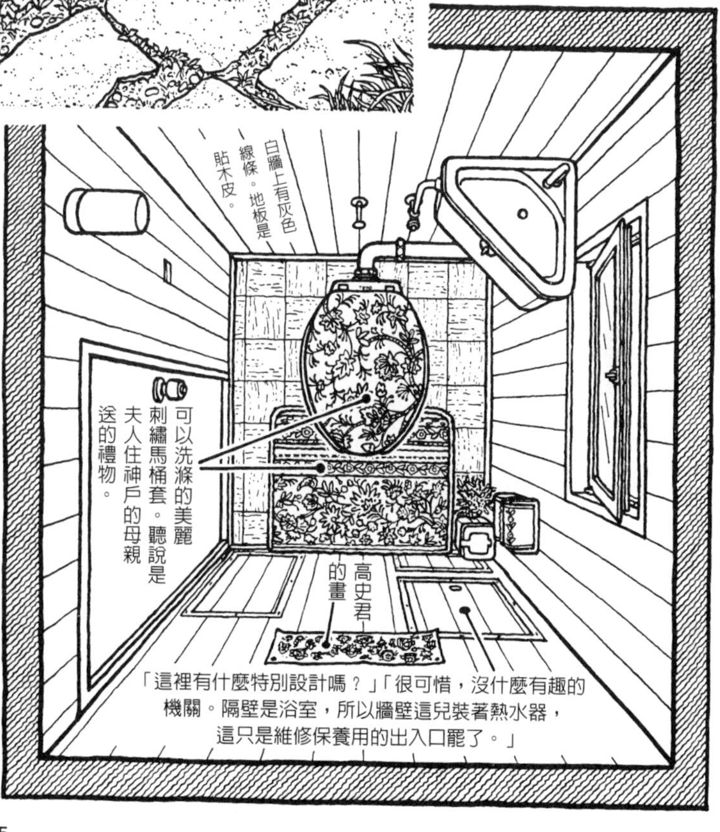
白牆上有灰色線條。地板是貼木皮。
可以洗滌的美麗刺繡馬桶套。聽說是夫人住神戶的母親送的禮物。
高史君的畫
「這裡有什麼特別設計嗎？」「很可惜，沒什麼有趣的機關。隔壁是浴室，所以牆壁這兒裝著熱水器，這只是維修保養用的出入口罷了。」

庭院裡有石榴、柚子、奇異果、蘘吾、棗子、滿天星……等。內院有長野縣移植來的白樺隨風搖曳。

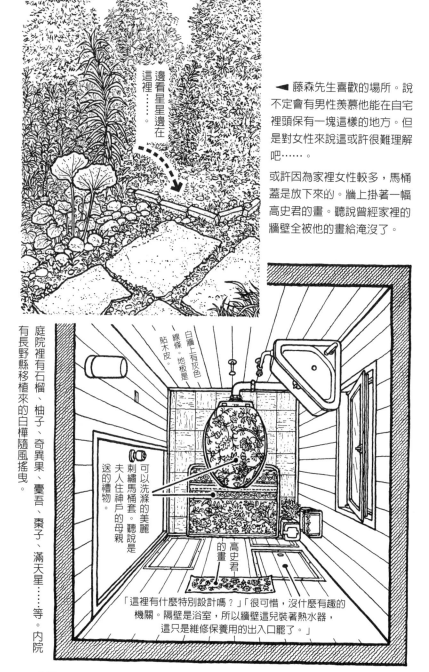

悠哉游哉地小解。在屋內的廁所就沒辦法這樣了，對不對？多少得注意往下看嘛。還是戶外好。」

「那麼，確保一個不造成他人困擾、又能安心站著小便的環境，也成了蓋房子時的重要考量？」

「沒錯。所以，才會選在國分寺這個城市啊。」

不知是否因為從小就有崇尚自然的傾向，說到上廁所，藤森先生比較注重小號。而且相當執著於站著小便。

「其實，我曾想創造一個『可以站著小便的市鎮』，就像有人的目標是『綠色市鎮』。然後寫成標語來大肆宣傳，只不過呢……。大都市裡實在沒有空間可以讓每個人都站著小便，所以也只是一陣空想罷了。」

這個出人意表的話題連我也不禁有點兒退卻。重新調整心情後，請教這位走遍日本的「建築偵探」有沒有看過令他滿意的廁所？

「會令我感動的廁所，很可惜，實在很少呢。說起來，我覺得很多廁所都只被當成是建築的附屬部份，並沒有很用心去設計。雖然也看過讓人覺得還蠻有意思的，但總覺得還少了些什麼……。我喜歡那種功能性強、看起來有點呆呆笨笨的造型。過於雅緻的反而會讓我定不下心。」

因此他所推薦的廁所是東京．增上寺大門前的地下公共廁所，但現在已經拆除了；還有丸之內地區的「丸大樓」裡造型大方的廁所，以及位於國立市的一橋大學的男廁所等等……。

「一橋大學很近，要不要去瞧瞧？」

於是在「建築偵探團」團長的率領下，馬上展開廁所之旅。

一橋大學的廁所

聽說是一九二七年（昭和二年）建造的。比我還要大三歲。懷著對前輩的敬意入內。廁所裡到處貼滿了社團活動或招募社員的海報……。

藤森先生讚不絕口：「前面很寬敞，令人心情舒暢，白色的大理石隔間也很不錯吧！」

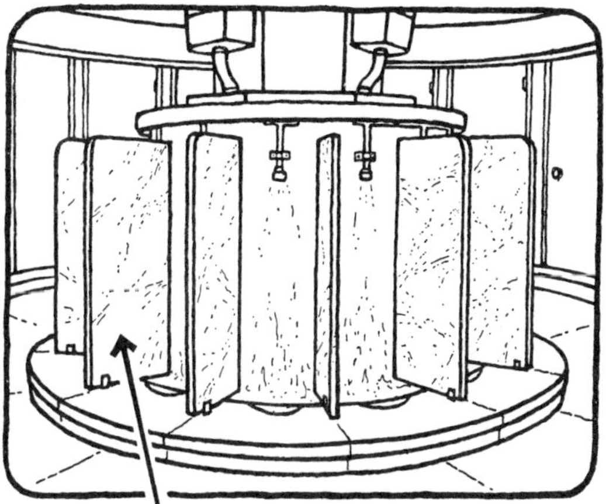

整座大學圍繞在一片綠意之間。

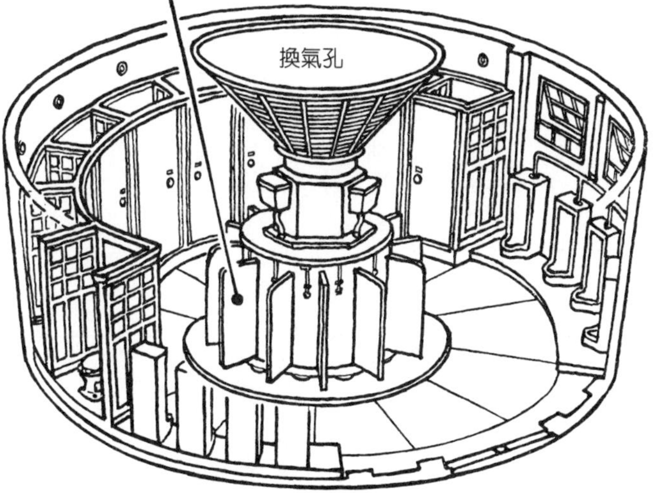

從校園就能清楚看出圓形的外觀，進到裡面一看，正如藤森先生所推薦的，「是間造型堅固有力又具機能之美的廁所」，完全可以理解。上大號的廁所有十間，其中一間是西式的。中間的小便池有十四個，周圍有八個。

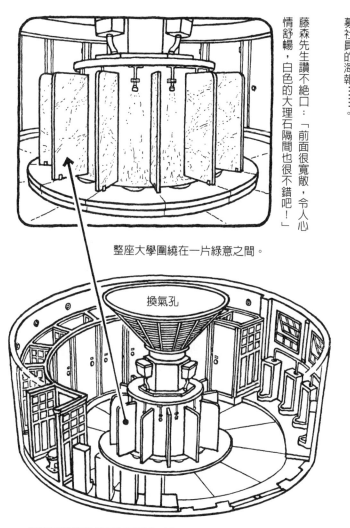

演員三木則平篇

17

三木則平先生在當演員前曾是舞台美術設計，我知道這件事的時候嚇了一大跳。我的本業也是舞台美術設計，所以則平先生就成了我的前輩。怪不得他對舞台佈景的要求非常具體。

「從昭和十六年（一九四一）到終戰的昭和二十年的短短時間而已，稱不上舞台美術設計家啦。」

——最近不只演戲，也接了不少劇場導演的工作呢。

「我不算什麼導演啦，只是愛演戲罷了。我演戲也蠻久了，就根據自己的經驗提供一些建議囉。對了，你今天是為了窺看廁所而來的吧。我家廁所有七間，不過沒什麼特別有趣的喔。會有這麼多間，是因為我家蓋在懸崖邊，玄關進去的地方不是一樓。而哪裡算二樓哪裡算三樓也搞不清楚——不管到哪個房間都得上下樓梯呢。因此在每個房間附近都蓋了廁所。玄關旁的是客人專用，上了樓梯走到盡頭是我的練習室，那裡有兩間。其他還有我們家媽媽的、女兒的、兒子夫婦的。除了自己的廁所之外，其他的我也沒進去過，不曉得裡頭什麼情形。全部都看看吧！」

——則平先生會不會在廁所裡讀劇本或想些演出相關的事情呢？

「我不在廁所裡讀報紙，也不抽煙。因為我速度很快，不會在那種地方待太久。」

則平先生專用的廁所和浴室

「從磁磚開始全採藍色系，這是則平先生偏好的顏色嗎？」「不是，我完全沒要求，所以跟我的喜好沒關係呢。改建這裡的時候，我正好長期出外景不在家，回來一看，就已經是這樣了。不管廁所是什麼樣子我都無所謂。如果非得用自己喜歡的廁所，那就無法從事電影或舞台工作呢。」

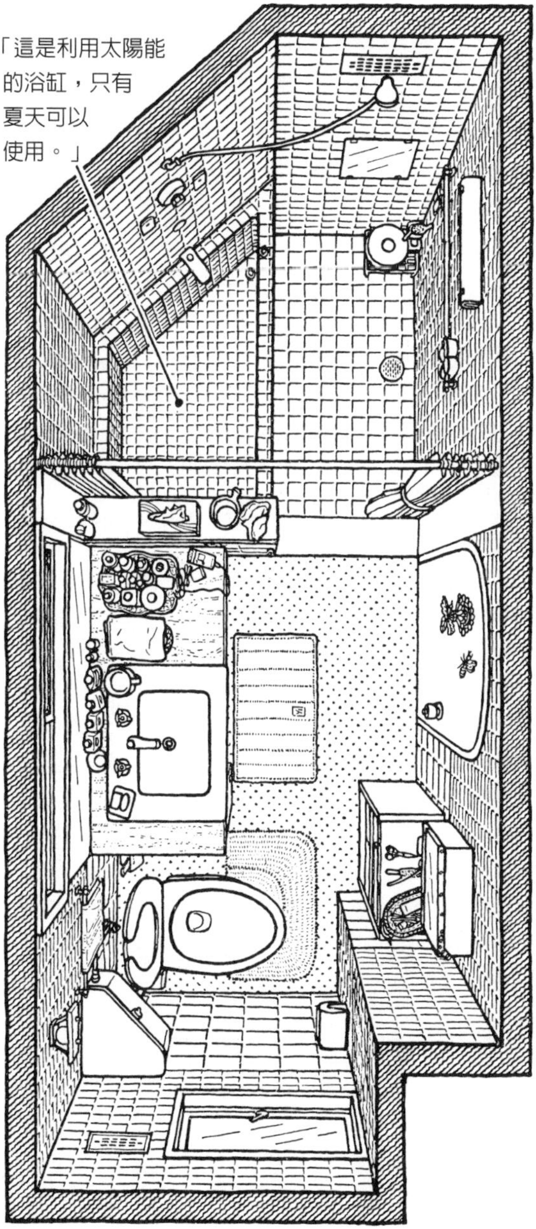

——劇場後台的廁所通常只有一兩間，有沒有什麼互讓的規矩或默契呢？

「大約在開演了三天之後，演員差不多能掌握彼此的規律了，所以不會撞一起。每個人的出場時間不同，各自決定上廁所或吃飯的時間。不像一般公司，一到中午大家就都吃飯去，因此不管上廁所或洗澡，大家都能協調得很好。以前澡堂也不分男女，大家都在同一個地方洗。後台的澡堂不能泡澡，因為臉上的妝會糊掉，只能淋浴。在淺草附近也是，戲一演完，喊聲『辛苦了！』大家便嘩地湧進澡堂。雖說是吃同一鍋飯的夥伴，但連洗澡都在同個澡堂，那感覺就像家人一樣……。但是現在，公演時才會聚到一塊兒，不方便說的話也要說清楚。例如對跟在女演員旁打點的阿姨說，『那孩子好像生理期來了，請幫忙多注意些。』這種時候很多說不出口的事，就請旁邊的人幫忙一下。長時間相處下來，遇到這種時候大概都會知道。妝也會比平常來得濃些。還有，如果新人因為緊張而有點生硬時，我便會問她『要不要上個廁所？』去過就會變得比較穩定。」

——有沒有哪齣戲裡頭是有廁所的？

「前陣子在俳優座劇場演出的《妖怪大雜院的盛開季節》裡，舞台上就出現了廁所。是明治維新時期的故事。被官兵追捕的幕府侍衛逃到大雜院躲進公共廁所裡頭，進進出出的。廁所呢，通常在說體面話的場合不會提，只有聊真心話時才會說說，不是嗎？所以一旦有廁所出現，就會讓嚴肅緊張的情境也變得滑稽了。對了對了，以前演過一齣徹底用廁所來表現的戲呢。我和森繁久彌君合演的《佐渡島他吉的一生》。從一次大戰期間在南方的馬來西亞當捆工，回國後在大阪當人力車夫的真人真事改編，但這齣戲的主

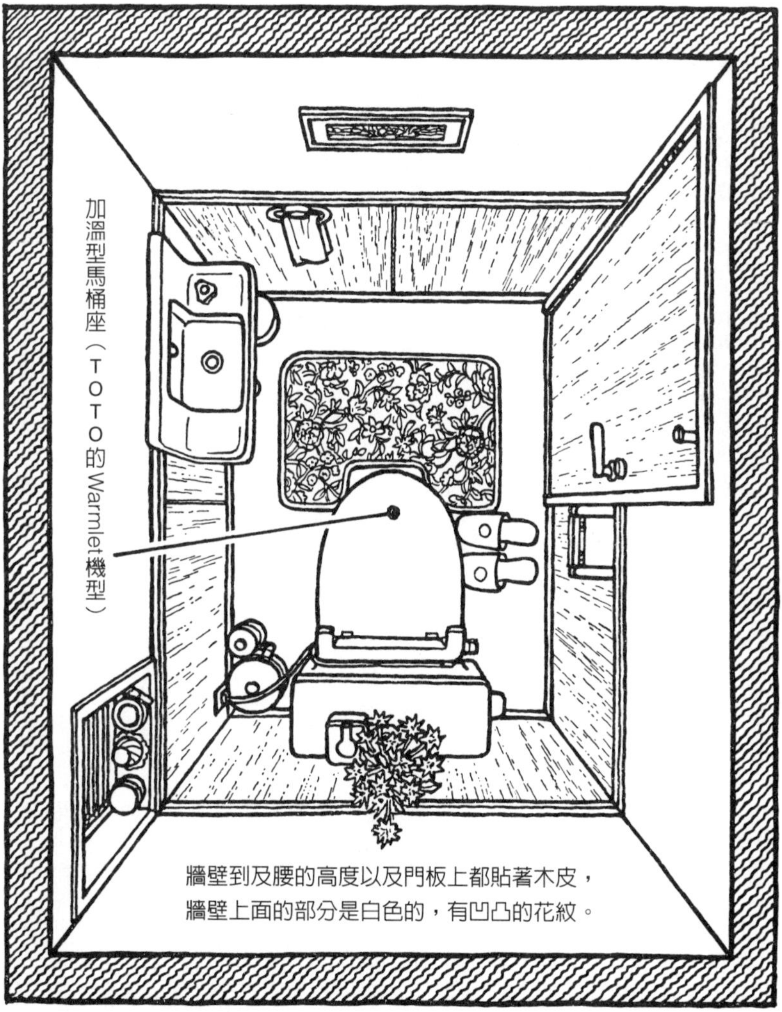
加濕型馬桶座（TOTO的Warmlet機型）
牆壁到及腰的高度以及門板上都貼著木皮，
牆壁上面的部分是白色的，有凹凸的花紋。

夫人的廁所 馬桶和洗手台是酒紅色的，毛巾、拖鞋、踏墊也全都與之搭配。則平先生笑說：「我是第一次看到這裡頭的樣子呢。」

要場景設定在茅廁。森繁君演他吉，我則是受他託付留守的友人。他吉遲遲不歸，我正覺得無聊，忽然看見一瓶酒，心想『我們是朋友嘛，喝一點應該沒關係吧！』就一口口啜將起來。喝到整個人醉得搖搖晃晃，突然發現整瓶酒快被我喝光了。『糟了！』便用廁所洗手的水灌到和原來一樣多。他吉回來後，晚上想小酌一番，結果，『這酒怎麼喝起來像摻了水啊！』觀眾全知道怎麼回事，當然就覺得好笑。還有，他吉從茅廁小小窗子探出頭來，叫住正要回家的我，那模樣也好笑得緊。我因為重聽便走近他，『啥？』他說了句：『那裡地很滑喔！』結果醉醺醺的我腳步不穩滑了一大跤，臉就正好跌在掏糞口上。真髒啊！所以那齣戲被叫做臭氣薰天的戲。」

——因為拍戲而出遊的機會也不少吧。有沒有令您印象深刻的廁所？

「應該屬四國宇和島的某旅館吧。一棟四層樓的建築。進到廁所裡，下頭的洞好像直通到很遠的地方。的確大出來了，但卻沒有任何回應就掉下去了。只有從下面吹來的風輕撫著屁股而已，總覺得毛毛的。」

在最近上映的《黑雨》中，則平先生也參與了演出。電影在岡山縣的山裡拍攝，從導演今村昌平以降，全體同仁全都駐紮當地拍外景。他也告訴我當時關於廁所的二三事。

「在連旅館都沒有的地方住了三個月。住的是露營地裡的平房，沒廁所。要去廁所得往山上走個十分鐘左右。實在很麻煩，便想在樹林裡解決。沒辦法，只好自己就近做一個。平房裡有洗臉台，我從窗户往懸崖下一看，廢水從排水管慢慢流進一條小溪。我把那水流引到旁邊，挖了個過道，再把石頭排在兩邊，這樣就可以蹲下來了。完事後再到上面讓洗臉台的水嘩地沖下來，過不久就看見自己的大便沖走了。看到那個，不免想到和原始型態的『厠』(kawaya) 很接近呢。對了對了，厠所有人稱為『厠』、也有『憚り』(habakari)、『雪隱』、『後架』、『化妝室』等多種說法。雖然大家都受其恩惠，但在人前還是想把厠所給藏起來，所以才有種種隱喻。即使到現在，女學生或百貨公司售貨小姐都還會用暗號來表示厠所吧。但暗語也是隨時在變換的。正因為隱諱，知道的人一多馬上又創造出新的了。到底有多少種呢?總有三四十個吧！」

接著又談到劇場的厠所。

「最近女用厠所增加了呢。也有些劇場翻新厠所。從厠所的轉變可以看出觀眾層的變化。透過厠所看到的事情可都是八九不離十喔。」

我終於了解「塗白臉的英俊小生不能談厠所話題」的說法了。

「因為從厠所引發的種種談話內容就能看穿一個人。絕對是如假包換的真心話，很有趣吧！」

脫線篇

水蚤大騷動

最近總覺得眼睛刺痛，但不是因為老花眼度數增加，而是這兩個半月來迷上用顯微鏡看水蚤所致。上回到坂田明先生家參觀廁所，要來水蚤之後每天觀察，把自己搞得狼狽不堪。

「水蚤」是一種當成魚飼料的浮游生物。

「你為了成就大事，而被人拖下水去幹壞事呢。」

坂田先生嘴裡雖這麼說，我知道他內心其實得意得很。不僅如此，我還被他慫恿去買了一台貴得令人咋舌的顯微鏡。水蚤就算長大成形，長度也不滿二釐米，肉眼看不到，所以顯微鏡就成了必需品。

我問坂田先生：

「買哪種顯微鏡比較好？」

「嗯，最近我也想來買台好的雙眼呢。如果要買，就買鹵素光源的雙眼顯微鏡吧。」

聽他輕輕鬆鬆就說出「雙眼」，其實他好像不太了解行情。翻翻目錄，發現最便宜的也要日幣二十幾萬。而我屬意的是那種雙眼機種再加上有相機、附接頭的，一算下來將近六十萬。

我撥電話向店家詢問。

「機種的選擇視觀察對象而定……，不知您是要觀察什麼？」

電話那頭聽到「水蚤」，忽地沒了聲音，我知道對方正死命忍住不讓自己笑出來。

「咱們就來個『水蚤篇』吧！」

聽花田編輯長這麼說的時候，我以為他是同情我買了台超貴的顯微鏡才有此提案。

「不，而是有好幾位讀者寄明信片來問那些水蚤後來到底怎麼養，所以我覺得這正是個好時機呢。」

因此，才有這回打著「脫線篇」名號的「水蚤大騷動」。

從坂田先生那兒要來的是他從荒川的水池撈回來的野生水蚤。我有點擔心牠們是否能適應在大廈十樓陽台的生活，但還是照著坂

這和以往在學校用的顯微鏡完全不一樣，真是太棒了！也因為實在太高興了，什麼東西我都拿來放鏡頭下看。用顯微鏡觀察撒哈拉沙漠的沙子，更是美極了！

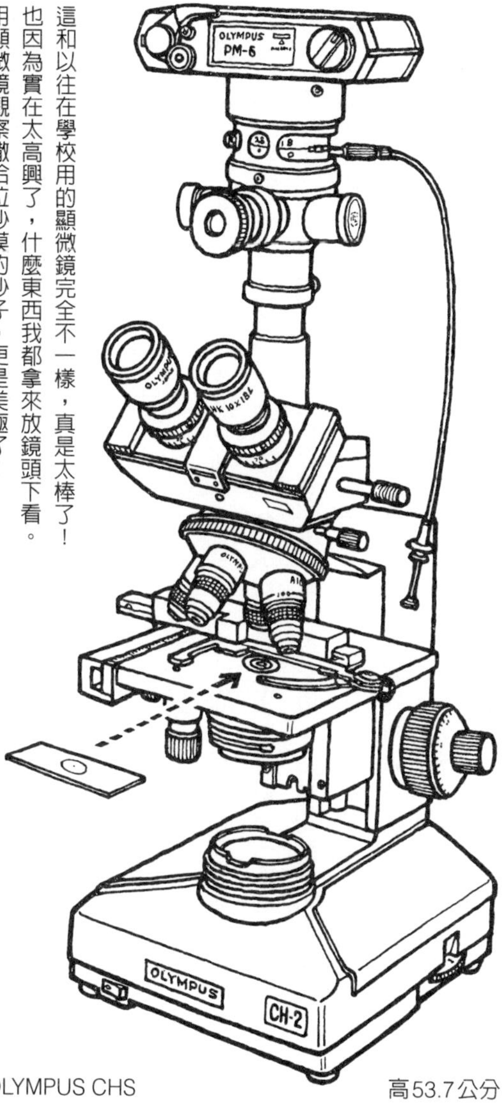

OLYMPUS CHS 高53.7公分
内裝6V・20W的鹵素燈。物體觀察起來非常清晰。

田先生寫給我的處方來製造水槽的水。

其中最重要的是絕對不能用剛從水龍頭流出的水。得先將水擱兩天左右，然後放進十來根稻草，再擺個兩三天讓它產生有機物，好讓水蚤有養分可以攝取。

從坂田先生那兒要來的水蚤有三種：棲息在河川、沼澤等淡水區域的醜女水蚤、劍水蚤（Cyclopsstrenuus Fischer）和長鬚劍水蚤（Copepodite of Calanoida）。名字怪怪的醜女水蚤（Okamemizinko, Okame在日文中為塌鼻高顴的醜女人）學名是「Simocephalus vetulus」，物如其名，表情相當有趣。

我將三種水蚤從水槽裡一隻隻移入瓶中，再貼上標記著號碼的貼紙，一長列排在陽台上。號碼由一至十四，要是每天觀察，那寫《廁所大不同》的時間就……，心裡冒出一股不祥的預感，但也只能硬著頭皮繼續了。

首先，以顯微鏡替每隻水蚤作健康檢查。我用玻璃滴管將水蚤一隻隻放到玻片上。水若滴太多，水蚤就會游來游去繞圈圈兒，很容易跑出鏡頭視野之外。水抽乾的話水蚤不能動，這樣雖然便於觀察，但牠們好像很痛苦。覺得那樣牠們太可憐了，所以儘可能縮短時間，趕緊把牠們放回瓶子裡去。

水蚤的身體是透明的，所以好像用X光透視一般，心臟的跳動、腸子裡的大便全看得一清二楚。特別是心臟劇烈跳動的樣子看起來有種神祕氣息。比起我每分鐘七十八下的脈搏，牠們可是快得多了。

我計算各「樣本」的心跳數，理所當然，有個別差異存在。剛出生的醜女水蚤心跳約每分鐘三百三十八下，真快。「成年年輕女性」約兩百七十五下。抱著很多卵的母親約兩百三十下，快的也有到兩百五十六下的。已經生過很多胎的「年長女性」，則慢到兩百一十左右。

顯微鏡下的醜女水蚤

體型及表情會隨著各個成長階段而有不同，所以我總離不開顯微鏡。

剛出生的醜女水蚤長得很苗條。
不久才漸漸圓起來。
實物大
以浮游的方式游泳。
由於只有0.2釐米長又透明，肉眼很難看得見。

當我發現有玻璃粉般閃耀的微粒在浮游時，興奮大叫：「生了生了！」要家人趕緊來看，可是……。大家一臉不耐煩，懶得搭理我。

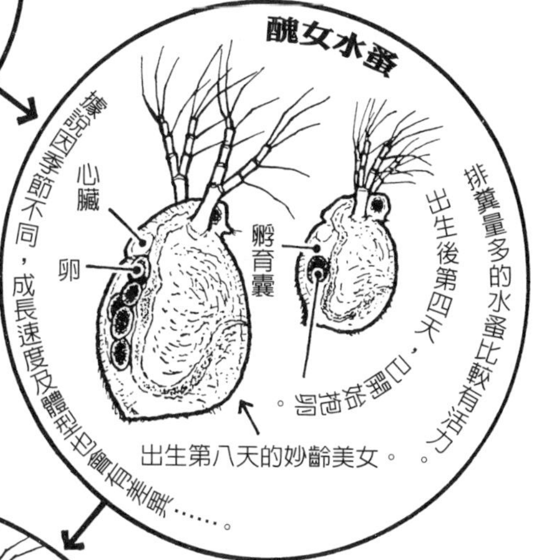
醜女水蚤
據說因季節不同，成長速度及體型也會大不相同……。
心臟
卵
孵育囊
出生第八天的妙齡美女。
排糞量多的水蚤比較有活力。
出生後第四天，已經有卵。

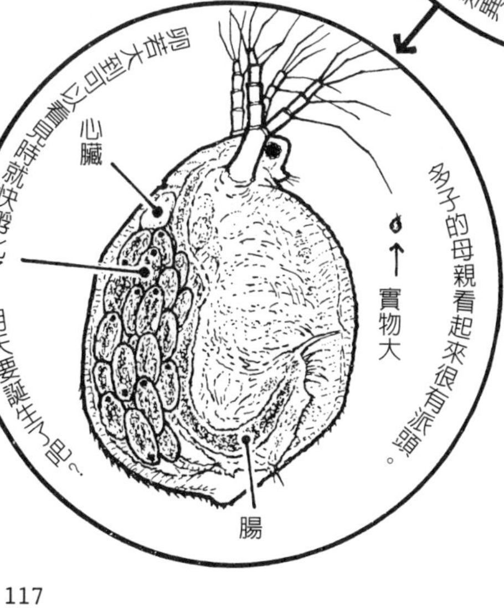
卵若大到可以看見時就快孵化了。明天要誕生了吧？
心臟
腸
實物大
多子的母親看起來很有派頭。

棄工作於不顧，每天從半夜盯著顯微鏡看到天亮，真糟。而且還眼睛充血通紅，唧唧咕咕對水蚤叮嚀著「很健康呢，老媽。要多生點啊！」這副德行可不想給人看到。
為了要拍攝水蚤，最後還是買了顯微鏡用VTR相機。

很有趣的是，水蚤和人類的狀況很類似。人類新生兒的心跳數約在一百三至一百四十之間；五六歲的孩童是一百左右；成人則因年齡的變化，從六十到八十下不等。

光是為了調查水蚤的心跳數就花掉我半天時間。本來就過著每天被時間追著跑的日子了，卻又幹起這檔子傻事，真有點後悔。事實上，每天持續記載的觀察日記頁數日益增多，數量已經頗為可觀。

若將這些記錄全部公開，專欄名稱恐怕得改為「水蚤日記」了。這當然不成，所以我將範圍縮小，只寫一隻健康的醜女水蚤。

我之所以選擇醜女水蚤，是因為在水蚤中牠繁殖力最強、生命週期最短，比較容易觀察到生命循環繁衍的情形。

據說醜女水蚤出生三四天後即可當媽媽，約六天就會死亡。牠的一生真如此短暫嗎？而一隻水蚤可以繁殖多少子孫呢？世代交替的週期又是多長呢？

坂田先生說他也希望能了解這些事情。水蚤好像還有許多未為人知的部份尚待揭曉。

我從水槽中撈起一隻看來健康且有孕的水蚤，放在顯微鏡下一看，孵育囊中有八隻已孵化的小水蚤動來動去。不久，有隻健康寶寶從腹中跳出來，我決定，就來觀察這第一隻吧，於是趕緊用玻璃滴管把牠放入瓶中，貼上寫著「A」的標籤，讓牠獨居一瓶。

魚類無論大小，若不將雌雄放一起就繁殖不出第二代，但水蚤是單性繁殖，所以沒有所謂的「雄性」。聽到坂田先生這麼說的時候我不禁驚叫出聲。他一臉要安慰我的表情，又說了：

「也不盡然是那樣啦。必要時也會有雄性出現。譬如河水乾枯或水質惡化啦，環境不佳的時候就會生出雄性。只有在這時候會行兩性生殖，然後生出所謂的休眠卵來。這種特別的卵有硬殼保護，因此就算池水乾枯也不會死掉，可以靜待孵化時機來臨。即使遇到豔陽高照缺水一整年，也能毫無問題地休眠，直到水量增加、環境好轉，這時休眠卵就會孵化出下一代了。也就是說，當生命延續有中斷的危機時，雄性就會出現。」

原來除此之外都不需要雄性啊。知道這真相雖讓人有點消沈，但還是勸勉鼓勵自己要多多加油。

原只是一個小點點的A日益成長，到了第四天約有一公釐左右，這時可以看見孵育囊中有些黑色小粒，那就是卵。隔天用顯微鏡看看，發現又增加了十幾個，看起來蠻像魚子醬的。

第六天早上，看到瓶子裡面有碎玻璃般的閃耀光點游來游去。小娃娃誕生了！牠們實在太小了，沒辦法細數。我想等牠們長大一點，就要將A移到別的瓶子。主要是怕牠們也長成亭亭玉立的女性後，我會分不清哪隻是A。

第八天，看到A的瓶中又冒出一堆在泅泳的小娃兒，吃了一驚。原本以為醜女水蚤只生一胎，然後就世代交替死掉了，沒想到不是這樣。牠不僅生了好幾次，而且卵的數目還愈生愈多。當我知道這回事，目光更是離不開這些水蚤了。

每天看著這些水蚤，感覺A好像變成一位穩重可信賴的母親了。當我每天早、中、晚去看A的時候，就會自然而然跟牠打招呼：「您好不好啊？老媽！」結果就這麼給牠取名為「老媽」。

事實上，牠抱卵、卵在孵育囊中孵化、然後分娩的過程不知重複幾次了。最近我又把牠移到新的瓶子裡，而有牠的第二代在游來游去的瓶子已經排著四個了。而且最早出生的那些孩子也生了小孩，「老媽」的孫子可

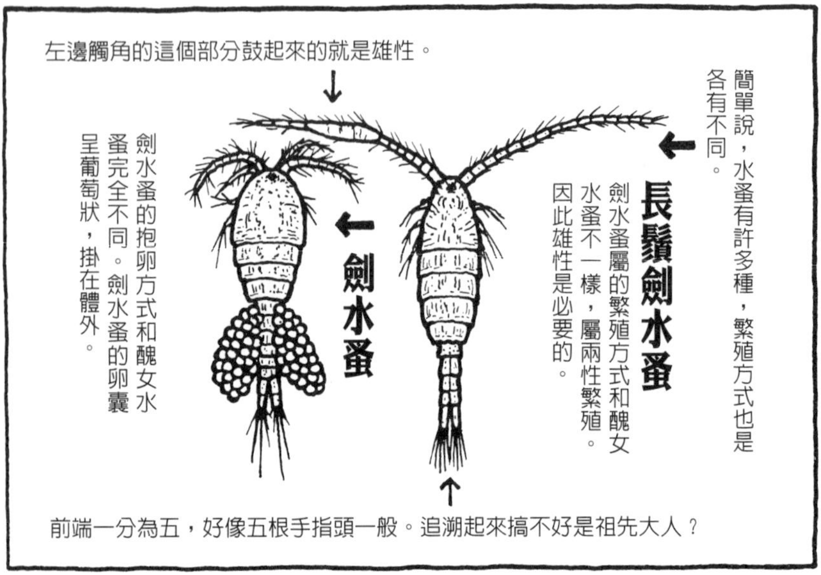
左邊觸角的這個部分鼓起來的就是雄性。
簡單說，水蚤有許多種，繁殖方式也是各有不同。
長鬚劍水蚤
劍水蚤屬的繁殖方式和醜女水蚤不一樣，屬兩性繁殖。因此雄性是必要的。
劍水蚤
劍水蚤的抱卵方式和醜女水蚤完全不同。劍水蚤的卵囊呈葡萄狀，掛在體外。
前端一分為五，好像五根手指頭一般。追溯起來搞不好是祖先大人？

是越來越多。

數量無限增加稱為「鼠算」（註），我想應該叫「水蚤算」才對。說得更精確些，或許該稱為「醜女水蚤算」。因為比起劍水蚤，醜女水蚤的繁殖力異常驚人。為何牠的繁殖力比其他水蚤來得強？我推測，可能是醜女水蚤不像劍水蚤是咻─咻─地游，身手敏捷得很，而是在水中慢慢浮游，所以相對地處境也比較危險。以牠們為食的魚兒只要嘴巴一張一合，就可以把牠們連水一起吸到肚子裡了。醜女水蚤簡直像生來當別人食物的，因此，為了擺脫這種命運、留下子孫，必得大量繁殖。若非如此，生命就無法延續了。我從瓶裡一點一點的醜女水蚤身上明白食物鏈和生命延續的因果關係。因此我不斷為牠聲援：「加油啊！老媽！」

到了第十一天，「老媽」還在生。到底牠會生幾隻？又會生到什麼時候？牠的壽命比之前聽說的六天可是長太多了。坂田先生也相當吃驚，特地跑來探望「老媽」。

第十二天，和「老媽」同時出生、取名為「Kameko」的水蚤死掉了。果然還是有個別差異。Kameko和脫褪的殼一起沉到瓶底，不久就溶解歸於水了。

看到這個，突然想起鳥取大學平野茂博教授的研究：從蟹殼萃取甲殼素，製成手術用的縫線。這種線會溶於體內，因此手術後不必拆線。這項劃時代的發明進一步還可運用到隱形眼鏡、人造血管、制癌劑等醫療用品上。

水蚤也是甲殼類，和蟹蝦屬同類。牠們從太古時代如此不斷繁衍至今，實在厲害。

為探望水蚤母子來到舍下的坂田先生，看到並列的瓶子相當吃驚：

「這些全由一隻生出來的嗎？」

一臉感動的樣子。

為了確認至今到底生了幾隻，決定動手數數看。

說到計算的方法，也只能用玻璃滴管將瓶中的水一點一點吸上來，滴到小碟子中，然後數清楚在裡頭游來游去的水蚤，再移到別的瓶子。要計算這些肉眼不易看清楚的透明傢伙，實在是件大工程。

數著數著忍不住喊道：「咦！真的嗎？」居然有八十一隻。我忽然想到，會不會是「老媽」一生下第二代就被移到新瓶子裡，牠以為孩子不見了，所以才一直拼命生下去呢？

牠在第十八天又產下三十一隻小水蚤。

令人訝異的是，第二十天又生了。從顯微鏡可以看到孵育囊裡還有一隻沒出來。這個愛撒嬌的小鬼雖然觸角都已經長出來了，卻還在孵育囊裡游來游去，好像把那兒當成水槽了。寬大的「老媽」對這個傷腦筋的孩子只有苦笑的份兒，似乎打算讓牠玩個夠。等到半夜再看，發現「老媽」終於一身輕了。

翌日，也就是第二十一天的早晨，看不到「老媽」的身影，凝目注視瓶底，發現牠躺在那裡。心臟已經停止跳動，死了。終究還是死了。有幾個朋友曾經來家裡透過顯微鏡探望「老媽」，我一一通知他們「老媽」的死訊，然後將「老媽」的遺體移到新的玻璃皿來為牠守夜。

「老媽」最後又產下三十六隻小水蚤，總計牠一輩子共生了一百四十八隻。

坂田先生以傳真送來弔唁文：「老媽妳真偉大！很努力了呢！」

十幾天後，玻璃皿裡「老媽」的遺體開始在水中溶化。自水而生的牠，就此又回歸水中。

註：鼠算是日本發展出來的一種等比級數的計算問題。假設一對老鼠一個月生十二隻小老鼠，第二個月老鼠及其第二代又各自生出十二隻小老鼠，如此重複一年，最後會有幾隻老鼠？

評論家田原總一朗篇

19

我邊看地圖邊找田原先生的家，眼前出現一棟連屋頂都是白色、有如大型花式蛋糕的房子。正覺得有趣想把它拍下來，才發現門前掛著「田原」的門牌。

咦？那位田原先生的家，就是這棟白屋子嗎？

說什麼我也無法將他的形象和這棟房子連在一起。我滿腹狐疑「？？？」地按下門鈴。

我很想知道他為何會住這棟白屋子裡，待會兒一定要問問。

不過，最重要的還是他的廁所。聽說他除了自家廁所外，絕對不上別的廁所。因此就算到外縣市演講，也一定當天趕回家。

「此事當真？」

「嗯——，這有點難以說明哪。」

那位在電視上以犀利的談吐逼問對方的田原先生，現在居然一副有難言之隱的樣子，這可一定要他告訴我們真相。

「其實……，對我而言，有『好廁所』和『壞廁所』之分。一般這麼說的時候，通常指的是馬桶的形狀。我卻不是，所謂的好廁所是跟馬桶蓋有關。」

「馬桶蓋？就是馬桶座上的那個蓋子？」

「嗯，就是蓋子的形狀。我有一種怪癖，如果不是看了覺得『對！就是這種』的就不行。因為我消化系統不太好……。」

消化器官和馬桶蓋到底有什麼關係？實在

搞不懂。

「我曾經得過潰瘍性大腸炎，所以很注意腸子的狀況。此外，痔瘡會流血，而又因為很在意這個，結果就導致便秘……。有一次無意間坐在馬桶蓋上，發現如此大便很舒服。」

為了田原先生的名譽特此補充：他並非在馬桶蓋上大便，而是坐在上面直等到便意來了才趕緊掀開蓋子辦事。

「自從我摸索出這個方法以來，身體狀況逐漸好轉。在那之前失眠很嚴重，常常得服用安眠藥……。」

田原先生的工作確實壓力很大。坐馬桶蓋上很像進行在廁所內的禪坐，為保持良好的精神狀態，這種儀式確實有其必要。

「是啊。因為一直都坐自家馬桶，結果就變成非那個馬桶蓋辦不了事。若弧度或硬度有點差異，屁股就要抗議了。就算是我家二樓廁所，就只因為馬桶蓋稍寬了些，我就從來不用。」

「差別那麼大嗎？」

「有差別呢。對我而言，五六年前發售、兩年前停產的TOTO牌是好馬桶。起初要坐坐看才知好壞，現在一眼就看得出來。」

「您這樣會不會太寵自己的屁股了？」

「可能吧。但與其勉強接受，不如允許自己屁股任性些。因為日子能過得舒服才是優先考量。」

「如果當天無法回家，怎麼辦？」

「被邀請到外地去演講時，我會告訴主辦單位希望投宿哪間旅館。日本各大城市的哪家旅館的哪個房間OK，我大概都曉得。若是無法指定旅館，那就自掏腰包搬去想住的旅館的房間。就算是同一家旅館，不同房間的馬桶也會不一樣呢。」

「如果指定的房間被捷足先登，怎麼辦？」

◀田原先生對馬桶蓋忠心耿耿，為對此表達敬意，左圖是將蓋子直接放在紙上，如同拓印般地畫出形狀，再依比率縮小的。

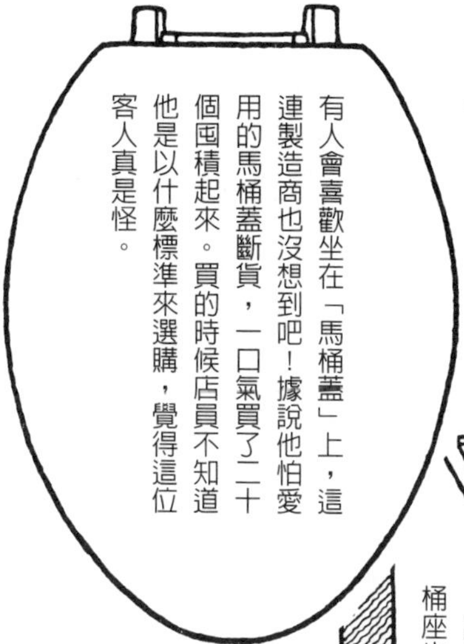
有人會喜歡坐在「馬桶蓋」上，這連製造商也沒想到吧！據說他怕愛用的馬桶蓋斷貨，一口氣買了二十個囤積起來。買的時候店員不知道他是以什麼標準來選購，覺得這位客人真是怪。

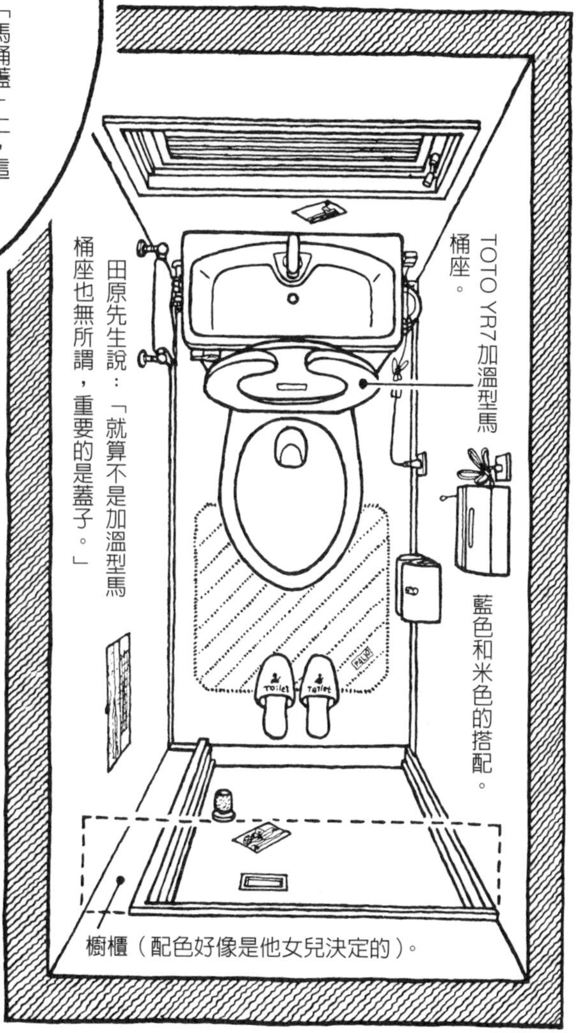
TOTO YR7加溫型馬桶座。
藍色和米色的搭配。
田原先生說：「就算不是加溫型馬桶座也無所謂，重要的是蓋子。」
櫥櫃（配色好像是他女兒決定的）。

原來每個馬桶蓋都有這麼大的差異，以前我完全不知道。田原先生一臉認真地說：「就算是同一型的馬桶蓋，厚度及弧度也會有微妙的差異。要找到合適的可得千中選一。」據說臀部是人體各部位中神經較遲鈍的地方，看來田原先生的屁股可是特別敏感。聽了這個他從未向人提起的秘辛怪癖，雖然覺得失禮，還是忍不住笑出來。

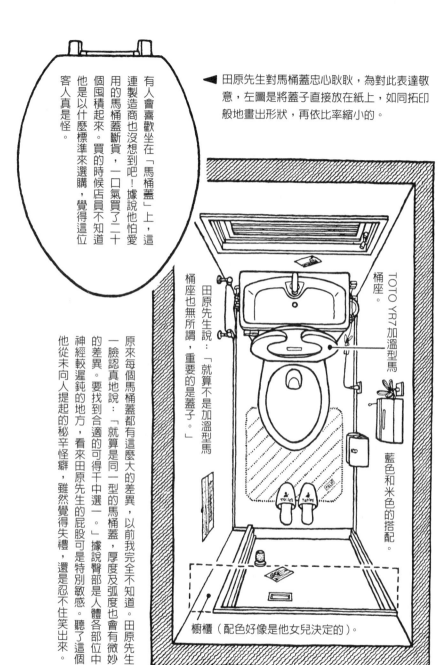

「那就到該旅館的別館地下室，三間公共廁所的最右邊那間……。反正不管到哪裡都要找到最合適的馬桶蓋，所以我已經蒐集不少這類資訊了。」

「這麼說，您是打開廁所門一間一間確認囉？」

「是啊。說起來那真是形跡鬼可疑的，很容易被誤會，若被人看到可就糟了。因此，我不喜歡投宿在陌生的地方，總希望趕緊回家，這就像習慣在熟悉的店裡吃飯一般。一間旅館能否讓我安心投宿，跟它的床鋪或房間氣氛都無關，重點在馬桶蓋。」

「到國外就無法事先調查清楚吧。若遇那種情況，就只能要屁股多多忍耐了嗎？」

「國外有許多付費廁所，每間馬桶蓋都完全不同，只要多找找，總會發現屁股說『行』的。」

「先不談適合的馬桶蓋，如果到如廁概念完全不同的國家，怎麼辦呢？總不能忍耐幾天不上廁所吧。」

「那就非帶通便劑不可。如果硬要屁股忍耐，那十二指腸潰瘍又會復發，拉出黑色血便來。最後就只得用強效通便劑了。總之，對排便之事費心是我唯一的健康管理方法。只要這部分做好，其他方面隨便混亂些也沒問題。」

「您什麼時候上廁所？」

「早晚各一回。得坐個三十分至一小時。正確地說，並非白天晚上去廁所，而是去的時候就是我的早上和晚上。例如那種通宵的現場直播，我會在節目開始前上個廁所，那時可能已經半夜了，但對我來說卻是早上。等到節目結束可能已經快天亮了，但對我來說卻是夜晚。工作結束，告訴屁股上個廁所後『就要睡覺囉』，那就意味著夜晚來了。也就是說，我只要上個廁所就能很容易地晨

「可以畫屋子的外觀嗎？」「請。」取得田原先生的同意後，我將之描繪下來。

昏更換。」

「如果忙到早晚都分不清楚時，怎麼辦？」

「無所謂。這和實際的時刻無關，上廁所是依據生理時鐘而定。因此就算人到國外，我也沒有時差問題。」

坐在馬桶蓋上才能愉快舒適地過生活，那麼，這種儀式確實是馬虎不得。

「對我而言，廁所是一切的基礎，所以若不能順利進行，那我的生活、身體狀況全都會跟著亂了步調。所以我還打算訂做一個可以裝著馬桶蓋的旅行箱。這種事聽在人家耳裡，會覺得真是蠢事一樁吧。」

田原先生有些不好意思地搔搔頭。

因為他讓自己的屁股享有這種怪癖，緊湊忙碌的工作與生活才得以順遂進行。

告辭之際，我問了有關房子的事。

「連自己都奇怪怎麼會住這種房子。最初也很不好意思，差不多有二個月我都從後門進出呢。」

聽了他住進這白色房屋的理由，也就不以為怪了。原來是五年前因癌過世的夫人在治療期間，和長女一起設計了這棟房子。

「以前住的房子比較昏暗，又聽說風水不好，對此一直耿耿於懷。既然要蓋新房子，那就蓋得明亮些吧。於是隨意亂加凸窗、甚至連屋瓦都特別訂製白色的，結果弄得像童話屋。最後就變成這樣了。」

據說夫人在此時得知自己罹患癌症。

僅從外觀無法明白細委，家家都有本難唸的經啊。

田原先生好像打算遲早要把這棟房子讓給長女夫婦。

20 畫家田島征三篇

畫家田島征三先生的簡易沖洗式廁所非常有特色。一打開廁所的門，眼前的牆壁上用五顏六色的文字寫著：

「本廁所之物將作為農田的肥料。水份太多發酵就慢，所以請用少量水沖走即可。特別是女性總要將擦屁股的紙整個兒沖掉（那樣得用掉一桶水）那些紙等下個人以小便沖走即可。（請用水沖走將紙留下很丟臉的想法吧）小便時請勿用水。（為了農田裡的蔬菜請多多合作。主人啓）」

所謂的主人，當然就是田島征三先生，他為了邊務農邊創作，在二十年前搬到東京西邊的西多摩郡日之出町。

從市中心來此拜訪感覺距離很遠。從新宿換搭中央線、青梅線、武藏五日市線，到終點後還得叫計程車，車程十分鐘。就算換車很順利，也得花上兩個半鐘頭。

「以往說起日之出町誰也不曉得，現在，『就Ron・Yasu會談的地方啊？』（註）大家都知道。」征三先生苦笑著說。

到此發現尿糞仍然很受珍視，一如往昔，忍不住噗嗤笑出來。說到「水肥」，我們這一代會覺得很懷念，但現代的年輕人應該不知道那是什麼吧。

「到我家來的人好像也都不知道。還虧我把字寫那麼大貼那兒呢。」

電視上曾播過「土地死了」的紀錄片。挖掘使用人或動物糞尿等有機肥的農地和施用無機化學肥的農地各一立方公尺，來比較兩者的土壤。施有機肥的土一揉就成細粉狀，使用化學肥料的土壤則硬得像水泥，弄都弄不碎。有機肥這邊的土裡有蚯蚓、昆蟲等各種生物棲息，無機肥這邊則沒有任何生機，宛如死界。

由此可知「土地死了就再也無法復活」的事實。

征三先生之所以會執著於水肥、有機肥，應該是與「殺死土地就是毀掉地球」的想法有關吧！

「而且種出來的農作物完全不一樣。施了水肥的蔬菜不但顏色鮮豔，也長得好。而說到料理，味道可以分為來自廚房的調味跟從田裡得來的原味吧。韭菜的例子就很清楚。施下大量發酵過的尿，韭菜味道會不一樣。那是韭菜原有的臭味。」

這時候，喜代惠夫人的聲音從廚房流理台那邊傳過來：

「不是臭味，是香味啦。」

征三先生接受她的抗議改了口。

「有很多人誤以為有機肥就是將人糞灑在田裡的蔬菜上，不是嗎？」

「沒錯。雖然跟他們說不是直接澆上去，但有人只要是土裡長出來的就不吃呢。他們只吃那種沒沾著土、包裝很漂亮的蔬菜。」

喜代惠夫人把炒豌豆、蟹肉炒蛋、肉派及燉煮蔬菜等等端上桌，非常豐盛。

「除了蟹肉是罐頭的以外，其他全是自家產的。」

由於水肥的功效，菜真是好吃極了！

我問征三先生「自給率」如何？他不好意思地說：

「別說什麼自給自足，大概只有百分之三十左右吧！因此，什麼『務農』的話我可不好意思說。以前還勉強可以說是，現在稻子

家人及客人用的廁所

◀一打開廁所的門，田島征三先生的字就直逼眼前。文章的內容固然犀利，文字的氣勢更是懾人。或許他是害羞吧，說：「沒有啦，我沒什麼力量，只好靠畫和文字來補其不足。這只是個很有力的請託而已啦。」

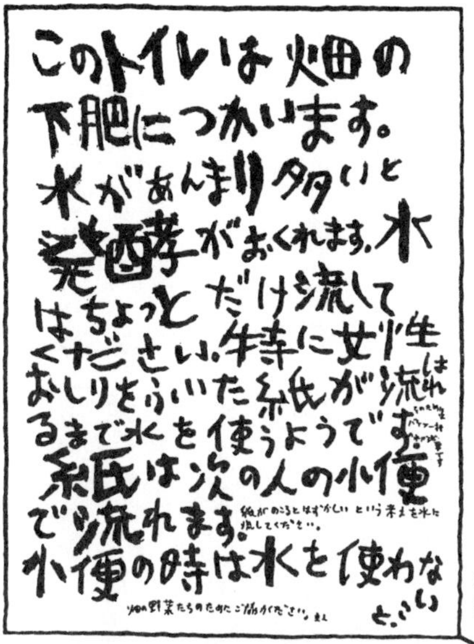

このトイレは畑の
下肥につかいます。
水があんまり多いと
発酵がおくれます。水
はちょっとだけ流して
ください。特に女性は
おしりをふいた紙が流れ
るまで水を使うようです
紙は次の人の小便
で流れます。
小便の時は水を使わな
畑の野菜たちのためにご協力ください。

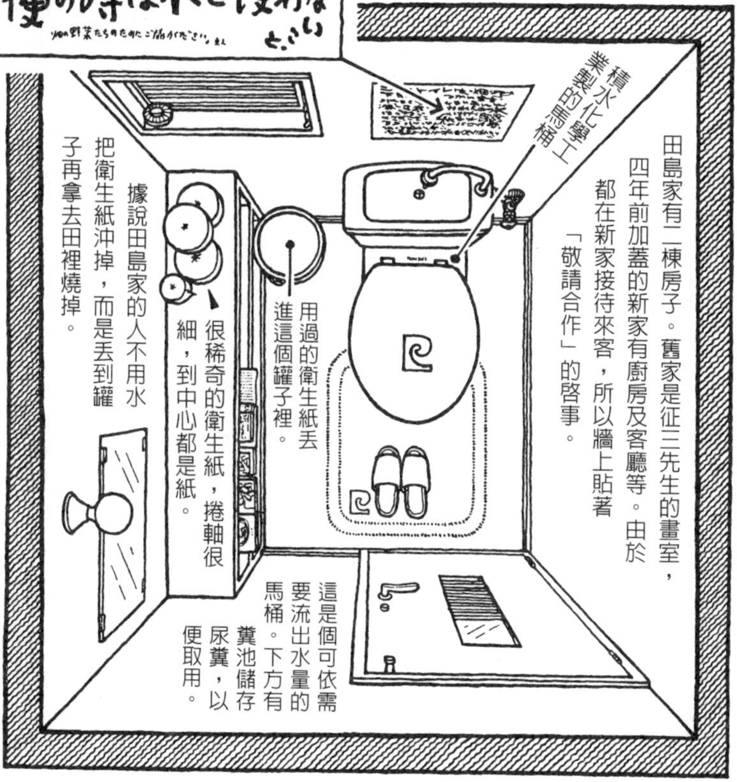

積水化學工業製的馬桶
田島家有二棟房子。舊家是征三先生的畫室，四年前加蓋的新家有廚房及客廳等。由於都在新家接待來客，所以牆上貼著「敬請合作」的啓事。
用過的衛生紙丟進這個罐子裡。
◀很稀奇的衛生紙，捲軸很細，到中心都是紙。
據說田島家的人不用水把衛生紙沖掉，而是丟到罐子再拿去田裡燒掉。
這是個可依需要流出水量的馬桶。下方有糞池儲存尿糞，以便取用。

也不種了，倒有點像因興趣而動手的園藝，玩票性質啦。不過，這種小規模也有好處，可以認真地種、好好地吃、著著實實地拉，再回饋給大地。」

聽來這家人好像是為了著著實實地拉才好好地吃一樣。

「是這樣沒錯啊。我們這一家和周邊環境已經形成一條食物鏈了。田裡種出的蔬菜分由家人及二條狗、十六隻小雞來吃。不能吃的菜渣就放到肥料屋作堆肥。最後拉出許多能作好肥料的好大便來。那是因為大家都很努力啊。」

我記得田島家應該還有個成員才對啊，一隻叫「阿靜」的山羊。

「已經不在了。『阿靜』還在的時候，乳製品全都是自家生產的。早晚各擠一次奶，大約有一升。不但全家五個人喝得飽飽的，而且還有剩，所以就作成優酪乳或乳酪。想想那時候真是幸福啊。很想再養一隻，可是草料不夠。山羊的食量可是相當大呢。」

最近這一帶建了很多房子，所以草地愈來愈少了。

「還有一件事情很麻煩，就是白天沒辦法施肥。簡直像在幹什麼壞事一樣，人家看到都會賞個衛生眼。所以只好白天在田裡挖好幾條深約三十公分的溝渠，然後趁有月亮的晚上將水肥引到溝裡，再掩上土。通常得在鄰居熟睡的半夜動手，到凌晨四點多才能告一段落呢。」

據說一年得在田裡埋三、四次水肥。有機肥的效力較慢，但小便的養分卻立竿見影，所以如何搭配使用相當重要。

「出外旅行時，覺得最浪費的就是小便。剛撒的尿實在乾淨，真想裝桶帶回家。家裡那些尿根本不夠用。」

以往我認為廁所只與排泄有關，但現在只

要一進廁所，眼前每每就會浮起田島征三先生的臉孔。

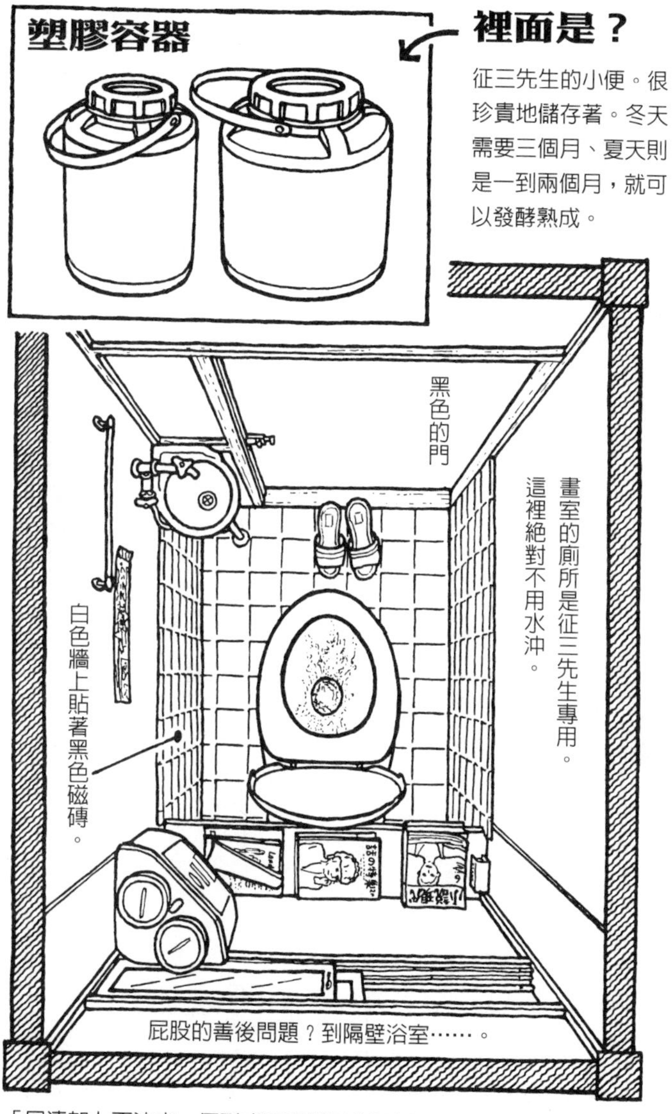
塑膠容器
裡面是？
征三先生的小便。很珍貴地儲存著。冬天需要三個月、夏天則是一到兩個月，就可以發酵熟成。
黑色的門
畫室的廁所是征三先生專用。這裡絕對不用水沖。
白色牆上貼著黑色磁磚。
屁股的善後問題？到隔壁浴室……。

「尿漬加上不沖水，便形成這麼嚴重的污垢。但想到這也算是自己的足跡，就不覺得討厭了。」

註：一九八三年美國總統雷根赴日訪問，與當時的總理大臣中曾根康弘在此會談。Ron, Yasu是取自他倆名字的簡稱。

小說家吉行淳之介篇

吉行淳之介先生家的信箱上用奇異筆寫著「吉行．宮城」。這種事，再怎麼說也未免太開放了吧。

會這麼說，是因為吉行先生二十多年前的小說《黑暗中的節慶》描寫了悲壯的三角關係，其中一人即是以宮城真理子女士為本。

那本小說帶給我非常強烈的恐怖感。尤其最近剛讀完吉行先生的新書《春夏秋冬．女人真可怕》，讓我又回想起來。

走過有暖爐的客廳，我馬上向吉行先生提這件事。

「《春夏秋冬．女人真可怕》這書實在太恐怖了，簡直像怪談集呢。」

「全都是事實哦。女人原本就很恐怖，你不覺得嗎？」

「我倒沒這種體會……。可能是還沒遇上女性恐怖的那一面吧。」

「真的嗎？我絕不相信世上有不怕女人的男人。除非是同性戀。如果能不怕，那就太輕鬆了，真好啊。」

看來連吉行先生也有點離題了，我趕緊提道：

「今天要談的不是女人，而是為了看府上的廁所而來……。」

「那就言歸正傳吧。我家有兩間廁所，玄關旁邊是傳統的蹲式，洗澡間旁的是坐式。先看哪一個？」

「當然先看蹲式廁所囉。」

21

打開門時我忍不住暗叫：「太棒了！」打這個連載開始以來，無論哪家都是坐式，一直沒見過蹲式廁所。終於，在此遇見了夢幻的「蹲式」。

「為什麼用蹲式廁所呢？」

「建這房子時我們都還年輕，因為常有長輩來訪，想說有間他們用慣的蹲式廁所比較好。還有，當時我若不蹲下來膝蓋用力，就會大不出來，所以每次都特地跑來這間上。不過，現在一蹲下去就站不起來，只使用坐式馬桶了。」

看完兩間廁所又聽了說明後便返回客廳，接著就聽吉行先生述說他對廁所的回憶。

「我們那時候一提廁所，不是想到『噗咚』一聲尿屎飛濺的情景，就是各種妖怪出沒的傳說。什麼會有毛茸茸的手突然從下面伸出來摸人屁股之類的，真是恐怖啊。一直到了十幾歲的時候，讀完江戶川亂步的書還會嚇得不敢上廁所呢。但廁所是個不得不去的地方，只得趕緊完事好儘早離開。十五歲時得了腸炎，醫治後腸胃好像強壯起來，可以大得很快。幾年後，由於戰敗後糧食不足，肚子拉得很厲害，真慘。現代的人只知道吃太多會鬧肚子，其實沒東西吃營養失調也會。無論學校還是哪裡，若不知道廁所在哪兒可是很危險的。但是，到處都客滿呢。因為大家都一樣腸胃衰弱啊……。那時候我最大的希望就是有一間能上鎖的廁所，可以一個人安心地上。」

我比吉行先生小六歲，也有類似體驗，因此很了解他所說的事。

「二十二歲時，我在目黑區的柿之木坂附近租房子住。從學校回家途中，出了車站步行約十五分鐘，會來到一塊空地，上頭長了一棵大松樹。每次走到那邊就會有便意，就蹲在松樹根茂密處解決。慢慢地，一看到那

家裡到處都插著庭院摘來的花。雖然宮城真理子女士外出不在家，卻隨處可見她的品味與眼光。

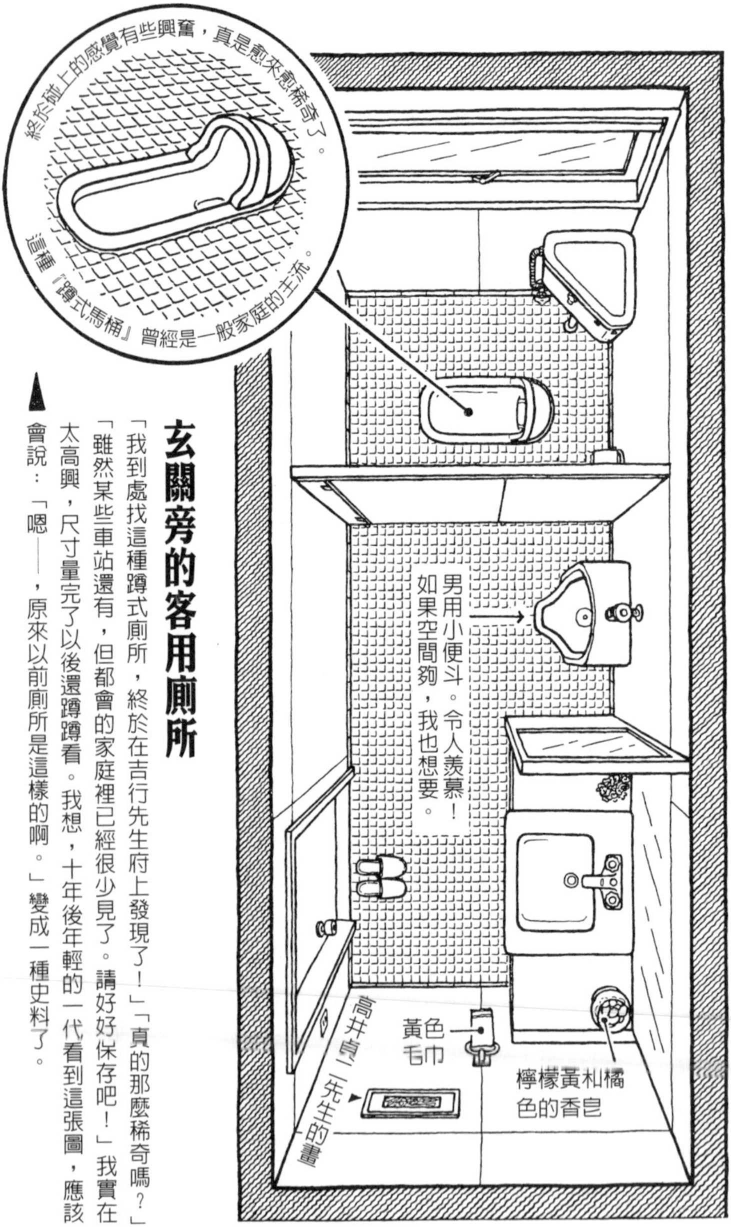
終於碰上的感覺有些興奮，真是愈來愈稀奇了。
這種『蹲式馬桶』曾經是一般家庭的主流。
男用小便斗。令人羨慕！如果空間夠，我也想要。
黃色毛巾
檸檬黃和橘色的香皂
高井貞二先生的畫

玄關旁的客用廁所

「我到處找這種蹲式廁所，終於在吉行先生府上發現了！」「真的那麼稀奇嗎？」「雖然某些車站還有，但都會的家庭裡已經很少見了。請好好保存吧！」我實在太高興，尺寸量完了以後還蹲蹲看。我想，十年後年輕的一代看到這張圖，應該會說：「嗯——，原來以前廁所是這樣的啊。」變成一種史料了。

棵樹就想大便，變成反射性動作了。我很氣自己養成這種怪毛病，有天晚上喝醉酒，便拿著鋸子打算去鋸斷松樹。但是鋸子太小松樹太粗大，反而只把自己給弄傷，鎩羽而歸。」

看來吉行先生的青春時代似乎和大便糾纏不清。不過，之後便轉為和女人的恐怖糾纏了……。

這棟屋子建於二十一年前，還留有那個時代的餘韻。

「吉行先生對住屋有什麼特別要求嗎？」

「完全沒有。我當時憂鬱症相當嚴重，哪管得了家的事，一切都委託給建築師。宮城倒是這個那個要求了不少。這暖爐就是她要求特別設計的。」

宮城女士很堅持要有暖爐，但目的不在冬天取暖或營造屋內的氣氛。

據說有個下雨天，吉行先生在庭院裡挖了一個洞，將自己的西裝丟進裡頭燒掉。宮城女士看到他撐傘蹲著凝視火焰的背影，心頭一陣顫慄。如果在新居他依舊這麼行徑詭異那可糟了，所以要求建築師一定得設置個暖爐。

直到現在，這種燃物癖仍沒有戒掉。我想像在他內心的深層應該有些什麼，而作家或許正刻劃透露了那個部分。可是，面對吉行先生我說不出來這點，只能默不作聲……。

我很想看一看暖爐裡的火焰。

「光看暖爐的外觀不太能懂呢。得看看東西在燒的樣子。」

一聽到我如此說，吉行先生馬上起火燒給我看。

確實是一座好暖爐。火焰美得讓我感動。

「真是個好暖爐啊。原本來採訪廁所，結果快變成是採訪暖爐囉。」

「不錯吧。燒起來真痛快。有種清爽俐落

吉行先生的私用廁所

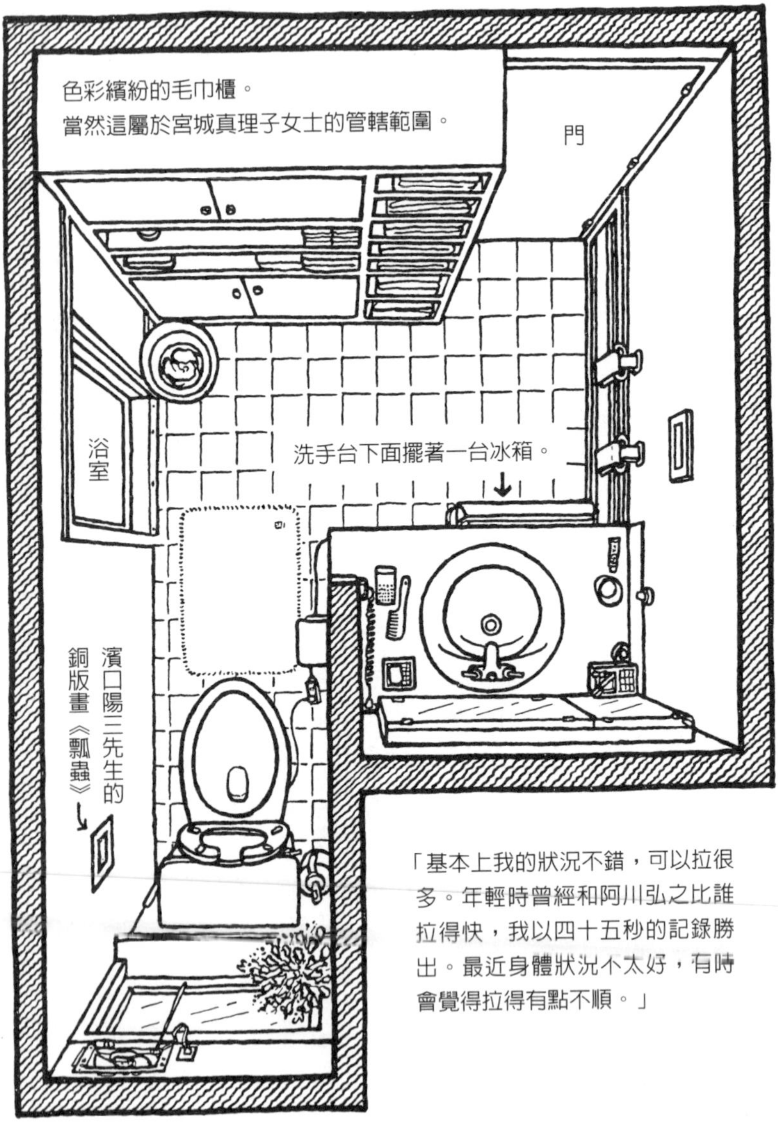

色彩繽紛的毛巾櫃。
當然這屬於宮城真理子女士的管轄範圍。
門
浴室
洗手台下面擺著一台冰箱。
濱口陽三先生的
銅版畫《瓢蟲》

「基本上我的狀況不錯，可以拉很多。年輕時曾經和阿川弘之比誰拉得快，我以四十五秒的記錄勝出。最近身體狀況不太好，有時會覺得拉得有點不順。」

的感覺。垃圾自不用説，退還的稿子我也一併燒掉。已印成鉛字的還可以，但我再也不想看到自己千辛萬苦寫出來的字。」

《春夏秋冬・女人真可怕》出書後，好像原稿也同樣都燒掉了。

「燒得很旺呢。可能是因為裡頭懷有怨念吧，餘燼到最後仍然紅咚咚的。」

吉行先生説著説著，最後還是又轉回女人真可怕的話題。

據説男孩子幼年期對性的興趣是表現在自己的排泄物上，之後才轉移到女性身上。我至今對廁所相關的事情仍舊興趣盎然，一點也不明白女人的可怕，看來還沒轉大人呢。

話雖如此，我可是真的很喜歡女人耶。

相撲教練九重親方篇

我小時候正逢雙葉山（註一）的全盛期，零用錢全花在買相撲力士卡片上頭。

只要是與相撲有關的事我都想知道，連相撲發軔期的畫作也看過。所以像土俵（註二）曾是四角形、之後才改圓形，或昭和六年前土俵直徑是十三尺（三．九四公尺）、以後十五尺（四．五五公尺），我都如數家珍。

幼年時的我一直對某件事抱著「嗯——是這樣嗎？」的疑問，那就是「橫綱（註三）大便完一定是隨從替他擦屁股」。因為他們太胖了，自己的手搆不到嘛！

一見到九重親方（註四），首先便想解開自小以來就有的疑惑。

「那是胡說八道啦。不過，我也聽過那種謠言，入門時心裡就想，若真有人要幫我擦屁股，那可討厭了。結果根本沒那回事。因為力士天天鍛鍊，身體比一般人還柔軟，哪有可能搆不到屁股。」

確實如此，上午我看他們練功，激烈得連地面都嘎吱作響。

千代富士休息時兩腿直線劈開，「啪！」地一聲屁股就著地了。換作是我的話，稍微拉開一點就會痛得大呼小叫……。

「劈不開腿就沒辦法練功。踏四股（註五）時要使腰力，將上半身提起來，一下一下確實地踏，所以很辛苦。腿劈不開大概踏不了五十下吧。但腰力慢慢會增強，如果連這個基本動作都作不到，那什麼也別談了。」

22

「如此說來，為鍛鍊腰力，相撲部屋（註六）的廁所都是蹲式的囉！」

「蹲式只有一個。是在靠近土俵的地方。那裡之所以用蹲式，是因為練習以後全身沾滿泥土，坐馬桶上會搞得髒兮兮的。而全是坐式馬桶的理由是，力士的膝蓋經常會擦傷什麼的，用蹲的傷口容易裂開。關節有毛病的時候蹲起來也很辛苦呢。」

聽說力士常會把馬桶坐垮，確有此事。

當九重親方還是橫綱北富士的時候，到中國地區（註七）比賽曾坐壞旅館兩個馬桶。

「我才一百三十二公斤，和現在的力士比起來算體型小的。連我都會坐垮，那兩百三十多公斤的小錦不知已坐壞幾個了呢。」

以往抽水馬桶很少，幾乎都是地底有糞坑的汲糞式便所。若鋪的是木地板，聽說上起來讓人提心弔膽。

「有位名叫大內山的力士，真的踏破地板掉到糞坑裡，還好他身高二公尺多，頭還有辦法伸出才獲救。要是普通人，大概早就淹死了。到外地去巡迴比賽，通常會請投宿的旅館補強地板，如果還是有點擔心，就得兩手伸開撐在牆面，別讓身體重量全落到地板上，然後才小心翼翼地辦事。在鄉下旅館或學校上廁所時真是挺恐怖的呢。不過，那種怕會踏破地板的感覺最近慢慢沒了……。」

看了九重部屋的力士廁所，馬桶是白的，馬桶座的顏色則有好幾種。那是因為壞了就換，而買來的二十個備用馬桶座都用完了。

九重部屋有三十名力士，最小的十五歲，平均年齡十八歲，相當年輕。清晨五點半起床開始集體生活，和普通的社會相比頗有震撼力。看了一下吃飯的情景，食量真大！

「光吃不練的話會得糖尿病。吃飯和練習如何取得平衡是很重要的。並非胖就是好。必須有健康的體魄加上認真的練習。千代富士、北勝海兩位橫綱，要說是天才型不如說是努力型，是勤練加上天份。我對這群年輕人也這麼說。如果對排名在後心有不甘，那就以堅持和努力讓自己變得更強壯吧。」

川野涼風親筆所寫的招牌

從電視上看不出他們的肌膚之美。在國技館現場看相撲時，被力士的膚質膚色嚇了一跳。聽說從肌膚的狀態可以看出身體好壞。

「一看就知道。要緊繃發亮。健康狀態從肌膚完全看得出來。認真練習的人肌肉的生長方式也不同。力士必須裸露身體，一旦晉升到幕內（註八）更得注意身體。五臟六腑衰弱也不成。消化器官不強體型就大不了；拉肚子更糟，沒法兒使力嘛！若登上土俵用力踏腳就『噗！』地拉出來，那還得了。總之，上場絕不能鬧肚子。雖然很多人的職業病是痔瘡，便秘倒沒聽過呢。」

吃得多，拉得多，上的次數好像也多。部屋裡共有五間廁所，好像都得排隊。

「吃和拉」對相撲力士來說都輕忽不得。在瞬間決勝負的世界裡，得留意的事情可是比我們想像的多呢。

註一：雙葉山定次（一九一二—一九六八）為相撲力士第三十五代橫綱。優勝十二次，六十九次連勝記錄，至今無人能破。

註二：土俵，相撲的競技場。

註三：橫綱，相撲中最高等級的力士。

註四：相撲界的教練稱為親方，多由退休的力士擔任。

註五：踏四股是相撲的基本準備動作。兩手放在膝上，兩足交互伸起、踏下。

註六：相撲的練習所。

註七：中國地區是指日本本州島西端的鳥取、島根、岡山、廣島、山口五縣。

註八：排名最上段的力士通稱「幕內」，包括「橫綱」、「三役」及「前頭」。

九重親方府上的個人用廁所

トイレの神様
ウッサマミョウオウ
ナムシュリマリマリマリ
シュシリソワカ
オンクロダ
ラシャノウバクウン
ジャウンコク
七回云う

（真理夫人親筆寫的）

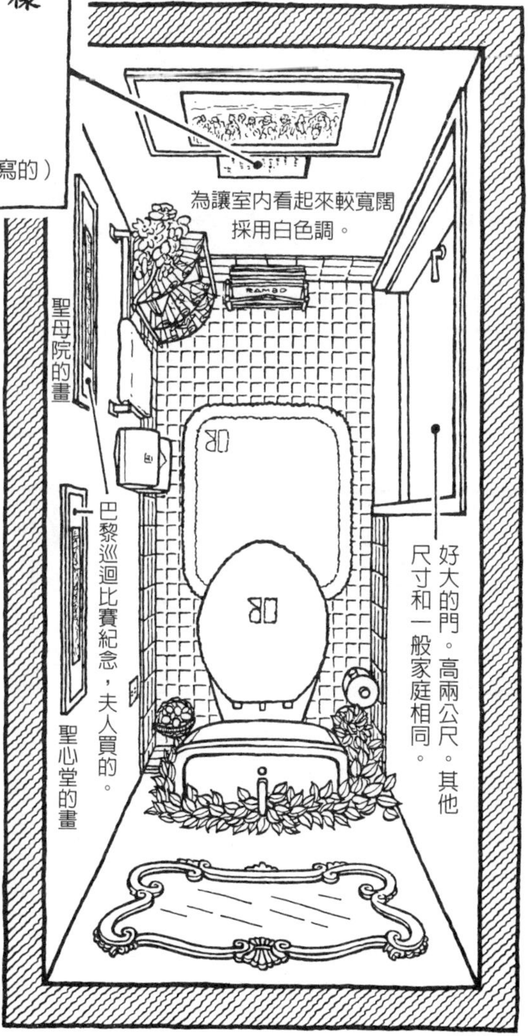
室內的色彩搭配及裝潢等全由夫人真理女士打點。親方完全不插手。
為讓室內看起來較寬闊採用白色調。
RAMBO
好大的門。高兩公尺。其他尺寸和一般家庭相同。
巴黎巡迴比賽紀念，夫人買的。
聖母院的畫
聖心堂的畫

▲牆上貼了這麼張紙。問其原委，原來是「因為這個廁所的方位不好，就請教風水師父安部芳明先生，給了這篇咒文。」聽說親方每天在廁所都要唸幾次，請他唸一下，馬上「烏沙嬤繆歐烏——」非常流利地背出來。「真的很靈驗，大便很通暢呢。」從裡面傳來夫人的聲音：「你是開玩笑的吧！」親方回答：「不，我很認真在唸的呢。」

國技館準備室的力士用馬桶與一般馬桶之比較

為了昭和五十九年（一九七四）新建的國技館所開發的力士用馬桶。九重部屋在這之前所建，沒能趕得上。

（資料提供・東陶機器株式會社）

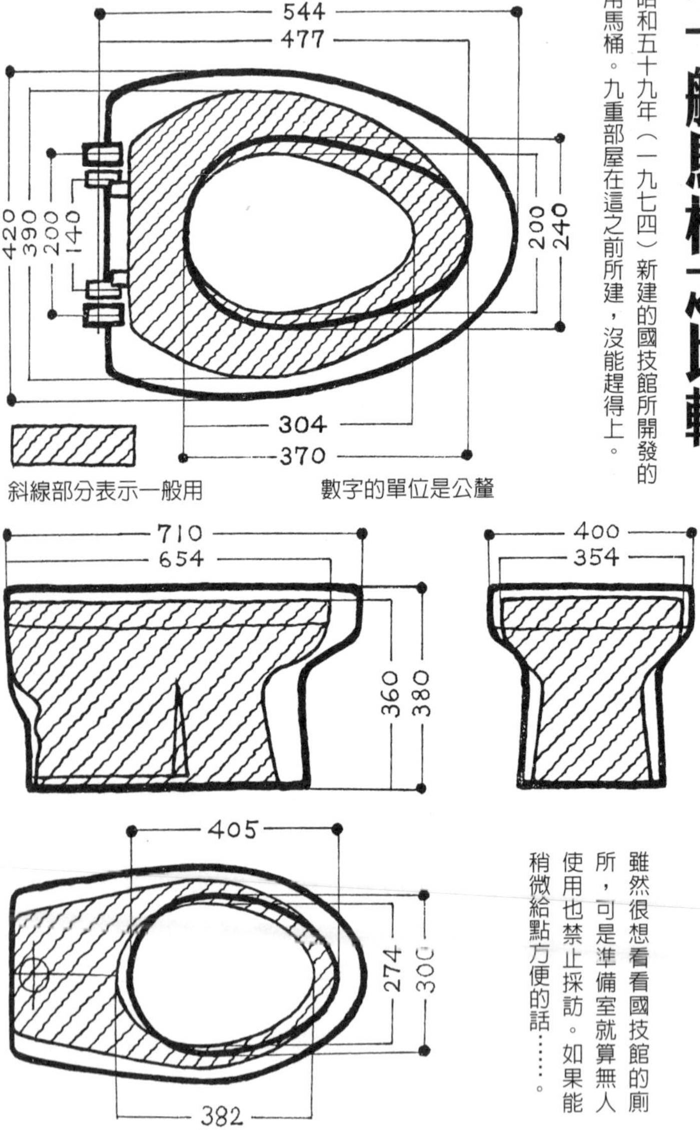
544
477
420
390
200
140
200
240
304
370
710
654
360
380
400
354
405
274
300
382

斜線部分表示一般用

數字的單位是公釐

雖然很想看看國技館的廁所，可是準備室就算無人使用也禁止採訪。如果能稍微給點方便的話……。

博物學家家荒俣宏篇

23

荒俣宏先生不僅是眾所周知的博物學、神祕學、圖像學等領域的權威，還是一位奇幻小說作家；因此關於妖怪傳說的種種知識，他的博學程度可是普通人所望塵莫及的。其實，他本人就是個像妖怪般的人物……。

首先，不到半夜是逮不著荒俁先生的。而且還不是在他家裡，只能打電話到某出版社的編輯室。聽說他擅自窩到人家編輯室通宵工作，一到天亮就會自動消失。

這謠言可不是空穴來風。果然在半夜兩點半被我用電話逮到，約好採訪時間了。

拜訪荒俁先生府上的時候，聽說他也是兩個禮拜來第一次回家。訝異之餘還是趕緊請他談談有關廁所的事。

「以前有所謂的廁所神不是？現在各地還留有這種風俗信仰，譬如把嬰兒抱到廁所走一圈，或在六歲女童額頭上寫個『犬』字，再叫她進廁所……。主要是因為狗很會生，希望能像狗一樣多子多孫吧！一方面因為以前的廁所常兼作產房，同時也有祈求小孩能健康順利成長的意思，因為排便正常表示腸胃強壯。廁所裡不但有神，還有妖怪。廁所裡的妖怪還都是河童（註一），這您應該相當清楚吧。」

「是知道啦，不過那種河童和我可是毫無關係哦。」

我趕緊答道。因為覺得荒俁先生好像正在威脅要暴露我祖先的真面目呢。不過一定要

荒俣先生平均兩週才回家一次，是個不愛回家的人。

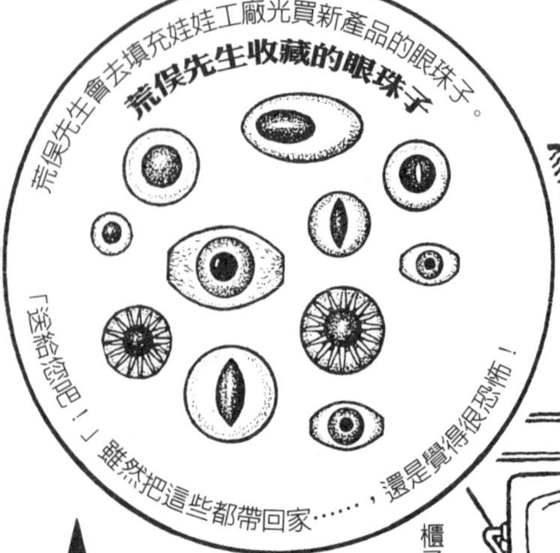
荒俣先生收藏的眼珠子
荒俣先生會去填充娃娃工廠光買新產品的眼珠子。
「送給您吧！」雖然把這些都帶回家……，還是覺得很恐怖！

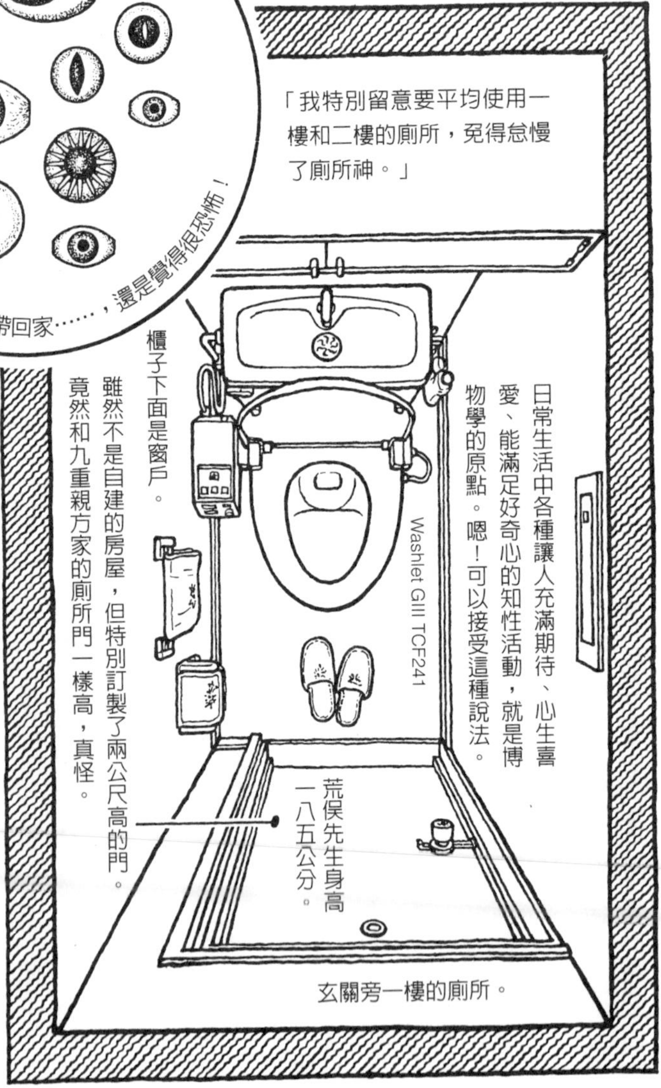
「我特別留意要平均使用一樓和二樓的廁所，免得怠慢了廁所神。」
日常生活中各種讓人充滿期待、心生喜愛、能滿足好奇心的知性活動，就是博物學的原點。嗯！可以接受這種說法。
Washlet GIII TCF241
櫃子下面是窗戶。
雖然不是自建的房屋，但特別訂製了兩公尺高的門。竟然和九重親方家的廁所門一樣高，真怪。
荒俣先生身高一八五公分。
玄關旁一樓的廁所。

▲荒俣先生說：「博物學是一種仔細鑽研、希望能達到人與自然的感性交流的學問，著重點並不在對象上。也就是說，這是一種看的技術，或說是眼球的技術。」「你對眼珠子的興趣近乎異常，收藏了這麼多，是這個原因嗎？」「沒錯，的確如此。」

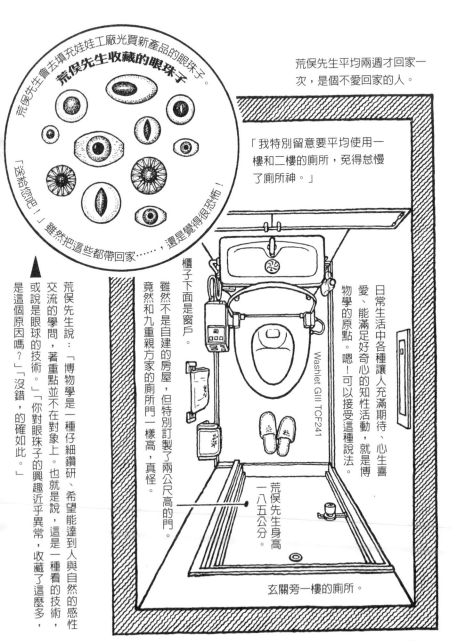

趁此機會從他口中聽聽民俗學的精髓——「廁所和妖怪」的種種故事。

「直到數十年前，大家都還相信世界上真有河童存在。牠可說是最後的幻想之獸，除了沖繩以外，日本全境都有相關傳說，而且數量相當多。因為『河童和廁所』有密不可分的關係，河童先生，您因這項企劃而能遇到各式各樣的人，真是讓人覺得恰如其分，非常合適呢。」

話頭很奇妙地又轉到我身上來了。忍耐忍耐。

「我小時候，廁所裡頭黑漆漆的，一到晚上就很可怕。而且廁所通常蓋在遠離主屋的走廊盡頭，妖怪會出現的條件全具備了。進去後雖然想趕快離開，卻偏偏怎麼都拉不出來，正覺得好可怕啊好可怕啊……，下頭咻地伸出一隻手來摸你屁股。實在太恐怖了。這隻手的主人就是妖怪河童。為什麼河童會從廁所洞裡伸手呢？因為牠們最喜歡屁珠子（註二）了。大便時肛門張開，那裡可說是內臟與外界的接點，因此便成為目標。河童主要在河川、沼澤區域偷襲人，遭河童偷襲遇難的人一看就知道。溺死者的肛門都是開著的，這就證明屁珠子已被河童摘走了。」

荒俣先生如此大放厥詞，河童實在可憐。我得替牠們辯護一下……。

「溺死者的肛門之所以會開開的，那是因為括約肌鬆弛，河童是冤枉的。大家都說是河童幹的，其實那是為了提醒大家注意，不要靠近水邊以免溺斃，這難道不是一種生活的智慧嗎？」

「或許是這樣吧。不過，全國各地還流傳著很多河童從廁所洞裡伸手襲擊人家屁股的傳說呢。」

我曾經調查過，各地的稱呼雖有不同，河童的別名有將近八十種。而且，在各種妖怪裡頭，會到廁所幹這種怪事的傢伙只有河童。

荒俣先生接著又詭異地笑著說：

「河童之所以會從廁所洞裡伸手，原因很簡單。古代的廁所搭建在河川上，正如『廁』字的意義（註三）。河童棲息在河川地帶，所以會進出廁所也沒什麼好奇怪的。可是，愛偷襲人家屁股的河童也很可憐，一旦從廁所伸手被發現，手就會被斬斷呢。」

確實如此。河童老是失敗。但很不可思議的是，故事接下來的發展竟然全國都是同個版本：人們告訴河童，只要拿「河童祖傳的秘方膏藥」交換就行，可是河童都拿來好幾次了，人們就是不肯把斷手還牠。河童只得無奈地哭泣。

人類好像飽受妖怪威脅，其實卻總是更勝一籌，佔了上風。人們一方面因受脅迫而抱持敬畏之心，同時卻仍能與妖怪共生共存。

荒俣先生最珍視的是，在妖怪和人類共生的時代，人們的想像世界是更為豐富的。

「現在的廁所日光燈點得那麼亮，馬桶下面又沒有洞讓手能伸出來，妖怪可以藏身的天花板也消失了。以前一邊和黑暗、恐怖作戰，同時也豐富了自己的想像力……。為了讓妖怪復出，我想復原一個能讓妖怪棲息的正統廁所。為了那個時候來臨，我已經買下了古代便器，收得好好的呢。」

荒俣先生邊說邊拆開包紮得很仔細的寶貝秀給我看。原來是明治時代的陶製便器，非常出色的珍品。

「我的夢想是建造一間和從前一模一樣的廁所。若能完整重現一間恐怖的廁所，那可是太奢侈太享受了！首先，為了要能黑漆漆的，周圍不能有絲毫光線洩入，那就需要一大片土地。長長走廊的一面要裝上木板套窗，前頭還得有石頭鑿製的洗手盆，上面要

荒俣宏先生的寶物

明治時代的陶製便器

真的是非常華麗的氣派便器。青花也很精緻。「兩年前在京都弘法大師的跳蚤市場買的。那還是頭一遭看到骨董店裡擺著便器在賣的。通常房子拆掉廁所也跟著毀了，會留著賣出來可真稀奇。骨董店的老闆也說，實在是因為太漂亮了，才買下它的。」

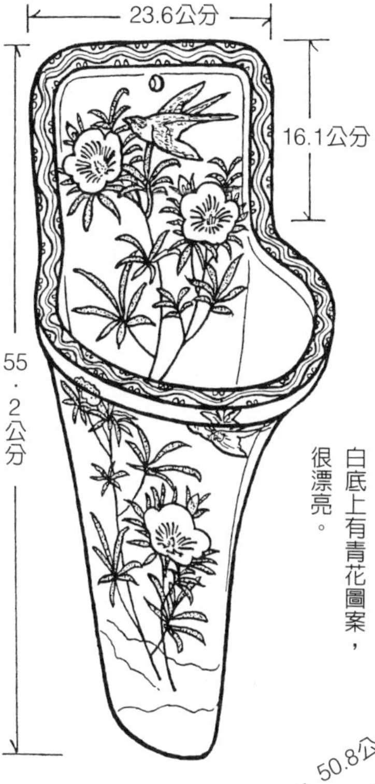
23.6公分
16.1公分
55．2公分

白底上有青花圖案，很漂亮。

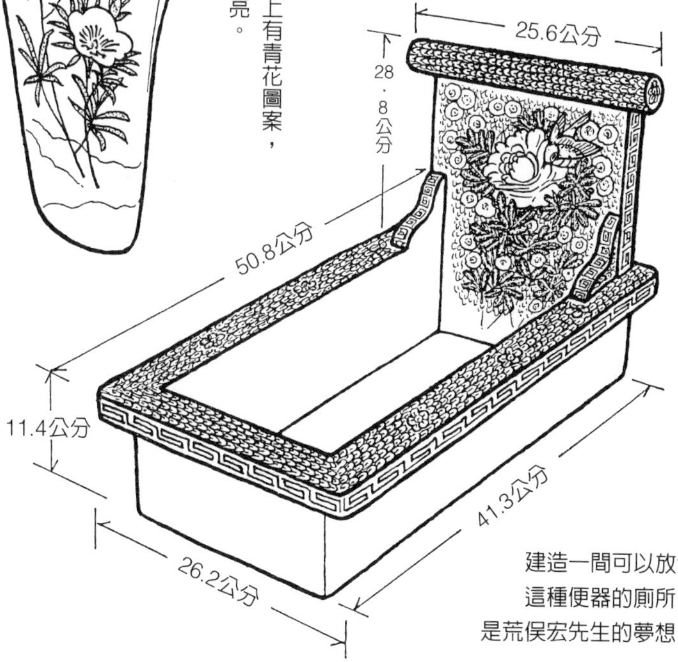
25.6公分
28．8公分
50.8公分
11.4公分
41.3公分
26.2公分

建造一間可以放置這種便器的廁所，是荒俣宏先生的夢想。

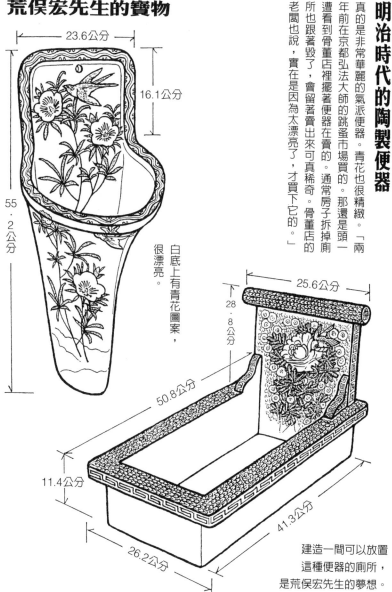

掛塊擦手巾在那兒飄啊飄的。旁邊要種些南天樹、巴掌樹。也要有款冬。推開門走進廁所，裡頭一片漆黑，讓人害怕得緊。好像有隻手就要從下頭伸出來，透氣窗外似乎有顆眼珠子在偷看。這廁所並非為了修行或試煉膽量，只是為了好玩，要能玩到渾身發顫。若能做到那樣，拉屎或許會成為我生活中最奢侈的事情也說不定呢。」

荒俣先生很認真地說。

「如果真有這麼一天，我就去當『河童』，從下頭伸出手來！」

我和他如此約定。

註一：河童是日本民間的想像動物，為水界的妖怪。全身膚色發青滑膩，身形約孩童大小，頭頂有盤狀的凹陷處，前有瀏海，指間有蹼。

註二：原文為「尻子玉」，意為肛門上的珠子，是一種出自想像之物。

註三：「廁」字日文讀為kawaya，意為河川上的小屋。

24

題外篇 以前的廁所是這模樣

「從前庶民的廁所是什麼樣子的呢？」

責任編輯S先生問道。當我回答之後，他說：

「只講給我一個人聽實在太浪費了，來作成『題外篇』吧……。」

因此，再次來了個題外篇。這回的題目是「以前的廁所是這模樣」。

首先，我們回溯到一百五十多年前，從江戶時代（一六〇三－一八六七）大雜院的廁所談起。不提什麼名流公卿的廁所，是因為都消失了，不像幕府將軍家光公的廁所完整地保留下來。

江東區立「深川江戶資料館」重現了天保年間（一八三〇－一八四四）深川地區的市街，裡面就有大雜院的廁所。這是參考當時的設計圖建造而成，和實物的唯一差異只在於沒有臭味，製作相當精巧。由於是展示用的，廁所下面沒埋著儲存糞尿用的甕，可不能真的用。

但我仍然打開廁所的門到裡面蹲蹲看。門只有一半，下半身雖然隱而不見，上面卻是透空的，因此就算關了門還是會露出頭來。到資料館參觀的客人看到有顆頭露在那邊全都目瞪口呆……。廁所是否有人使用，從外面便一目了然，這種設計是江戶時代大雜院公共廁所的特徵。凡事坦率不做作，是下町人（註一）的生活方式，這種氣質也表現在廁所上頭。

同樣是廁所，但關東與關西比較起來還是有蠻大差異。

例如上方（註二）的公共廁所，出入口可以木板門全關上，從外面看不到裡頭的人。另外，江户的廁所是木板牆、木板頂，上方則是土牆、瓦頂。

兩邊的共通點：儲存的糞尿對農民而言都是稱為「金肥」的貴重肥料。

無論是江户或京都大阪，習慣上，附近農民來汲取糞尿得拿米糧或蔬菜交換。自然界的植物以這種方式循環，非常有趣。

水肥換來的物品由誰享用呢？可不是大雜院裡提供糞尿的居民，那算房東的收入。正因如此，落語（註三）中被吝嗇房東氣得要命的房客才會破口大罵：「混蛋！我再也不到大雜院廁所拉屎了！」

在大阪或京都地區，大小便是分別儲存，大便所獲得的代價歸房東，小便所得則歸房

（關西）上方的大雜院廁所

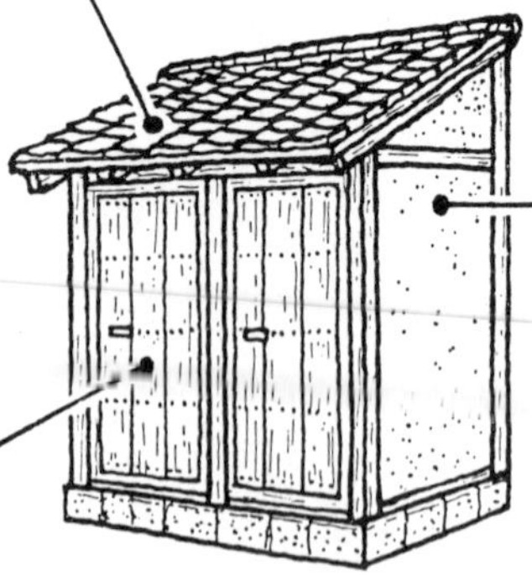
上方是土牆，江戶是板牆。
屋頂以平瓦覆蓋為多，與江戶的木板屋頂恰成對比。
●江戶和上方的差異在此！
江戶和上方最大的差異就在於門。江戶是沒有上半部分的「半門」，上方則是整扇門。裡面的構造完全相同，但因為門是整扇完整的，從外面看不到使用者的動靜。

江戶時代的大雜院廁所

不管關東還關西，廁所內都是寬約半張榻榻米。清掃工作由大雜院的居民自行負責，採輪流制，沒有糞尿污漬，相當乾淨。

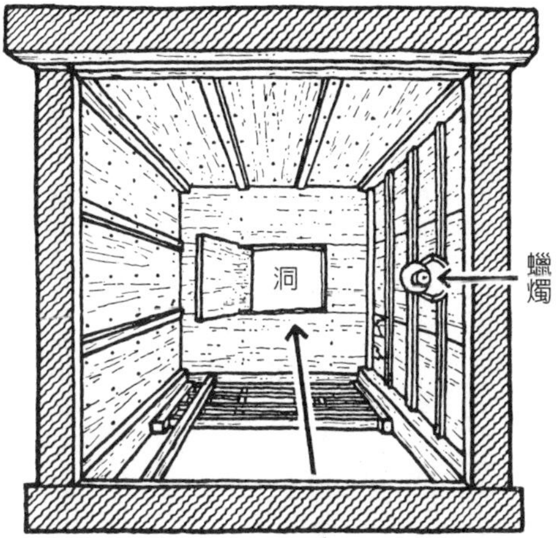
蠟燭
洞

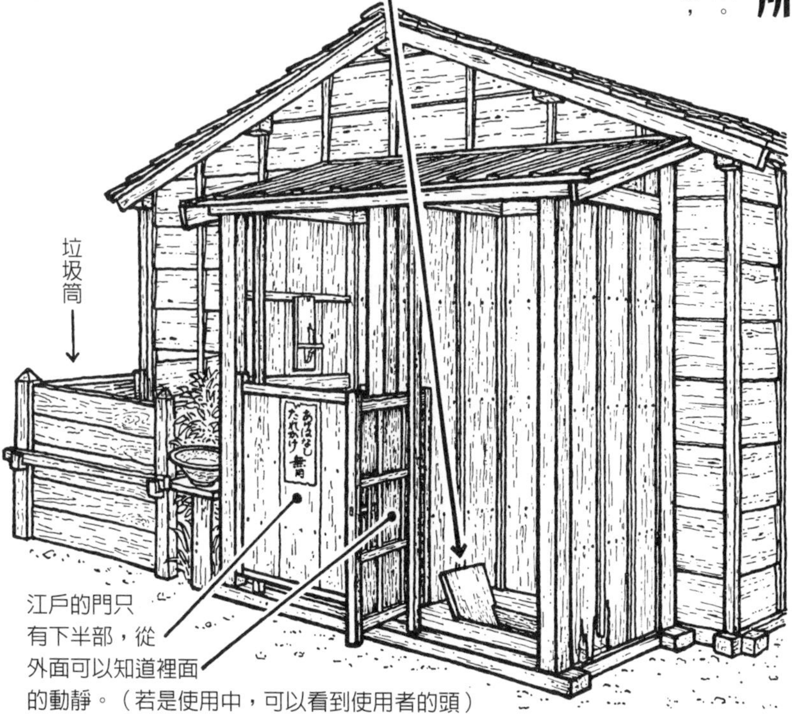
垃圾筒
江戶的門只有下半部，從外面可以知道裡面的動靜。（若是使用中，可以看到使用者的頭）

東京都「江東區深川江戶資料館」全年無休。
電話（03）3630-8625（上午十時—下午五時）

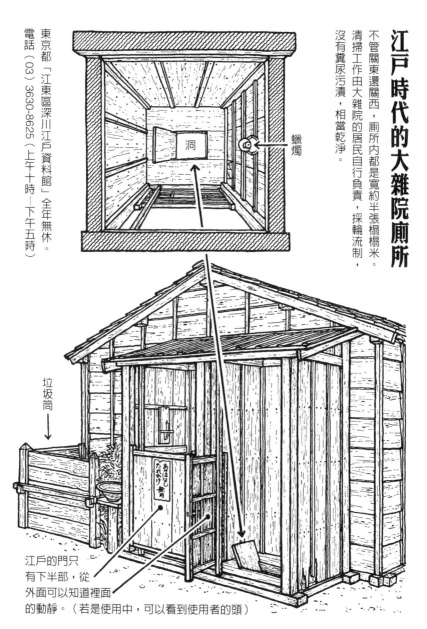

客。說得誇張些，從這裡也可窺見關東和關西文化、氣質之差異。

眾所周知，廁所的起源就是在河川水流處搭建小屋，讓排泄物流走的「廁」，這可說是抽水馬桶的開山鼻祖。根據推測，這種形式的廁所大約從彌生時代（約西元前三世紀—西元三世紀）就已經發展出來了。

在此之前，人類和動物一樣，在山野中移動生活，隨處都可大便，並不需要廁所。當時人口稀少，排泄物就消融在地裡，或在地表上乾燥，全靠大自然的淨化力量來處理。

不久，人們開始聚居形成部落，在某一處落腳，排泄物的量增加了，已非自然力可以處置。為遠避惡臭，讓水沖走自是最好的方法，所以才有「廁」的產生。

可是，人類的生活由狩獵、漁撈進入農耕時代，人們知道糞尿具有肥料的效力。雖然很臭，卻捨不得丟棄。

既然捨不得丟，總得想個辦法積存起來，因此就在住家不遠處設個糞池。為避免珍貴的肥料遭雨淋日曬，就搭個簡單的屋頂。人們到那邊排泄以增加肥料量，這就是後來廁所的原型。

由於肥料是一種必需品，農村很早就出現廁所，都市則是很久之後才有。

從文獻中可以知道，在平安時代（七九四—一一八七）的京都，受中國文化影響的上流社會人士使用一種稱為「樋殿」的室內便器，而一般庶民家裡沒有排泄用的小屋或便器，都是在路邊隨地大小便。

到了鎌倉時代（一一八九—一三三三），市街上的建築物終於有了廁所。最初出現在人們聚集的寺廟建築裡，後來民宅附近漸漸也設置廁所了。

來到江户時代，都市居民的排泄物變成有價之物。由於食物的關係，糞尿作為肥料的養分提高了、量又多，收集也方便，於是附近的農民便拿米菜來交換汲取水肥的權利。前面提到的大雜院廁所就是這個時代的產物。

從江户到明治（一八六八—一九一二）、大正（一九一二—一九二六）時代，糞尿被視為有價之物而供人汲取的做法一直持續著，不僅是關東、關西的都市，日本全國亦然。

水肥車經過時四周會散發著一股惡臭，但由於是自己的排泄物，人們只得忍受。這可說是糞尿最拉風的時代。

明治十年（一八七七），從美國來到日本的莫斯（註四）對那個時代的廁所有詳細記載。

將大陶壺埋在地下當糞池，每隔幾天就有人來汲取糞尿運到田裡去。對日本的農民來說，糞尿可作為肥料，是很有價值的東西。他知道這些事情後相當訝異，應該是因為美國不拿人糞當肥料吧。

他雖然很訝異，卻沒有任何偏見，他瞭解日本人的生活方式，抱持著好感。他一共來了四次，北自北海道、南至九州最南端，一面收集日本人的生活用具，一面將日本人的生活形態素描記錄下來。當中有幾幅是廁所

莫斯的素描（日光附近旅館的廁所）

摘錄自攝影集《莫斯所見之日本》（小學館出版）

的素描，尺寸和形狀都很正確，圖說中亦盛讚日本廁所之美與清掃的整潔程度。

廁所的形態和功能從江戶時代、經過莫斯來日本的明治時期，直到最近的大正、昭和（一九二七—一九八九）年代，幾乎都沒什麼改變。

但是，從大正時代後期開始，糞尿的價值起了很大的變化。

隨著都市人口增加，排泄物的量也水漲船高，供需因此失去平衡。農民無論怎麼感激水肥對農作物的效用，需要還是有個定量。但對市民而言，不來汲走糞尿可就麻煩。這時農民與市民的關係大逆轉了，即使只是區區之數，人家來汲糞便得奉上酬金。

東京的明顯轉變應是從大正十二年（一九二三）的關東大地震開始。由於道路在地震中毀壞，水肥車無法進入市街之中，糞尿便在斷垣殘壁之間四溢橫流。

汲取糞尿成為都市衛生的重要課題，行政當局得負完全責任。在抽水馬桶已普及至各個家庭的今天亦然如此。

一言以蔽之，過去日本與歐美各國廁所的差異在於有沒有一間獨立的房間作為廁所。歐洲雖然有便盆，卻沒有廁所。在西元前的義大利龐貝城遺跡中曾發掘了廁所，但那是遠古的事，進入中世紀後廁所就消失了。

那是禁欲的宗教觀廣為傳播所致。

「神在創造人的時候，把食物的入口與出口隔得老開，由此可知，在住家中堂而皇之地設置排泄用的場所是不被允許的。」

如此言論廣為倡導，支配了人們的思考。但是，人的生理現象卻不會就此消失的。

人們只得使用便盆，然後把它藏在床底下或櫥櫃角落。理論再怎麼說還是理論，嘴巴和肛門到底是離不開的。

他們雖然使用鳥糞當肥料，但不用人肥，

東京下町的廁所（台東區「下町風俗資料館」復原展示）

Tel: (03) 3823-7451

週一休館（九點半～下午四點半）

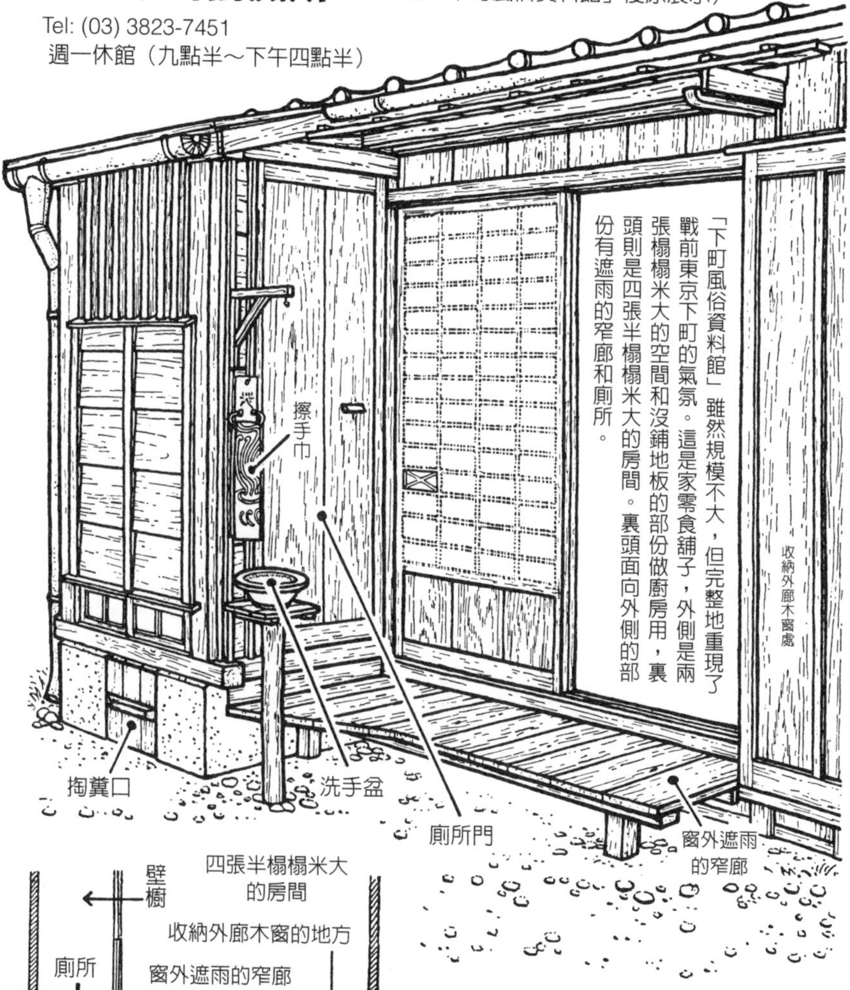
擦手巾
掏糞口
洗手盆
廁所門
窗外遮雨的窄廊
收納外廊木窗處

「下町風俗資料館」雖然規模不大，但完整地重現了戰前東京下町的氣氛。這是家零食鋪子，外側是兩張榻榻米大的空間和沒鋪地板的部份做廚房用，裏頭則是四張半榻榻米大的房間。裏頭面向外側的部份有遮雨的窄廊和廁所。

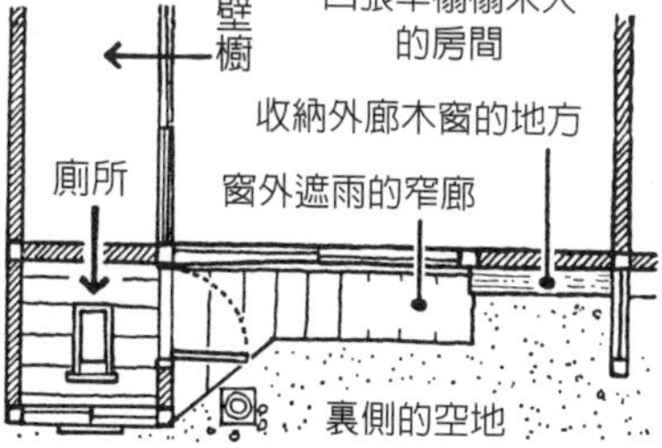
壁櫥
四張半榻榻米大的房間
收納外廊木窗的地方
廁所
窗外遮雨的窄廊
裏側的空地

雖然走過明治、大正、昭和時代，庶民住家的廁所和江戶時代還是沒什麼兩樣。廁所之所以改變，是因為戰後的建築不同了，加上抽水馬桶普及，這是最近才發生的事。

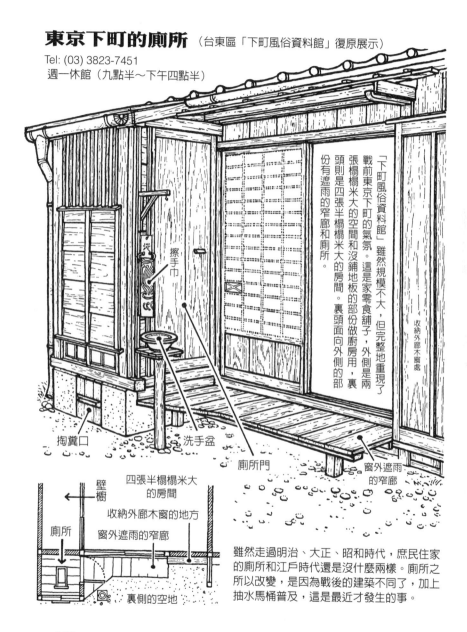

所以積存著的大小便就變成了燙手山芋。最後只好打開窗子倒到街上。結果，可以想見街上總是臭氣沖天，髒到極點。

當時歐洲全境的傳染病不斷且來勢洶洶，原因之一就是糞尿處置方式錯誤。

「不要將排泄物棄於街道，應建造廁所！」這類呼籲層出不窮，由此不難想像在那種不衛生環境裡的生活狀況。

進入十八世紀後半，終於在集合住宅裡出現了「儲存糞尿的廁所」，不過新的問題又來了。由於居民毫不客氣在那邊拉屎拉尿，糞尿地獄於焉產生。

晚上十點到天亮之前，業者會將糞尿收集起來運到處理場，這是要付費的。和日本江户時代完全相反，這項費用由屋主支付。從當時的記錄可以看到，有些吝嗇的屋主嫌費用太高就減少汲取次數，搞得整棟公寓污物橫流，留下許多慘不忍聞的軼事。

現在歐洲下水道完備、抽水馬桶普及、有足夠的水量以保持運作。追溯其過程，這是走過很長一段糞便之路才終於達到的成果。

註一：東京沿隅田川、江戶川地區之通稱，是以前工商製造業發達的地區。

註二：關東地方的人稱京都、大阪為中心的近畿地區為「上方」。

註三：日本曲藝的一種，類似中國的單口相聲。

註四：莫思（Edward Sylvester Morse, 1838-1925）為美國生物學者、日本研究專家。將達爾文進化論引進日本。一八七七年去日本，挖掘大森貝塚，奠定日本考古學、人類學基礎。

夜壺（也就是便器）

德國慕尼黑有便器博物館。

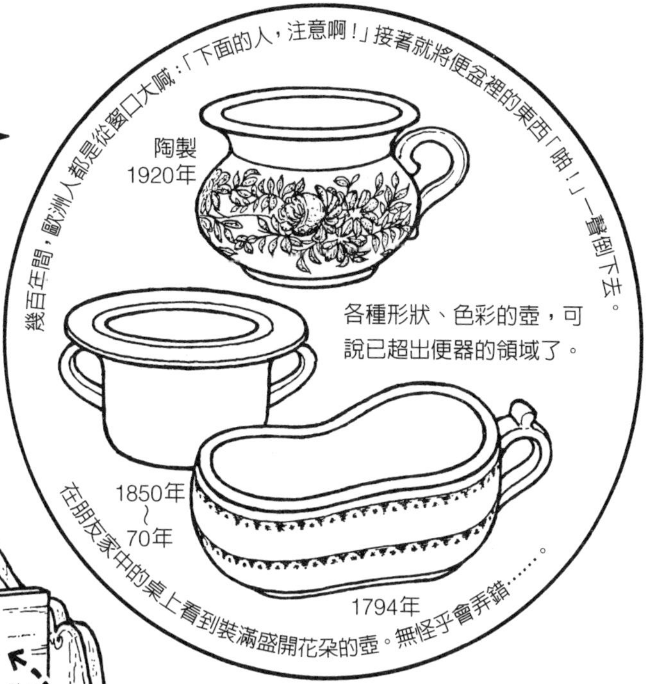
幾百年間，歐洲人都是從窗口大喊：「下面的人，注意啊！」接著就將便盆裡的東西「咻！」一聲倒下去。
陶製
1920年
各種形狀、色彩的壺，可說已超出便器的領域了。
1850年～70年
1794年
在朋友家中的桌上看到裝滿盛開花朵的壺。無怪乎會弄錯……。

坐式便器（各式各樣都有）

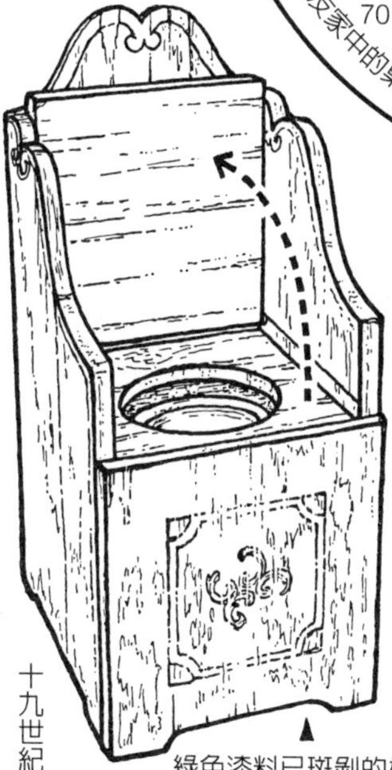

十九世紀中期

綠色漆料已斑剝的椅子。原本屬農家所有的珍品。

古時候旅館留下的便器坐椅。完全手工製，很樸素。開個洞的簡易椅子稱為凳，原本就是當作便器用椅子。

便器

1920年

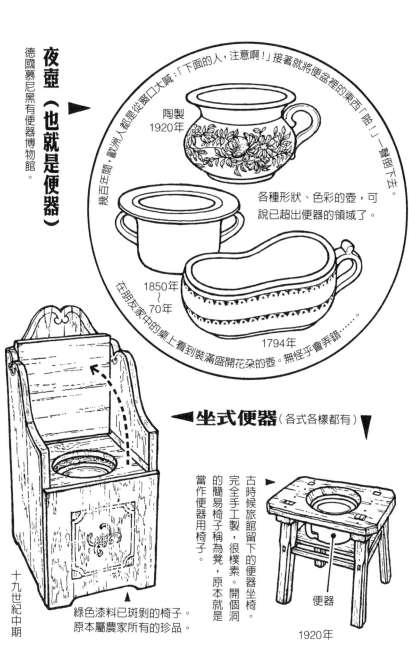

歐洲的古建築有許多將廁所設在閣樓附近，因為臭氣有上升的特性。當時明文規定糞尿不得由窗戶往外傾倒，各家各戶都有義務建造廁所，因此為避免臭氣薰人，大多數人家盡可能將廁所建在較高樓層。自從抽水馬桶普及後，就改成集中在有水的地方，很多家庭都將廁所設置在浴室裡頭。

未被採用的「土耳其式」抽水馬桶

在法國，由汲糞式演化到抽水馬桶時，「今後的公共廁所應採用何種形式？」曾引起一番爭論。到底是蹲的「土耳其式」？還是坐的「英國式」？「土耳其式」的支持者砲火很猛烈：「『英國式』有傳染疾病的危險，『土耳其式』絕對安全，清潔度也高。而且腹肌和肛門的肌肉還會刺激大腸，具有促進排泄的效果。」但「英國式」比「土耳其式」更受歡迎，後者終究敗陣下來。

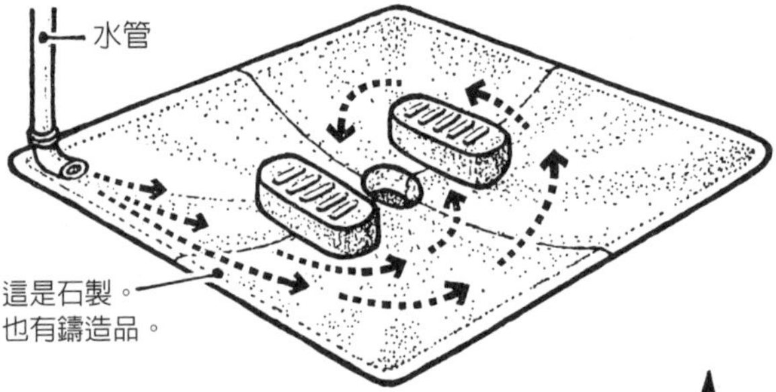

▲巴黎的市中心至今仍殘留這種古典的「土耳其式」廁所。當我投宿在聖傑曼（Saint-Germain）附近一間廉價旅館時，我常去的某家餐廳廁所就是這樣。第一次用的時候被超強水勢給嚇了一大跳。只要一拉水箱的細繩，就會噴出一股強大的漩渦，即使站在腳形台上，還是連褲管都會遭受波及，沖得濕答答的，讓人進退兩難。好幾次後終於抓到要領，想出自備行李捆繩的好辦法。先把水箱繩子加長，一拉的同時就往外逃難。當然帶去的繩子要回收。餐廳老闆還很得意地說：「為了要保持整潔，水勢大才沖得乾淨。」

水箱合體型馬桶

抽水馬桶開始問世時曾有過專利申請攻防戰。這是其中一種。▼

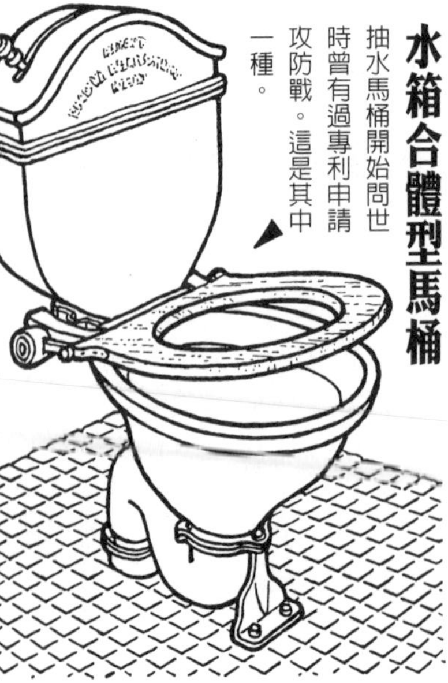
約一九〇〇年

歷史學家猿谷要篇

我曾經聽著名的美國史學家猿谷要先生提過美國廁所的事。不過，那回是在派對上站著閒聊，我一直很想再好好請教他。

從二十年前起，猿谷夫婦每年都會到美國租車旅行。標記他們足跡所到之處的地圖真是驚人！

他說，即使知道自己每天跑四百英里（六百四十公里），但總計到底有多長距離還是算不出來。旅途中看過各式各樣的廁所，從中也可感受到美國這國家的特質……。

「如果以為美國到處都是抽水馬桶，那可錯了。又髒又臭的廁所比比皆是。由於高速公路及周邊設施都相當完善，幾乎每隔三小時車程的距離一定會有休息站。西部堪薩斯州的免費休息站都很氣派，還有翠綠的草坪呢。我們去的那回是一九七二年，旅遊服務中心三位女職員的態度周到親切，還提供免費飲料及地圖。不過他們的廁所真嚇人。不但不是抽水式，還一大群蒼蠅『嗡！嗡！』揮之不去，而且臭得受不了。和美麗的建築物相比，那種古早廁所還真是嚇死人啊。」

關於抽水馬桶的普及，美國在都市地區是比歐洲還來得早，但鄉下地方至今好像還留有許多汲糞式廁所。

翻開美國歷史可以得知，早期是正如「驛馬車」所象徵的一樣，先民邊移動邊墾荒，居無定所。在那個時代，毋庸贅言，大地就是廁所。驛馬車約可乘坐五六人，所以通常

25

是一家一輛。拓荒者浩浩蕩蕩集體移動，夜晚為防備印第安人攻擊，紮營時將車輛圍成圓陣。天一亮就起床，全體分工張羅早餐及出發事宜，直到臨走前才趕忙去上個大號。

「直至今日，『俄勒岡小徑』（註）仍可看到驛馬車輾過的輪轍，看了不禁對當時遷移的集體生活有了具體的想像。環顧四周沒有什麼草木茂密的地方，想來要躲著上個大號是不太可能的。通常為避敵人耳目才要隱藏起來，對同伴則無此必要，當時他們的生活方式便是如此。」

這時不免想到，沙漠地帶或中國大陸的人上大號時即使沒有隔間隱身也不以為意。風土有異，對於廁所的想法和感覺當然也全然不同。

墾荒時代的習慣至今在美國軍中的廁所依然可見。我看過有棟隧道形屋子裡只排著一長列馬桶，大感驚奇。日本軍中的廁所則是每間都有門，而且就像江戶時代大雜院的廁所一樣，可以上鎖。還真是「地點一改變，廁所也會變」呢。

「大家光著屁股排排坐的那種廁所的確呈現了我們所不知道的美國，但那卻是佔大多數的一面。而且就歷史上來看，那段時期更長得多呢。」

猿谷先生說，大部分日本人對美國所抱持的印象其實有許多誤解與錯覺。

「一談到美國，很快就聯想到紐約的摩天大樓，其實那真的只是一小部分，都市只不過像浮在海中的一小點而已。我覺得，光看點和點是無法了解美國的。的確，美國是個強權富國，行事從合理主義出發，即使是外國事物，只要東西好就願意採納，極富挑戰精神，同時具備了若不適合就恢復原狀的柔軟彈性。但是他們也擁有防禦性強的保守性格。雖然現在有所謂的貿易摩擦問題，美國

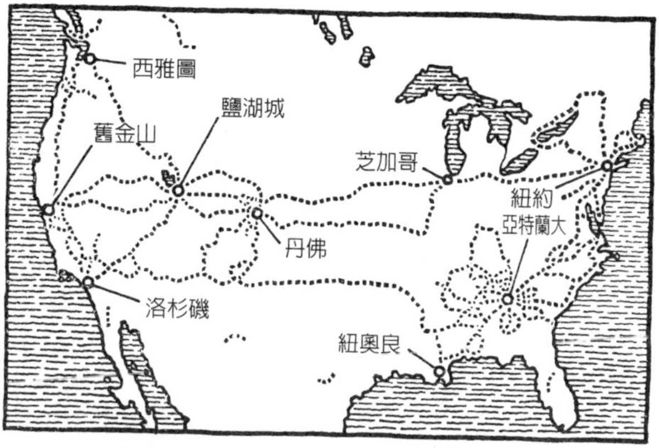
西雅圖
鹽湖城
舊金山
芝加哥
紐約
亞特蘭大
丹佛
洛杉磯
紐奧良

猿谷先生的足跡

借來記載著旅行足跡的地圖，計算一下行走的距離，約有四萬公里。大略等於地球的圓周長。

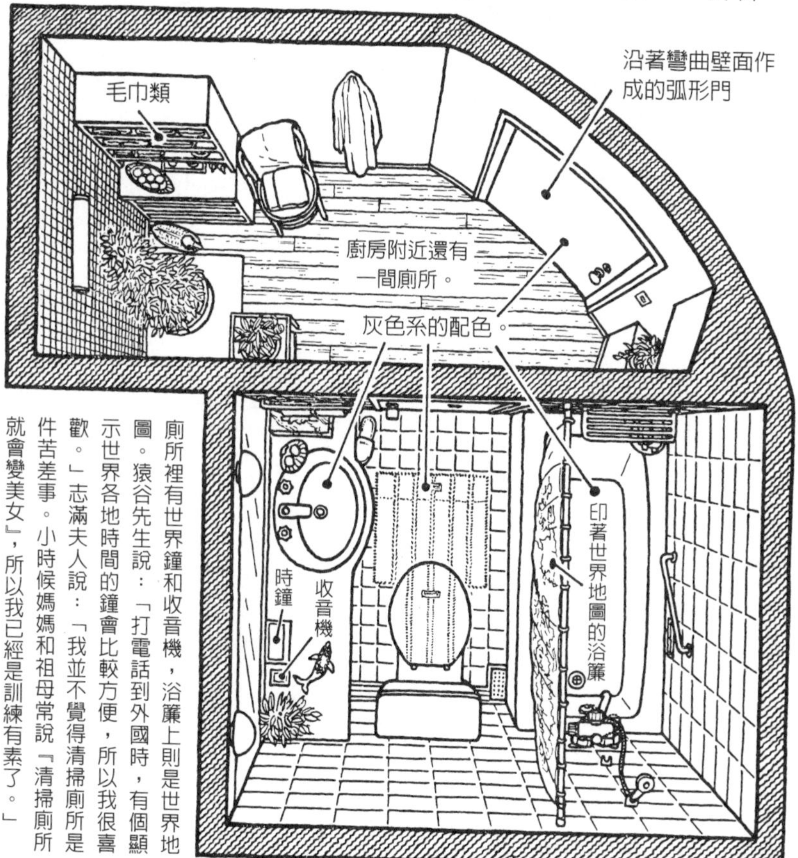
毛巾類
沿著彎曲壁面作成的弧形門
廚房附近還有一間廁所。
灰色系的配色。
印著世界地圖的浴簾
收音機
時鐘

廁所裡有世界鐘和收音機，浴簾上則是世界地圖。猿谷先生說：「打電話到外國時，有個顯示世界各地時間的鐘會比較方便，所以我很喜歡。」志滿夫人說：「我並不覺得清掃廁所是件苦差事。小時候媽媽和祖母常說『清掃廁所就會變美女』，所以我已經是訓練有素了。」

美國鐵路大王的廁所

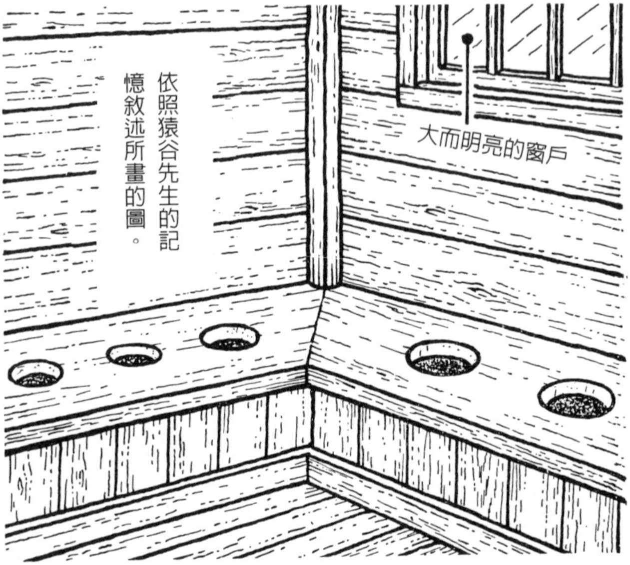
大而明亮的窗戶
依照猿谷先生的記憶敘述所畫的圖。

並非抱持著簡樸過生活的態度，而是已用習慣的廁所感覺比較安穩吧。對於來豪邸拜訪的客人，不知道會不會提供歐洲式的坐式馬桶讓他們使用呢？

要求各國開放貿易大門，但她並非向來奉行自由貿易制度的；直到二次大戰之前，美國都還採取貿易保護措施，倡導自由貿易是最近的事。今日美國的領導階層約是六十歲那代，是經歷過光屁股排排坐、用過臭廁所的人。看起來他們對各種生活方式不加干涉、彼此容忍，像一盤散沙，但若遇緊要關頭，就會團結起來鞏固防衛，一如驛馬車圍成圓陣。如果以這個角度來看美國，或許會更逼近美國的真實面……。」

猿谷先生還提到在美國東部看到的鐵路大王豪宅，這又是代表了美國的另一面，我覺得很有意思！

「那個家族在十九世紀末因經營鐵路和金融業致富。主人名叫古爾德（註二），整座豪邸簡直像城堡一般。門票很貴，雖然開放參觀，卻哪裡都沒看到有廁所。內人發現後，『想知道他們是如何生活的』，請教了導覽員才知道廁所建在屋外另一棟房子裡。那間以圓木搭建的簡陋小屋和豪華的正屋相比，真可說是天壤之別，讓人跌破眼鏡。推開門一看，裡面有木板釘成的L形木箱，上頭挖了五個洞。大洞兩個小洞三個。原來大的是父母親用，小的是孩子們用。飯後全家人一起來小木屋大便呢。爸爸讀著報紙，媽媽則和孩子們聊天……。想像一下這種情景，覺得還真是美國作風。」

原來是這樣啊。從沒聽說歐洲有一起大便的情況。

「當時的美國富翁面對歐洲的貴族既自卑又羨慕，不管是住的穿的還是嗜好，都想向他們看齊。結果呢？住家是撒下大把鈔票弄得金光閃閃，但上廁所的時候還是到用習慣了的圓木小屋，可以說留下了墾荒時代的尾巴呢。」

猿谷先生從廁所考察到的美國論真是獨特又有趣！

註一：「俄勒岡小徑」（Oregon Trail）是一八四〇年代美國拓荒者往西部開墾時的路線。東起於密蘇里州的獨立城，西抵溫哥華堡，已相當接近太平洋了。

註二：古爾德（Jay Gould, 1836-1892），這名美國投機商人是當時最主要的鐵路事業領導人和證券商，以手段無情而聲名遠播。

劇作家山田太一篇

我一直想去參觀山田太一先生家的廁所，可是，「我家正在改建，一片亂糟糟的。現在是租人家的房子住……。」

據說改建工程進度落後，得到明年春天才能完工。那個時候連載已經結束了。

於是我想出一個解決辦法：「畫出將來的廁所的樣子」，只要把建築設計圖借我看，應該就辦得到。

電視劇的美術設計就是根據劇本上的文字來思考如何在攝影棚搭出房子等佈景來。

我的本行是美術設計，而山田太一先生則是劇作家。這麼一來可真是有趣啊，我自個兒樂得像什麼似的。

還有件讓我偷笑的事，就是從離山田先生住處最近的車站下車後，沿途風景真是賞心悅目。的確與他在電話中說的一樣，景色一幕一幕展現眼前。「真不愧是劇作家！」再次嘆服於他描述景色的能力。

到達後馬上請他秀出設計圖，邊看邊聊。

「建築師通常會把自己的個性表現在設計上，但是住的人又不是建築師。我們的要求希望也能實現，這兩者要如何折衷，其實蠻困難的。我期待廁所不要有太強的個性，價錢要合理，容易保持整潔，要能看得出大便顏色，光線充足可以讀書。我喜歡單純明快的設計。雖然我也嚮往池田滿壽夫先生家的獅子馬桶……，但基本上還是認為『廁所只要能達到功用就夠了』。」

26

山田先生家
即將蓋成的廁所

藉著設計圖想像畫出的。

山田先生說：「基本架構已經定了，應該沒辦法再有什麼大更動，不過看了這圖後，或許有些地方可以多考慮考慮。」

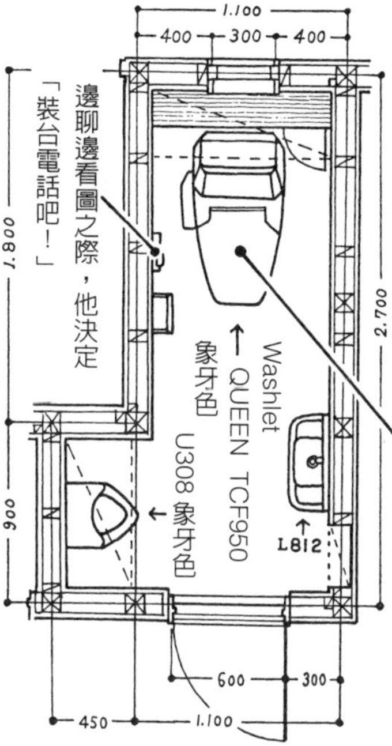
1.100
400
300
400
1.800
2.700
900
600
300
450
1.100
Washlet
QUEEN TCF950
象牙色
U308 象牙色
L812

邊聊邊看圖之際，他決定「裝台電話吧！」

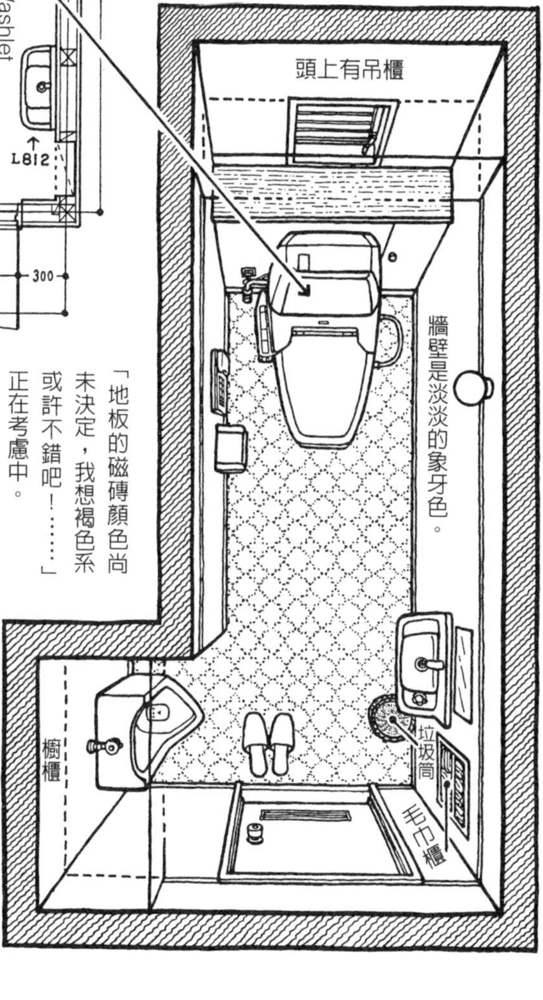
頭上有吊櫃
牆壁是淡淡的象牙色。
垃圾筒
毛巾櫃
櫥櫃

「地板的磁磚顏色尚未決定，我想褐色系或許不錯吧！……」正在考慮中。

這是一樓的廁所。二樓好像也要有一間。業主的要求是簡潔明快。「明朗簡潔。牆壁、地板的顏色及花樣不要太搶眼。裝飾性不要太強比較好。」

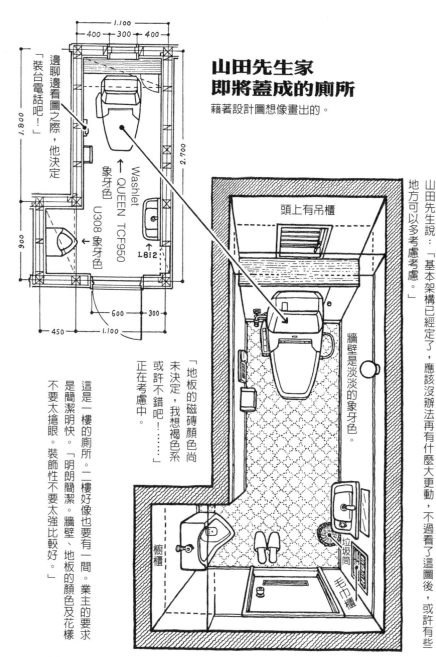

山田先生好像常常寫出讓劇中人躲進廁所的場景。

「我明明寫著：太太敲著廁所的門，裡面傳來『別煩！』的吼聲。可是，大部分美術設計都不會好好作出一扇像廁所的門來，結果觀眾也搞不清楚到底是走進儲藏室，還是走進另一個房間？如果還要搭出廁所裡頭的景，預算就要增加，只得以門帶過。遇到這種情況導演通常會很困擾，只好趕緊來個『沙——』的沖水聲，用音效補強。可是根本就不是那麼回事嘛，跟我想要的效果完全不一樣，結果好笑的場景也變成完全不好笑了……。」

的確如此。電視劇中廁所的門也必須有廁所的表情。就算只是一道門，該有的表現就得做足，否則還是不及格。

「山田太一劇」的特色在於描述不為人注意、普通生活中極為細瑣的事情，因而不光是門，連房間中的小道具也都很重要。

「打掃浴室時用什麼工具？早上拿垃圾去外面倒的時候又是如何？這種事情我都覺得很有趣，所以會寫進劇本裡頭。說起來，我覺得這種日常生活有種浪漫傳奇的氣息。」

「浪漫傳奇？」

「嗯。例如我一直到上了大學的時候才知道浴缸有蓋子。有一次到朋友家洗澡，聽到他們家人說『那孩子蓋子沒蓋就出來了』，才恍然大悟原來浴缸要加蓋（註一）。我在淺草出生長大，一直都在錢湯（註二）洗澡，即使戰爭中疏散到鄉間時，也是到溫泉的大眾池洗澡，在那兒也沒聽說要蓋蓋子。所以，我腦子裡根本沒有浴缸得蓋蓋子的觀念。」

普通人的日常生活對山田先生而言卻是一種非日常。

「我生長在淺草的六區，各路人馬都會來

這歡樂街玩，對普通人來說是個非日常的世界。但對我來說那兒卻是日常生活的環境，這是我和其他人在認知上的差異。有人稱呼母親為『母親大人』，在我聽來那種稱法真是高雅極了，可是卻像外國話。對我而言，那是個充滿異國情調而令人憧憬的世界。」

他在少年時代變得很討厭淺草，夢想能住到地下鐵路線另一頭的終點——澀谷。

「我曾經很想住那裡呢。每天過說著『爸爸再見！請慢走』的日常生活。好不容易達成夢想後，結果卻進入了嘲笑『我的家庭真可愛』的想法、覺得當個小市民是大傻瓜的時代。那是六〇年代的事。接著，大家又開始說新宿歌舞伎町的黃金街有多好，但我一到那亂七八糟飲酒作樂的地方總想拔腿就跑，逃出來才有辦法鬆一口氣。為什麼大家都說那裡好呢？實在是想不通啊！」

山田先生在小學四年級時母親就去世了，因此對家庭一直都有種渴望。普通人所建立的家庭對他而言就像童話世界一般。

「我和父親相依為命，之後在大學時代、進入社會以後都過著獨居生活，所以不知道普通家庭的生活是怎麼回事。結婚之後，吃飯時內人擺出兩三道菜，有魚有味噌湯等等的，就讓我非常感動。心想能這麼奢侈嗎？會不會招來天譴？……。於是我在這些地方著墨，把它轉化到工作裡；這些大部分人沒有多加留意的事情，對我來說卻是新鮮有趣又充滿驚奇。所以我才會非常執著於細膩描寫這些事物，因而被稱為寫實主義。」

身邊的和子夫人也證實他所言不假。

「通常會以為，一個人既然對生活能描寫得那麼細膩，想必性格是一絲不苟、生活細節十分講究嚴謹。完全錯啦！他只熱中投入自己感興趣的事物，其他就馬馬虎虎囉。」

山田先生一逕笑著，對此沒有任何反駁。

山田家租住處的廁所

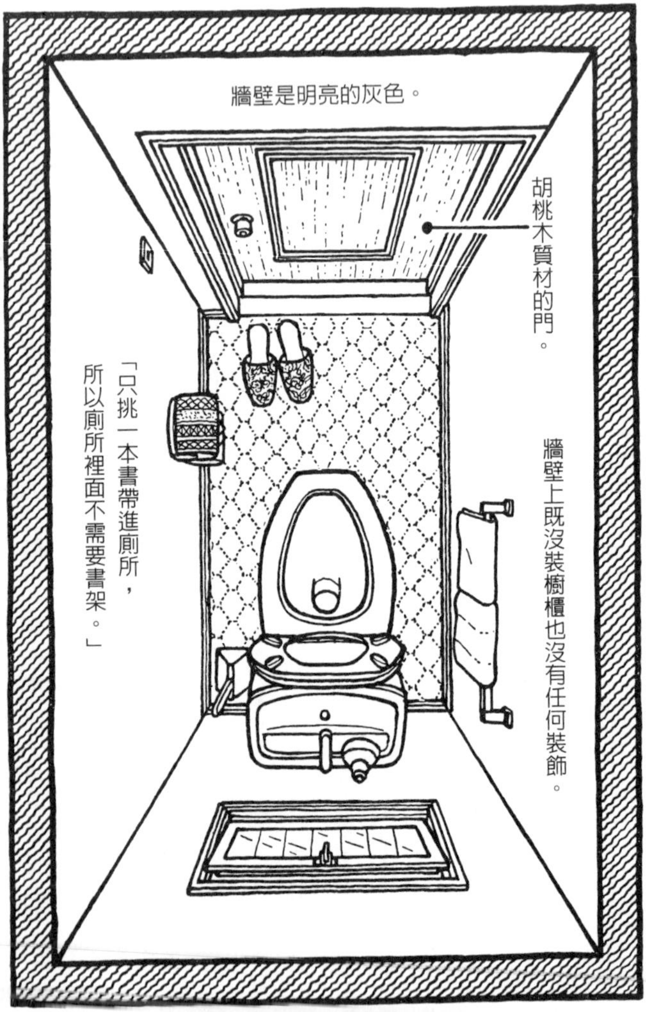
胡桃木質材的門。
牆壁上既沒裝櫥櫃也沒有任何裝飾。
牆壁是明亮的灰色。
「只挑一本書帶進廁所，
所以廁所裡面不需要書架。」

租來就是這樣，並未添加任何東西，因此並沒有所謂的「山田家廁所的要素」。

「站著小便尿總是容易灑出來，結果還是得自己用紙擦乾淨，實在很麻煩，就乾脆儘可能坐著小便。不過已經決定在新家廁所裡裝一個男性專用的小便斗了。」

我和山田先生同為B型。人家問我為什麼很執拗地要去參觀別人的廁所，或許是血型在作怪吧！這樣硬把山田先生也扯下水，搞不好人家很困擾呢……。

註一：浴缸加蓋可保持水溫，一般日本人家庭都如此。
註二：收費的大衆澡堂。

電影評論家杉浦孝昭篇

我和阿杉的交情，是可以直呼其名而不必加上先生小姐之類的敬稱，在此我就直呼「阿杉」。

我告訴「她」（我覺得是「她」，以下就這麼用了）想去參觀她家的廁所，阿杉劈頭就說：

「我知道啦，我可是公開稱自己是『人妖』的，你很好奇這種人怎麼過日子，對不對？為了不會因為被人看到而覺得丟臉，我隨時隨地都得保持得漂漂亮亮的，那可辛苦著呢！」

被她這麼一搶白，我好像所有心思都被看透了一般，嚇得心頭一陣顫慄。我並非愛窺探人家隱私，但卻無可否認，多少有點這種意思。

「不過，你來吧！我很討厭自己家出現在電視或雜誌上，從不接受這類採訪的。但是這個廁所企劃聽來蠻有趣的，那就ＯＫ。作好飯等你，記得餓著肚子來。」

提出要去參觀廁所，卻答覆說要作飯等我去的，阿杉是第二位。

「第一位是高橋睦郎先生呢。」

「我只會作些家常菜，可沒有像高橋先生家那般講究的料理……。」

之前就聽人說過她很會做菜。因此，拜訪她的目的就成了看廁所和吃飯各半。

從玄關一踏進屋裡就聞到燒魚的香味，引人垂涎。餐廳的大桌子上已經擺滿了菜餚。

27

「哪個先都可以。熱的馬上就端出來。」

一時間有點遲疑，但想想還是工作第一。

首先去廁所，之後也參觀了其他房間。

她真的很細膩，房間佈置得簡潔又美麗。那與所謂的女性化擺飾全然不同，流露出一種精心琢磨的感性。

淡苔綠色的窗簾和地毯好像都是她選的。

「這是租來的房子，無法隨心所欲佈置。以前那間房子的廁所比較大，功能也比較齊全。會不會覺得廁所裡鋪地毯很怪？我不站著小便，所以不像男人會擔心把四周弄髒。我把廁所看作和其他房間一樣，所以裡頭不擺專用拖鞋，都是光著腳丫進進出出。我是一個人住，所以門也不必關。」

她說我想看哪兒都可以之後就去廚房了，於是恭敬不如從命，徹徹底底看個夠。不管哪個房間的哪個角落都是一塵不染，一看就知道偶而打掃是沒辦法維持這樣的。

她的生活作息是，一早起床先喝牛奶、上廁所，之後打掃房間，這才算告一段落。

「上完廁所一定會沖澡，擦身體的浴巾剛好帶點溼氣，就拿來把整個房間擦過一次。加賀真理子聽了直說『好髒啊！』其實因為是每天擦，一點兒也不髒。浴巾擦完就丟洗衣機裡。我無意向大家推銷我的做法，不過身體和房間可以同時變乾淨，這可是一石二鳥哦。」

她說每天都用刷子、清潔劑仔細刷廁所。

「我在二十六到二十九歲之間曾在酒吧當調酒師，是那時候養成的習慣。若不把廁所打掃得乾淨漂亮，對做酒廊俱樂部這行的人來說，可是很丟臉呢。」

把廁所打掃得乾淨漂亮，並非意味著裝飾得鮮豔奪目。她好像不喜歡在水箱上擺些塑膠的葡萄或假花什麼的。

「如果不是擺真的植物，那很討厭呢。我

阿杉的廁所

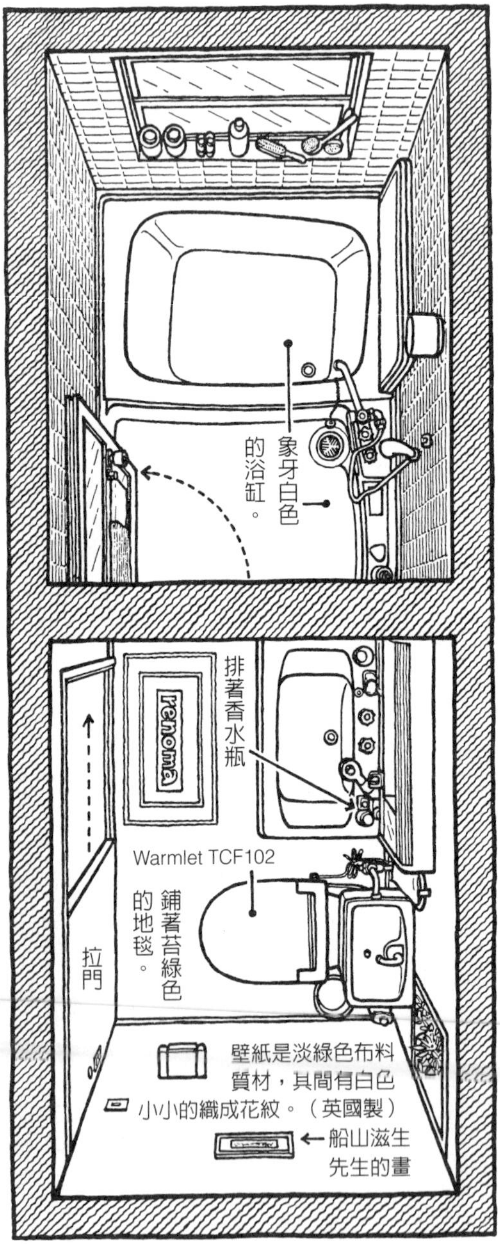
象牙白色的浴缸。
排著香水瓶
renoma
Warmlet TCF102
鋪著苔綠色的地毯。
拉門
壁紙是淡綠色布料質材，其間有白色小小的織成花紋。（英國製）
船山滋生先生的畫

「因為太窄了，沒辦法擺些觀葉植物，讓綠意環繞，真是可惜啊。雖然有附蓮蓬頭的洗臉台，但是我不在那裡洗頭。」

不喜歡假貨。因為我自己就是嘛！所以至少自己住的地方、穿戴身上的東西得是真的才比較好，不是？」

她就是這樣一個說真話的人。從在深夜廣播節目評論電影開始，到現在也已經十六年了，她仍舊維持一貫作風，想到什麼就一股腦兒地說出來。

「很惹人厭呢！應該有很多人想宰了我。不過我還是要繼續講下去。為什麼對那些無聊電影或戲劇不能直言『無聊』呢？私底下說什麼『這電影真爛透了！』可是一旦寫成文字就捧個沒完，這種影評人還真不少。如果有人看了這種影評跑去看電影，那可就罪過大了。如果是電器，可沒人會去推薦那種會被退貨的瑕疵品，不是嗎？導演也是，總認為自己電影最好，但觀眾可是掏腰包的，總要讓人家覺得值回票價才行嘛。」

我問她是否有電影公司或導演對她的評論提出反駁，她說，直接回給她本人的沒有，不過曾經有人對刊載她評論的雜誌社抱怨施壓，來陰的。

「來，我們開動吧！」

隨著阿杉的招呼上座了。今天的菜單有：生薑煮沙丁魚。炒牛蒡。水芹、貽貝、苦苣沙拉。檸檬醋拌章魚。蔥爆牛肉。煮扁豆。馬鈴薯沙拉。醃白瓜。蓴菜味噌湯。擺開來真是道地又豐盛。

料理技術、口味都出乎意料地好。

「我外食的機會多，所以自己煮的時候就會多多攝取青菜。煮菜可以消除壓力，很好呢。有趣的是，我的同卵雙胞胎『姊姊』皮可（註）卻完全相反，打掃做飯通通不行。雖然最近也開始試著動手做，可是不好吃呢。」

「妳這麼說，皮可不會生氣嗎？」

「是真的難吃嘛！」

一邊熱熱鬧鬧地吃飯，我問她對於「人妖」是怎麼定義的。

「喜歡男人的男人是同性戀。我喜歡會喜歡女人的男人，所以是異性戀。因為我在心態上自認是女人啊。我覺得，包括我在內，會喜歡男人的男人都是某個地方有缺陷。而

阿杉寢室衣櫃上排列的七張神符

「蓋這棟房子的時候好像砍了一棵樹。因為那是一棵約八百年高齡的大樹，樹的精靈很不甘願。皮可是那種很容易被上身的人，所以即使她不住在這裡，卻老是身體各處疼痛。為了安撫樹靈，才供著這些神符。我自己倒是不痛啦……。」

住這兒的阿杉並不會覺得不舒服，皮可卻為此痛苦不已。難道是同卵雙胞胎的關係嗎？

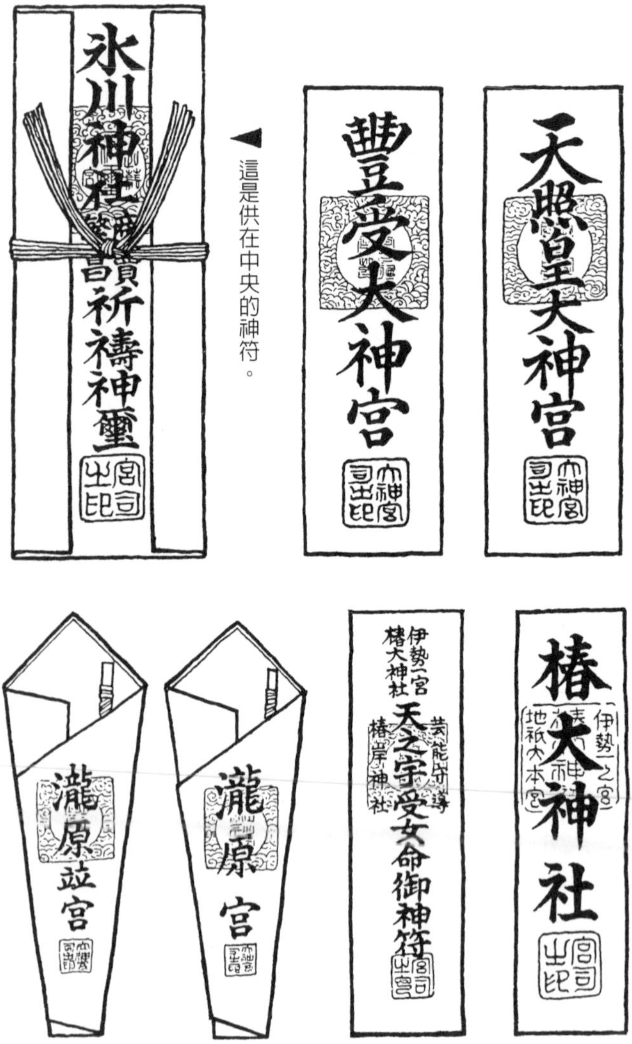

◀這是供在中央的神符。

我不想和這種人一樣，所以會迷上那種好像會喜歡女人的男人。就算有妻有子也沒關係，因為我並不是想把這個人搶走……。我只要能感覺到有這個人存在，對自己是正面的，那就夠了。驀然回首，為了這個人我已經找了四十四年了呢。」

雖然她講話尖酸刻薄，究其源由，正是因為她很認真、很誠實。所以她有許多超越男女性別、可以推心置腹的朋友。真是個不可思議的人！

註：本名杉浦克昭，為時尚記者、藝人，與杉浦孝昭共同主持節目「阿杉與皮可」，兩人在身分證上的登記都是男性、裝扮亦然，但心理上以女人自居。

企業家犬丸一郎篇

28

從老早以前，我就有件事一直想請教帝國大飯店的總經理犬丸一郎先生。

「住在舊館三四三號房的藤原老爺，不知付了多少房錢？」

所謂藤原老爺，就是被稱為「大家的男高音」的歌劇歌手藤原義江先生（註一）。和他較親近的人都不喊他「先生」，而是稱「老爺」。他從昭和四十一年（一九六六）起的十年間把帝國大飯店當自家住，但他的財產之豐並不如他的名聲那麼高，所以到底有沒有付錢，著實費人疑猜。三四三號房當時的房價是每晚日幣六千六百圓。

「是。當時的確只收一千四百圓。承蒙藤原先生從戰前就利用本飯店，是我們非常重要的貴賓，而且如此倜儻優雅的風流人物，光站在大廳就足可入畫了……。」

藤原義江接受許多人的好意恩惠，過著悠然自得的生活。雖然應該有人是表面上照顧「老爺」、其實心裡有幾許無奈「真拿這人沒辦法」，卻從沒聽過有誰恨他。他就是具有這種不可思議的魅力與人品。他晚年罹患巴金森症以致於舉步維艱，住進日比谷醫院，而在此之前都是帝國大飯店在照顧他，這也是其中一例。

「非常感謝您們照顧他到最後！」

我再一次向犬丸先生致謝。為什麼呢？因為我可以說是被藤原老爺「撿到」，從神戶來到東京之後，在他家當了三年食客。他待我如親生子女，所以感謝的話語不禁脫口而出。

「不客氣。從我父親那輩開始，我們全家就都是藤原迷呢。」

犬丸先生說完，夫人伊津子女士也很懷念地說：「一到夏天，我就會想起藤原先生的麻西裝哦。和現在的麻不一樣，一身畢挺、再配上白色布鞋。姿態真是瀟灑！」

他穿上麻的衣服後有椅子也不坐，大抵都站著。因為麻很容易皺。老爺曾說「要穿麻就得有覺悟，否則不要穿」。

原本來參觀廁所的，結果光是藤原老爺的往事就聊了將近一個鐘頭。

聽說犬丸先生進入帝國大飯店至今剛好滿四十年，剛開始的工作是打掃廁所。

「掃了三個月。雖然有專人清掃廁所，每天還是要自己動手拿刷子刷。不僅如此，還包括檢查水箱是否漏水？把手按下去會不會回復原位？還有更換燈泡等等，全部的維修都得做。不僅廁所，從飯店外圍到地板的清潔，各公共範圍的工作都必須依序完成。比起當年，現在飯店規模擴大了，廁所也增加許多，已經不會要新職員掃廁所了……。」

他說，來飯店的客人也和以往不一樣了，經常會把廁所和洗手台弄得髒兮兮，而亂甩水把鏡台四處搞得濕答答卻毫不在意地走出來的客人也很多。

「我想，這跟今昔飯店的地位不同也有很大的關係吧！」

以前的飯店是個讓人不敢擅入的地方。帝國飯店在萊特（註二）所設計的舊館還存在的時代，必須沿著池塘一直走、走到底，步上正面階梯、推開旋轉門，才進入大廳。那是個讓普通人膽怯的非日常世界。

「近年來，很多人都能輕鬆地進出飯店，這當然很好。但我覺得遺憾的是，有很多人

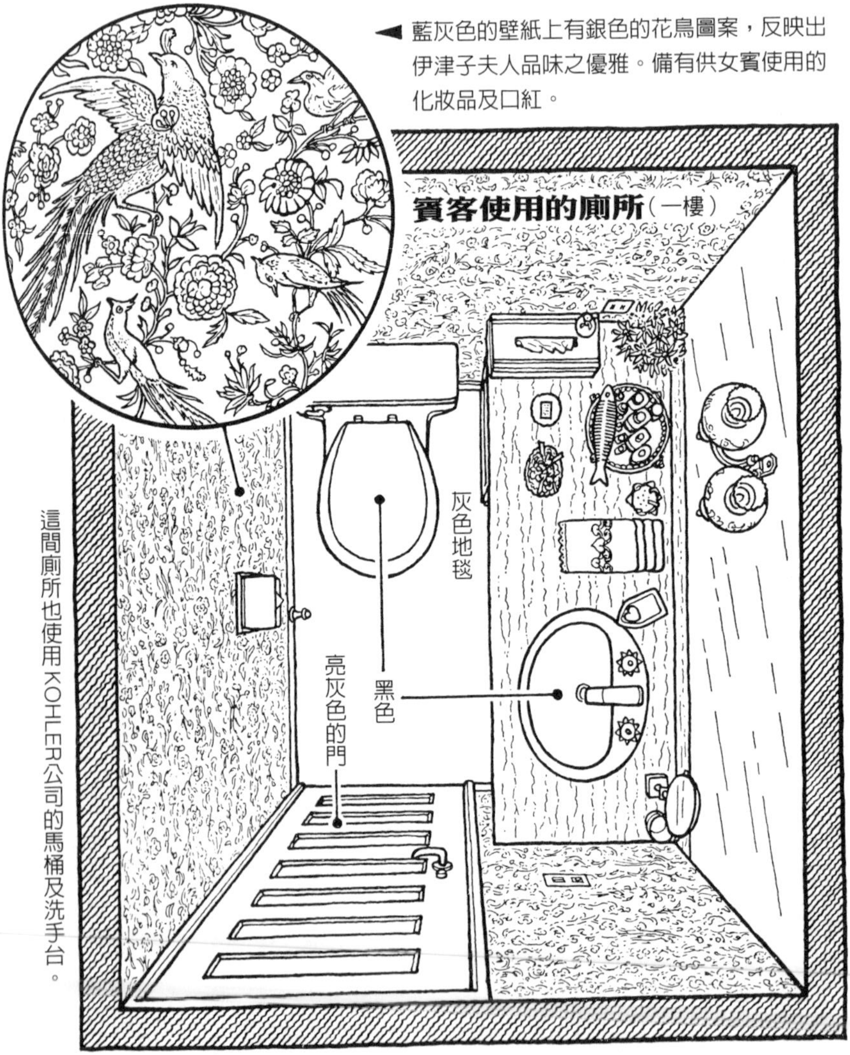
藍灰色的壁紙上有銀色的花鳥圖案，反映出伊津子夫人品味之優雅。備有供女賓使用的化妝品及口紅。
賓客使用的廁所（一樓）
灰色地毯
黑色
亮灰色的門

這間廁所也使用KOHLER公司的馬桶及洗手台。

夫人說：「原本為了顏色的考量才安裝黑色馬桶，結果真是失敗。雖然很留意經常清掃，還是會留下水垢的痕跡……。馬桶一定要用明亮的顏色。」這裡也裝有關燈後會運轉三十秒再自動停止的抽風機。

並不懂得使用各項設備的禮節。實在有太多年輕女孩為了到隔壁的劇場赴約，跑來我們廁所換衣服，最後不得已，只好把大廳的廁所拆除。當然會有不少抱怨，但我們也只能如此說明：『餐廳前面也有，宴會廳也有。如果是住宿的客人，那房間裡不也有嗎？若說不方便，大概只有對進來光用廁所的人而言才不方便吧？』」

比較外國人和日本人使用廁所的頻率，據說的確是日本人比較常去，間隔也比較短。

「外國的公共廁所沒那麼多，所以通常會上完再出門，而到別人家拜訪要借廁所可是蠻尷尬的。也許因為有這種習慣吧，歐洲飯店的廁所可沒那麼簡單就找得到。」

的確如此。這些話正中我的要害。

「因為飯店希望能對真正來投宿用餐的客人提供無微不至的服務……。」

犬丸先生話講得相當乾脆明白。

因為飯店並非只是建築和房間，得有服務才行。

「即使科技已經十分進步，接待客人的工作仍不能由電腦或機器人取代。所謂的服務業，只有在人和人接觸時才成立。而且服務並沒有明確界限，只要做到某個地步就可以停止。」

犬丸先生喜歡廚房用具

犬丸先生不僅懂吃，對於如何烹調也非常關心。聽說到國外一定會去逛廚房用具的賣場。帝國大飯店所使用的鳥形檸檬榨汁夾就是他買回來的。

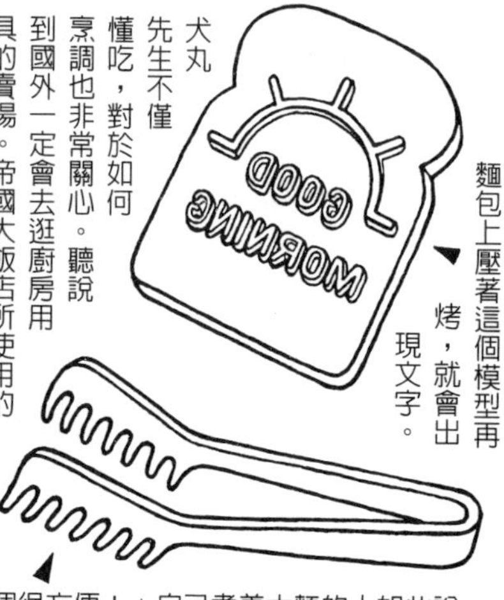

麵包上壓著這個模型再烤，就會出現文字。

「這個很方便！」自己煮義大麵的人如此說。

寢室隔壁的廁所和浴室（二樓）

充滿美國風味，也是KOHLER公司的產品。用抹了肥皂的手去開水龍頭也不會滑。

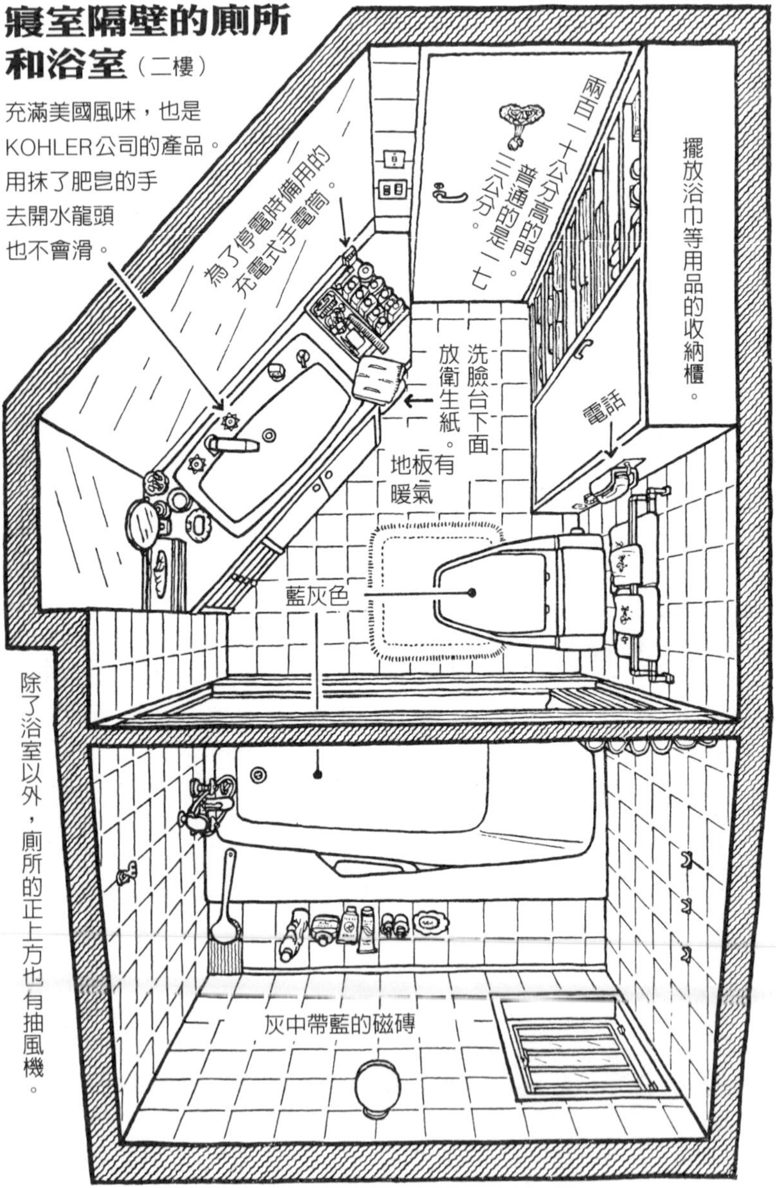

為了停電時備用的充電式手電筒。
兩百一十公分高的門。普通的是一七三公分。
擺放浴巾等用品的收納櫃。
洗臉台下面放衛生紙。
地板有暖氣
電話
藍灰色
灰中帶藍的磁磚

配合身高的浴室和廁所。兩個兒子已經離家獨立，「偶而會回來用一下」。

除了浴室以外，廁所的正上方也有抽風機。

犬丸先生說，提供好服務的基礎是工作的人必須健康，精神欠佳就不行。

「人一疲勞，立即就會反映在接待客人的態度上。」

為此，首先要有良好的工作環境。帝國大飯店在二十年前就已實施隔週休二日，現在正朝週休二日邁進。

「希望員工能多休息，從事休閒活動，親自站到客人的立場想想看。」

八年前以九十四高齡過世的創業者、也就是犬丸先生的父親，就嚴厲地告誡他「站在客人的立場想事情！」此外，進入廚房也是學習之一。

「雖然我不會說法語，但因為在廚房實習過，我看得懂法文菜單。所以到現在仍每天過目菜單。」

而說到料理，也是從客人的角度來思考，所以他本人是位極為講究的美食家。

「三年前慶祝六十歲生日時，朋友對我說『還剩一萬五千頓就結束囉！』因為日本男性的平均壽命是七十五歲，還有十五年。三百六十五天每天三頓，就是一千頓。乘上十五就得到這數字。每吃完一頓飯就會想，又吃掉一餐了，心裡不敢有絲毫懈怠。每天三餐都要鄭重其事，好好地吃、健康地吃，當然也就要好好地『拉』囉。」

犬丸先生一席話下來，又歸結到廁所上。真是令人敬畏的人物啊。

註一：藤原義江（1898-1976），男高音，日本歌劇的開拓者，一九三四年創立藤原歌劇團。

註二：萊特（Frank Lloyd Wright, 1867-1959）被認為是美國有史以來最偉大的建築師之一，對現代建築運動貢獻良多。

藝術家赤瀨川原平篇

「讓我去參觀廁所的，是尾辻先生還是赤瀨川先生？」

作家尾辻克彥先生與畫家赤瀨川原平先生是同一人，雖然見面後都一樣，我還是想弄清楚。

「哪個都行，不過，選赤瀨川吧。」

得到這種答案。其實，我也想和赤瀨川先生見面。因為他曾為了「千圓大鈔仿造事件」官司打到最高法院，引起「藝術乎？犯罪乎？」的爭論，留給我很深的印象。此外又聽說他少年時代苦於尿床，這兩件事很奇妙地連結在一起，給人一種不可思議的感覺。我想，關於尿床的事蹟，赤瀨川先生一定比作家尾辻先生更能直率地侃侃而談。

其實，我一直到小學三年級都還會尿床。要是被同學知道，那可是會羞愧而死。有一次，尿濕的棉被晾在陽台上，我為不讓別人發現，跑上去要把棉被翻面，結果從屋頂上滾下來差點骨折。對我來說，這是個就算會斷一兩根骨頭也要瞞住的重大秘密。

當然有些人已經完全不記得自己尿床的事了，但最近發現，居然連意想不到的人也有類似的痛苦回憶，讓我大吃一驚。

這樣的話，索性請「把棉被當尿桶」的赤瀨川先生作為此一特例的代表，到《廁所大不同》登場吧。少年時代的赤瀨川克彥君每晚都會尿床，一直到中學二年級才改掉，是位有相當資歷的代表。

29

赤瀨川先生府上的廁所（二樓還有一間……）

尚子夫人很喜歡貓，赤瀨川先生卻不喜歡。「她硬要養，結果就被迫習慣了。」家裡有兩隻小貓『喵喵』地叫。

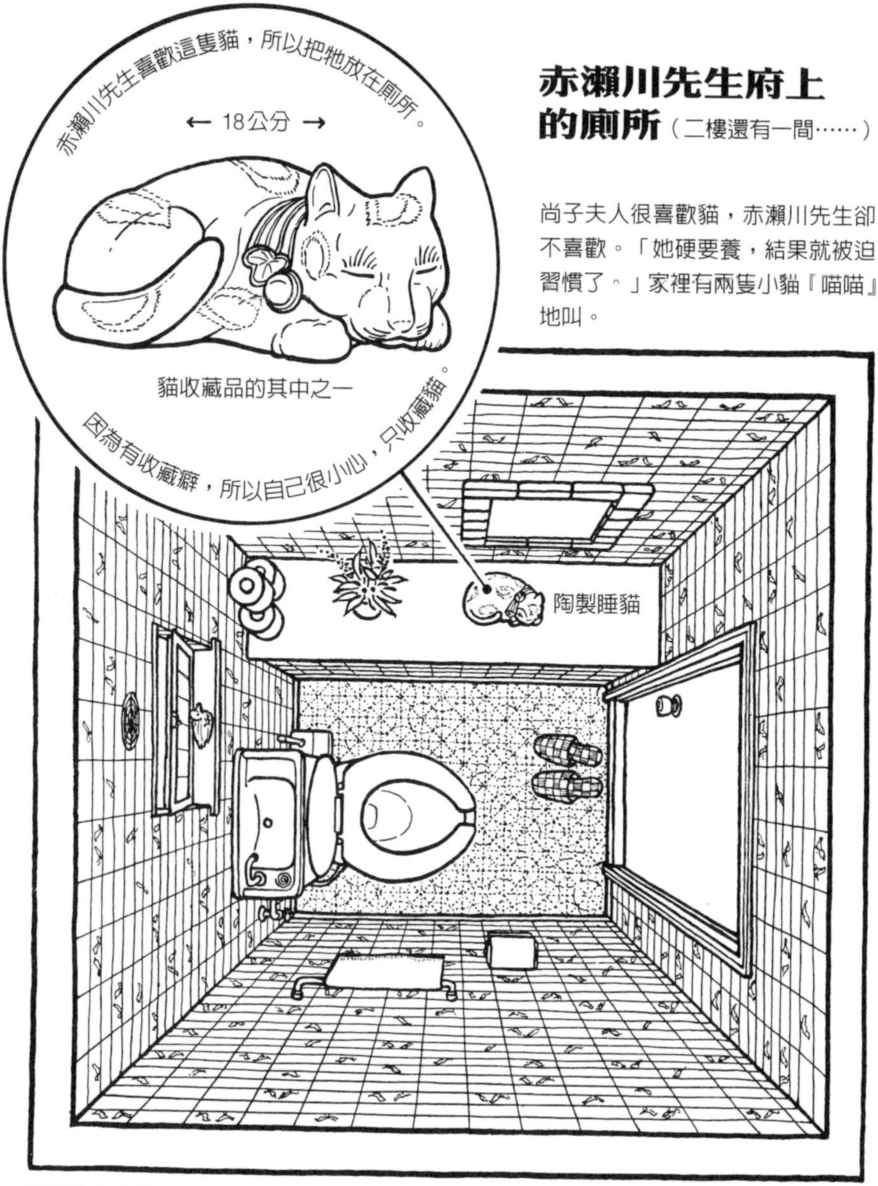
赤瀨川先生喜歡這隻貓，所以把牠放在廁所。
← 18公分 →
貓收藏品的其中之一
因為有收藏癖，所以自己很小心，只收藏貓。
陶製睡貓

這是建好出售的成屋，廁所同蓋好時的模樣。米色牆壁四面都有小鳥圖案。赤瀨川先生笑著說：「我的大便通常軟軟的，正就是優柔寡斷、下不了決心……。」

一到他家就問尿床的事，會不會太……。沒想到赤瀨川先生毫不在意地聊開來。

「我們七兄弟裡頭只有我會尿床。老爸特地替我另鋪一張床，底下墊了油紙，以免尿液滲入榻榻米，結果反而更糟。尿水從油紙的破洞漏出來，榻榻米被侵蝕到凹下去，整個房間全是阿摩尼亞的味道，每天都慘兮兮的。每天都告訴自己今晚一定不要再尿床，可是早上一醒來卻仍舊睡在又濕又冷的被窩裡。」

儘管如此，赤瀨川少年並未因尿床而受父母責罵。我也是。不過，我們可不是因為不會挨罵才在被窩裡撒尿。

「沒錯。有次我到朋友家過夜，他家的廁所很奇怪。我照他說的，走廊走到底，結果看到一個水槽，在鋪著木板的房間中央有座像流理台的東西。沒錯，是廚房。流理台旁邊有個裝橘子的箱子，上面擺著個大陶缽。朋友說那就是尿盆。直徑約有六十公分，簡直像個大盤子，如果說是尿盆，中央也該有個排水孔，可是沒有。這種奇怪的尿盆我還真是第一次看到，要我在盤子上撒尿實在幹不出來，猶豫了好一會兒。可是尿又很急，只好從褲子裡拉出那話兒前端，開始慢慢尿。但那大盤子實在太淺了，尿濺得到處都是，腦子裡忽然掠過一個念頭——啊！果然搞錯了！可是朋友的確告訴我，這個廚房是廁所、這大盤子是尿盆啊。好奇怪啊。就在一下否定一下肯定左右為難之際，尿水就淙淙流出來了。」

原來是又一次「把棉被當尿桶」的經驗。這種感覺我非常了解。每次都很猶豫「這裡真的是廁所嗎？該不會是作夢吧？」確認再確認，雖然躊躇不已，最後還是尿了。那種時候的夢比前衛電影還要超現實，細節也是具體又鮮明，所以總是信以為真。

兩個異想天開的怪便器

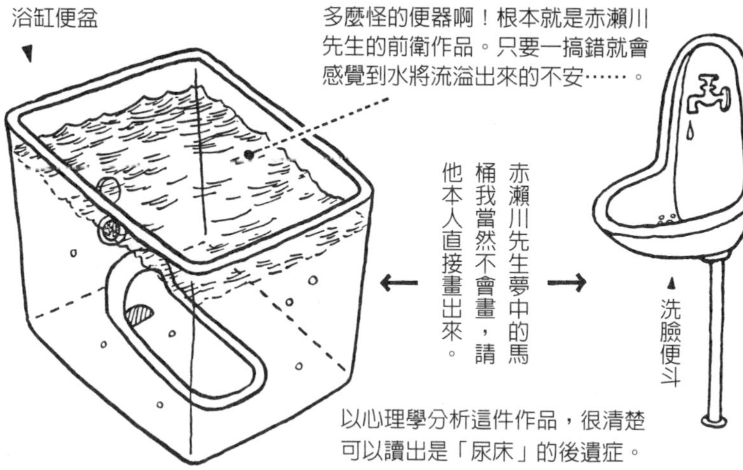
浴缸便盆
多麼怪的便器啊！根本就是赤瀨川先生的前衛作品。只要一搞錯就會感覺到水將流溢出來的不安……。
赤瀨川先生夢中的馬桶我當然不會畫，請他本人直接畫出來。
洗臉便斗
以心理學分析這件作品，很清楚可以讀出是「尿床」的後遺症。

快要改掉尿床習慣的時候好像特別容易做這種夢。在夢裡的掙扎會愈來愈厲害，最後終於在快尿出來的瞬間睜開眼睛。

赤瀨川先生在身為前衛青年的時候，雖然已經從尿床部隊畢業了，卻還是常夢到有關廁所的怪夢。實在是太天馬行空了，赤瀨川先生一醒來就趕緊把夢境記在枕畔的便條紙上。

「浴缸和便盆合而為一，樹脂浴缸的底部安裝著蹲式便盆。我天生窮酸命，覺得東西越多功能合一越好，所以夢裡才會出現這種東西吧。那時候常出入我家的年輕傢伙不懂得使用方法，把馬桶和浴缸放水的開關搞錯了，讓人很頭大。押下浴缸的控制桿，水放進來浴缸整個兒滿了，大便就在水面上漂啊漂的。啊！又搞成這樣了！就這樣在夢中邊抱怨邊收拾殘局。」

聽了忍不住笑出來。另一個夢的馬桶造型

果然也只有前衛藝術家赤瀨川先生才想得出來。

「在某家旅館裡，有個裝著水龍頭的漏斗狀怪東西，結果是男用小便斗。我看隔壁有人用那水龍頭流出來的水洗臉。原來如此！這設計實在太聰明了！我對這個好點子讚嘆不已，小便時卻得注意不能把尿噴到水龍頭上。正這麼想著想著，就醒過來了。」

聽說會尿床的小孩神經比較細。赤瀨川先生到了三十多歲好像還是很纖弱。有神經性心律不整的症狀，睡覺時會感覺心跳異常，以致於罹患害怕睡覺的精神衰弱症，長達一整年之久。還有，他腸胃也不好，曾因十二指腸潰瘍開刀，頗為健康狀況所苦。後來之所以能夠根治，是因為醫師的一句話：「毛病會一樣接一樣來，該了斷就要了斷。」才痛下決心整頓好。

「關於胃病的起因，物理性因素僅占一小部分，百分之九十與精神狀態有關。所以從那時候起，我不再整日忐忑不安，而是讓自己放鬆心情、充滿活力。而且快吃快拉，有時甚至一天四次。可是一天竟然拉到四次，那已經不是快、而是怪，還真有點恐怖！一天上四次大號實在太過異常，老覺得會不會連五臟六腑都拉出來了……。」

赤瀨川先生將毫無用處而奇妙的事物取名為「Tomason」，是位相當風趣的人。聽他開講廁所，「赤瀨川原平的奇妙世界」果然充滿遊戲的精神啊。

解剖學家養老孟司篇

30

我一直很想和解剖學教授養老孟司先生碰面，此次藉著《廁所大不同》終於如願。

往鎌倉的山間地區前進，穿過開山鑿岩的隧道一直到底，就抵達養老先生府上。

「這裡真的已經是盡頭了，再過去也沒人家了。這一帶從鎌倉時代就是名為『地獄谷』的墓地，到現在依然只有墳墓。」

「對於專門解剖屍體的學者而言，這真是個非常合適的環境啊！」

「我朋友也都這麼說。」

養老先生笑著說。

我正在想，還是趕緊來談談食物的入口和出口，也就是「嘴巴和肛門」……，結果養老先生說：

「解剖學用語裡沒有『嘴巴』這個詞。」

聽他這麼一說，我開始緊張了。

「我們在解剖時，胃、心臟或腸子等等都拿得出來，可就是拿不出嘴巴。要嘛只有下顎骨、上顎骨或牙齒，就是沒有『嘴巴』這玩意兒。所謂『嘴巴』指的是一種功能，而不是器官。」

「這麼說來，肛門也是……。」

「對。肛門的肌肉稱為『括約肌』，肛門一詞指的也是功能的表現。」

關於入口和出口的問答沒兩下就結束了。之後開始了只有學者才會談的寓意深長的話題。

「人們處理排泄物和屍體的方式很相似。」

當然對待屍體是更加慎重，但同樣都會將之隱匿起來。不管哪一種，若是到處亂扔可就造成困擾了。」

的確，在遠古時代，屍體和排泄物同棄路旁一點兒也不奇怪。隨著時代推進，人們開始討厭這樣暴露在外，才想盡辦法把它們藏起來。

「人們為何會想把它藏起來呢？」

「這是因為人的大腦漸漸大起來了，解剖學上稱為『腦化』。」

「？」

「從魚開始，兩棲類、爬虫類、鳥類、哺乳類的腦容量逐漸變大，最後演化成人類。這個過程稱為『腦化』。隨著腦容量變大，腦的思考就會想控制行動和環境。而腦的作用集結起來，就形成社會。腦化的社會認為萬事都該管理才是理想狀態。」

總之，就是不希望有難以控制、難以預測的狀態存在。

「對。就如同有句話說『世間事不能隨心所欲』，雖然知道順其自然才是理所當然，但對於藉凡人之力仍束手無策的地震、雷電風雨等天然災害，多多少少仍希望能加以控制預防。然而諷刺的是，最難控制的典型卻是人類的身體。」

「所謂『心頭滅卻火亦涼』，也有這種試圖以宗教精神來控制肉體的思想……。」

「日本是屬於這種傾向比較強烈的社會。所謂重視精神面，並非只在觀念上，而是要身體力行。切腹也是以精神支配肉體的表現之一，但事實上，精神無法完全支配肉體。死亡對人類是一種威脅，因為它是非我們能操縱的自然力的呈現。不過，最好是清楚認識死亡後再抱持著敬畏之心以對。因為如果把不想看的事藏起來而度過一生，那樣就會對『人的死亡』越來越缺乏感受力了。」

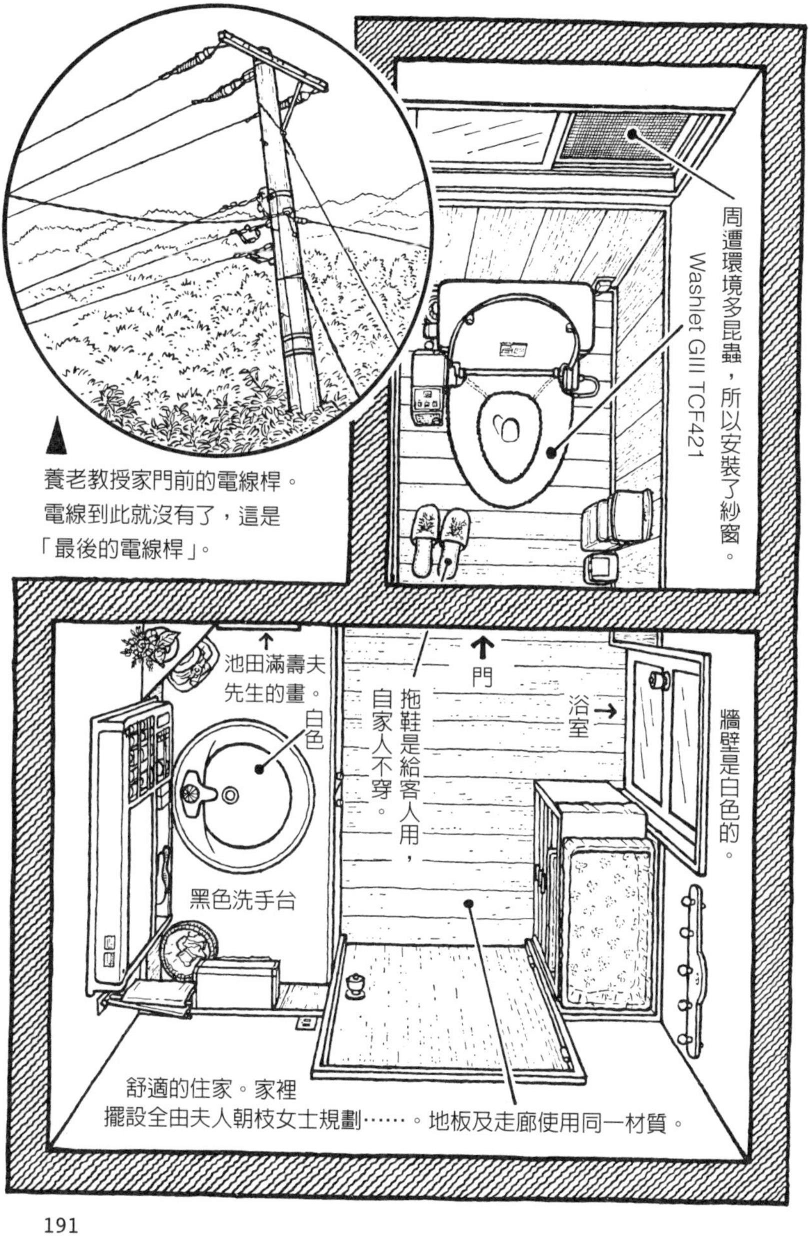
養老教授家門前的電線桿。
電線到此就沒有了，這是
「最後的電線桿」。
周遭環境多昆蟲，所以安裝了紗窗。
Washlet GIII TCF421
池田滿壽夫
先生的畫。
白色
黑色洗手台
拖鞋是給客人用，
自家人不穿。
門
浴室
牆壁是白色的。
舒適的住家。家裡
擺設全由夫人朝枝女士規劃……。地板及走廊使用同一材質。

哺乳類頭蓋骨的比較圖

從頭蓋骨的形狀可以觀察到進化的過程。

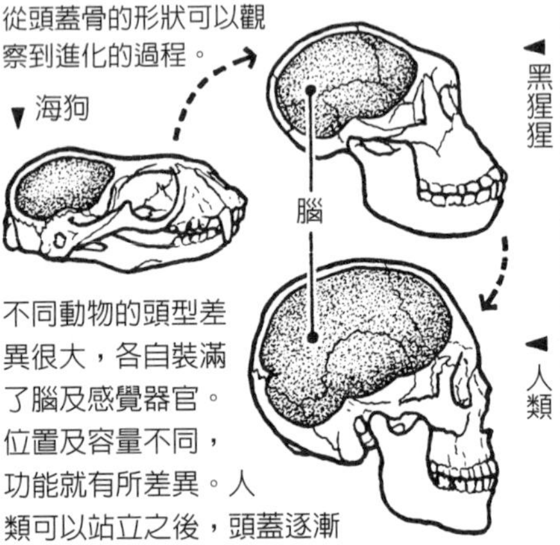

不同動物的頭型差異很大，各自裝滿了腦及感覺器官。位置及容量不同，功能就有所差異。人類可以站立之後，頭蓋逐漸往上提高，腦容量增加，而達成「腦化」。

以解剖屍體為業的教授據說會對屍體合掌膜拜。

接著聽到一些意外的事情。

「在現今的腦化社會中，理所當然會認定腦死的人等於死亡了，那麼，如果只有腦仍活著，算不算死了呢？這是今後會發生的問題。其實，並沒有某個『瞬間』可以讓人判定『死了』；不過醫師若無法宣告死亡，那會很不方便。因此就變成死亡似乎是在某個時間點發生的……。但是，如果以X光或電子顯微鏡觀察身體，就能明白死亡絕非在一瞬間發生的事情。心臟停止跳動時，心臟的細胞並非一下子死光光，仔細觀察會發現還有不少細胞活著，而且是逐漸壞死的。人體中最後死的是皮膚細胞，所以儘管心臟已停止跳動、腦細胞也壞死了，會有身故者仍活著的錯覺也就不足為奇了。」

養老教授經常推薦學生到東京國立博物館欣賞鎌倉時代的《九相詩繪卷》。

那畫卷描繪一位年輕女子在病倒死後，屍身慢慢化為一堆白骨，終至零零落落的九個階段。

「在那個時代可以仔細觀察到人死後遺體的種種變化。描繪得非常精確，死並非瞬間發生，而是階段式地慢慢死去。這是以圖像來詮釋佛教的觀點。」

養老教授更進一步提到，一般總愛將「死」與「生」作對照，他認為這是錯誤的。

「因為死與生不一樣，並不是一種實體存在。即使可以體驗他人的死，但就是沒辦法體驗自己的死。儘管『死為生的終點』是千真萬確的事實，但我們只能說死是更為現實、具體，同時也是更抽象的事情。除此之外，我們無法對死多加描述啊。」

談話的後半段說到糞便。

「現在有許多人不知道糞便的自然去向，其實排泄物的輪迴也關乎『生』。」

他說到堆糞蟲在埃及因象徵擁有永恆生命之神而受崇敬，還拿出許多昆蟲標本與極為精采的法國版昆蟲畫册借我看。

養老教授從小就很喜歡昆蟲，他的母親常對人說，「他是個小時候愛坐在路邊盯著狗糞瞧的怪孩子。」

「其實我不是在看狗大便，我是看聚集在上面的蟲。」他笑著說。

傍晚，教授邀我到後頭的墓地散步，沿路告訴我不少昆蟲的名字及生態，那時他說了這麼一句話：

「人類腦化之後，傲慢地認為自己可以支配自然。我想，現在就是得全球性地、大規模地好好對此加以反省的重要時期。」

31

演員木實娜娜篇

木實娜娜小姐在排演時會戴上眼鏡一再走位，好記住各個位置與相對距離，然後再閉著眼睛走。雖然她的視力已近乎弱視，但正式登場時連隱形眼鏡也不戴，因為她已記得舞台的大小了。

「我是個緊張大師，所以看不到觀眾的臉孔、只聽到掌聲反而好。我真的覺得視力差其實也不錯。我喜歡掌聲，只要觀眾開心，我什麼都願意。」

她一方面視力不好，演出時又很拚命，常從舞台跌到觀眾席上。這種事不只發生一兩次，還曾因此骨折。也曾經從舞台上跌下來後還繼續又演又唱。

十六歲時與Enoken先生（註一）同台，飾演他的孫女，那時也是從舞台的花道（註二）跌落。Enoken先生就調侃她：

「妳啊，幹勁十足是很好啦，但戲總得在觀眾看得到的舞台亮處演吧！」

正式演出前她會緊張得直發抖，是當年和越路吹雪小姐（註三）演出時養成的毛病。越路小姐是位超級緊張大師。

她年輕時和Enoken先生、越路吹雪小姐相識，習得演藝人員的氣魄和才能，可說是相當幸運。

聽說「娜娜的廁所很有趣」，所以請她讓我去參觀。

在娜娜的帶領下，正要進去起居室兼臥房的房間，天花板上忽然掉下一個小丑，隨著音樂手舞足蹈起來。

「嚇了一跳吧！門一打開觸動感應器，小丑就會出來歡迎我回家。」

屋內牆上全鑲著鏡子，連舞蹈社的扶手橫桿都齊備。乍看之下一派練習場的氣氛，不過又鋪著大紅地毯，屋內到處都是小丑及迪士尼玩偶，數量相當可觀。

聽說她從小就喜歡小丑。看到馬戲團和美國電影裡的小丑就愛上了，直到現在還是如此。

「小時候，大人動不動就威脅說『把妳賣到馬戲團喔！』我想反正都會被賣掉，那就當小丑好了。夠開朗吧！」

據說娜娜小時候常跟著商店或劇團宣傳隊伍的小丑走，常常就走丟了。

「我喜歡即使在悲傷時也會笑的小丑，討厭哭哭啼啼的。」

看來她好像把情感投射到小丑身上。

「我的小丑大多都附著音樂盒。回到家後讓它們全演奏一遍，那可熱鬧了。」

她邊說邊依序打開，各種樂音混在一起，小丑也動了起來。她又按下屋內的開關，耶誕燈飾就在屋子裡閃爍，簡直就像遊樂場，進入了一個非日常的世界。

我原本就喜歡廟會之類的事物，愛熱鬧，不禁就叫了出來：「真有趣！」一般人在這麼熱鬧的房子裡或許會定不下心吧，這不是一間任誰都能安穩待著的房子。

「我也覺得有趣。可是我妹就完全相反，討厭娃娃之類的擺飾。房間不但要安靜，還喜歡用藍色調。」

感覺上娜娜即使回到家好像人還在秀場。她說自己只要常保興奮，就能生氣勃勃。

「我從小就這樣。我家公寓位於向島的風化區和花柳界的正中央，一到晚上霓虹燈和燈籠啪地亮起，那些白天看起來沒眉毛的姑娘忽然就搖身一變成了大美人……。所以我很期待夜晚的降臨。我家離淺草的國際劇場也很近呢。」

娜娜的父親在國際劇場擔任喇叭手，所以只要松竹歌舞團公演她一定都會去看，從那時就很憧憬舞台生涯。

「家裡一有客人來我就很高興，一個人把松竹歌舞團的戲從第一幕演到第十四幕。」

娜娜的母親也曾是一位舞孃。現在依舊健朗活潑，果然血緣有影響啊。

「的確跟血緣有關呢。我爸有種名士派的臭脾氣，很任性，每次一喝酒就鬧事，所以有時我蠻恨他的……。他過世一年了，現在我才終於覺得能接受這份父女關係。現在我睡前都會說『爸爸謝謝，很感謝您！』爸爸雖然不會特意提及音樂相關的事情，但我覺得他教了我『藝』的嚴肅性。他非常害羞，從來都不曾和我同台演出……。」

「啊呀！今天是來採訪廁所的吧。廁所是我的健康診斷室。看看大小便的顏色就知道今天的身體狀況。所以我家馬桶的水箱絕不用有顏色的水。還有，廁所裡的小丑都打扮成醫生護士的模樣。他們會勸告我『酒喝過量可不行啊』。」

廁所裡沒擺拖鞋。

「因為我不喜歡把廁所和其他房間區隔開來。但我有個怪潔癖，就是在外面上廁所時不敢坐馬桶，都把屁股翹高。因此整日排演也不以為苦，因為訓練有素嘛！哈哈哈！」

開朗的娜娜也吃過不少苦。歌壇很現實，歌曲暢銷的人才吃香，當她去各地演唱往往是為受歡迎的新人唱熱場，後台休息室和待遇等等都遠不如人。她覺得這樣下去實在不行，二十二歲時毅然決然赴美學習。

「那時真的很苦，但現在我可以從小丑這邊得到許多能量，很快樂哦！」

二樓娜娜的廁所

「門是開著的，照樣畫可以嗎？」「門一直都是開著的哦。」「？」「有個美國小孩來家裡玩，要上廁所時發現門是關著的，結果他以為裡頭有人，就一直站在外面等。因為美國人的習慣是那樣的呢。從那次起，門就保持開著……。」

在美國俄勒岡州買的。

高29公分。陶製。

▲客廳隔壁是去年剛過世的名喇叭手、娜娜父親的房間，現在作為娜娜聽音樂與讀書之用。這房裡也有許多音樂盒，其中有座吹奏喇叭的小丑，曲子是《聖人的遊行》，作得相當出色。

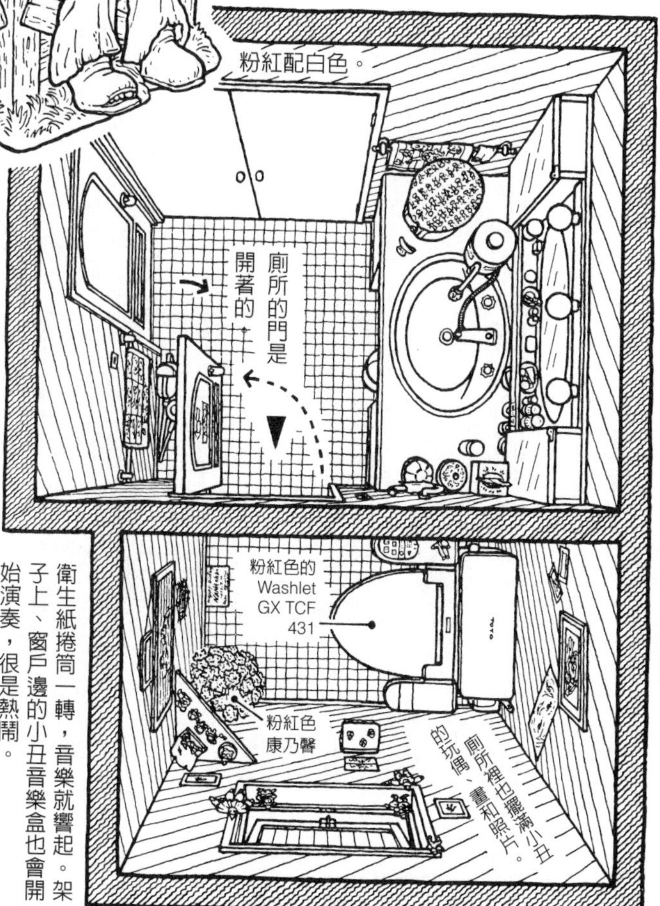
粉紅配白色。
廁所的門是開著的。
粉紅色的
Washlet
GX TCF
431
粉紅色
康乃馨
廁所裡也擺滿小丑的玩偶、畫和照片。

真的是明亮又華麗的廁所。與其說是廁所，不如說是娜娜房間的延伸。

衛生紙捲筒一轉，音樂就響起。架子上、窗戶邊的小丑音樂盒也會開始演奏，很是熱鬧。

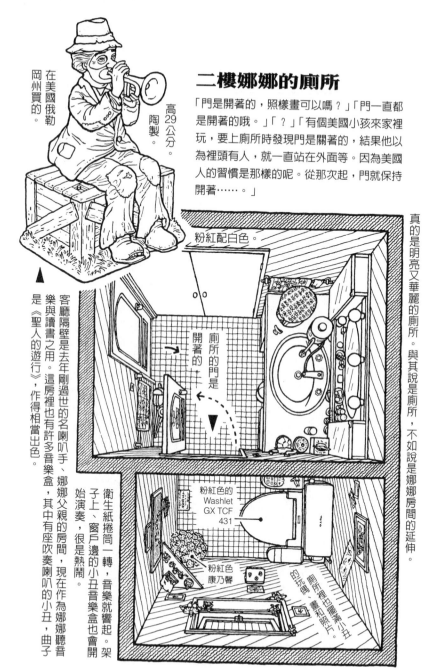

一樓玄關附近的客用廁所。雖不像二樓的那麼豪華，也有一些用心設計的地方。她要我進去時一定要說聲「打擾了！」結果居然有隻鸚鵡模仿我的聲音也回了句「打擾了！」接著小鳥們為迎接客人開始吱吱喳喳唱了起來……。這間廁所完全被「鳥」佔領了。

高35公分
不是磁磚，而是壁紙。
一樓廁所
Warmlet TCF101型馬桶
門

註一：Enoken（1904-1970）是活躍於劇場影視圈的喜劇演員，人稱「喜劇王」。

註二：歌舞伎舞台在左方一側伸入觀眾席的細長走道稱為花道，演員由此上下場。

註三：越路吹雪（1924-1980），寶塚歌劇團出身的歌手、歌舞劇演員，對於戰後日本的香頌歌曲、歌舞劇的普及有頗大影響。

32

建築師清家清篇

「好不容易完成自己心目中的新家了。」

有次一位演員朋友打電話來這麼說。所謂「好不容易」，是因為經歷三次「假性遷入」才終於定下來。

他之所以沒辦法直接搬進去，好像是房子風水不好。他不但拿設計圖給風水師過目，還把風水師的意見擺在最優先，因此和建築師起了相當大的爭執。

有人說：「有限的建地裡要找到好方位很難，尤其廁所的位置……。」我才想，太在意風水的話可能就……，不料便看到建築師清家清先生出了兩本有關「風水」的書。

「咦！真奇怪啊。建築界的權威竟然會談這種事。」我趕緊買來看看。

讀完才發現和我原本所想完全相反。簡單說，這本書的結論是「風水是祖先智慧的集大成，如果瞭解為何不能這樣那樣作，就可以不必太在意」。

從以前就聽說「清家先生府上的廁所沒有門」，因此很想直接向他請教風水的事情，並看看實際情形……。

清家先生家門前聳立著高大的山毛櫸，相當顯眼。房子外牆也爬滿了長春藤，整個兒被綠意環繞。

咦？風水學上不是說「被長春藤纏繞的房子主凶」？

「哈哈哈！人家說廚師以醬汁矇混，建築師就靠長春藤。還有，醫生靠一坏土來掩飾錯誤呢。這些都只是笑話啦。不過，長春藤對建築師而言可是幫了大忙。」

經清家先生一說，我仔細一瞧，原來平房的屋頂上擺著個大貨櫃。據說是當書庫用，而為了不讓重量直接壓在屋頂上，就以跨著房子的兩根鋼筋來支撐。長春藤把這些通通掩飾住了。

「沒有門的廁所，就在這屋子裡。」邊說邊帶我進去。清家先生原本是為自己設計這房子的，目前則是女兒女婿在住。

「上廁所又不是幹什麼壞事，沒必要躲躲藏藏，所以才沒設門。這樣還可以省下開關門所需要的空間和體力。還有，我不喜歡家裡空氣停滯、感覺封閉，我想營造一個『透氣的家』。沒有門氣氛比較好。在這裡養精蓄銳後，可以發揮在工作上。」

他如此說明。後半段的談話卻是清家清式的笑話了……。

「風水學上，哪個方位的廁所主吉呢？」

「沒有主吉的方位。正因如此，才會說廁所的位置難決定。若談主凶，倒是有『位在屋子中央』和『向北主大凶』的說法。」

聽他說明不能將廁所設於房子正中央的理由，頓有恍然大悟之感。

「以往的廁所都是把排泄物積存一陣子再請人來掏糞。如果廁所坐落在正中央，不但滿屋子臭氣沖天，汲取糞尿時還得穿過家裡頭。綜合以上原因，才會有主凶的說法。但是在抽水馬桶普及的今天，雖然沒有臭氣的問題，仍有不適合的因素。首先，住起來感覺就不舒服吧。家裡正中央應該設計成使用時間較長的房間，廁所擺那裡太浪費了。而且房間彼此之間無法直達，動線繞來繞去，徒增不必要的走動。廁所靠近寢室會比較方便。廁所在正中間還有件麻煩事，那就是管線的配置。從屋子中央通過房間下頭來配

沒有門的廁所

原本是清家先生的住宅，
現在是女兒女婿住。

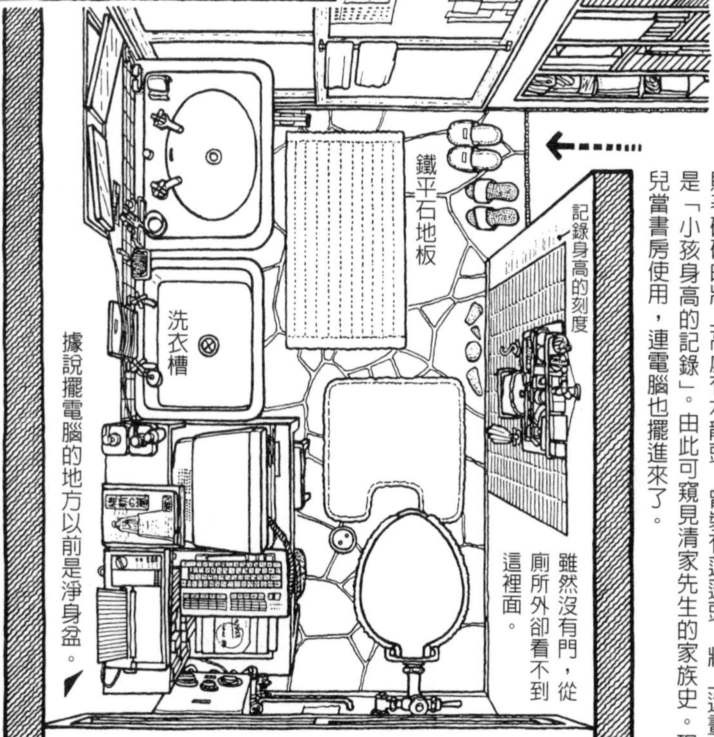
鐵平石地板
記錄身高的刻度
洗衣槽
據說擺電腦的地方以前是淨身盆。
雖然沒有門，從廁所外卻看不到這裡面。

貼著磁磚的牆上高處有水龍頭，曾裝有蓮蓬頭。牆上還畫有一條一條的線，說是「小孩身高的記錄」。由此可窺見清家先生的家族史。現在住的人好像把這兒當書房使用，連電腦也擺進來了。

清家先生認為「大便」是傳達身體狀況的「訊息」。「我一定會看大便。因為那是食物在體內遊歷後產生的東西，是瞭解身體狀況最方便的偵測器。所以我常勸人家『好好觀察自己的大便』。如果我們沒好好讀『訊息』的話……。」

المهندس المعماري
الأستاذ الدكتور

▲玄關的門上掛著鐫刻著阿拉伯文「建築師・清家清」的銅板（這是女兒女婿從大馬士革帶回來的禮物）。寬十六點五公分。

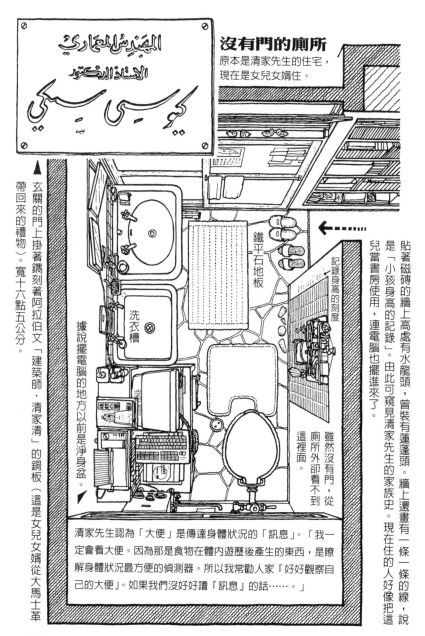

管，萬一故障要修理的話，那可不得了。」

廁所「向北主大凶」的說法，放到現代也符合。

「若是向北，從秋分到春分之間完全沒有日照，會非常寒冷。老人家最容易昏倒的地方就屬廁所。因為在寒冷的地方蹲著，突然站起來的時候很容易昏倒。以前日本住家的暖氣並不是把整個房間都弄得暖烘烘的，而是靠火爐暖爐烤暖手腳，還得穿上層層衣服才能禦寒。廁所不但沒暖氣設備，還得把衣服撩起來、褲子褪下，那更冷得厲害。這樣就能理解『北主凶』的說法了。現在的太陽和以前沒兩樣，北邊的廁所還是冷，所以最好不要在寒冷的狀態排便。但如果使用加溫型馬桶座，或安裝暖爐暖氣，就可以防『凶』了。」

有關廁所的位置，據說有三項要注意。

「一是靠近寢室。二是安排在要去的時候不必通過客廳飯廳等人會聚集的地方。三是僅可能靠近廚房、浴室或洗臉台等有給水排水設備的地方。」

時代在變，住的方法和建築也在變，有些部分仍適用風水上所謂的『凶』的看法，真有趣！

「對，祖先的智慧蠻厲害的。所謂『風水』確實有趣，如果能合理地運用在現代人的生活裡也很好啊！」

話說回來，清家先生家的風水可真是亂七八糟。正中央擺了一道像要登上天守閣的樓梯，在風水上這稱為「主人早死之相」。

「男人原本就比女人早死嘛，的確很準！哈哈哈！」

為何風水學會告誡人們不要把樓梯擺在家裡正中央呢？原來，從前城市裡的民宅禁止蓋兩層樓，將樓梯擺在醒目的地方恐會招來禍事，而「主凶」的說法正是時代的痕跡。

這輛車廂被稱為「WAHU」。WA就是貨車（wagon），HU是裝有煞車（brake）的意思。清家先生非常喜愛交通工具，從古董機車起，連各種交通工具的模型收藏也相當驚人。這節車廂裡擺著各種工具機械，算是模型車的修車廠。

連結在「緩急車」貨車最後的車掌用車廂。這是向國鐵購買的古董車。清家先生在自家庭院鋪著0.01公里的鐵軌，以安置此車。

「不過，即使在現代，樓梯擺中間還是礙手礙腳呢。我是覺得有趣才這樣設計的。」

連權威都這麼做了，看來就不用太顧忌所謂的風水了。

「意思是，並非建造出來的房子就稱為住家。我們在建築上頭花錢，但重要的卻是裡面沒花到錢的空間。在其中完成、實踐的就是生活，就是人生。對了，您知道家裡最受人尊敬、最被親近的地方是哪裡嗎？是廁所呢。」

「廁所？最被尊敬親近的地方……？」

「日本在房間的名稱前都會加上『御』，對不對？譬如御座敷（客廳）、御茶間（飯廳）、御台所（廚房）、御風呂場（浴室）等。但在使用外來語的情況時，就沒有人說什麼『御Kitchen』、『御Bath』，卻有『御Toilet』的說法。這就是證據。」

被這麼一說……。可是，真的嗎？

二樓的廁所

清家的家蓋在和舊宅同一塊基地上，有四間廁所。這間是他們夫婦專用，是向北的凶相。他說：「廁所角落擺著的玻璃小丑其實是辟邪用的。」

掛著一面「反字鐘」。從洗臉台的鏡裡一看，背後鐘的文字盤就變成正面的了。浴室與外頭以竹柵門隔開。他說：「被小偷聽到就麻煩了——竹子裡其實插著鐵條。」

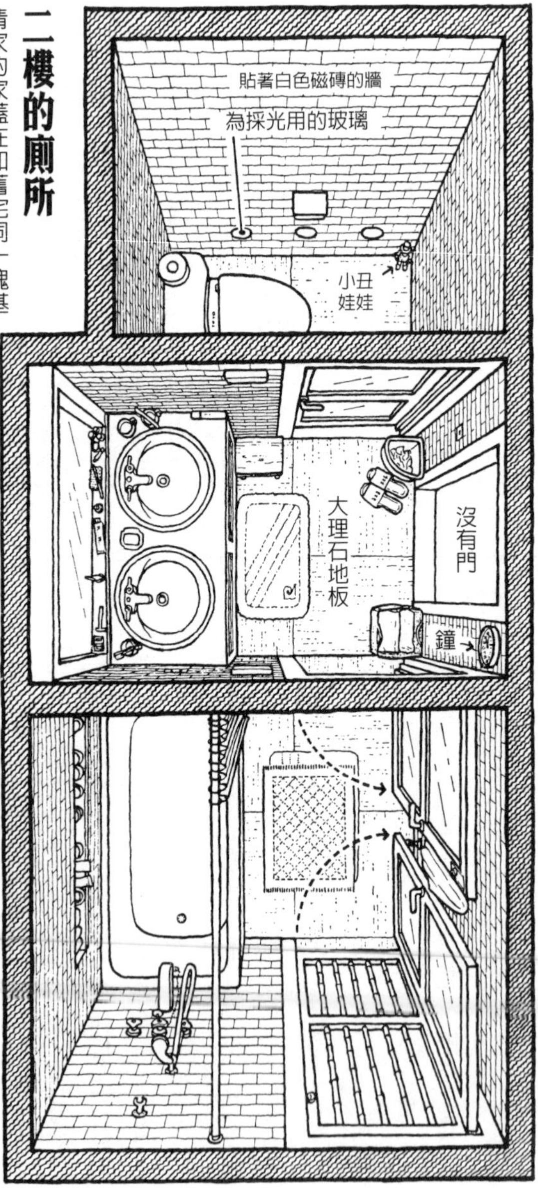
貼著白色磁磚的牆
為採光用的玻璃
小丑娃娃
大理石地板
沒有門
鐘

33 語言學家西江雅之篇

我去拜訪了語言學、人類學家西江雅之先生。他從學生時代便獨樹一格，不但自學非洲的斯瓦希里語（Swahili），還編成日本第一本《斯瓦希里詞典》。他精通各地語言，能講幾十種話。我想，從這麼一位人物身上一定能聽到世界各地關於廁所的奇妙見聞。可是呢，

「嗯……，倒不記得有什麼廁所異聞呢。」

「咦？」聽了真是差點暈倒。不過，話說回來，他那麼多本著作裡還真是沒提過廁所的事呢。我記得的只有一個，談到非洲約魯巴族（Yoruba）的糞便。

「奈及內亞（Nigeria）的約魯巴族很喜歡猜謎。有個謎語是：『上面有葉子、下面也有葉子，落在中間的是一小塊糞。那就是人。』不是說人像糞，而是說糞也像人。」

這好像禪宗的機鋒問答般有趣。

「與其稱糞便為排泄物，不如說是自然存在之物。無論人或糞，都是構成世界的一部分。這從馬賽族（Masai）處處利用牛糞的生活也能看出。以牛糞蓋房子，乾燥後的牛糞粉拿來擦碗盤。牛糞的顏色隨乾燥程度每天不盡相同，就把不同色的牛糞搓圓當棋子玩。這種日常生活沒有所謂的骯髒。當然，非洲的牛糞一樣爬滿蒼蠅，他們拿蒼蠅比喻男人，有些地方會這樣稱讚美女：『妳簡直像牛糞啊』，意思是她美得讓男人像蒼蠅般聚集。將男人喻為蒼蠅也毫無鄙視之意。他

們覺得戴著蒼蠅圖案銀飾品的男人很帥呢。我也染上這習慣，在東京看到美女不禁脫口而出『妳好像牛糞啊』，結果被痛罵一頓。」

我請西江先生一定要說些非洲廁所的故事，結果：

「除了都市地區以外，沒有廁所這種東西呢。早上在哪兒都能上。啊，對了對了，有個蠻有意思的。坦尚尼亞（Tanzanio）的海岸地帶住了不少印度人，那邊的廁所是印度式的。河裡較淺的地方散置著踏腳石，彼此的距離差不多一步寬。踩著一步步前進，最後有兩塊石頭是並排的，就蹲在那邊辦事。但回來可就有點麻煩。因為沒辦法轉身，只好倒退著走。這就像『川屋』的意思，是廁所的原型。至於屁股的善後，當然是就地用水沖囉！」

「那在沙漠裡，您也用是沙子嗎？」

「對啊！有小石頭就用小石頭，也有的地方用繩子或葉子。而且在那裡的時候大便自然比較硬，會成塊，很容易擦乾淨呢。」

西江先生不管到哪裡都可以自然融入，也很容易適應不同的風俗習慣，所以不太覺得有什麼事情是特殊的吧！

「有很多地方即使有紙，排便後也不用紙擦。更何況地球上還有很多地方不用紙擦屁股的。」

西江先生旅行時從不曾為如廁之事煩惱。並非特意忍耐，而是不太需要上，也不怎麼會出汗……。他有辦法一個月只洗一次澡，都不刷牙也無妨，有食物就吃，不吃也沒關係，簡直像頭野生動物。為什麼這麼說呢？因為野生動物就算找到食物，下一頓在哪兒也完全無法預料，所以有暫時不吃也無妨的體質。

「我是這樣沒錯，但有一點和動物不同。有時候雖然不渴，還是會想喝點啤酒哪。」

西江白蝦 （發現者為生物學者岩崎望先生）

身長約3公分

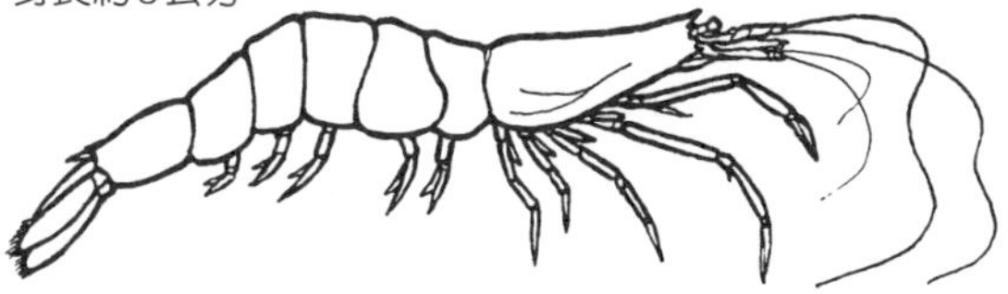

這是在牙買加（Jamaica）海岸發現的新品種，以西江先生的姓來命名。據說是為了崇揚他對加勒比海地區的語言學、人類學的研究成績。「沒想到藉著蝦子名傳後世，很棒吧！這麼一來，下半輩子應該要忌口，不再吃什麼炸蝦丼、蝦子仙貝之類的啦。」西江先生一臉得意地說道。

西江先生家的廁所（二樓有間完全相同的廁所）

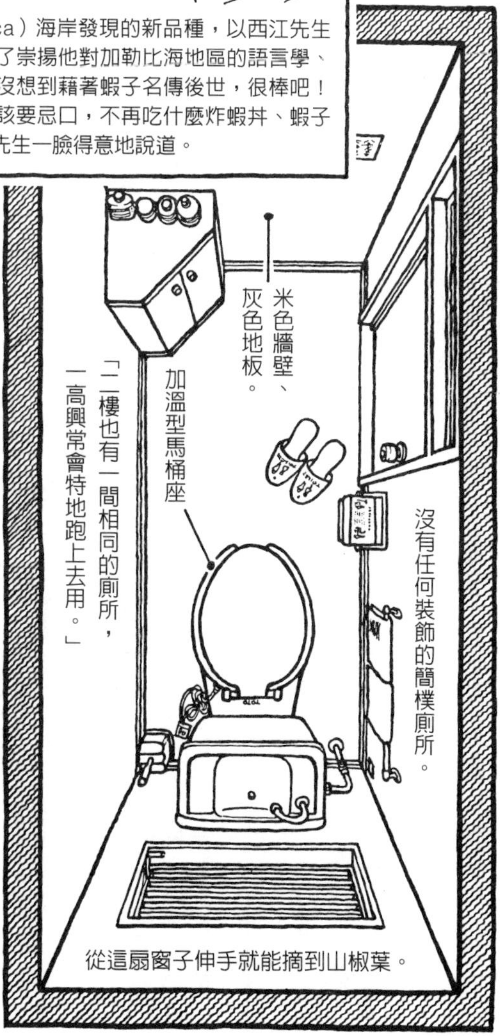
米色牆壁、灰色地板。
加溫型馬桶座
「二樓也有一間相同的廁所，一高興常會特地跑上去用。」
沒有任何裝飾的簡樸廁所。
從這扇窗子伸手就能摘到山椒葉。

「我對住家有三樣要求：附近有水、有綠樹、蓋在大地上。這個家完全符合。不但蓋在長滿草木的大地上，附近又有石神井公園的池塘……。只不過很可惜，我就快搬離這裡了。因為這是租的房子，主人快回國了。您知不知道哪裡有類似的房子呢？我沒什麼錢，只付得起便宜房租……。」

和他一起旅行的人常會唉唉叫：「西江先生的行程裡不排吃飯時間的啊。」

「不過呢，我可以——雖然這點對有些人來說也是很奇特——跟當地人吃同樣東西。猴子、貘、犰狳、大老鼠、鱷魚、大象、長頸鹿……。」

如果以為是他長住非洲才如此異於常人，那可就錯了。據說他五六歲時就吃過蜻蜓、蟬之類的。他說蠶的味道很好，其他的雖不算好吃，但吃了也不會怎麼樣。而且，他曾經很認真地想變成貓或狗。

「我學貓從屋頂上翻身跳下來，結果跌得傷痕累累。」

或許因為有這基礎，他曾參加東京高中器械體操隊，還得過冠軍。而對語言的興趣也與小時候和各種昆蟲、動物打交道的經驗有關。

「只要有三隻麻雀，我就想辨別牠們的長相；為了分辨蟋蟀叫聲的意思，我會豎起耳朵仔細聽。為了解螞蟻或蝴蝶的活動範圍，還會把牠們的出沒地點繪製成地圖。」

看來他從小就非等閒之輩。

到了國中的時候，他終於明白人和動物的構造是不一樣的。

西江先生的寶物

兩尊樸素的木雕娃娃。這是他在肯亞（Kenya）北部離首都奈洛比（Nairobi）約六百公里的圖卡納湖（Turkana）畔某村莊和小朋友換來的。「我看了很喜歡，便以物易物交換。」頭髮是椰子纖維，裙子和頸飾則是魚骨作成的。

娃娃的高度
小的28公分，
大的39公分。

「那種想變成貓的念頭真是大錯特錯。我終於知道貓有貓的世界，蜻蜓則以牠獨特的眼睛觀看四周。牠們的世界太大了，永遠沒辦法掌握全貌，那還是重新當人吧……。現在才又變回人類。」

西江先生會致力於語言研究，是因為：

「雖然語言只是種聲音，背後卻是人類的各種故事，有許多不可思議的世界。當然，並非光靠語言就可以瞭解所有事情……。」

他又說，他不喜歡把語言本身當成一門學問來研究，而是寧可將它視作瞭解人們生活和文化的手段。

「愈深入瞭解各種差異，愈覺得有趣呢。在薩伊（Zaire）住著矮人族（Pygmy）的地區，巨木叢生，連七八十公尺外的東西都看不見。從那裡到熱帶草原，搭車大約要花上半天。所以，在密林裡住了三四十年的人頭一次看見在遼闊的草原彼方有隻鹿會非常激動：『啊！有隻好小的動物！』但過了兩三天再看到，就只是輕描淡寫地說『距離一遠東西看起來就小了』。這只是例子之一。其實，所謂的文化，是由各式各樣深信不疑的想法聚合而成的。」

隨著時代變遷，各地獨具個性的文化彼此間的差異逐漸消泯。薩伊共和國東部地區最近有相當驚人的變化。十年前還拿著槍的年輕人，如今有的手握方向盤，有的則前往歐洲習得最新科技，應用到工作上。再過一百年，或許全世界的人都抱持著同樣的思考方式、過著同樣的生活。西江先生並非反對改變，但他擔心，我們在急遽的變化中是否會忘掉一些重要事物？

「我並非要比較各種文化的優劣，而是想觀察那些在不同文化夾縫中尚未為人所知的種種事物。像『糞便和人類一樣』這種柔軟的想法不也很好嗎？」

34

題外篇

太空船上的廁所

太空船上的廁所到底是什麼樣子的呢？我很好奇。即使像平常那樣排便，但在無重力的狀態下大便可不會「噗通」掉下去，而是會粘在屁股上。尿液也會變成小水珠，輕飄飄地浮游著……。

在一九六〇年代前半發射的美國「水星號」（Mercury）太空船飛行時間不長，所以並未設置廁所，而是用尿布。之後，飛行時間較長的「阿波羅號」（Apollo）太空船不用尿布了，改用塑膠袋。

「太空船上的廁所」在人類尚未飛向太空之前就已是重要的研究課題，聽說有好多失敗經驗。

現在，無論大號或小號，在美國的太空梭上都是以真空吸取的方式來處理。聽說蘇聯的太空站「和平號」也一樣，但詳細的情形就不得而知。

令人興奮的是，我終於有機會看到實物了！

名古屋設計博覽會上展示了「和平號」的原型。「Mir」意為「和平」；看到這名字不禁讓人覺得時代也是不斷在改變。

主題館展示的「和平號」體積相當龐大，我排在長長的隊伍中，邊抬頭仰望。由於一

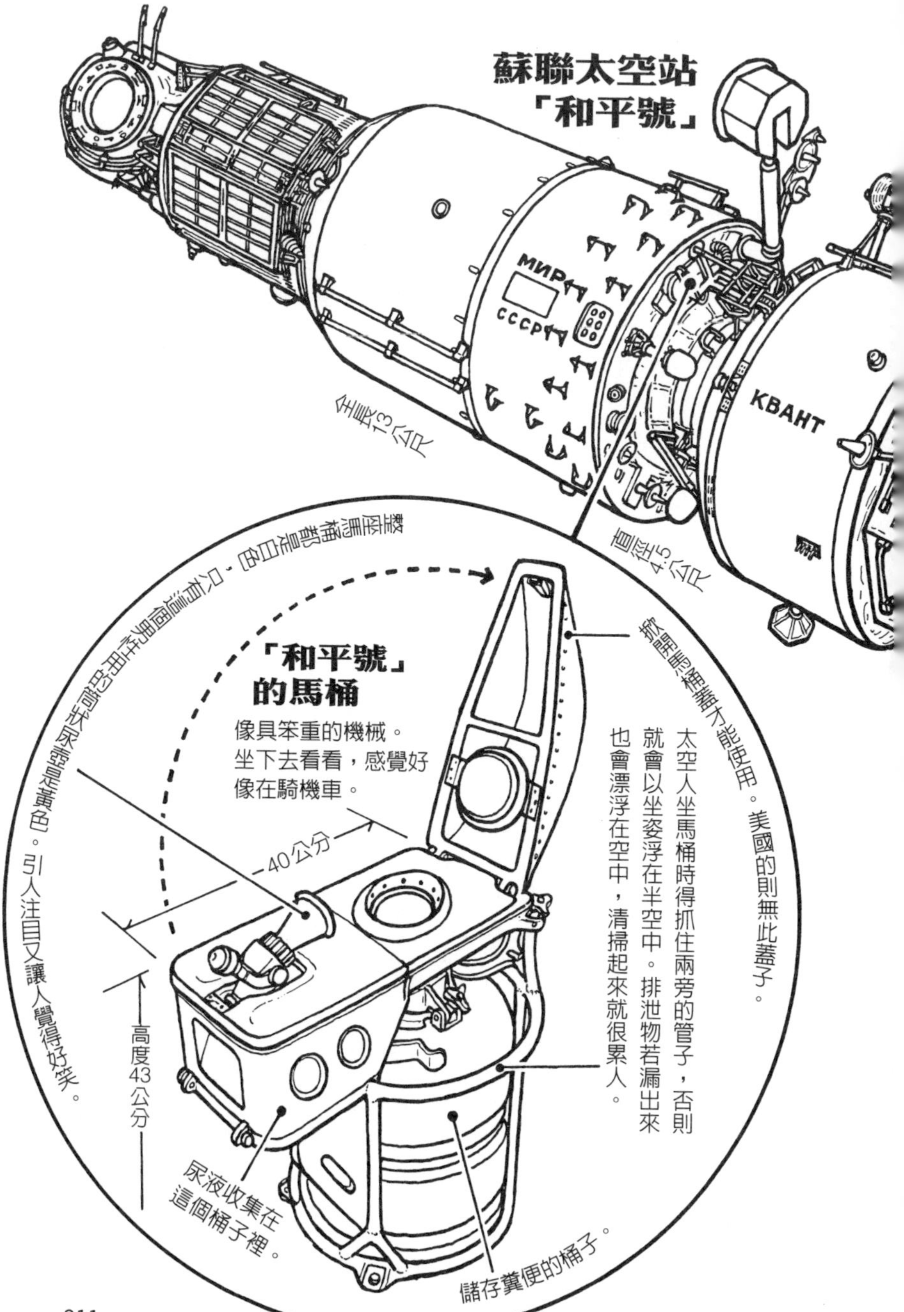
蘇聯太空站
「和平號」
МИР
СССР
КВАНТ
全長13公尺
直徑4.5公尺
整座馬桶都是白色，只有這個男性用的漏斗狀尿壺是黃色。引人注目又讓人覺得好笑。
「和平號」
的馬桶
像具笨重的機械。
坐下去看看，感覺好
像在騎機車。
40公分
高度43公分
掀開馬桶蓋才能使用。美國的則無此蓋子。
太空人坐馬桶時得抓住兩旁的管子，否則就會以坐姿浮在半空中。排泄物若漏出來也會漂浮在空中，清掃起來就很累人。
尿液收集在這個桶子裡。
儲存糞便的桶子。

次只能讓六個人進去，等了好久才輪到。當我看到這次的標的——太空廁所時，雖然已經好一把年紀了，卻還是忍不住大叫出來：

「哇，真棒！」

終於看到太空船的廁所了。但是，隔著厚厚的塑膠板只能瞧一會兒。後面還有很多人等著，只好暫時忍耐下次再來。

第二次是在閉館之際趕到，並請相關人員讓我進去實際測量。

蘇聯的「和平號」太空站在發射升空時並無人駕駛，而是等上了軌道繞行後才由太空船「聯盟號」（Soyuz）將太空人載上去。美國的太空梭則是自始就以載人發射升空為目標。雖然兩者方式有些不同，但不管哪一方都是傾全力研究，希望能讓太空人在宇宙中過得舒適。

太空生活與地球過日子最大的差異是，繞行地球一周只需一個半小時，因此每天有十六次破曉及日落，還有就是無重力狀態。

地球上的動植物自始就是過著二十四小時為週期的生活。置身於從未經歷的環境中，對人會有什麼樣影響？能適應到什麼程度？完全是個未知數。經過狗、猴子的動物飛行實驗後，接著就是人類太空體驗的測試。

最能明確顯示身體狀況每日變化的就是體溫和荷爾蒙濃度，所以必須檢查、分析尿液中荷爾蒙和鈣等眾多物質的含量變化。尿液可提供種種數據；太空人從起床以後，每三個鐘頭就得收集一次。研究結果顯示，在進入太空的頭兩三天裡，尿量會變多、鈣和鉀的排泄量會增加，荷爾蒙濃度的變化也看得出來。看來以尿液作為偵測檢驗的工具還頗具效果。

此外，關於無重力對人體的影響。所謂無重力，就是沒有上下區分。要是無法忍受沒有上下的狀態，別的都還不用提，根本沒辦法在太空過日子的。因為只要稍微動一下，不管人或東西都會輕飄飄地浮游移動。就連那些精挑細選過的太空人也會因為和地球環境不同而有「暈太空」的現象，頗感困擾。

太空站的生活光想像就覺得辛苦。去年底（一九八七）才返回地球的兩位蘇聯太空人契多夫、馬納羅夫，竟然在太空中停留了三百六十六天。

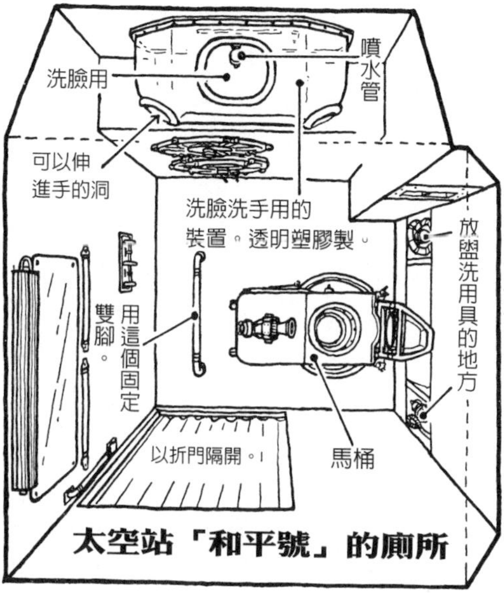
噴水管
洗臉用
可以伸進手的洞
洗臉洗手用的裝置。透明塑膠製。
放盥洗用具的地方
用這個固定雙腳。
以折門隔開。
馬桶
太空站「和平號」的廁所

用餐和排泄原本就是生活中的重要部分，更別說是在太空裡頭了。因此專家學者也頗下了一番工夫研究。

早期太空人吃的是是裝在軟管裡的太空食品。由於看不出食物的形狀也聞不到香味，完全失去「吃」的樂趣。

首次免於食用軟管太空食品的是一九六八年阿波羅八號上的三位太空人。他們過聖誕節時在太空裡享用火雞大餐，非常感動。

現在，無論是美國或蘇聯的太空船上都備有各式菜色供太空人自由選擇，太空艙裡還設有調理台或電烤箱以加熱食物。

因此，太空人才會說：「用餐時間是最快樂的時候了！」

有進當然就有出。這和在地球上生活時沒兩樣，只是環境不同，排泄方式也不同。現在美國和蘇聯的太空船上都有坐式馬桶，只不過為使身體不會在排便中飄起來，得先固

全長30公尺

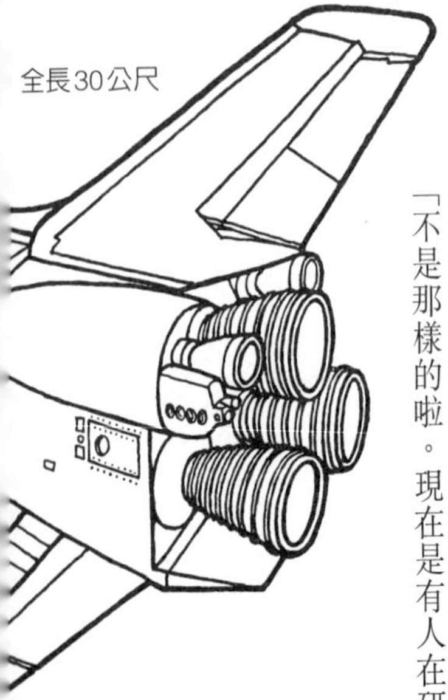

定住。聽說美蘇兩國都是先將糞便真空乾燥後再帶回地球。雖說都是帶回地球，蘇聯的「和平號」和美國太空梭的做法有點不太一樣。為搬運食物及機具等物資的無人太空船「進展號」（Progress）每兩個月發射一次，所裝載的廢棄物在衝入大氣層的時候和機身同時燒燬。

我曾經聽說有人在研究「如何將廢棄排泄物變成食物」，剛好夜半時分立花隆先生打電話來，就趕緊請教他。

他啞然失笑地說：

「不是那樣的啦。現在是有人在研究『封閉性生態系生命維持系統』（CELSS），簡單說，就是希望能研究出一個自給自足的生命維持裝置，讓人類在離開地球後仍能活下去。現在滯留外太空的只是短期間的少數人而已，但如果是幾十個人、以年為單位地長期居住，那食物、水、氧氣等各項物資都得從地球補給，廢棄物還得運回來，費用會很龐大，太不划算了。因此便希望能研究出人造環境下的小型生態圈，讓所有必需品都能在太空中生產。若能實現這個夢想，不僅是太空，就連在海底、地底都能規劃出城市聚落。地球上的環境污染對策、廢棄物處理、食物生產等種種技術也將有更廣泛的運用。不管是蘇聯或美國都編列了預算，致力於『CELSS』的研究；日本政府則尚未編列正式預算。對了，不是有個『再創新鄉』的活動嗎？政府到處撒了總計有三千億圓；如果能拿出五十億來贊助這項計畫，那對日本的未來不知有多大的幫助呢。」
　聽說美國的太空研究經費占國家預算的百分之一，而日本對於太空開發的研究經費則不到ＮＡＳＡ（美國國家航空暨太空總署）的十二分之一。

　聽完立花先生的一席話，重點由「太空中的廁所」發展成「CELSS」。其實，太空開發的範圍並不限於宇宙而已，對於今後的地球也是一項重要課題。

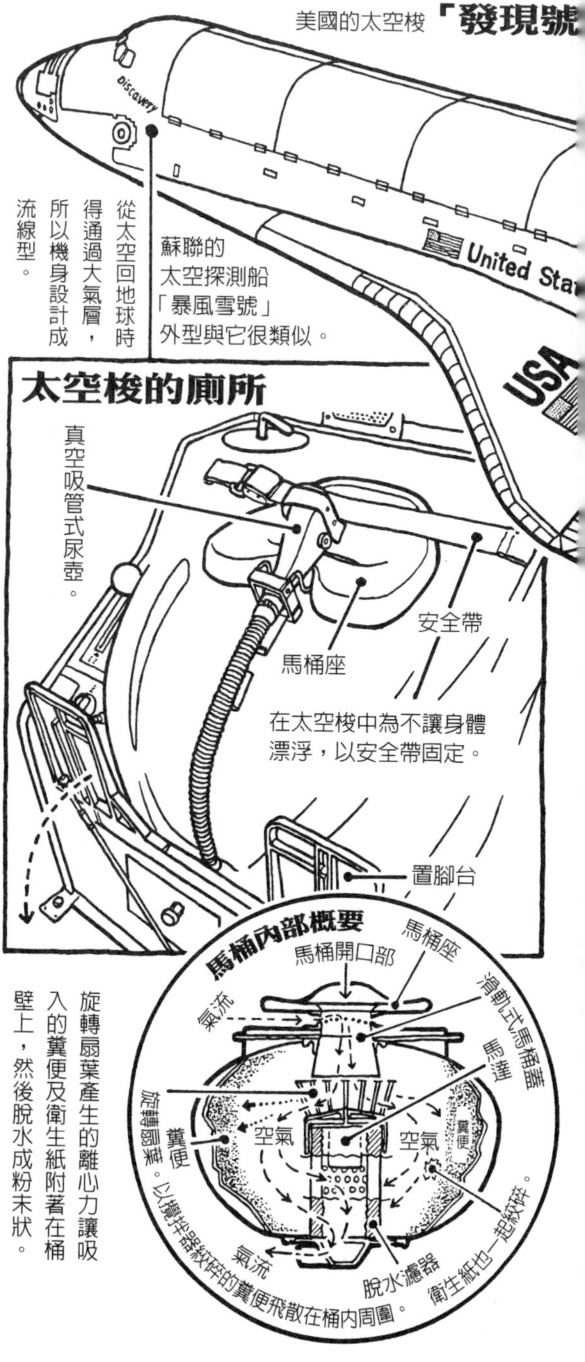

美國的太空梭「發現號
Discovery
United Sta
USA
從太空回地球時得通過大氣層，所以機身設計成流線型。
蘇聯的太空探測船「暴風雪號」外型與它很類似。
太空梭的廁所
真空吸管式尿壺。
安全帶
馬桶座
在太空梭中為不讓身體漂浮，以安全帶固定。
置腳台
馬桶內部概要
馬桶開口部
馬桶座
滑軌式馬桶蓋
馬達
氣流
空氣
空氣
糞便
糞便
旋轉扇葉
脫水濾器
氣流
旋轉扇葉產生的離心力讓吸入的糞便及衛生紙附著在桶壁上，然後脫水成粉末狀。
衛生紙也一起絞碎。
以攪拌器絞碎的糞便飛散在桶內周圍。

35

投資專家邱永漢篇

我有時會遇到邱世嬪小姐，所以對邱家活潑爽朗的行事亦時有所聞。我在她寫的《七轉八起Q翻轉》(註)中讀到「夫妻吵到連碗公都飛起來」時，簡直笑翻了。我試著問問世嬪小姐：「邱家的廁所是怎麼樣的？」

「我父親很神經質，母親卻大而化之。他們的『廁所觀』也各不相同，好像台灣和香港同處一個屋簷下。我母親在上廁所時，即使我進去，她仍可以邊跟我講話，一派自然平常；父親可是會牢牢鎖上門呢。」

我很想見見邱先生，但他實在太忙了，總難如願。就算打電話到事務所，得到的回答也是「目前在中國的廣州……」「剛回來，但接著又得去巴塞隆納和倫敦」「碰巧到地方上去演講了」等等。

聽說他每年的演講場次高達二百場，每個月有十篇以上的連載要寫。向他提出參觀廁所的請求過了許久終於實現了，在他百忙中去打擾，真是不好意思。

「您到底在什麼時候寫稿？應該沒什麼時間坐在書桌前吧？……」

「不坐書桌前寫呢。通常在飛機或新幹線上。」

「新幹線不是搖得很厲害嗎？」

「是啊。搖晃的書房。如果不利用交通時間，根本沒時間寫稿。就算在家裡，不管坐椅子或躺床上，我經常翹起腿來，就像搭新幹線一樣，把稿紙放膝蓋上就開始寫。」

「聽說您過了六十歲就不寫小說了，那之後寫些什麼呢？」

「我覺得，某些名家上了年紀後所寫的文章水準與年輕時發表的頗有落差。那他們為什麼還要寫呢？仔細想想，一來這些文人雅士通常沒有積蓄，不繼續寫就沒飯吃；另外是希望自己一直站在第一線，也希望別人如此看待他……。我不希望六十歲後別人也這麼看我，因此決定除小說外我還要另闢一條謀生之路。」

邱先生並不拘泥於「寫小說的才算作家」的想法，股票研究、飲食學問等題目他都能自由發揮。

「因為我什麼都寫，所以被稱為『文章的百貨公司』，其中如何積聚財富的部分最受歡迎。啊，對了對了，有件事和《廁所大不同》有些關連。請稍等一下。」

他邊說邊站起來，不一會兒拿來一本《替投資人拜訪廠商》。

「在這本書裡，我推薦的優良股之一就是東陶（ＴＯＴＯ）。」

那是昭和三十五年（一九六〇）出版的書，書上寫著「現在要買股票就買製造馬桶的東陶。」讀過以後覺得很有道理，摘要如下：

「戰爭期間到戰後都是糧食不足的時代，光為吃的問題就已經費盡心思，根本顧不了『拉』。現在吃已經不成問題，今後該是認真思考『拉』的時代了。在衣、食、住三項中，注重衣和食的階段已經過了，目前要進入『住』的階段了。家裡最重要的地方是哪裡？廚房和廁所。其中最落伍、最亟待改善的就是廁所。要買就買那些能讓廁所變得舒適的公司的股票。而其中居獨佔地位的就是東洋陶器。此外，不要忘了四年後將舉辦東京奧運，會興建旅館，高樓大廈遽增。所以買『廁所的東陶』正是時候。」

他分析詳細資料得出強力推薦的理由。是否押對寶了呢？看其後東陶機器的股價及公司發展即可分曉。怪不得被稱為「賺錢之神」的邱永漢先生擁有那麼多信徒。

「預測未來的基礎是？」

「不必把太遠的將來納入考量。如果考慮得太遠，人終究一死，這樣的話就什麼都不必做了。所以，想想一兩年後會怎麼發展再行動，這樣不是比較好嗎？十年後的事未免太遠了。我通常連兩三年後的事都會考慮進去，結果常會有時機還沒到的情況呢。」

「那是因為您不只考慮如何賺錢，同時還有太多的夢想吧？」

「沒錯。賺錢只不過是夢想的實現。無法成真的夢太多了。經濟評論家說『邱永漢雖然被稱為賺錢之神，勝率也不過是八勝七敗或九勝六敗而已嘛』。可是我覺得這樣就夠了呢。如果解說經濟的學者專家預測全部正確，那不就都成富翁了？重點在於輸少贏多即可。」

「隨時要注意股票的走向不會很累嗎？」

「我不在意每天股市的跌漲，所以不累。我思考的不是每天股價的高低，而是潮流的趨向。因此每次勝負可能要兩年或以上的時間才能判定。如果讀了股票新聞的預測就一窩蜂跟進，那非輸不可。必得一次決勝負。觀察幾年才下手也可以，有『就是這個！』的感覺再對準目標押下去。」

「抓準『就是這個！』的判斷力是什麼？」

「對於平時就感興趣、關注的東西，自然會有種判斷力。就像下棋的人看得懂棋局。若沒有這種問題意識，不但無法理解整個局面發展，也一定會看走眼。不僅要收集各種資訊，腦子裡感興趣的東西要有千百種，這樣不管是翻報紙、看電視或與人接觸，相關的事都會迅速輸入腦子裡，就會產生『果然

一樓玄關旁的廁所

門一打開，迎面就是四面鏡子。以現代手法運用裝飾藝術風格（Art Deco）的設計。「邱先生要求的嗎？」「不是。這個家與其說是我的品味，不如說讓建築師大大地發揮了呢。二樓的浴室也一樣。」他帶著四處參觀，看到裝潢如此豪華，我不禁嚇了一跳。

48.5公分
32.5公分
高66公分
Automate de musique
Symphonion.

▲音樂盒

客廳擺著一個法國製音樂盒，看起來頗有年代，是喜歡音樂盒的人所無法抗拒的珍品。我也被深深吸引了，只可惜家裡實在太窄了……。邱先生家的客廳有大片落地玻璃窗呈弧形一字排開。音樂盒擺在其中顯得十分相稱。

高達天花板的巨門。一量尺寸竟有二點四公尺，嚇一跳。
鏡子
紫灰色壁面。
深棕色
淡綠色的大理石
出入的門▼
在這邊的▼牆上有衛生紙架

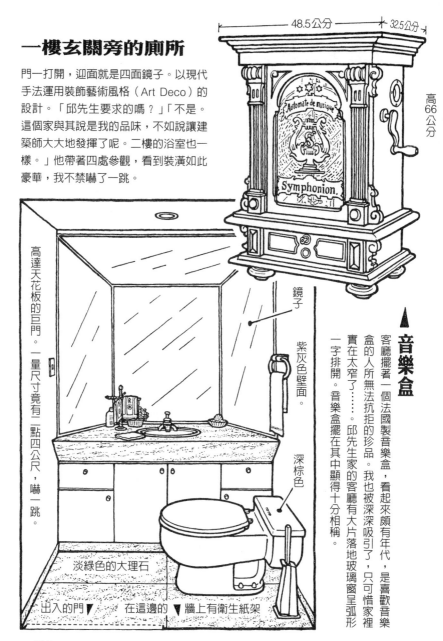

是這樣』『不！這樣不對』的判斷力。例如目前美日關係如何？香港今後的發展又是如何？……」

「香港會變成怎麼樣呢？」

「目前香港有許多不安的因素，所以很多人都不看好吧。當大家都認為不行的時候，我精神就來了。前年股票大跌那天，我在NHK說『現在趕快買！』而且還指名要買哪家的。所以『現在要買香港的』。即使政府方面有些動搖，但從趨勢來看，我認為香港的角色在一九九七年後會比現在更重要。有個人想買香港的大廈，銀行分行經理說『這種時機怎麼幹這種傻事』，讓他十分擔心，跑來找我商量。我告訴他『不必擔心』，『因為香港是資本主義和共產主義的翻譯機』。為什麼？就算日本人直接到中國大陸做生意，常常也還是會遇上許多麻煩，無法順利進行。資本主義和共產主義沒辦法直接對話。香港人和日本人可以透過資本主義的運作方式溝通；而香港人之所以能和大陸人做生意，則是因為他們並非站在資本主義和共產主義的立場對話，而是中國自家人在溝通。也就是說，香港具有翻譯機的功能。對中國政府而言，香港就像通往資本主義的窗口，是一個重要據點。若站在「思考今後要怎麼賺錢」的中國政府的立場來想，也看得出大勢之所趨吧。不可能把這麼重要的窗口封掉。所以我說，『買香港的』。」

在我讀過的資料中，有件軼事可以窺見邱先生的一面。在日本最早作輿論調查和實況調查的就是他。

十七歲的時候從台灣來到日本，在戰爭結束隔年，仍在東京大學就讀的他到東京的殘垣斷壁間走訪，調查了許多人的生活實況。當時各大報社都沒這樣作，反而轉載他收集的資料。

二樓緊鄰寢室的浴室（兩邊是邱先生夫婦各自的房間）

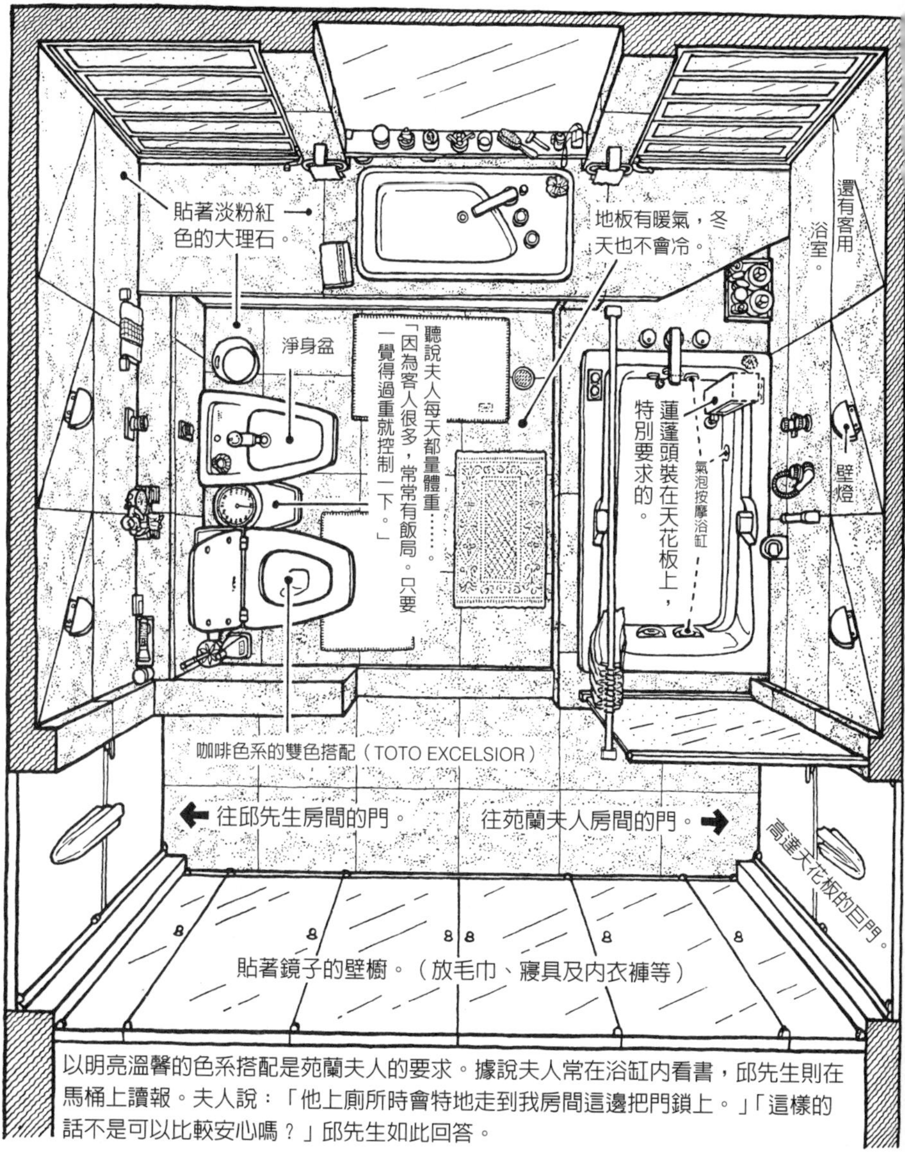

貼著淡粉紅色的大理石。
地板有暖氣，冬天也不會冷。
還有客用浴室。
淨身盆
聽說夫人每天都量體重……。「因為客人很多，常常有飯局。只要一覺得過重就控制一下。」
蓮蓬頭裝在天花板上，特別要求的。
氣泡按摩浴缸
壁燈
咖啡色系的雙色搭配（TOTO EXCELSIOR）
往邱先生房間的門。
往苑蘭夫人房間的門。
高達天花板的巨門。
貼著鏡子的壁櫥。（放毛巾、寢具及內衣褲等）

以明亮溫馨的色系搭配是苑蘭夫人的要求。據說夫人常在浴缸內看書，邱先生則在馬桶上讀報。夫人說：「他上廁所時會特地走到我房間這邊把門鎖上。」「這樣的話不是可以比較安心嗎？」邱先生如此回答。

這表示他二十歲的時候就已經在實踐「必須以資料作為判斷的根據」的想法。他絕非在一夕之間變成「神」的。

在我告辭之際，邱先生有點不好意思地提道：

「若說到先見之明，有件事我倒是很引以為傲。在昭和五十九年（一九八四）的《家庭畫報》雜誌上，我曾寫過『政治家是適合女性的職業』的意見。」

查閱過期的雜誌，他的確如此寫著。

註：七轉八起的日文為百折不撓之意；而「邱」的日語發音近似於「Q」。

棋士米長邦雄篇

36

將棋（註一）棋士米長邦雄先生曾在《週刊文春》的〈泥沼流人生相談〉專欄裡寫出各種快刀斬亂麻式的回答，讀來甚感愉快。特別是有關男女問題的建言乾脆俐落，讓人不禁有「想必是箇中老手」的感覺。

抵達米長先生府上時他還沒到家，趁此機會向明子夫人求證一件事。

「聽說米長先生聽了圍棋棋士藤澤秀行說『能使男人勝敗心增強、器量變大者唯有女人』之後，和您商量『我也想試試』……。是真的嗎？」

「真的。我對他說『請便』。」

他的回答則是「那就恭敬不如從命了。」

正在參觀他家廁所丈量尺寸時，米長先生回來了。

「唉呀！回來晚了。請自由參觀。我通常用洗淨式馬桶沖過後還會去浴室洗洗屁股，所以是個屁股比嘴巴乾淨的男人。給您看也可以哦。」

他突然用屁股啦！大便啦！先發制人，真有些招架不住。這時候我想起了莫札特。

莫札特也很喜歡說些糞便或放屁的事情，信上常會寫些「滿懷愛意地放個屁『噗——』」之類的話。

米長先生愛好戲劇，據說他非常喜歡描寫天才音樂家莫札特的生涯的舞台劇《阿瑪迪斯》（Amadeus），看了十幾遍。

松本幸四郎飾演視莫札特為對手的學院派

作曲家薩利耶里（Antonio Salieri），莫札特則由江守徹擔綱，據說在倫敦頗為轟動。原本「認真努力的凡人和天才之間有道無法跨越的鴻溝」是件帶著悲劇色彩的事，但這齣戲卻讓它看起來像喜劇，這個趣味點正是本劇高明之處。

不僅戲劇，米長先生是一位多方涉獵、興趣廣泛的人。

「心無旁騖，只專注於將棋一事，這與我的個性不合。勝敗就像人生，而人生也有各種局，例如看戲、打高爾夫球、賭博、玩股票、和女人交往。這些看起來和將棋沒有直接關係，但我認為結果卻會反映在上頭。」

據說勝負師（註二）最忌諱的就是從自己口中談論勝敗哲學和人生觀，但米長先生卻向此禁忌挑戰，在〈人生相談〉專欄說出自己的心聲。

「回答〈人生相談〉的問題時的確是完全暴露自己，不過我覺得沒什麼關係。如果認為那對勝負師會有負面影響，那等於我否定了自己的生存方式。因為一路走來我都是這樣子的……。」

他說無論人生或將棋，只尋求一個最佳解決辦法是行不通的。若是只有一招，不但視野會變窄，而且順境時還好，陷入困境的時候可就糟了。

「被對手看出破綻、或交上惡女吃了虧、或面臨超出自己所能的情況，這種時候可不能死命想著要找出必勝絕招。為求勝利，有時是不是該運用些看似有損於己的不同方法呢？這種隨機應變的想法很重要。我認為『人生的一切都是波浪』。不！不只是人生，企業、國家也都一樣。我的哲學是事物的根本都在波動。因此就算身陷苦境，我也當成是波動。無論股票或將棋，新的趨勢是否從主流中演變而生呢？能看透這些才最重要。

米長先生家一樓的廁所

米長先生喜歡在廁所裡看時刻表。「我很喜歡時刻表，每次都會帶進去讀。邊看邊想，如果搭這班特急列車下一站會到哪兒，順道可去哪個露天溫泉等等。」

JTB
1989
時刻表
10
日本交通公社
"秋旅お出かけ号"
秋の臨時列車掲載

兩年前新建的米長家，全由夫人一手負責。

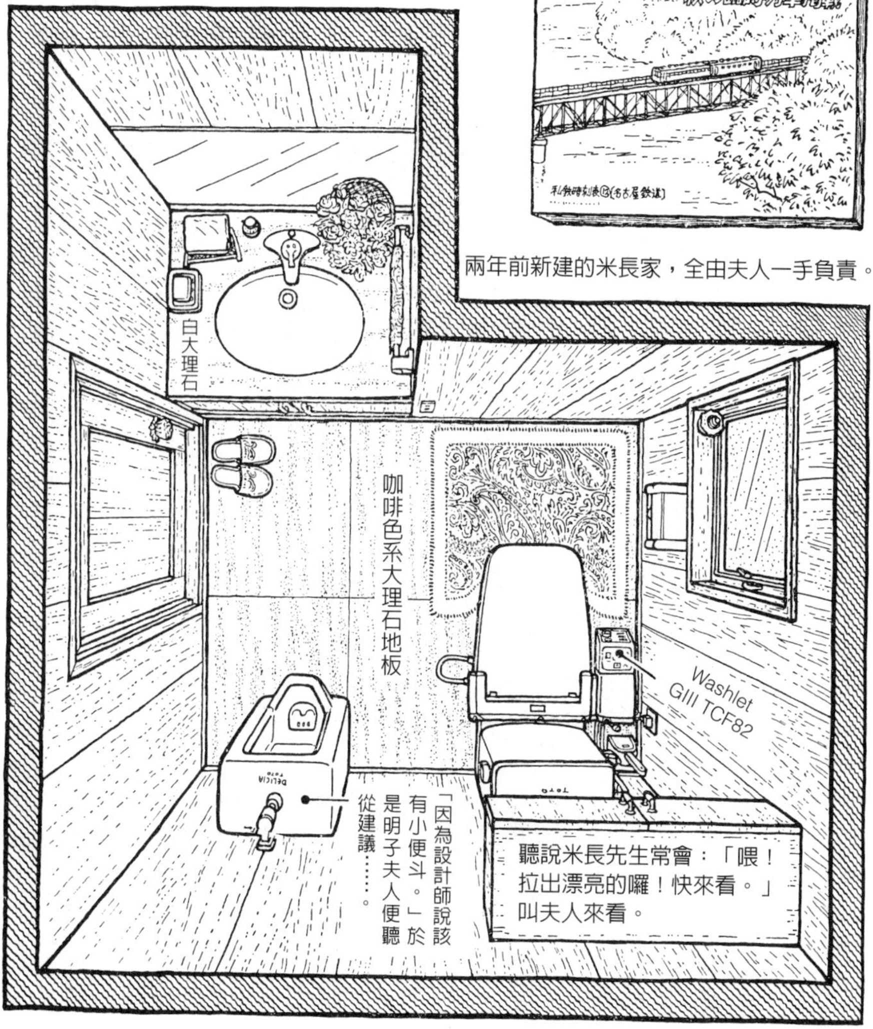
白大理石
咖啡色系大理石地板
Washlet GIII TCF82
「因為設計師說該有小便斗。」於是明子夫人便聽從建議……。
聽說米長先生常會：「喂！拉出漂亮的囉！快來看。」叫夫人來看。

由此推論，我的處世姿勢、我的棋風都得改變。這樣一來會喪失累積至今的優點，是很恐怖的事情……。」

米長先生家二樓廁所

（這是家人用）

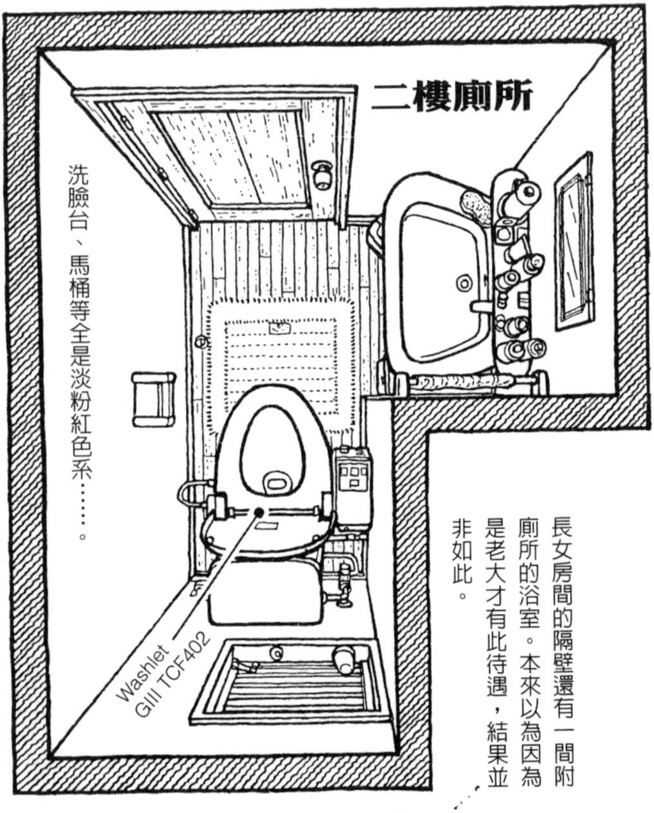
二樓廁所
洗臉台、馬桶等全是淡粉紅色系……。
Washlet GII TCF402
長女房間的隔壁還有一間附廁所的浴室。本來以為因為是老大才有此待遇，結果並非如此。

根據米長先生的說明：「兩個女兒一個兒子，他們三個決定每年房間輪調一次。我本來以為有人喜歡早晨有陽光射入的房間，沒想到卻是相反……。完全由他們自己商量。為了讓孩子們能平等生活，不能由父母決定一切，得尊重每個人的意見。」

在勝敗分明的世界裡，要能生存下去是件嚴酷的挑戰。就連「去小個便」的行為也象徵著某種意義。

「棋局通常從上午十點持續到半夜，傍晚四點後只在晚餐喝點茶，以控制水分的攝取量。序盤（註三）時還無所謂；進入後半局的讀秒階段可沒時間起來上廁所。不過，有兩種情況會站起來。一是對手下錯棋。導致形勢逆轉的明顯失誤。那一瞬間，宛如河水激撞岩石，對弈者之間的空氣開始翻騰動盪。下錯棋的人在棋子離手後隨即驚覺自己的嚴重失誤，一陣惡寒竄上背脊。而另一方呢，「嘿，要贏了！」忽地放鬆了。臉上雖然沒流露出正中下懷的得意表情，心裡可是暗笑不已。其實這種時候很是危險。如果心浮氣躁馬上出手，很可能自己也跟著下錯。所以反射性地就站起來上廁所。首先平緩情緒，然後冷靜地反芻棋局。尿不出來也沒關係。如果還有辦法大便，那就是超一流的高手了。另一種情況是自覺快要敗陣的時候。此時也要站起來上廁所。自己何以會下了如此笨著？怎麼會敗給這傢伙呢？先作種種反省，接著讓自己心情穩定下來、不要恐慌，再打起精神。重回戰局時得面露微笑、泰然自若，帶著明鏡止水般的心境。上述情況不只是我，無論哪位棋士都這麼做的。其中也有人將之當作戰略在運用的……。」

從米長先生開朗又半帶戲謔的談話中，我好像窺見了那個認真決勝負的世界。

註一：類似中國的象棋，棋盤劃有八十一格，雙方各執二十顆五角形棋子，吃下的棋子可為己方所用。
註二：日語中稱圍棋將棋等以爭勝為業的人為勝負師。
註三：將棋、圍棋要分勝負的剛開始階段。

漫畫家加藤芳郎篇

漫畫家加藤芳郎先生的家像座連007都無法侵入的水泥城堡。在看似玄關的牆上按下按鈕，報上是來採訪的，電動鐵柵門便緩緩拉開，我的心情隨之興奮起來。

簡直像個惡作劇得逞的少年，面帶得意笑容的加藤先生前來迎接我：

「這房子從外頭看起來很像當鋪倉庫，有夠怪的吧！不過一進來卻是日本傳統式的房子……。」

確實是棟怪房子。光看外觀絕對想像不到裡頭的模樣。從客廳透過大片玻璃可以看到有池塘的庭院，還有好幾尊長滿青苔的地藏菩薩。

「這房子很合我意，所以就算到那須的山間小屋或海邊的大廈，都很快就回來。廁所也是這裡的最好。」

馬上就將話題轉向廁所，還送我一本書。昭和四十一年（一九六六）出版的漫畫《便便物語》。

「我很喜歡廁所，所以裡頭盡是一些糞坑或便便的事。當時的廁所還是汲糞式的，要把它搬上檯面來談，與日本人的美感不免所有衝突。在那個時代，連職業漫畫家都會自我設限，不會拿糞啊尿啊屁等等當題材的。我想挑戰看看，便在週刊上連載。結果到二十四回就『便秘』了。」

有趣的是，加藤先生非常擔心會便秘。只要一次出不來就灌腸，還真是離譜。

37

（便便物語）
ベンベン物語
加藤芳郎

非常愛上廁所的加藤先生於一九六六年出版了一本內容盡與糞坑和糞便相關的漫畫集。

一樓的廁所

靠近玄關的廁所是夫人和客人專用，不屬加藤先生的勢力範圍。他只有小號時才借用一下，大號一定要到二樓自己的專用廁所。只在那間大。

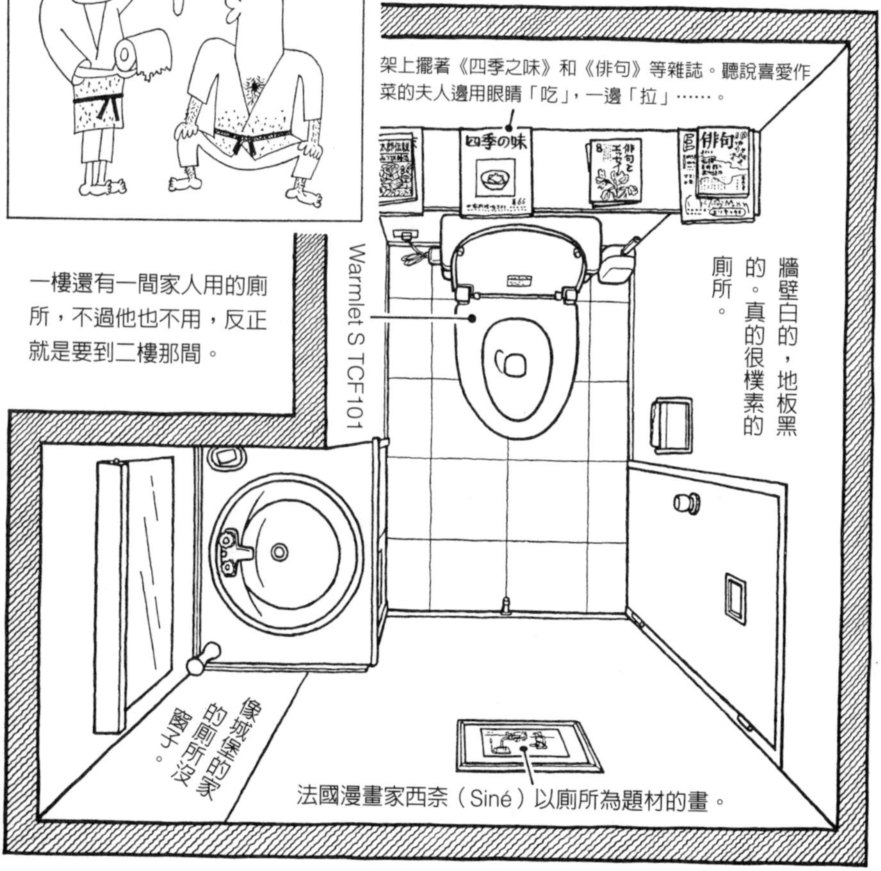
架上擺著《四季之味》和《俳句》等雜誌。聽說喜愛作菜的夫人邊用眼睛「吃」，一邊「拉」……。
四季の味
俳句
Warmlet S TCF101
牆壁白的，地板黑的。真的很樸素的廁所。
一樓還有一間家人用的廁所，不過他也不用，反正就是要到二樓那間。
像城堡的家的廁所沒窗子。
法國漫畫家西奈（Siné）以廁所為題材的畫。

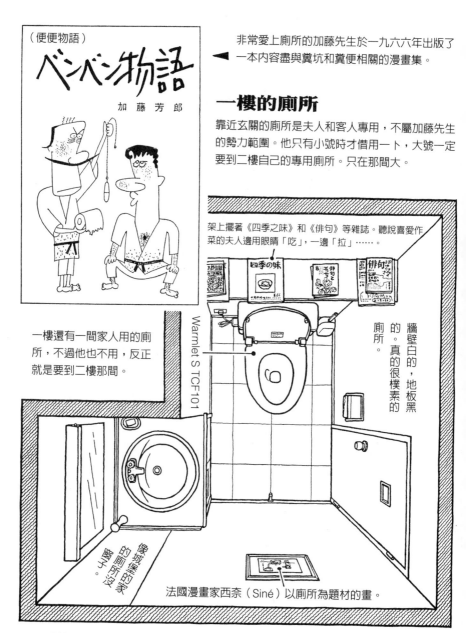

「在路上看到好粗的一條狗屎，不禁就自言自語起來：『真羨慕那條狗啊！能拉出這種大便。』」

諸如此類的。對加藤先生而言，排便似乎是生活的重心。

「是啊！因為大便已成為一天的晴雨表，馬虎不得。早餐後就去廁所，從《朝日新聞》《產經新聞》《世界日報》《Sports報知》《Sponichi》，五份報紙一路讀下來，邊等時機成熟。話雖如此，就算已經達成目標，還是會坐著把報紙看完。我很喜歡廁所這地方呢。」

聽說連茶都端進去擺紙箱上慢慢喝，看來他在廁所裡的確很放鬆。至於其他報紙是：

「早餐時看《每日新聞》。其他時間看《讀賣新聞》《日本經濟新聞》《日刊Sports》。《東京新聞》則帶到工作室看，總共十份報紙。」

加藤先生在《每日新聞》晚報連載的〈真平君〉竟然快接近一萬五百回了。所以，每天看十份報應該是為了要拉出「好糞」的食物吧！

「的確如此。不過，看報時並非以找漫畫題材的心情在讀。我認為應該要好好消化，接著不費勁地自然出來，那樣最好。不只工作，每天排便也應如此，不要留宿便。最近捲起美食熱潮，聽說有些人居然『便秘了四天……』。這到底在幹嘛？那種人光注意『進』而已。我要說，先想想該怎麼好好地拉，再考慮吃的問題吧！像這種因美食而便秘兩三天的傢伙，我絕不給好臉色看！」

加藤先生在昭和五十三年（一九七八）到翌年的十個月間，動了大腸、膽囊、盲腸三處手術，所以比一般人更關切健康問題。

「糞便是確認健康與否的線索之一。我每次看到自己的糞便都心存感激。現在之所以還能繼續工作，也是託上次大病之福。怎麼說呢？明明因病休息了好久，沒想到回來一看，《每日新聞》《朝日新聞》ＮＨＫ和日本電視台都還保留著我的位置。真高興啊。聽到病癒復出的關取——琴風說：『比起勝負與否，能夠繼續相撲才是最快樂的事』，真的很有同感。和他心境相同呢。手術前我有一大堆不滿，什麼稿費太少、不能去旅行等等的；要不是生了病，我可能會因為職業倦怠而不再畫了。」

加藤先生說，「我的人生、我的工作、我的酒量都因生病而改變了」。

「您戒酒了嗎？」

「現在大概只喝個兩合（註）。酒的味道實在太美妙了！生病前我只想著今天要喝個痛快，往往不知節制；生病後我會想，為了明天那兩合的美酒，今天喝個兩合就好了。」

聽說不僅是酒，連連載漫畫〈真平君〉也是每天畫每天的份量，很規律地進行，絕不會一次畫三回的稿量。畫漫畫的時間約從晚上六點開始，如果晚間外出，就很有覺悟地把生理時鐘調到清晨……。跟畫家的畫室一樣，加藤先生工作室的窗子也朝北，所以光線總是一致的。

「若不如此，天氣會讓我心神不定，無法工作。」

而且都裝上了堅固的瑞士製電動百葉窗，可以無聲地開關。因此，若在白天一關上，夜晚就來臨了。

他在報上有連載，一天只畫一回的份量，也無法出國旅行，不覺得很不自由嗎？事實卻不然。加藤先生說，就算有人邀他去旅行也會婉拒。

「如果不知道廁所在哪裡，我就很不安。就算在國內旅行，一到旅館我馬上找廁所。若不知道自己要用的是哪間就會心神不定。

鄰接工作室的廚房改成洗臉間。對加藤先生而言，洗臉間是個重要的地方。
洗臉間有窗子，廁所卻沒有。
專門擦拭筆尖墨汁用的毛巾，黑麻麻的。
淋浴間
廁所的門

加藤先生專用的二樓廁所

加藤先生畫漫畫時總要洗好幾次手。「削鉛筆後要洗手、想到點子時要洗手……。總之動不動就洗手。繪圖紙若沾上手掌分泌的油脂，墨水線就不容易畫上不去，很討厭。到報社去的時候雖然不用畫，但要到有點遠的洗手台去還是挺麻煩的。」我完全同意。我也是繪圖前就好像外科醫生要進手術房般，非得將手洗個徹底不可。

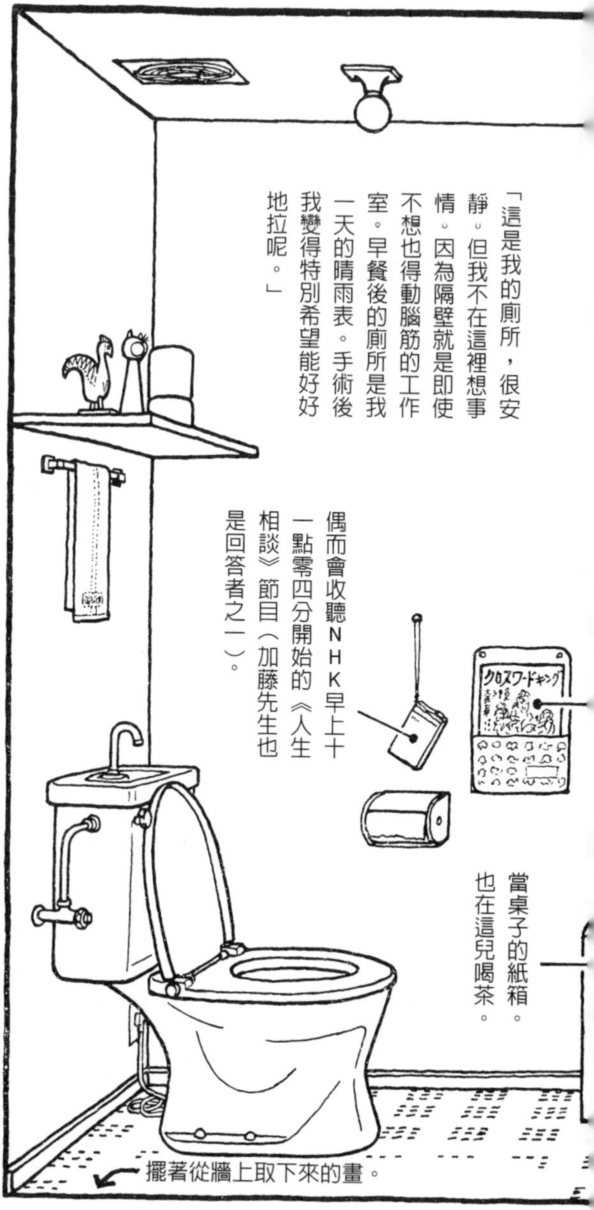
「這是我的廁所，很安靜。但我不在這裡想事情。因為隔壁就是即使不想也得動腦筋的工作室。早餐後的廁所是我一天的晴雨表。手術後我變得特別希望能好好地拉呢。」
偶而會收聽ＮＨＫ早上十一點零四分開始的《人生相談》節目（加藤先生也是回答者之一）。
クロスワードキング
當桌子的紙箱。也在這兒喝茶。
擺著從牆上取下來的畫。

我從小就這樣。小學四年級時，有次在學校很想大便，可是在學校絕對拉不出來，只好跑回家。回學校時唱遊課已經開始了，可是我實在講不出『回家大便……』，只好說『回家換襯衫』，惹得老師大發雷霆。」

加藤先生不只對廁所很神經質，對食物也是。聽說有次去美國，因為吃不到日本料理餓得兩眼凹陷。

「因為我的吃跟拉沒辦法國際化，所以對海外旅行總是敬謝不敏。」由此可以知道為什麼〈真平君〉被稱為典型日本人的代表，頗得一般民眾的認同。

「我常作為廁所所苦的夢。譬如一直找一直找，好不容易爬到樓梯頂端找到了，卻不是爆滿就是鎖起來了。等到進去一看，發現是老式糞坑，而且衛生紙滿滿滿的，不用力壓就無法辦事。老是做這種很辛苦的夢。」

「您怎麼消除壓力呢？」

「燒垃圾。」

聽說每個月用焚化爐燒兩次垃圾，獨自一人啥都不想地把東西燒掉。那座焚化爐看起來很棒，很像旅館地下室那種專業型的。還有個房間專門存放燃燒用的紙和箱子。

「看到赤紅的火焰飛舞，比打高爾夫還快樂。如果沒有這種焚火的快感，壓力就無法消除，真拿自己沒辦法！」

加藤先生另一種維持精神衛生的方法是膜拜佛像。佛像擺在寢室內，竟然是奈良興福寺的阿修羅像和東大寺的執金剛神像。二座都是國寶。

「當然是複製品。私人怎麼可能收藏國寶級佛像嘛。不過我覺得複製品也很好。每天早晨我都會供上清水、請神明保佑我『今天也能畫出好漫畫，好好拉大便』。」

真是全版的《便便物語》啊！

註：容量單位，兩合約零點三六公升。

38 作家山口瞳篇

「什麼『化妝室』的，聽了就討厭。」

山口瞳先生一開始就這麼說，讓我慌了手腳。

「現在一般都說『洗手間』（お手洗い），我們小時候則說『御不淨』。不過現在這樣講人家可是聽不懂。有次我尿急問酒吧裡年輕的陪酒小姐，『御不淨在哪裡？』『啊？』連飯店裡的男服務生也聽不懂。」

據說山口先生是聽了對語言要求很嚴格的小說家——丸谷才一先生的一席話，才開始用「洗手間」一詞。

「不過，我其實也不喜歡『洗手間』這種說法。從前東京女學館或聖心女子大學的學生都說『洗手間』。那哪是洗手的地方，明明就是拉屎放尿的地方嘛，幹嘛裝模作樣？從中學時候就這麼覺得。一想到現在連自己也這麼用，感覺更討厭了。」

「那麼，您感覺最習慣的說法是？」

「還是『廁』（kawaya）呢。可是『廁』的用法比『御不淨』還不普遍。難道沒有恰到好處的稱法嗎？真是遺憾啊……。現在不管是多優秀的國語學者也都是說『借一下toilet』。每次聽到都一肚子火。」

他好像很討厭把字詞截取一半的便宜行事主義。我好幾次講到「化妝……」，察覺「啊，危險」，就又把話給吞回去。每當我一躊躇，山口先生就哈哈大笑。

我以前讀《週刊新潮》上連載的隨筆〈男

性自身〉時，總覺得山口瞳這位作家應該有相當年紀了。後來知道他只大我四歲，很驚訝。那個隨筆專欄從二十六年前持續至今，開始執筆時山口先生才三十七歲。

「人家常這麼說。打年輕時我就喜歡用帶著古意的文體……。不是有個形容『到了四五十歲還是個流鼻涕的小鬼』，被人那樣說很討厭呢。我多少有點想反制那句話，才變成這樣。」

參觀完廁所後，山口先生拿出一件很出色的圓形瓷器，據說是特別請陶藝家好友燒製的。

「這是尿壺。我想遲早用得上。」

除了糖尿病外，山口先生還患有攝護腺肥大所引起的頻尿症，因此看到這種半帶著玩笑意味的周到設想，不由得笑出來。

「每小時或三十分鐘上一次洗手間是稀鬆平常的事。嚴重的時候十五分就去一次。其實我從年輕時候就有頻尿症，常去洗手間。不只小便，也因為酒喝太多常拉肚子，而且還有痔瘡。」

聽說他為餬口而開始寫雜文是二十七歲時的事。那時曾報導過東京都內山手線各站的所有廁所。

「因為我不時得上，所以很關心哪個車站哪裡有洗手間。當時大部分洗手間都很髒。意外的是，在目白或目黑區靠近女校或洋裁學校的車站洗手間最髒。那時我還年輕，曾為女性憤憤不平。」

當時的廁所不供應衛生紙。有一次山口先生衝進廁所卻無紙可用，只得把內褲脫下來擦屁股，雖然覺得很可惜，也只好扔掉。

「所以當洗手間開始擺衛生紙時，我還因為覺得時代進步了而很感動！」

講的雖是廁所，山口先生依舊給人一種恬淡、耿直而誠實的印象。

山口瞳先生家二樓的「洗手間」

討厭「化妝室」稱呼法的山口家都說「洗手間」。我好幾次都說溜嘴，很尷尬。

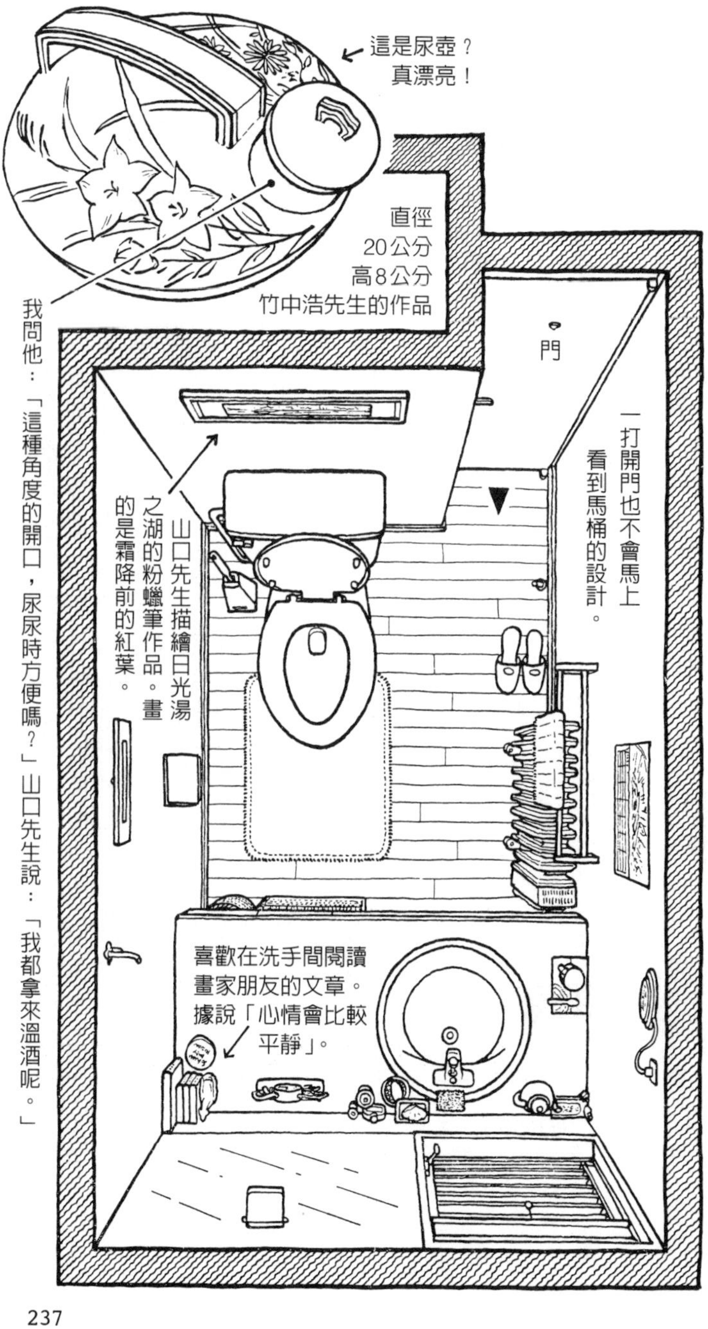
這是尿壺？
真漂亮！
直徑
20公分
高8公分
竹中浩先生的作品
我問他：「這種角度的開口，尿尿時方便嗎？」山口先生說：「我都拿來溫酒呢。」
門
一打開門也不會馬上看到馬桶的設計。
山口先生描繪日光湯之湖的粉蠟筆作品。畫的是霜降前的紅葉。
喜歡在洗手間閱讀畫家朋友的文章。據說「心情會比較平靜」。

位於半地下室的浴室

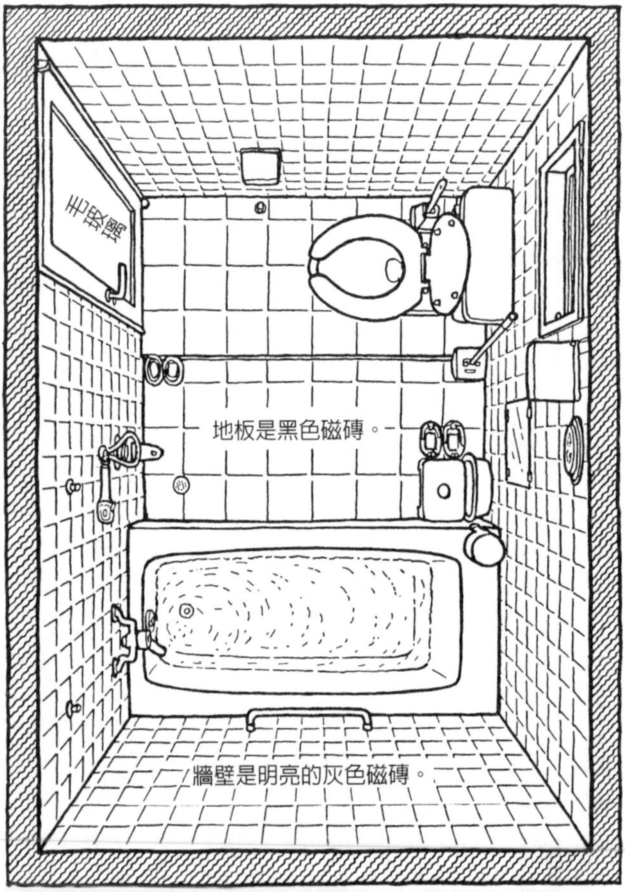

山口先生說：「上面的洗手間是我專用，浴室那間好像變成内人專用。」這間浴室因為靠近廚房，治子夫人比較常使用。

「因為我父母待人處世馬馬虎虎，反而讓我引以為鑑，不得不養成認真的個性。父親時不時就宣告破產，每搬一次家廁所就變小，看在小孩子眼裡可是提心吊膽……。」曾經在山口先生的小說中登場的母親是位豪爽、不拘小節而開朗的人。

「我老媽是個開朗到亂無章法的人呢。有錢就花，没錢也無所謂。這點說來也挺有趣的。有次老媽嚷著說『咱們現在就到銀座去吃飯吧！』孩子們衣服鞋襪都穿戴妥當，她才發現根本没錢，只好緊急煞車。所以她有個『朝令夕改』的渾名。因為我身上也流著同樣的血，盡情狂歡後會變怎麼樣？我覺得會很恐怖呢。雖然其實我蠻膽小的。就算賭馬一天最多也只賭三萬圓，絕不超過。我是一個認真老實的賭徒。」

這種認真老實也表現在工作上。幾年前曾公佈「除了連載中的以外，不再接新稿了」的「還曆隱居宣言」（註）。

「我以前是個夜貓子，不管三十張五十張稿紙都能一晚上寫好。報紙小說通常是三張稿紙的字數，有些人像每天刷牙一般就只寫三張，我没辦法。一拿起筆來不寫個七天十天份就不痛快。中途停下來腦子裡靜不下來也睡不著。年輕時喝著不摻水的威士忌通宵寫稿，但是快到六十歲的時候發現自己已經没辦法再熬夜了。原本五十歲就想休兵，因為還有欠款只得繼續。所以才有那個『還曆隱居宣言』。」

有人說山口先生有潔癖，也有人說他挺彆扭的。

「不覺得流行作家的生活都有些異常嗎？没時間睡覺，屋子裡也亂糟糟的，還讓太太以淚洗面。我覺得悠閒過日，和近鄰好友一起賞花賞月，邊玩邊小喝一杯，享受四季的更迭，這樣才過得像人。如果寫不出名堂來還要硬撐，那很討厭呢。」

翌日的週六是府中市東京競馬場的賽馬日。山口夫婦說要順道去買賽馬報紙，便送我送到國立市車站。

好久没這樣散步了。

註：日人稱六十歲為還曆。

作家野坂昭如篇

32

這是第二次拜訪野坂昭如先生的書齋。上次為了《工作大不同》畫了書齋的俯瞰圖，但沒有參觀廁所。這回直攻廁所。

「就在書房隔壁，拉開這扇門就是了。很單調的廁所喲。我沒辦法在裡面待太久，上完就出來了。」

的確是間簡單樸素、什麼都沒有的廁所，但馬桶卻是至少十年前的伊奈牌水洗式，真是少見。野坂先生在溫水洗淨式馬桶尚未普及的時代就已經安裝了。

「第一次接觸是在文春（文藝春秋出版社）的董事室廁所。我參加的英式橄欖球隊裡有位球員家裡經營水電行，就向他打聽是否有會從下方噴水的馬桶，結果他馬上拿了一個來免費安裝。」

「就這樣使用至今……？」

「不，沒用。太久沒用就壞掉了，有些髒東西會跟著熱水一起噴出來，很傷腦筋。想看看噴嘴到底怎麼回事，結果反而被噴得滿臉都是……。我對機械的東西很不在行，又想說沒有也無所謂嘛，所以就沒用了。」

比一般人早一步安裝，然後又不用，這都很像野坂先生的作風。

上次來訪的時候，有顆橄欖球在房裡滾來滾去，說是拿來當午睡枕用的。這次卻沒看到。

「已經丟了。貓在上頭撒尿，有尿臊味。那對治禿頭很有效呢。」

野坂先生說，有次貓尿沾到頭上，結果禿頭就沒再惡化了。

「那隻叫『老闆』的公貓在球上尿尿劃地盤，我不知道就睡上去了。走到家人房間，大家都說有股奇怪味道，後來才發現是我的頭。我已經聞慣了，根本沒發覺。不過從那時開始，禿頭的範圍就沒再擴大，想想也只能說是貓尿的功效囉！」

這麼說就想到，中世紀歐洲曾有人一本正經地將尿液當眼藥水或藥物飲用，至今仍可見到這類的文獻與繪畫。

「日本也是，戰國時代起即有小便具療效的說法。姬路藩有密傳的『飲尿療法』。甲府也有。過了一段時間小便會變臭，但剛尿出來的時候是無菌狀態，並不髒。首先對中風有療效。對高尿酸血症、肝臟、腎臟、胰臟、高血壓也有效。可是呢，因為是尿這種東西，所以也不能大聲宣傳。如果現代醫學的醫生提倡尿療，一定會被當成異類。尿療比較接近中醫，我想，如果與現代醫學結合，應該有相加相乘的功效吧。」

「野坂先生在喝嗎？」

「不，我沒喝。因為，『野坂先生氣色很好哦！』『最近在喝尿的關係啦。』這種回答我還真是沒辦法說出口呢。」

「我倒想試試看呢。」

「不是一喝就有效，至少得喝個半年。剛尿出來溫溫的不容易喝，冷藏過較順口。最好不要用白酒的酒瓶，免得別人認錯了拿去喝掉。在不為人知的情況下憑一己的意志力飲用一般人覺得髒的東西，這應該蠻能刺激自然治癒力吧！」

「要是我，我喝的話絕對憋不住，一定會說出去。」

可是野坂先生說絕對不能告訴別人。

廁所的窗邊擺著一個塑膠計量筒，看著好

像和尿有關。

「那是『二十四小時尿比例採集器』。因為我有高尿酸血症……。」

「高尿酸血症」的情況我不太清楚，據說尿酸高的人每年痛風會發作一兩次。野坂先生去年五月也曾發作，疼痛難忍。

「尿酸是經過腎臟處理後隨著小便排出的廢棄物，尿酸溶於血液中，尿酸值就變高。這是痛風發作前的危險信號。為了預知就得用『二十四小時尿比例採集器』，每次的尿液都要採集五十分之一，再算出一日總量，然後用驗尿ＰＨ值試紙檢驗，紀錄的結果再交給醫生診斷。不過現在有控制尿酸值的藥，就可以安心多了。」

野坂先生現在不必測量了，「這些全送給河童先生吧！」什麼都愛試一下的我當然是高興地收下了。

野坂先生會對小便瞭若指掌，其來有自。

以前讀過野坂先生有關痔瘡的作品。「廁所與痔瘡」有密不可分的關係，野坂先生對痔瘡應該也是知之甚詳。

「作家會寫痔瘡，表示他已經想不出其他題材了。和腦溢血、心臟病不同，把痔瘡寫得越深刻就越滑稽，大家就越覺得有趣。但是不能常寫。」

「已經治好了嗎？」

「不，現在還是好朋友。我從十七八歲就會脫肛。脫肛太嚴重就變『裂痔』。因為裂痔會噴血，以前又叫『跑痣』。經常性脫肛會有凸起的肉跑出來，那叫『外痔』。我的不痛不癢，只是脫肛而已，還不到得手術切除的程度。如果跑出來，把它塞回去就好了。」

「可是，內褲不會弄髒嗎？」

「這就是我會更用心活下去的動力源頭。首先要十分小心，免得遇上交通事故。過馬

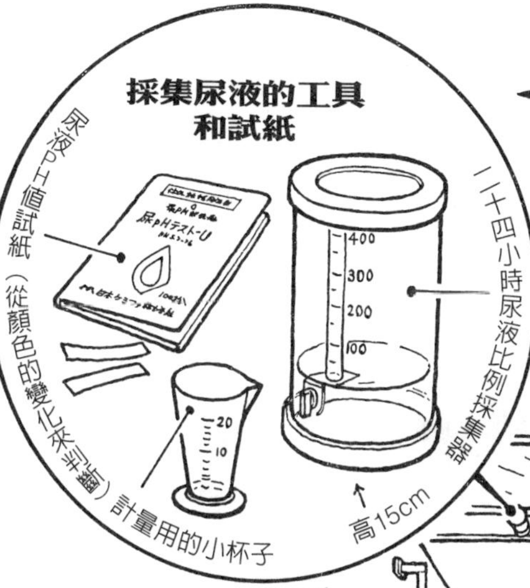
採集尿液的工具
和試紙
尿液pH值試紙（從顏色的變化來判斷）
計量用的小杯子
高15cm
二十四小時尿液比例採集器

看到我對架上的器具很感興趣，野坂先生就說：「全送給河童先生吧！」我很高興地帶回家，但因尿臊味滲進去了，花了幾天時間來除臭。檢查的結果我一切正常。真是可喜可賀。

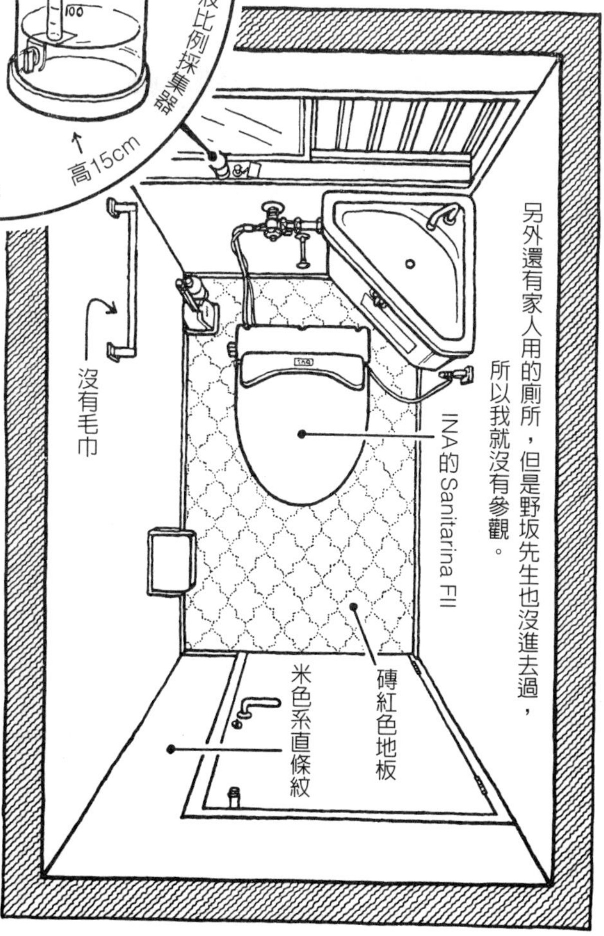
另外還有家人用的廁所，但是野坂先生也沒進去過，
所以我就沒有參觀。
INA的Sanitarina FII
沒有毛巾
磚紅色地板
米色系直條紋

野坂先生專用的廁所

「我是那種吃得快拉得快的人，從以前就這樣，一直沒變。就像那種會喝牛奶的洋娃娃，喝了馬上就流出來。」一上完大號馬上出廁所。對野坂先生來說，廁所只是機能性的場所，不是那種可以在裡頭久坐的房間。

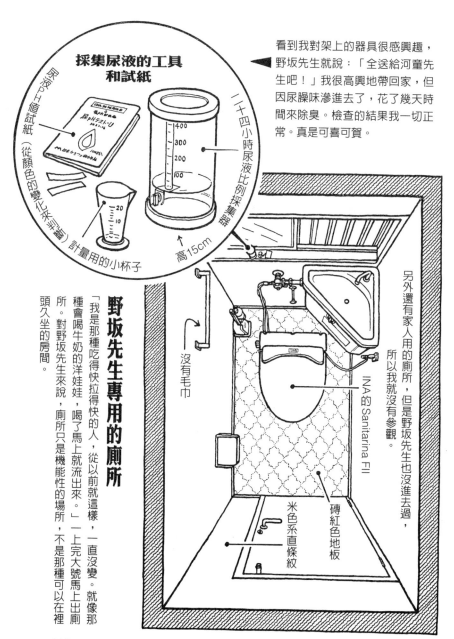

現在有五隻貓在野坂先生的書房和庭院裡走動。
「曾經有一段時間和二十六隻貓一起生活，
簡直像牧場主人一樣。」
庫拉塔
Neige＝雪
公貓
野坂先生家的喜馬拉雅貓
「雖然是隻公貓，但卻取了個女性化的
名字，但也就一直叫到現在了。」

路時，綠燈亮起以後，一定等大家都已經開始走了，我才跟在後面通過。在月台上候車決不排在最前面。因為如果哪天遇到什麼意外，救護人員在急救時看到說，『這傢伙的內褲好髒哦！』那很討厭呢。我想應該不會被剝光光，但內褲可還是個心腹大患。我偶爾會偷腥喔。在那種時候也是，總要把內褲好好藏著，免得對方看到。前一陣子被地震嚇醒，回過神時發現手上抓的是眼鏡和內褲。我從小學四年級就開始戴眼鏡，沒有眼鏡活不下去。所以再怎麼醉爛如泥，不論發生什麼狀況，我一定是右手拿眼鏡、左手抓內褲。」

野坂先生說了好幾次：「我能有今日，都是拜痔瘡所賜」……。

這句話也實在像是作家野坂昭如會說的啊。

作家佐藤愛子篇

40

「到現在您還是討厭搭飛機嗎？」和佐藤愛子女士碰面時我問她。

「還是不行呢。那廁所實在是……。」

不喜歡搭飛機的人蠻多的，但因為討厭飛機廁所而不搭的人就相當少見。無論如何非搭不可，也只限於不需使用廁所的短程國內航線。聽說她在搭乘其他交通工具時也不曾使用過廁所。反正就是只上自家廁所就對了。

追究起來，原因出自小學一年級的時候。學校廁所的門故障，被關在裡面出不來。而這份恐懼感一直殘留在心中，不曾消失。

「經過六十年的忍耐訓練，我的膀胱變大了，可以六個鐘頭不上廁所哦。」

於是去參觀了「佐藤家的廁所」。到底有什麼特別的設計可以讓她安心呢？原來是，

「上廁所時不關門。」

這在外頭廁所可就沒辦法了。可以理解。

「加上我討厭眼前不開闊的場所。光是想像被關在狹窄的飛機廁所裡，心臟就噗通噗通跳得簡直要破掉似的。」

這樣的佐藤女士竟然曾經和女兒一起到歐洲旅行。

「當然我說不想去，結果還引起了一陣騷動呢。但是女兒說服我說，有不用在飛機上上廁所的辦法……。」

到底是什麼方法呢？結果是曼谷、德里、開羅、雅典、羅馬，每個轉機點都停宿，行

程簡直像東海道五十三次行旅（註），就這樣輾轉飛抵歐洲。

到曼谷的飛行時間五個半小時，以佐藤女士的膀胱容量來說應該沒問題，沒想到竟然在即將起飛時有了尿意。

「雖然坐的是頭等艙，但廁所就在旁邊，尿臊味很濃。很生氣呢。沒辦法，想說只好讓女兒擋在廁所前面，留一道小縫門不要關死，但是女兒說，『門不關好鎖上，燈就不會亮。』結果門一關我就發暈了。」

雖然對佐藤女士不好意思，但我還是忍不住捧腹大笑。不僅這樣，還有後續發展。

「我嚇得邊上邊發抖，完事後頭暈眼花連字都看不清楚。有塊牌子寫著『用完的紙請勿沖入馬桶，請丟置此處。』有個箭指向右邊。可是沒看到有可以丟垃圾的地方啊。連個洞都沒看到。只知道它要我『用過的紙勿沖入馬桶』，可是『用過的紙』是什麼？我是那種有點死腦筋的人，都已經頭昏腦脹了還繼續努力思考。如果丟進馬桶，萬一堵住造成穢物逆流，八成會從門縫流到走道。我又是那種陷入困境就全都豁出去的人，二話不說，馬上把『用過的紙』用衛生紙包成一團。但如果把這個帶出去，別人看到會嚇一跳吧，這也很傷腦筋。結果我又豁出去了。捲起上衣把那一團塞在內褲和裙子中間，一臉若無其事地回座。」

佐藤女士後來才知道「用過的紙」指的是擦手紙。

「那種標示法實在讓人看不懂！」

就這樣變成了「生氣的佐藤愛子女士」。雖然對不起佐藤女士，但真的是她愈發火就越好笑。

再聽得多些，就發現佐藤女士「怕門打不開」的情形好像比社會上一般所說的「閉鎖恐懼症」還要嚴重。

佐藤女士專用的二樓廁所（好像和式旅館的廁所）

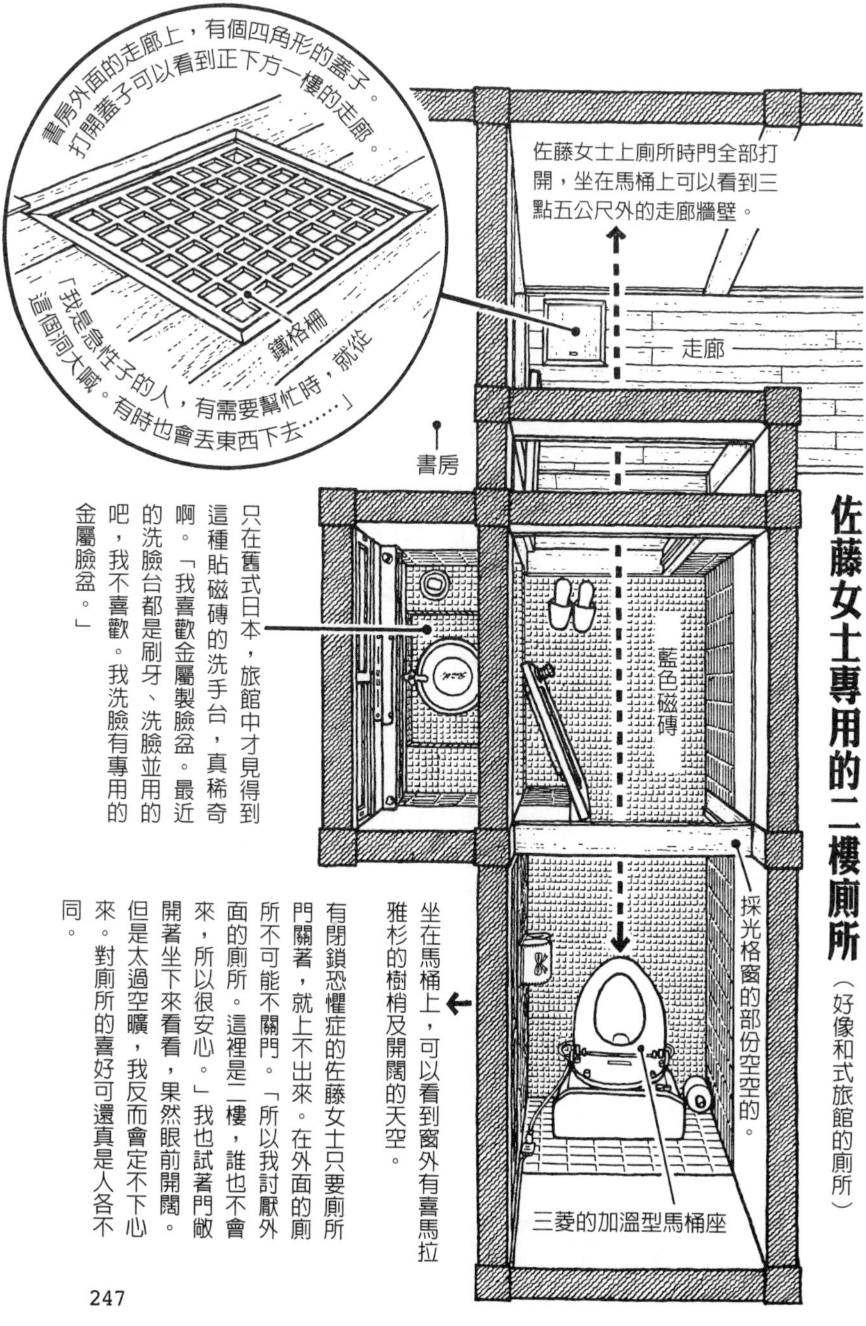
書房外面的走廊上，有個四角形的蓋子。打開蓋子可以看到正下方一樓的走廊。
鐵格柵
「我是急性子的人，有需要幫忙時，就從這個洞大喊。有時也會丟東西下去……」
佐藤女士上廁所時門全部打開，坐在馬桶上可以看到三點五公尺外的走廊牆壁。
走廊
書房
藍色磁磚
採光格窗的部份空空的。
三菱的加溫型馬桶座

只在舊式日本，旅館中才見得到這種貼磁磚的洗手台，真稀奇啊。「我喜歡金屬製臉盆。最近的洗臉台都是刷牙、洗臉並用的吧，我不喜歡。我洗臉有專用的金屬臉盆。」

坐在馬桶上，可以看到窗外有喜馬拉雅杉的樹梢及開闊的天空。

有閉鎖恐懼症的佐藤女士只要廁所門關著，就上不出來。在外面的廁所不可能不關門。「所以我討厭外面的廁所。這裡是二樓，誰也不會來，所以很安心。」我也試著門敞開著坐下來看看，果然眼前開闊。但是太過空曠，我反而會定不下心來。對廁所的喜好可還真是人各不同。

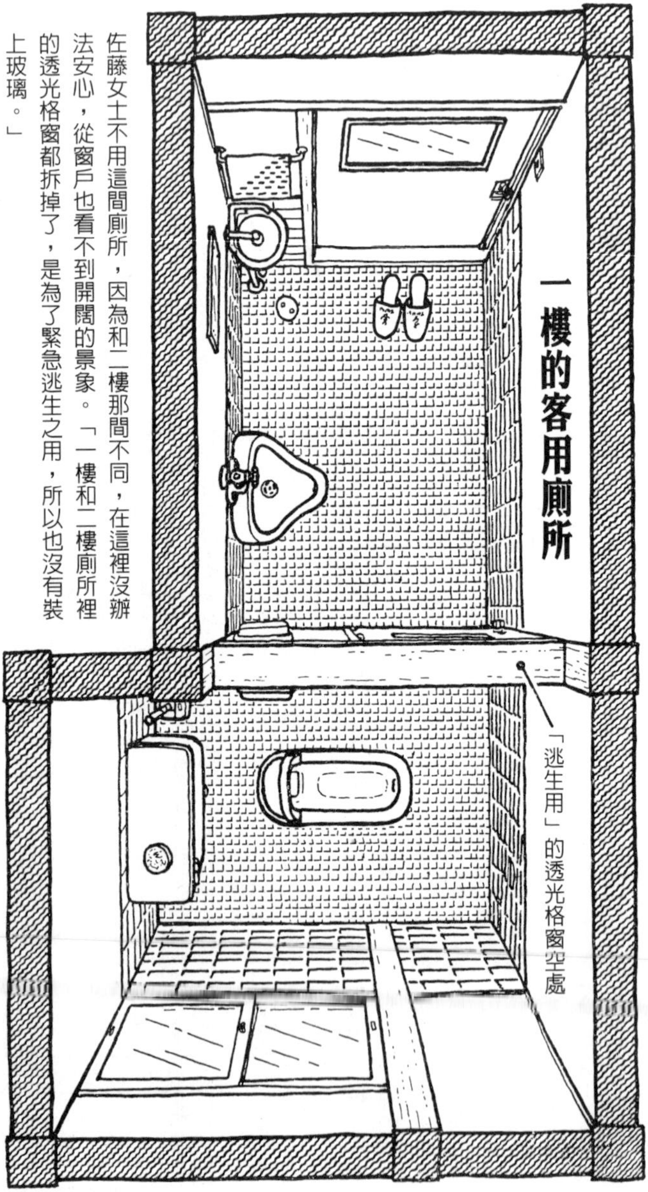

佐藤女士不用這間廁所，因為和二樓那間不同，在這裡沒辦法安心，從窗戶也看不到開闊的景象。「一樓和二樓廁所裡的透光格窗都拆掉了，是為了緊急逃生之用，所以也沒有裝上玻璃。」

「現在已經不要緊了，但三十年前我連搭電車或巴士都怕。敢坐的只有計程車。計程車的話，一喊『停車！』隨時都能停下來，還可以開門下車，但電車或巴士不到站就不行吧。」

讓她得以擺脫這嚴重症狀的契機是，當時

的老公破產負債，她為了償還不得不努力工作。當時有個工作非得飛到九州採訪，為了錢，她以必死的決心搭機去九州。

「我覺得有些緊張感也不錯呢。最近，只要一說到緊張，就跟壓力聯想到一塊兒。常有人問我『壓力消除法』，其實我可不懂什麼是壓力哦。可能是因為我有話就直說吧。不喜歡的事就照實說不喜歡。很任性吧！可是，想大聲怒罵卻忍著不發作，那不是對身體不好嗎？」

「那您暴怒時，周遭的人可就……。」

佐藤女士笑著說：

「他們可能會因為我而累積了不少壓力呢！」

她在寫作或閒談中，常會出現「鼻先」（按：鼻尖、眼前之意）這個詞，我覺得蠻有趣的。問她原因，她做了這樣的說明。

「眼前開闊對我來說是生活中最重要的事。住飯店時，比裝潢擺設還要重要的是睡覺時眼前一定要開闊，也就是天花板要高。我每年夏天都去的北海道別墅沒什麼特別，但在那邊可以邊煮飯邊看海、天空開闊，我很喜歡。雖然那邊風勢強勁沒辦法種樹，但風景不會讓人有『碰壁』的感覺，所以很喜歡。簡單說，如果眼前不開闊我就會發暈。為了要確保，於是……。」

其實，佐藤女士劈哩啪啦把想講的話全說出來，或許也只是為了確保「眼前開闊」。她那充滿威力的怒氣、與廁所有關的故事應該都與「確保眼前開闊」有關吧。

註：東海道是古日本八道之一，從今日東京通往京都。五十三次指的是從東京日本橋到京都三條大橋之間的五十三個驛站。

諷刺畫家山藤章二篇

41

在寫《工作大不同》系列時，曾想採訪山藤章二先生，被拒絕了。廁所是比工作室更私密的場所，打電話時暗忖這次應該也會回絕吧，沒想到居然ＯＫ。

「工作室不行，為什麼廁所ＯＫ呢？」

與山藤先生見面時首先就問他這件事。

「其實不是歡迎人家來參觀廁所哦。可是比起工作室那就好太多了。如果讓河童先生窺看工作室，那種感覺不只是內褲裡頭全曝光，甚至連內臟都攤開來了，那種被人家一覽無遺全都畫的感覺很恐怖呢。」

我的「窺看」不像山藤先生的作品總帶著一絲諷刺或惡毒之意，被說成恐怖倒有點意外。不過聽他說明之後，懂了。

「廁所是功能性的場所，和精神層面完全無涉，但工作室會暴露出自己的生理作息，所以囉。『原來是這樣子哦』，被人家以這種心情窺看工作室，那真的受不了。譬如碰巧有松任谷由實的錄音帶，人家便不免想：『哦，原來聽這個啊』。工作桌上的書，隨手寫著待辦事項、點子、塗鴉的小紙條，自己也不知該如何整理的小東西等，這些都和精神面有關。如果收拾就緒才請你來參觀，那又很無趣。既然是窺看，不保持原貌就沒意思了。而且，那個連載有不少同業在看，那就更沒勇氣揭露原貌了……。所以工作室那次才說了抱歉。」

山藤先生的工作室據說連夫人米子女士也

不得與聞。在起居室角落，以一點四公尺高的隔板圍起約一坪半的空間，完全看不見裡面的工作桌。

訪問田邊聖子、吉行淳之介、松村友視的時候也聽到了同樣的說法。「書房或許會拒絕，但是廁所則有趣多了。」

經過山藤先生的說明，不太會體察人家心情的我終於了解了他們的感受。

這些聊到一半，山藤先生突然說：

「河童先生，這個廁所系列雖是以『廁所』為題，但說得誇張點，其實是希望觸及這個人所擁有的思考方式、價值觀等東西吧？人家讓你參觀工作室和廁所時，談的方法應該不太一樣？在工作室的時候，恐怕是形而上的談法，而廁所則是形而下的談法。也就是說，希望能有種說出真實心聲的樂趣吧？」

聽到山藤先生這一番分析非常震驚。完全被他看穿了。而且，他居然還答應了。他說，雖然自己的廁所是私密空間，但這個話題倒不是什麼私密之事。這種明快作風讓害羞的山藤先生敞開了廁所之門。我想他多少還是會有點不好意思吧……。

「我家最棒的房間就是廁所了。在以前的年代，我想大家差不多，家裡都只有一間廁所。一家五口吃完早餐，大家想去的地方都一樣。小孩上學和姊姊上班的時間撞一起，『快一點！咚咚咚！』那是貧窮在我心中的形象之一。搬進這間大廈時，『哇！廁所有兩間，好寬裕啊！』但或許窮酸本性作祟，曾想把一間當儲藏室。但一想到兩間廁所象徵了我所得到的最奢侈之物，就……。」

聽說山藤先生在大號時會把內褲和長褲全部脫下。

「腿大大地張開很舒服。在外面上廁所就無法這樣，所以若非萬不得已，絕不在外面上。而且我習慣用淨身盆洗屁股，不洗就渾

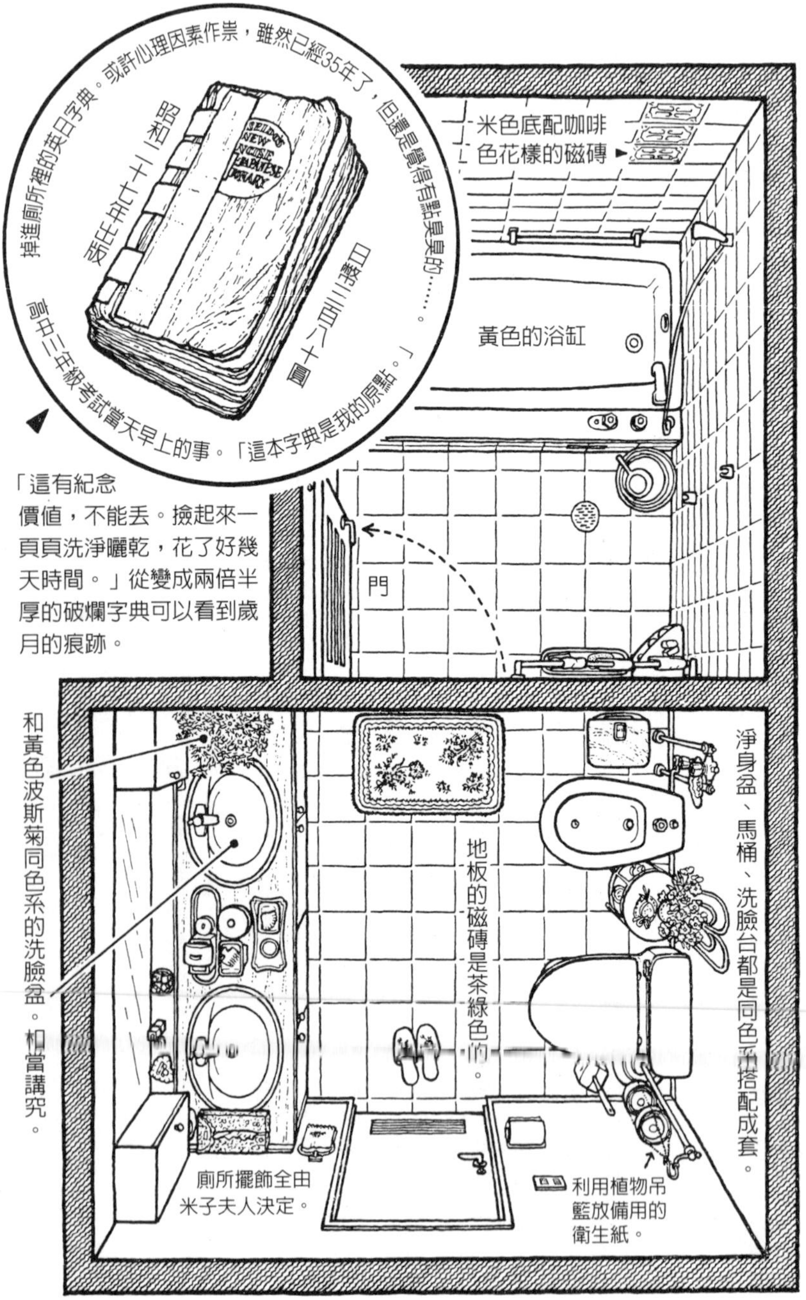
掉進廁所裡的英日字典。或許心理因素作祟，雖然已經35年了，但還是覺得有點臭臭的……。
昭和二十七年出版
日幣三百八十圓
高中三年級考試當天早上的事。「這本字典是我的原點。」
「這有紀念價值，不能丟。撿起來一頁頁洗淨曬乾，花了好幾天時間。」從變成兩倍半厚的破爛字典可以看到歲月的痕跡。
米色底配咖啡色花樣的磁磚
黃色的浴缸
門
和黃色波斯菊同色系的洗臉盆。相當講究。
地板的磁磚是茶綠色的。
淨身盆、馬桶、洗臉台都是同色系搭配成套。
廁所擺飾全由米子夫人決定。
利用植物吊籃放備用的衛生紙。

孩子專用的廁所

搬進這裡時，「哇！廁所有兩間，好寬裕啊！」山藤先生口中的廁所之一就是這間。一直都是孩子在用，直到女兒結婚、兒子因工作住到厚木的單身宿舍。現在只有他們週末回來時才使用。

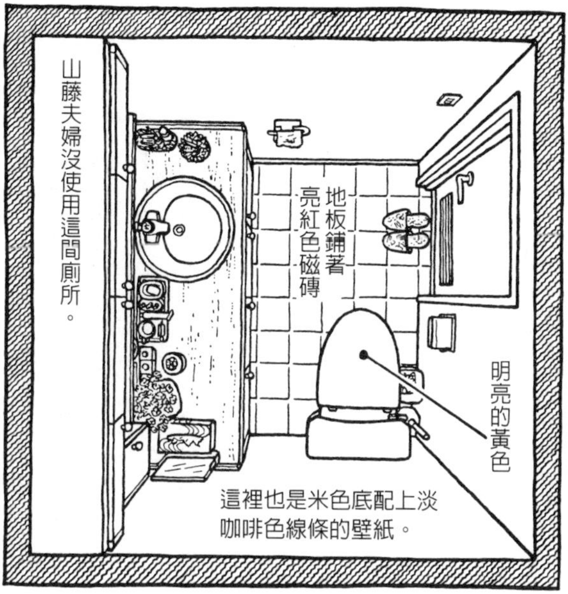
明亮的黃色
地板鋪著亮紅色磁磚
這裡也是米色底配上淡咖啡色線條的壁紙。
山藤夫婦沒使用這間廁所。

身不對勁……。最重要的是，進廁所前要確認『可以完全保有個人的時間和空間』。如果讓我知道外面有人在等的話就不行。我會因此變成『Nanben』，花上更多時間……。」

「軟便」？

「困難的難，『難便』。」

是聽人說過「難産」，可沒聽過「難便」。不過這種說法充分表現了窒礙難出的感覺，很有趣。

「山藤先生會瞧瞧拉出來的東西嗎？」

「會很仔細看。粗細、顏色都看。因為這是健康的指標。」

他在十四年前因壓力太大得了胃潰瘍，做了胃部切除手術。現在仍從事會累積壓力的工作，不是嗎……？

「就像膽固醇有分好壞，壓力也是。適度的壓力正是身為現代人的證明。我是把壓力配飯吃……。正經八百的人會覺得現代社會裡全是些令人生氣的事，可是，毛毛躁躁地大發脾氣後猛灌酒，或者大聲怒罵，或去卡拉ＯＫ狂唱，那些都沒必要。」

從旁傳來米子夫人的證言。

「他從不曾對家人怒罵或動手打人。不出任何怨言，真教人感動。或許他把一切都抒發到作品上了吧！」

我覺得好像偷窺到山藤先生的工作情況與原動力了。這麼說可能會被他討厭吧……。對不起。

時尚工作者茉黑夐篇

42

茉黑夐（Françoise Moréchand）女士不用「トイレ」（化妝室），而說「お手洗い」（洗手間）。「咦？怎會這樣？」不禁有點意外。

「我是三十年前到日本來的，那時誰也不說什麼『トイレ』。男人說『便所』，女人說『お手洗い』。現在，大多數的人都用從英語『toilet』縮略而來的外來語『トイレ』。為什麼大家不重視自己國家的語言呢？我喜愛日本，因此我也愛日本話。因為語言是文化很重要的一部份。」

她說：「當一個人開始懷疑自己的存在、信心日趨稀薄，也就是不想認同自己身分的時候，就會有愛用外語的傾向。」

上次山口瞳先生也說：「我最討厭『化妝室』這個詞了。」現在又來了一位。我真是愈來愈難開口說出「化妝室」了。

說到難開口，其實為了要不要請她在這個專欄登場，我也猶豫了好一陣子。因為美國人若邀請客人到家裡，任何角落都可以給人家看，但法國人的待客方式不是這樣。

「沒錯。通常是不給看的。這可能跟宗教思想頗有關係吧！」

果然如我所想。「排泄行為和與性相關的事不搬上檯面」的原則已深入生活。回想起來，不僅法國，天主教圈的歐洲諸國都是如此。

「但對這樣的要求，您為何說出了『請，歡迎』的答案呢？」

「如果在法國我一定會拒絕，可是這裡是日本。而且我想，透過洗手間來談談文化不也挺有趣嗎？」

聽完我就放心了。趕緊先參觀洗手間。從辦公室外的走廊穿過寢室，經過三道門才抵達最裡頭的浴室。

廁所浴室設在一起，這種設計常見，倒不稀奇；可是浴缸旁就是書架，裡頭還擺滿了花，簡直就和房間沒兩樣。

「對。這是能讓我獨處的房間。有時在這裡看書看得忘了時間，有時在這裡泡澡，也有時在這裡放聲大哭。」

又是個「咦？」跟茱黑夐女士的形象連不起來。

「大家都認為茱黑夐過著優雅的日子，對不對？其實我可是傷痕累累。由於文化不同，不容易被接受呢。並不是說日本有什麼不好哦。即使在自己喜愛的日本生活，還是會寂寞孤單。這時候，我會把寢室音響的音量開得大大的，把自己關在這裡。只要把三道門都關起來，告訴職員我在洗手間，這樣就連電話都可以不接了吧。」

她說最大的慰藉就是回憶小時候的事。

「我媽媽是美術老師，在我五歲到十五歲之間，她要我學芭蕾舞、巴哈和維瓦第的音樂、歐洲的美術和歷史等等，要求很嚴格。我祖母是波蘭人，是居禮夫人的朋友。居禮夫人是我的敵人哦。因為祖母一天到晚都對我說：『若不好好努力讀書，就無法像居禮夫人一樣』。在浴室裡擺書也跟我的自卑感有關。」

早就聽說她是位努力家，後來才知道她的勤奮遠超乎想像。但是，她可不是那種死腦筋的人，而是「有夢想的茱黑夐」。

「我並非只喜愛夢幻世界。以前我最想作的是舞台方面的工作。舞台美術設計或服裝

茉黑夐女士的私人衛浴設備

「希望有間更寬的房子，因為我想把咖啡壺和音響也搬進去。」

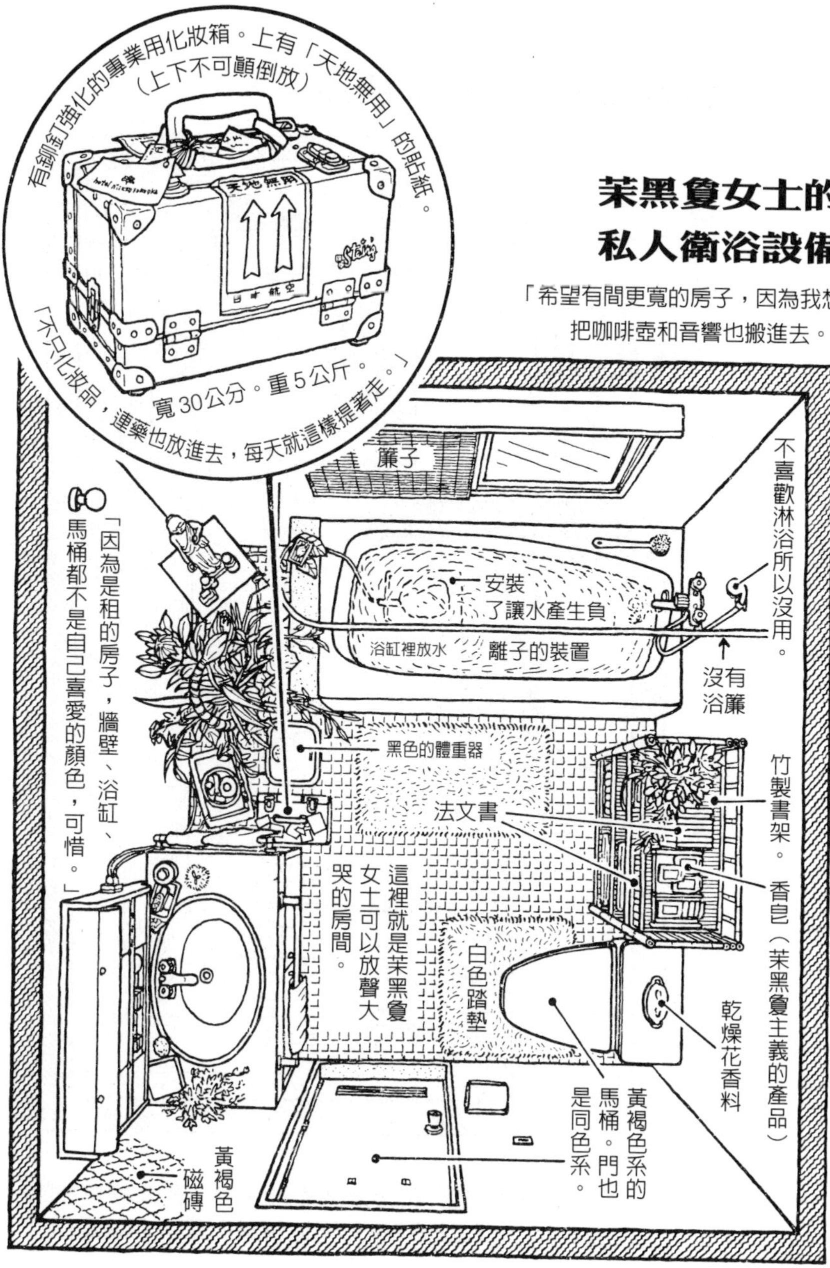

有鉚釘強化的專業用化妝箱。上有「天地無用」的貼紙。
（上下不可顛倒放）
天地無用
日本航空
寬30公分。重5公斤。
「不只化妝品，連藥也放進去，每天就這樣提著走。」
簾子
不喜歡淋浴所以沒用。
安裝了讓水產生負離子的裝置
浴缸裡放水
沒有浴簾
「因為是租的房子，牆壁、浴缸、馬桶都不是自己喜愛的顏色，可惜。」
黑色的體重器
竹製書架。
法文書
香皂（茉黑夐主義的產品）
這裡就是茉黑夐女士可以放聲大哭的房間。
白色踏墊
乾燥花香料
黃褐色系的馬桶。門也是同色系。
黃褐色磁磚

職員及客人使用的廁所

她邊開燈邊對我說：「這個洗手間毫無情趣吧。只有日光燈，感覺很冰冷。但是只要一打開這座檯燈，您看！馬上就很有氣氛了吧！我很喜歡檯燈。」

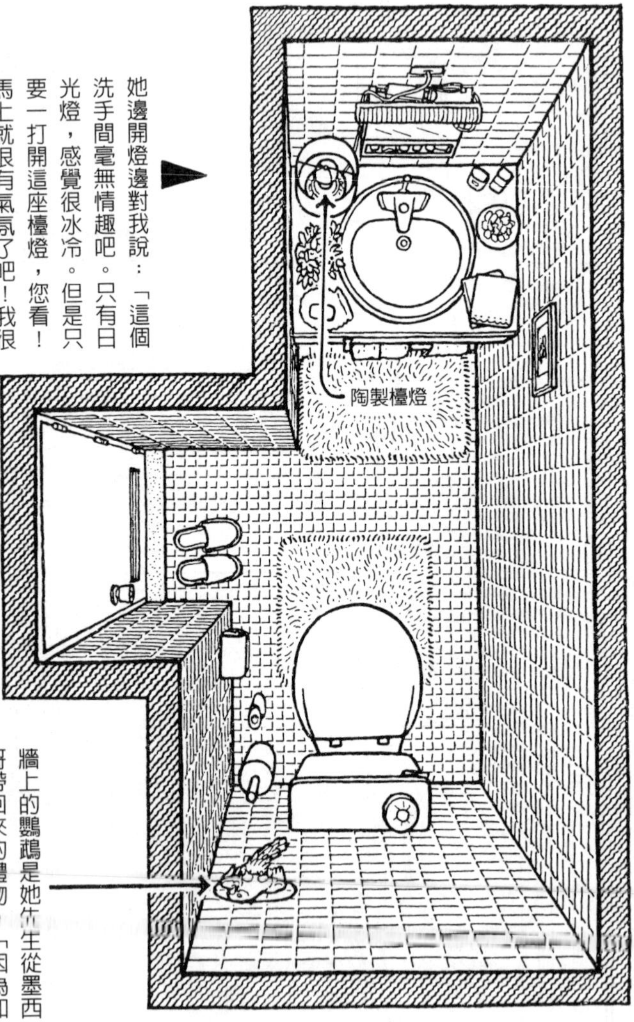

牆上的鸚鵡是她先生從墨西哥帶回來的禮物。「因為和其他家具很不搭調，所以就掛在這裡。」

米色的馬桶。牆壁和地板都貼著米色磁磚。檯燈則是像壺的陶製品。洗手台上擺著九種香水。還有白色毛巾與踏墊。

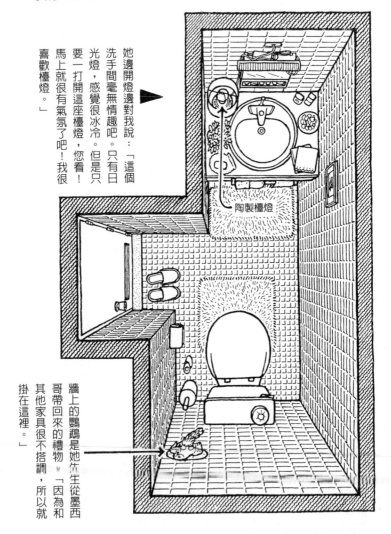

等……。有時候會忽然覺得，自己是否入錯行了？為了謀生的工作，得面對許多很實際的問題，所以在私生活裡只想留下較夢幻的部分。並不是有錢人才能理解這種想法。像我先生，他只要有一把牙刷就可以，又說住的話有四張半或六張榻榻米大的空間就夠了，什麼都不要才不會變成物質的奴隸。但是我喜歡一些可以讓自己作夢的小東西，因此必須有較大的空間。而為了有較大空間就得付較多房租，結果就變成為付房租而努力工作，真是惡性循環哪。」

我問她，最近為何較少看到她在電視上出現？

「有點煩。媒體好像覺得外國人批判日本很有趣。因此，常會有『希望茉黑齌小姐您一定要發言』『為何你自己不說呢？』『如果是我們說的話，一定被恨死』等等的說法。我覺得外國人好像被這社會當成玩具耍。我對這種現象心存抵抗，結果就變成不需要茉黑齌這個人了。」

現在她專注在所謂的「茉黑齌主義」的工作上。她認為，物品不只是為了與美感有關的流行而存在，必須要讓人能藉之傳遞「訊息」。她目前便在開發、介紹此類產品。她所推薦的產品中當然也包括「洗手間」用品。

「我人生中最重要的就是廚房和洗手間。所以隨時都要保持乾淨。」

但當我想像茉黑齌女士拼命打掃的專注模樣，忍不住就笑了出來。

題外篇

亞洲各國的廁所

不需護照就可環遊世界——這可不是偷渡，而是到愛知縣犬山市的「小小世界」走一趟。

「其他國家一般民眾的廁所是什麼樣呢？」曾有人如此問道。為回答這問題，我想在題外篇裡介紹「世界各國民家的廁所」。

「小小世界」這名字乍聽之下，很像適合兒童前往的遊樂園，其實是一座出色的户外民族博物館。本館裡有來自七十個國家、超過六千件的展品；佔地一百二十三萬平方公尺的廣大丘陵上散佈著二十七棟世界各地的古老民房，頗具規模。

「小小世界」的理念是「傳達人們生活的實況」，對此頗為認同的我已來過兩次了。雖然這間博物館如此有趣又吸引人，但這回只專心看廁所。

我原本想介紹「世界各國往昔的廁所」，結果只集中在亞洲。原因是歐洲古代民房沒有一個獨立房間叫「廁所」的。

「小小世界」裡的「法國亞爾薩斯之家」也沒有廁所。聽說拆遷至此前是有廁所，但為了復原成百年前的住家——那是用糞桶的時代——就把它拆掉了。這裡也注重重現「時代」。

亞洲地區自古民房就有廁所，這段歷史相當有趣。我以這個角度切入，畫了不少素描、拍了很多照片，只可惜版面有限，無法全部刊載……。

首先從最簡樸的户外廁所開始介紹：泰國平地民族的廁所。

「朗納．泰族之家」的後院有個竹篾編圍成的廁所。這種形式的廁所在以前日本也常見，例如海水浴場沙灘上的更衣處簡易廁所。現在，再怎麼簡單的廁所也都以門可鎖上、有抽水馬桶的居多，所以年輕人看到這種廁所大概也不會有什麼懷念之情……。

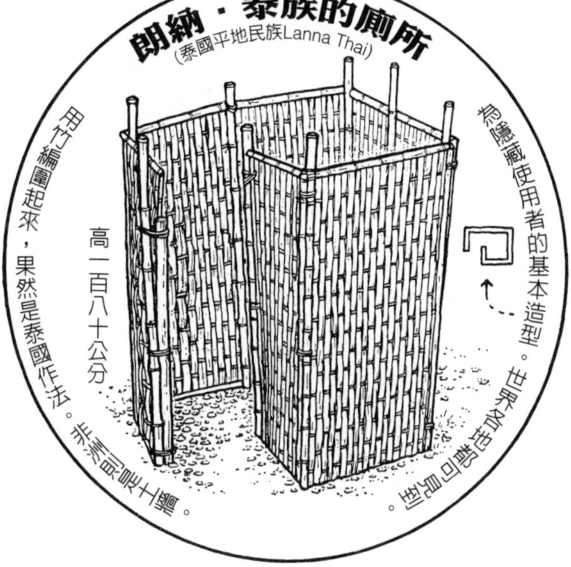
朗納．泰族的廁所
(泰國平地民族Lanna Thai)
為隱藏使用者的基本造型。世界各地都可見到。
用竹編圍起來，果然是泰國作法。非常高品質。
高一百八十公分

說到令人懷念，就屬韓國的廁所。和日本昔日農家的廁所很像。這也是同屬一個文化圈的證據。

「小小世界」裡有兩棟「韓國民房」，都是將慶尚北道的房子解體後移築而來。一棟是以前地主的家，一棟是農家。兩棟都有裝設暖炕的房間、祭祀用房間——鋪著地板以利跪拜，顯見受儒教影響頗大；還有泥土地廚房、家族房間等。但這次我目不斜視，只專心觀察門旁邊的廁所。

我在「印度喀拉拉州地主之家」發現一樣有趣的東西。沿著外牆有根垂直的排水管。看起來像是排洩雨水用，但它從外牆的一半突出來，所以並非排雨管，而是二樓廁所的

搬運糞尿用的木桶
直徑33公分。左右寬76公分。

廁所隔壁有一間「灰間」，儲存當作肥料用的灰燼。那裡擺著運糞尿的木桶。通常是將糞尿沒入木桶後搬到田裡當肥料。到底如何搬運的呢？說是用揹物架揹過去的。門牆上確實掛著揹物架。

韓國的農家（把原本因建造水壩而將淹沒的房子移築過來）

揹物架

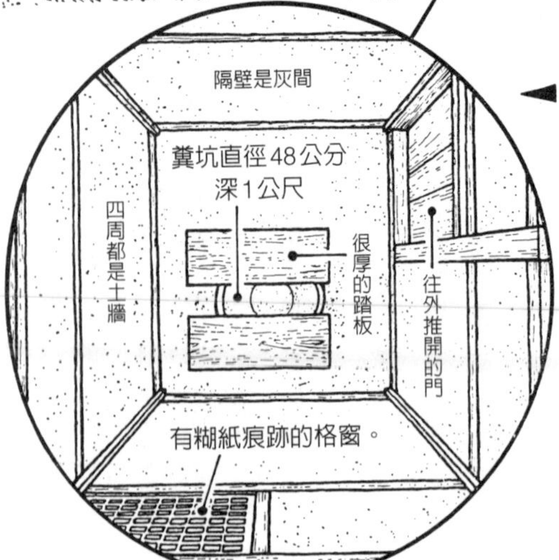
隔壁是灰間
糞坑直徑48公分
深1公尺
很厚的踏板
四周都是土牆
往外推開的門
有糊紙痕跡的格窗。

農家的廁所

我想起以前去韓國時，到慶州附近農村散步的事。那天在一位農民家吃過午餐後曾借用廁所。那時我很在意，在這國家這麼做是否會失禮？那時的廁所就是這樣。雖然臭，但不髒。我想起自己蹲在踏板上時心裡想著：「這是個把糞便當肥料的地方，可得慎重辦事才行。」

排尿管。這棟屋子也是在當地解體後運過來重現，建築物本身飄著濃濃的印度味。

實際上，會一直聞到印度味是因為隔壁就是一間道地的印度餐館。廚師先生從窗户探出頭，揮手示意我待會兒過去，便先進去地主之家。

這棟房子也有許多值得看的地方，但還是忍住，蹬上嘎嘎作響陡得厲害的木板樓梯到二樓參觀廁所。二樓是三姐妹的房間，每人一間。每個房間隔壁都有廁所。我仔細描繪每間廁所的踏腳石，畫著畫著忍不住笑了出來。在印度時我也是到處畫，卻不像這次光畫廁所。

住這裡的三姊妹都已為人妻。她們的丈夫是那種夜晚來天亮走的「走婚」女婿。現在這種風俗好像已經廢除了，但從古老民房仍可窺見過去的社會習俗，真是有趣！

我吃完印度餐館裡喀拉拉州風味的咖哩、坦都里烤雞、芒果汁之後，爬上隔壁的小山丘。

這裡有我最喜愛的「尼泊爾寺院」，它以喜馬拉雅山腰屬藏傳佛教寧瑪派（nyingma）的塔基心都寺（Tragsindho）為本。最令人感動的是，為期完整重現，遠從當地聘來木匠師傅和畫師；不僅建築樣式，連寺院內部的壁畫等都仿自塔基心都寺。

事實上這座寺院没有廁所。雖然没看到廁所，卻聽到一件事讓我心頭一驚。告訴我這事的是一位名叫普魯巴・雪巴的三十二歲畫家，他是四年前為寺院壁畫而來，現在邊畫曼荼羅（註一）邊當寺院解說員。

他的故鄉位於聖母峰南麓，就如其名，是雪巴族（註二）的村莊，他也從事高山嚮導的工作。因此，他在之前雖已經由日本登山者那邊認識日本這國家，但來了以後仍有些地方讓他頗感訝異。

印度喀拉拉州的地主之家

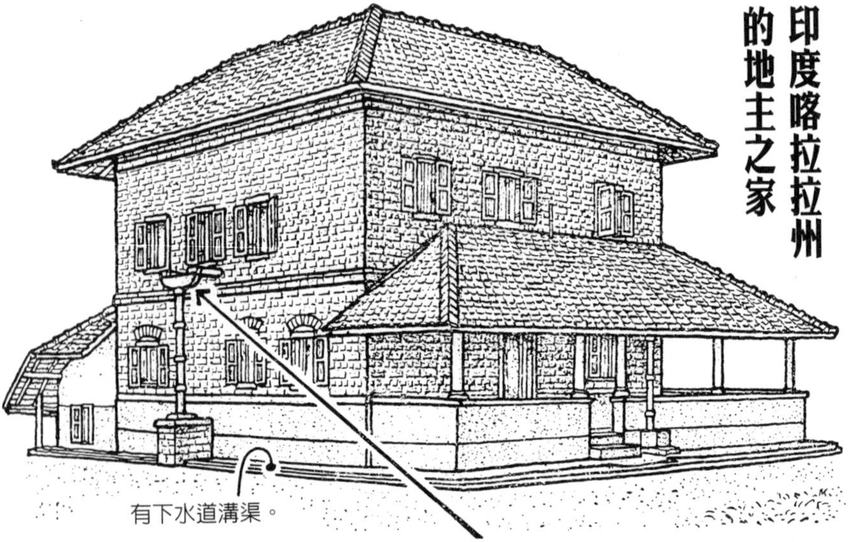

排水管並非接在屋簷下，而是從二樓牆壁凸出來。可沒看過這種排雨管。居然是小便專用廁所的排尿管。

廁所的踏腳石

（石造）

這是小便專用的廁所。絕對不可以在這裡大便。想大便得到外頭的小屋去。印度一般平民的家裡沒有這麼講究的廁所，有錢人家才這麼特別。

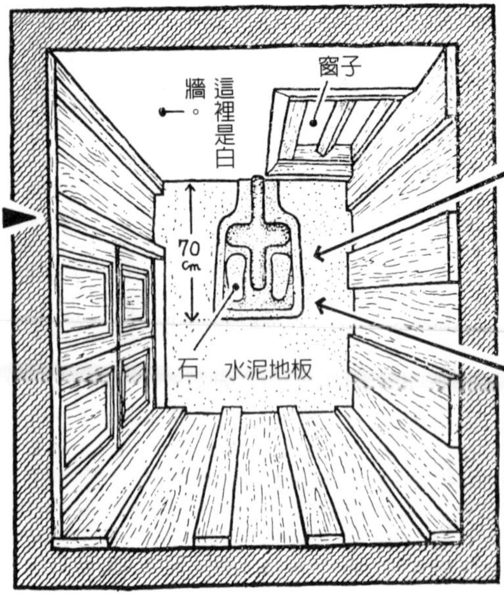

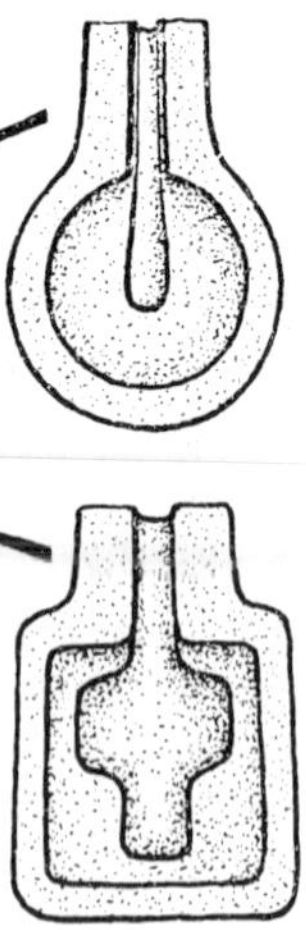

一棟房子裡三間的踏腳石都不同形狀，各自的廁所一見就分曉。

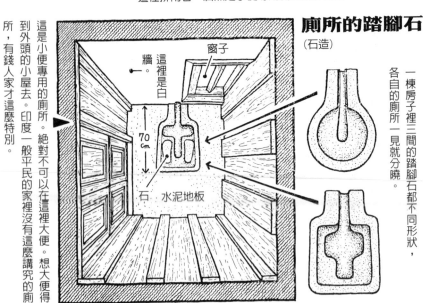

「原來日本到處有廁所嘛！但為什麼會那樣呢？我百思不得其解的是，日本人在我們那邊會故意跑到野外大便。這對我真是文化震撼啊。」

「明明有廁所卻到外面上……？也許是不知道廁所在哪裡？」

「不是那樣呢。營地裡會挖洞當廁所，還搭起專用帳篷。可是隊員偏偏不去那裡上，老往山裡跑，而且還專挑風景好的地點。結果山裡到處是大便。為什麼說是外國人幹的呢？因為一看留下來的紙就知道。山裡和森林裡都住著我們的神，弄髒了很讓人困擾。當地人曾向旅行社抗議『我們很歡迎大家來，可是弄得到處是大便，這樣實在很傷腦筋。』因此，從兩年前起連私人家裡的廁所也掛起『Toilet』的標示，希望外國人看得懂。村裡雖然没公廁，但是不管誰家的廁所都能自由出入。而為了讓任何人都可使用，入口也不上鎖……。」

雪巴先生並不是生氣，只是因為他喜歡日本才不厭其煩地再三說明。他說，「我想這是文化差異造成的吧」，反而讓我很慚愧。

說到文化的差異，或說，文化的相似性，從這點來看會很有趣的是台灣的廁所。台灣廁所和豬圈一起，跟以前的沖繩一樣。飲食文化也有共通之處。

從「台灣的農家」解說員劉多美小姐那裡聽到有關台灣廁所的事。農村地區雖然有像「小小世界」裡搭建的那種户外廁所，但更鄉下的地方會只挖個大洞、上面搭兩塊板子就算是廁所了。中國大陸、韓國、日本的農村也有這種情形。

「以前在台灣的城市裡，廁所通常設在屋子最裡頭。由於是汲糞式，就得用木桶挑糞尿穿堂過室出去，很臭。農村雖然有室外廁所，但晚上還要跑出去很麻煩，就在室內擺

尼泊爾的佛教寺院

以尼泊爾東部喜瑪拉雅山腰的寺院為本。

標示著TOILET的室外廁所 ▶

「小小世界」裡沒這個廁所，我是依照當地送來的照片描繪的。

聽說每戶的二、三樓都有約四張半榻榻米大小的室內廁所。（樓下是堆肥小屋）
為要讓外國人看得懂。
PASANG'S TOILET
排便後以葉子蓋後，落到下面的就成堆肥。（聽說最近抽水馬桶日漸增多）

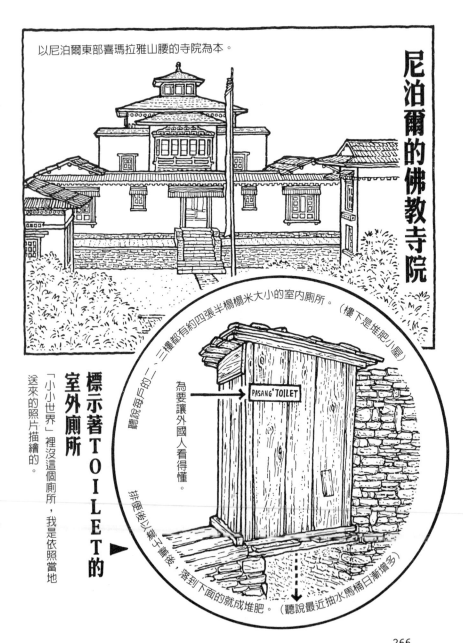

台灣農家的室外廁所

這是兼為豬圈的人豬共用廁所。不過，這不是中國、台灣、沖繩那種讓豬吃人糞的「豬廁所」。

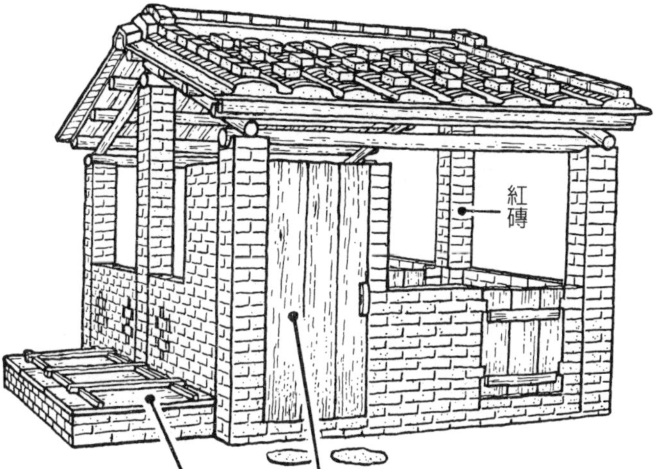
紅磚
糞坑

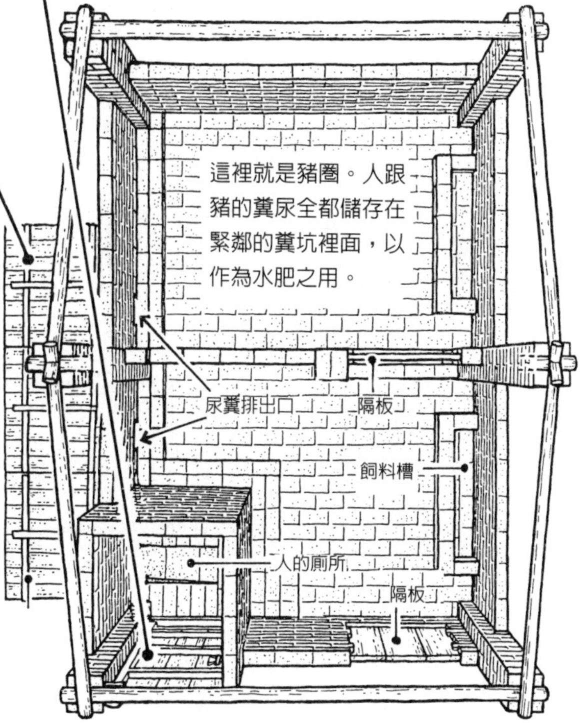
這裡就是豬圈。人跟豬的糞尿全都儲存在緊鄰的糞坑裡面，以作為水肥之用。
尿糞排出口
隔板
飼料槽
人的廁所
隔板

尿桶▼

放在農家臥室的角落。「晚上到外面上廁所很麻煩，就用這個尿桶解決。」為真實重現當地生活，把用過的尿桶放在一角。

（直徑40公分，高33公分）

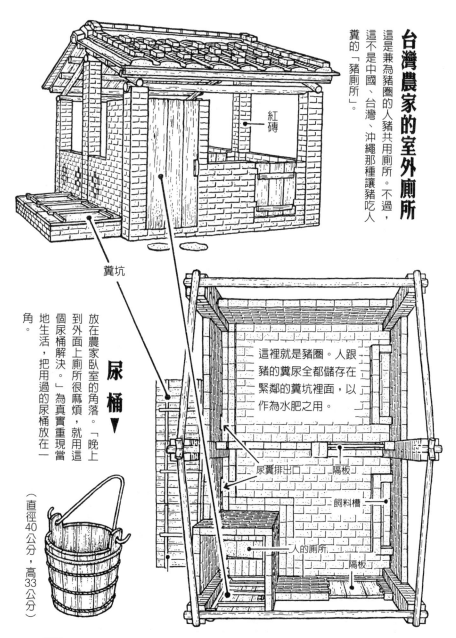

個尿桶。鄉下人已經習慣這種臭味，城市人可受不了。剛來日本時，發現日本人將廁所設在玄關旁很驚訝。不過一想，這樣很方便呢。還有件事也讓我很訝異，請人來汲糞為什麼要付錢呢？」

她住「小小世界」附近的某個小鎮，知道請人來挑糞還得付錢，嚇了一跳。

「在台灣這可作為田裡肥料，所以是免費來挑糞。不但如此，把剩飯剩菜倒餿水桶裡，農民就會來城市收集回去當豬飼料。而且每年大概有兩次，他們會拿蔬菜或味素來答謝呢。」

為了解開她的疑惑，我作了以下說明：

「日本以前也是這樣哦。可是城市周邊人口急速增多，價值觀改變了。一方面是因為不再把糞尿當肥料用……。」

諸如此類說明了一些，不過，看來對她好像不太有說服力。

愛奴族的廁所

這個葦草屋廁所和其他展示屋一樣，也是聘請當地的愛奴人前來親手編成、完整重現。

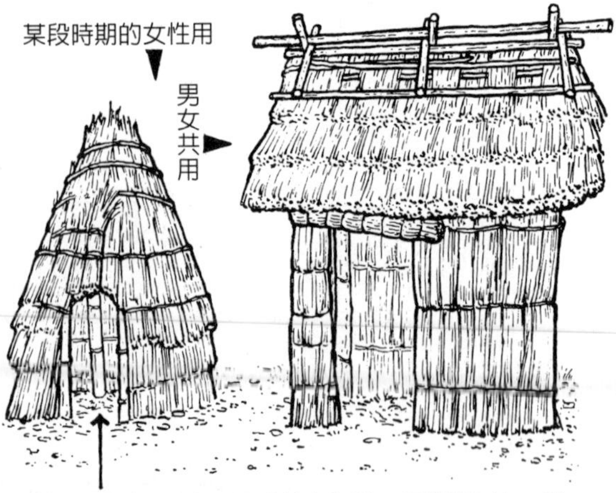

某段時期的女性用
男女共用
這裡也是熊的刑場。熊雖被奉為神，但若咬死人，就把牠的頭砍掉丟到這裡來，為的是警告其他熊「若是傷害人類，就用穢物來潑灑」。

「小小世界」地址：愛知縣犬山市今井成澤（名鐵犬山車站下車後搭公車）12月31日與12至2月每週四休館。電話：0568-62-5611.

「小小世界」從建造的階段起，就從各地招聘許多當地人，感覺大家都為了正確傳達自己的文化而全力以赴，真的很棒。

由十位左右的愛奴人建造重現的「愛奴族之村」也很出色。村裡用葦草編建兩間不同大小的廁所。一般會想，大的男人用、小的女人用，其實不然。大的是男女共用，那小的呢？原來是女性在生理期或生產時所使用的。因為認為那時期的女人身體是污穢的，應該避開。現代這種情形是歧視，會引發問題，但這裡設定為八十五年前的老村落，所以將當時的習慣也表現出來。其實，不只愛奴族，以前的日本各地到處都有這種情形。

從亞洲各地的廁所看到了各種事情，收穫超乎預期。

註一：曼荼羅（mandala）是某些印度教與佛教神祕儀式中，求道者以一個中間畫有複雜象徵圖案的圓圈來幫助冥想，好打破受生死輪迴等制約的心物世界。

註二：雪巴族（Sherpa）居住在尼泊爾北部地區，習慣在高山上生活，是優秀的登山者，因此喜馬拉雅山探險隊喜歡請他們支援。首次攀登聖母峰的隊伍中即有雪巴族嚮導。

44

藝人和田秋子篇

和田秋子小姐的經紀人小野田先生說：

「並不是NO，但要提得找個適當時機，請再給點時間。」

然後等了將近一個月。

演員或歌手是靠人氣吃飯的行業，必須很注意形象，所以到目前為止已經有好幾個人婉拒了。也有本人OK但經紀公司說NO的例子。於是就向小野田先生說：

「請不必太勉強。」

不過他來電時卻是：

「讓您久等了。歡迎來參觀。只是她本人因工作關係不在家，訪問得另找時間。總之先參觀廁所吧。」

於是我在晚上八點左右前往。

和田小姐的先生飯塚浩司也不在家，經紀人拿著鑰匙直接開門進去。雖然隱隱有種不太光明正大的奇怪感覺，還是邊脱鞋邊說了聲：「晚安，打攪了。」就這樣進到無人的宅第。

從玄關可以看到客廳裡擺著一張很大的黑桌子。區隔廚房和客廳的吧台也是黑色。果然如傳言所說，擦得亮晶晶。據經紀人的說明是，黑色比較看得出灰塵來。

「她不管醉得多厲害，每天回家一定把房間全收拾乾淨、碗盤也都洗好才去睡覺。因為不想一早起床就看到家裡亂糟糟的。她通常一起來就把窗子全部打開，對著天空道聲『早安』。同樣喝酒，我還在宿醉，頭昏昏地來接她上工，人家已經俐俐落落了。真是服了她！廁所也是打掃得乾乾淨淨，反正就是很愛掃，掃除魔！」

廁所裡裝飾著小小的娃娃，若不問她也不知是何道理……。

幾天後，我在赤坂的TBS2電視台的大廳和她會面。

「為何會答應讓我去參觀廁所呢？」

「老實說，之前為了這個還跟經紀人吵了一架。他沒告訴我採訪的事，我是兩天前才知道的。真的！所以您等了一個月我也根本不知道。他說要請我吃飯，我就想，八成有什麼事要開口，結果他劈頭就是『廁所讓河童先生看看吧！』什麼啊！什麼叫『讓人家看看吧』，那又不是你家廁所，是我的耶！我很生氣說絕對不幹！這不是什麼形象不形象的問題。那是我在外頭受了委屈、遇到挫折，邊哭邊罵『王八蛋！』有許多怨念的地方……。有客人來家裡的時候，要借用我當然會說『請』，但那跟特地向全國公開『我家廁所是這個樣子』不一樣。在我的意識裡，那是如同自己陰部的地方。但同時，我也分析自己為什麼會不願意。我不是每週都興趣盎然地拜讀《廁所大不同》嗎……？一方面，我知道您並非只為了窺看，重點也不在主人的興趣或品味的好壞，更不是有錢沒錢的問題。想著想著，好像拒絕的理由也慢慢沒了，那就，好吧。」

和田秋子這個人，就算經紀公司的老闆也無法勉強她作不願意的事，所以這次OK完全是她自己決定的。

坐旁邊的經紀人縮了縮脖子，笑了起來。熟知她性格的他也許運用了些策略吧。

這兩個人在面對外人時也不串通合謀，同時又保持著一種緊張關係，看得出是一對活潑開朗的工作夥伴，我忍不住笑了出來。

「您有沒有發現馬桶的水箱有裂痕？」
「對哦，蓋子的地方……。」
「那是五六年前，我在廁所裡胃痙攣昏倒時留下的痕跡。因為在裡面待太久，喊我、敲門又都沒有反應，我先生趕緊踢開門衝進來，結果門整個兒壓到我身上。我砰地一聲向後倒，水箱蓋子就被撞開了。那陣子我常因為胃痙攣叫救護車，結果在附近醫院變得很有名，『又是和田秋子』。」
聽說她的胃痙攣是心理因素引起，最近已經完全治好了。目前手邊有四個固定的電視節目。
「現在每天工作都很快樂。要我休息我還會很苦惱呢。」
經她這麼一提，難怪最近從電視上看到的她不再像以前一副拼命三郎的模樣、感覺繃得很緊。當時胃痙攣大概每個月就會發作一次，好像是因為現實與她期待的目標之間有落差。
不過，現在的秋子小姐仍然很嚴格地自我要求……。
「我一直希望能達成自己所定下的目標與要求。我討厭馬馬虎虎的態度。即使搞得精疲力竭，我還是喜歡工作，而且會要自己『提起精神衝啊！』就算晚上喝得再怎麼醉，隔天起來還是『開始幹活了！』像無敵鐵金剛出動一樣，啪地就衝出門。回家的時候，我反倒喜歡那種把自己氣力用光光的感覺。」
我覺得她總是將自己要跨越的柵欄架得很高，不斷挑戰。碰面時在我面前的不是口吐「王八蛋、畜生」等粗話的和田秋子，那都只是種角色、演出來的性格而已。真實的她是位禮貌周到、使用敬語恰當合宜、談話也有條有理的人。也許因為如此，她在演藝界中才會如此受尊敬。

秋子的廁所

來的那天她不在家；我覺得秋子果然蠻害羞的。

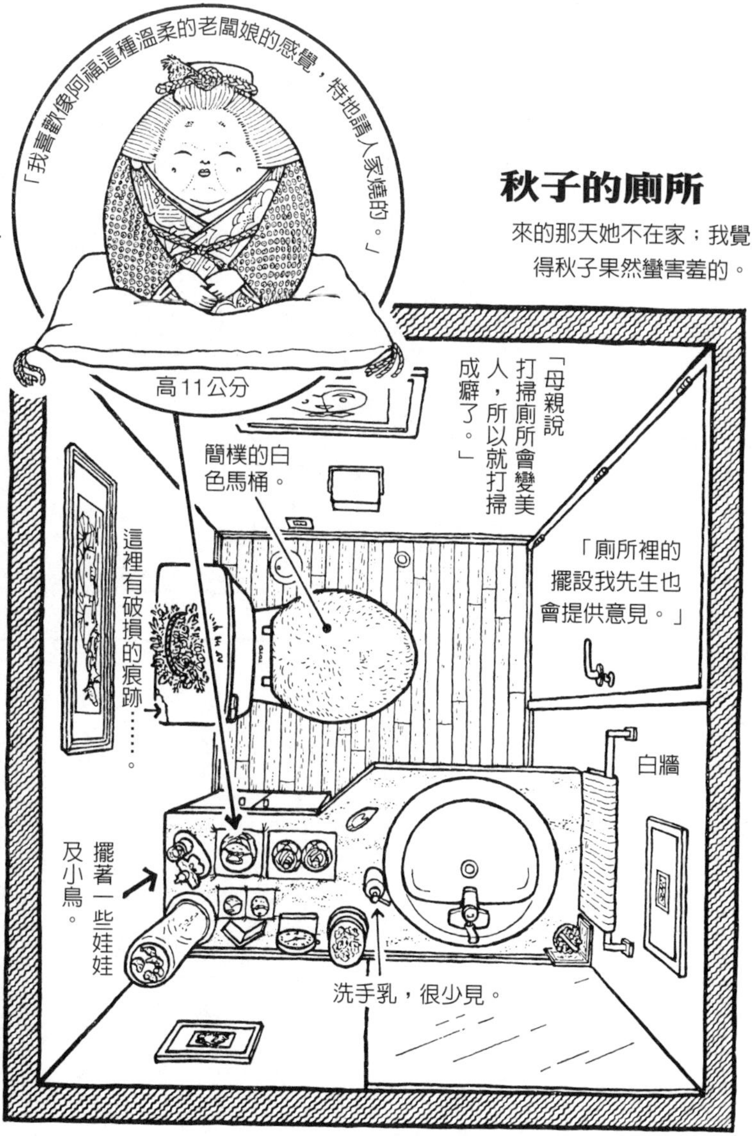

「我喜歡像阿福這種溫柔的老闆娘的感覺，特地請人家燒的。」
高11公分
高11公分
「母親說打掃廁所會變美人，所以就打掃成癖了。」
簡樸的白色馬桶。
這裡有破損的痕跡……。
「廁所裡的擺設我先生也會提供意見。」
白牆
擺著一些娃娃及小鳥。
洗手乳，很少見。

以前都擺些花來點綴，可是往往一天就枯萎，現在就改擺娃娃。參加喜宴收到的回禮和朋友送的人偶全在這裡大集合。

「外面有些人用廁所的方法真是讓人受不了。擦手紙不先扯斷，邊拉邊擦；梳完頭髮掉得到處都是，牙刷亂丟。我一看就火大：『別開玩笑！妳敢讓等在外面的男朋友看到這副德性嗎！』罵歸罵，結果嘟囔著『又不是我弄的』就順手整理起來了。」

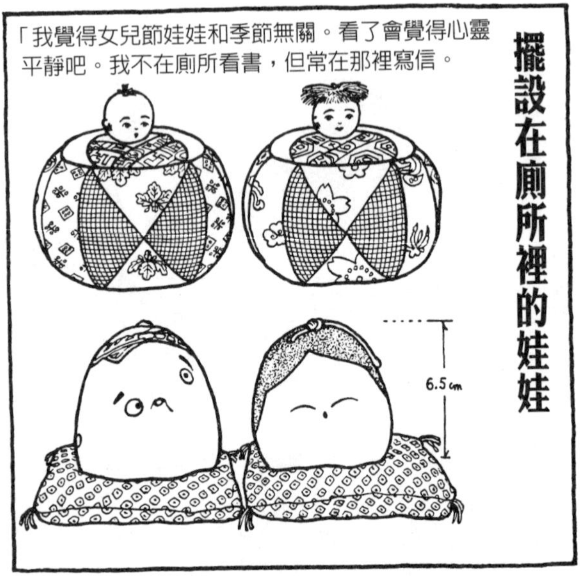

擺設在廁所裡的娃娃
「我覺得女兒節娃娃和季節無關。看了會覺得心靈平靜吧。我不在廁所看書，但常在那裡寫信。
6.5cm

「哪裡！我只是個傻大姐而已。」

雖然她很不好意思地這麼說，不過現在她可是每週會固定兩天不喝酒，為了不生病，在自己的健康管理上也頗用心思。睡不著的話也絕對不吃安眠藥。

「我喜歡在睡前讀國語辭典。從最前面的あ行開始讀下去，真能學到不少東西呢。讀著讀著開始茫茫發昏，不知不覺就睡著了。我啊，果然不是塊讀書的料子。」

說著說著就笑出來了。她真的是個很認真的人。

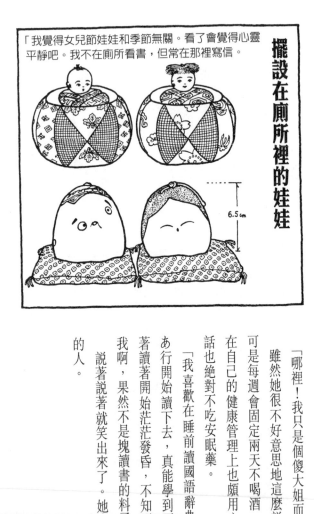

作家山根一真篇

45

在《週刊文春》上連載〈超級書齋遊戲術〉的山根一真先生是位愛玩機械的人。他的廁所會是什麼樣呢？我很感興趣。

我打電話問他：

「廁所裡大概有電話、文字處理機等種種通訊機器吧！」

「不不，我的廁所非常窄，除了很普通的馬桶以外什麼都沒有。很遺憾，完全不像河童先生您所期待的呢……。」

一向講話乾脆俐落的山根先生，今天卻有點吞吞吐吐。後來突然好像想到了什麼，連語氣也變了。

「可不可以給我點時間？」

問他理由，原來他想改建廁所，試試看到底能將廁所書齋化到什麼程度。

約過了四個月後，有天他打電話來：

「讓您久等了！歡迎來參觀。」

同時還傳真附上住家的詳細地圖。

我馬上按照地圖登門拜訪。開門迎接我的是山根先生和他的助手山村紳一郎先生，兩人都整晚沒睡的通宵臉孔。

「沒想到最後的階段那麼費工夫，直搞到早上。總之，請先進廁所坐一坐。」

廁所裡黑漆漆的。我一坐到馬桶上就響起了一陣音樂。

類似雷射的五彩光線合著樂音，在牆壁及天花板上交錯飛舞。

「這這這、這啥啊！」

「這和書齋的功能無關，只是對河童先生的服務而已。硬要說有什麼意義的話，就是工作太累的時候進廁所讓腦子清醒一下吧。不僅是音樂，也會感應到小便或咳嗽聲，光線的形與色會跟著變化。」

看光影形色的變化的確對腦子有按摩的功效，這說法可以接受。這個裝置已夠讓人目瞪口呆，但要說驚人，可還早呢！一打開電燈，發現牆上裝滿各式各樣的電子機器。

「簡直像駕駛艙嘛！」

「沒錯。如果把這麼多機器全擺桌上，得佔不小的空間。但只要像這樣垂直固定在牆上，就可以變得很精簡。這種駕駛艙式的配置安排不但節省空間又一目瞭然，運用到書齋裡就是這模樣，的確可行。這對我來說真是一大收獲呢。」

聽他頭頭是道地一一說明牆上機器，我忍不住笑出來。

「這台文字處理機，以電話線直通位在美國、世界最大、一億八千萬筆的資料庫，在廁所可以邊大便邊檢索。正面這台是卡西歐的電子合成器。譬如只要說『河—童—先—生—』，就能編奏成這樣的音樂。可以邊大便邊作曲呢。」

除此之外，還有許多讓人不禁心生「？」的裝置。

「左邊的胃鏡？難不成邊大便邊窺探自己的胃嗎？」

「透過胃鏡可以從窗子的隙縫看到訪客的樣子。近自五釐米、遠到無限遠的距離內都有辦法對焦，方向、視野也能自由調整。如果想進一步確認從胃鏡裡看到的東西，可以用這個雙眼望遠鏡放大。」

說是書齋，好像遊戲的成分居多。

我以為山根先生原本就喜歡廁所，沒想到正好相反。

山根先生的終極廁所書齋

所有的機器都是以魔鬼貼貼在牆面板子上，所以能夠自由地拿下貼上

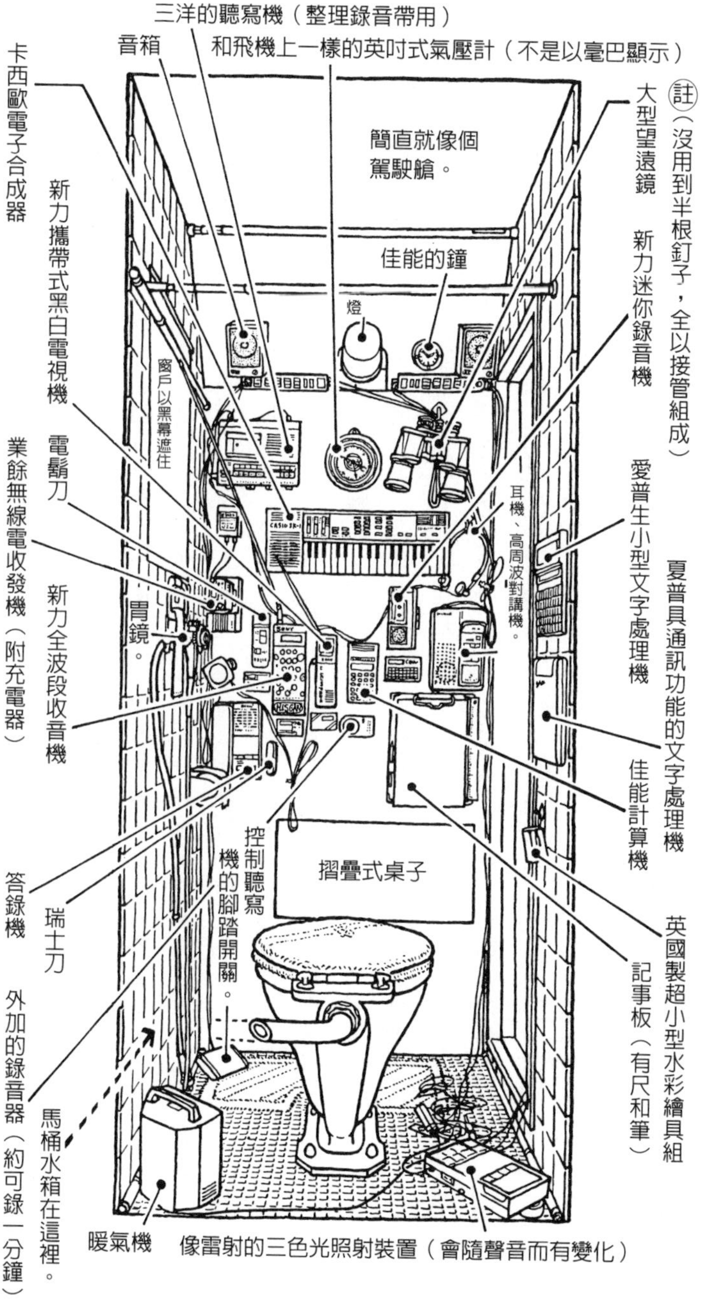

三洋的聽寫機（整理錄音帶用）
音箱
和飛機上一樣的英吋式氣壓計（不是以毫巴顯示）
卡西歐電子合成器
註（沒用到半根釘子，全以接管組成）
大型望遠鏡
簡直就像個駕駛艙。
新力攜帶式黑白電視機
佳能的鐘
燈
新力迷你錄音機
窗戶以黑幕遮住
電鬍刀
業餘無線電收發機（附充電器）
耳機、高周波對講機。
愛普生小型文字處理機
夏普具通訊功能的文字處理機
胃鏡。
新力全波段收音機
佳能計算機
控制聽寫機的腳踏開關。
摺疊式桌子
答錄機
瑞士刀
英國製超小型水彩繪具組
記事板（有尺和筆）
外加的錄音器（約可錄一分鐘）
馬桶水箱在這裡。
暖氣機
像雷射的三色光照射裝置（會隨聲音而有變化）

「其實我很討厭廁所。就像非到截稿日逼近我不動筆；要不是快拉出來了我也不進廁所。一進去也是恨不得快點出來。」

聽說他吃飯不定時、上廁所時間不規律。便意大抵是隨著精神緊張或興奮狀態而來。

「我最喜歡到秋葉原的電器街去逛，喜歡到和這條街一起死也願意的地步。因此，從我走出秋葉原車站剪票口的瞬間，精神就開始亢奮。一興奮便意就來，真傷腦筋。我是恨不得能走快一點、多逛幾家店、多發現有趣玩意，可是肚子往往痛到受不了。秋葉原的店大約七點就打烊了，但我通常是傍晚時才趕過去，時間不多。因為想早點把事情辦好，所以哪裡有廁所哪間比較空，我可是一清二楚。無線電中心二樓的廁所應該是工作人員專用的。躲進那裡往腹部壓個一百下，嘩地一泄千里。拉完趕緊溜掉。不只秋葉原，連在神田舊書街、紀伊國屋、八重洲的Book Centre等大型書店也是。ADHOC, 伊東屋等文具賣場。東急Hands之類的工具或零件賣場。Yodobashi相機店。反正一到我喜歡的地方便意就隨之而來。每次在連五分鐘十分鐘都很寶貴的時候廁所就會呼喚我，所以我很恨廁所。」

很少人會說「恨廁所」，他說了好幾次。

聽說他在自家廁所裡也不會慢慢看書。

「以往我總認為廁所就只是為了排泄；現在想法有點改變，開始思考廁所能不能變成一個更富知性的地方？這次在把廁所書齋化的遊戲裡，讓我很訝異的是，在八十四乘以一百零三公分、約半坪的狹窄空間裡，竟然可以營造出接近我辦公桌的環境。這真令人感動。起初我只是拚命想作出一個有趣的廁所，不料卻體會到在這狹窄空間裡也能有這麼多的樂趣。從今以後，別說是一進去就不想出來，廁所已經變成一個讓我想工作的地

俯瞰終極廁所書齋……。

八十四公分×一百零三公分大的面積是至今看過最狹窄的廁所。他是連在狹窄空間裡也可以玩得起來的人。抽屜裡放著事務機器的檔案夾，裡頭以信封分類的資料竟有三千袋之多。他笑著說：『山根式的檔案』是不必花錢的百科辭典。」

山根先生是個不管做什麼都全力以赴的人。雖然人家也這麼說我，但根本就無法和他相比。聽說他年輕時在飯店打工就這樣。「我以為穿著滾金邊的衣服就能拿到很多小費，抱著滿心期待去，結果完全不是那麼回事。我的工作是打掃客房。廁所的清潔檢查很嚴格，但我總是全力以赴打掃得亮晶晶的。追求高完成度嘛。」

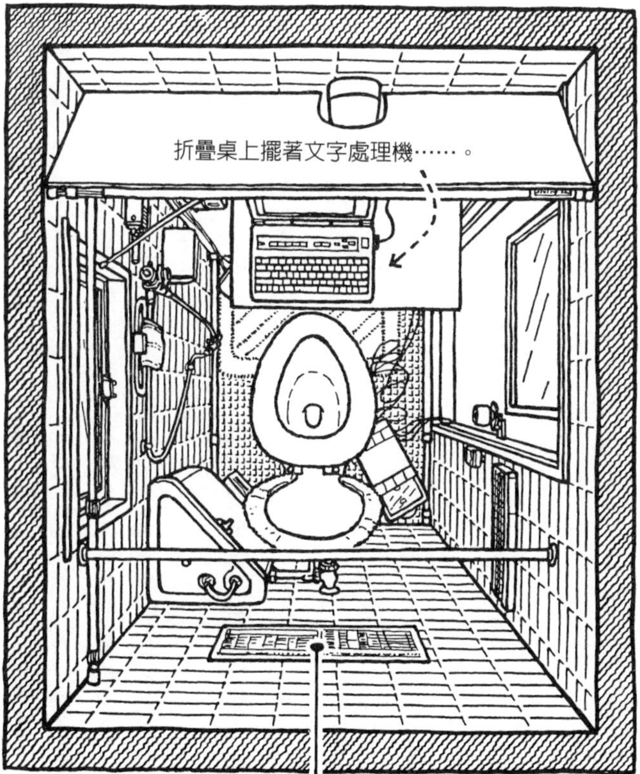

目錄板上貼了一片迷你電腦的記憶體。說是從垃圾場撿回來的。

方了呢。躲在廁所裡整理錄音帶、或邊聽國外廣播邊做筆記……。到了二十一世紀，上班族在自己家中工作應該會成為理所當然的事吧。我並非想提倡把廁所當書齋，但是狹窄的地方也能當書齋這個點子，不也挺值得參考的嗎？」

他和我一樣是B型。他笑說自己是「脫線狂飆型」，經常從正題飆到意想不到的岔路上，突然又來個急轉彎回正題去……。

我想每天跟他相處的太太大概很累吧！目前山根一真先生仍在繼續試驗他的「終極廁所」。

雖說是別人家的事，還是挺擔心的。

作家永六輔篇

46

永六輔先生的日常生活是一連串的旅行。聽說一個禮拜中只有星期一會回東京自己家，而且那天還排了電台錄音。因此他的生活和一般人很不一樣。

「您的職業是『旅人』呢。」

我這麼一說，

「對啊。就算回家也會說聲『打擾了』，感覺像來借宿的客人。因為是這種情況，您想參觀廁所，可不可以得問我太太才知道。因為家裡的事不是由我發言的……。」

他笑著回答。

「好，那我問您太太去。」

直接向昌子夫人提出要求，她爽快地答應了，可是，

「他真的這麼說嗎？如果是這樣，那也不用照料他囉。」

外面的永六輔先生我蠻熟的，但也很想看看家裡的永先生，所以決定星期一去拜訪他家。

「我只是個客人，這個家沒有我容身之處……。」

夫人罵他「胡說八道」。在家裡的永先生比平日還害羞，很好笑。

趕緊先問問旅行時有關廁所的事情。

「一年到頭都在旅行，說來日本到處都有我的廁所。住宿的飯店就不必說了，車站、火車、飛機、船、街上的大樓，隨時都有可能想去……。」

「不管怎樣的廁所都OK嗎？」

「不，還是會挑自己喜歡的廁所。想上廁所的時候，通常已經蠻急了吧。所以平常會先去找些讓我感覺不錯的廁所，以備不時之需。」

很多人在投宿旅館時會先搞清楚太平門和廁所的位置，永先生的調查則是全國性的。

「不只出外旅行時，連人在東京也很有用哦。能在自己家裡吃飽上完廁所當然最好，可是我常常一吃完飯或還沒吃完就得上路，不一會兒就得找地方解決。遇到這種時候就會邊走邊想，再忍一下下就可以到某間廁所了。譬如若在東京車站得到這間，人在新宿就去那間；若是銀座的話……。我心裡大概都有個譜。百貨公司會標示廁所位置，但一般大樓沒有。可能是不希望過路人使用吧。但是就算沒去過的大樓，憑直覺大概也都找得到。」

我也算是蠻會找廁所的，不管到哪裡一找就中。而且絕不違背自己的生理需求，也不挑什麼喜歡不喜歡，有就上。但永先生不一樣，挑選標準頗為嚴格。

「我喜歡不會遇到人的廁所。對我而言這是非常重要的因素。上之前急得咬牙切齒、完事後如釋重負，這兩種表情我都不想被人看到，因為很丟臉。所以，首先希望能進到無人廁所。同一棟大樓的廁所也有差別，有人多的也有不擠的。譬如TBS電視台大樓裡，因節目製作或演出而有外人出入的樓層就很擠。職員辦公室的樓層就很空，不太會遇到人，我都在那裡辦事。」

永先生既纖細又害羞，所以有一套「排泄美學」。

「說到這裡，最近有關廁所或糞尿的書出版了不少，可是論及排便方式啦、擦屁股的方法啦、或是禮儀等有關『排泄美學』的書

永先生家人用的廁所

廁所裡的電話好像都是夫人在用。「我先生旅行中常打電話回來，就算在洗澡時也希望能馬上接到電話……。」永先生一年到頭不在家，所以連絡比一般夫妻密切，感覺兩人也比較多對話交流。

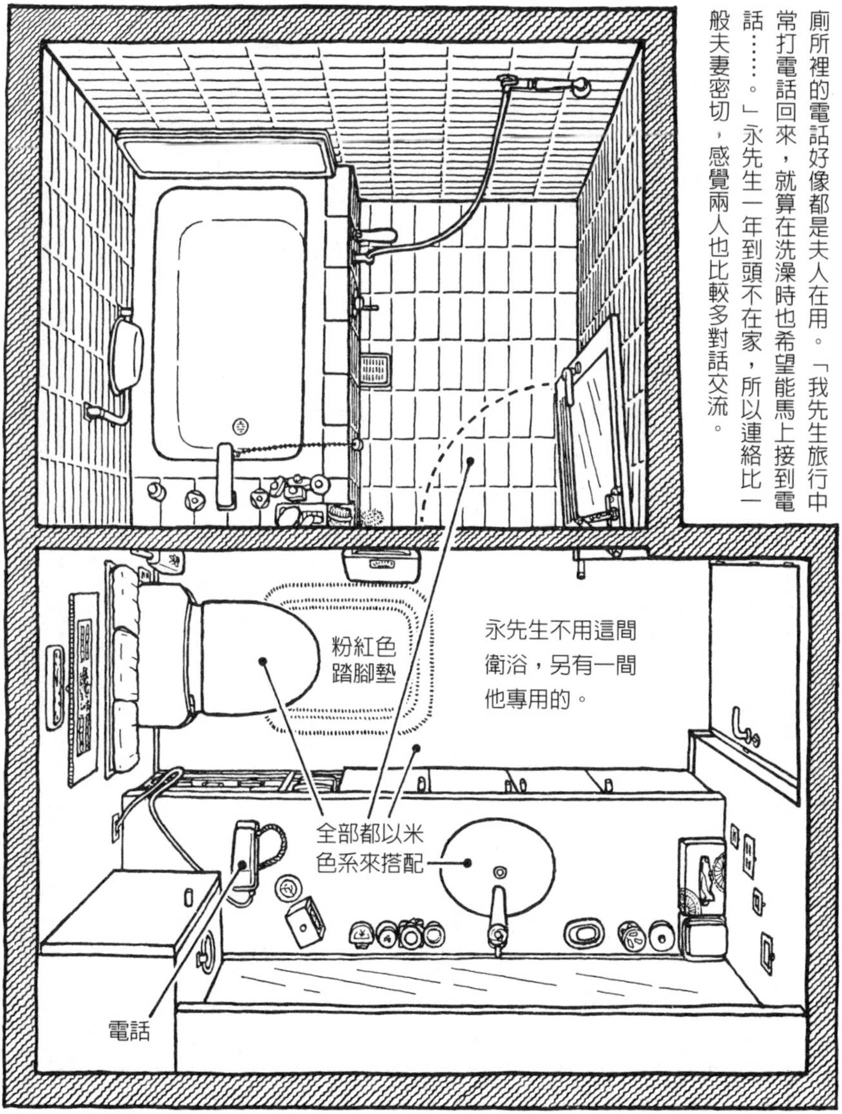
粉紅色
踏腳墊
永先生不用這間
衛浴，另有一間
他專用的。
全部都以米
色系來搭配
電話

客用廁所
也就是永先生用的廁所

永先生說：「因為我是客人，廁所裡擺的東西全都是依照我太太的眼光安排。我自己帶進去的東西只有袖珍本。」▶

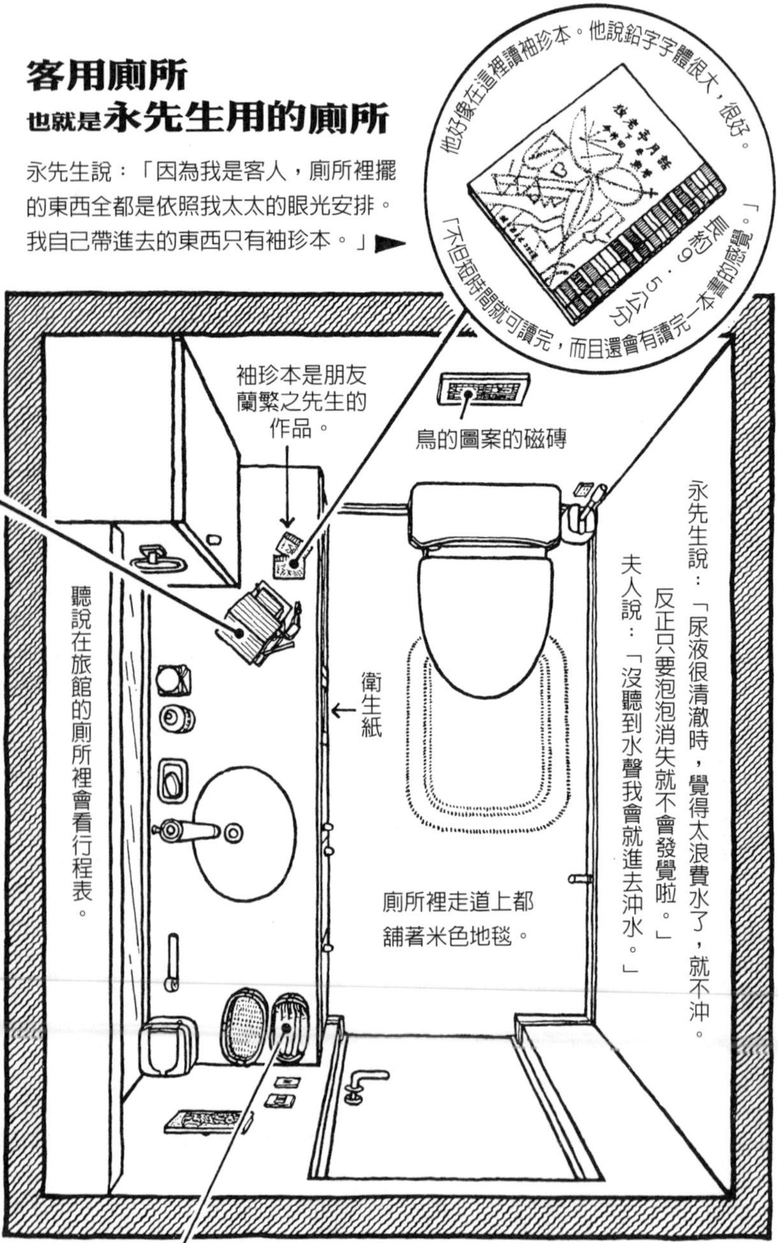
他好像在這裡讀袖珍本。他說鉛字字體很大，很好。
「不但短時間就可讀完，而且還會有讀完一本書的成就感。」
長約9．5公分
袖珍本是朋友蘭繁之先生的作品。
鳥的圖案的磁磚
永先生說：「尿液很清澈時，覺得太浪費水了，就不沖。反正只要泡泡消失就不會發覺啦。」
夫人說：「沒聽到水聲我會就進去沖水。」
衛生紙
廁所裡走道上都鋪著米色地毯。
聽說在旅館的廁所裡會看行程表。
昌子夫人說：「他常不洗手，很傷腦筋。嘴巴會說『洗過了』，可是一看毛巾乾乾的，馬上就知道了嘛。」

彎彎曲曲的藤編「韓國便當盒」裡擺著五種粉色系的毛巾。

銅片製作的「居酒屋和馬車」的音樂盒，是夫人在八岳買回來的。
BARN
高18公分
馬車會不停繞圈，邊演奏《Country Road》。

卻還沒有呢。有關吃法或餐桌禮儀的書倒是很多……。其實人的身體就像管子一樣，光有『入口』的書卻沒有『出口』的書，不但不公平，對『出口』也太冷淡了吧。」

聽說永先生小時候，他父親曾教他如何大便。

「我們那時候上的是會『噗通』一聲掉下去的汲糞式廁所。有東西掉下去通常會濺上來，我們叫『找零』。要避開『找零』得有些技巧。老爸教我不要讓大便垂直掉下去，而是水平落下。因此在大便掉下去的瞬間要搖搖屁股，大便就會打橫掉下去。這樣『找零』就會橫地找，不會往上濺。垂直的話，那零頭可是濺得高呢。」

這招我可不曉得。我通常在大便掉下的瞬間趕緊把屁股翹高。

現在大家都改用抽水馬桶，就不再需要這種「祖傳秘方」了。

永先生說，「排泄美學」也該收錄寶貴的紙的使用法。

我想起小時候曾在山裡用樹葉擦屁股。

永先生聽了後說：

「沒那麼以前，就今年夏天的事，我才用樹葉擦過屁股呢。」

每年他都會和一群落語家（註一）從北陸（註二）出發，穿過白川鄉（註三）到郡上八幡（註四），聽說是發生在途中的事。

「山裡哪有什麼廁所，當然是拉野屎。車子一停，三三兩兩各自散開，躲到彼此看不見的角落，脫了褲子就蹲。那種情況也不覺得有什麼丟臉的。那時是用樹葉善後。隔年經過同一個地點，不知是誰，又說想進山裡去辦事。看到去年那個地方長滿青青綠草、花也開得特別美，真讓人懷念啊。那些花草樹木可說是我們的紀念碑。不懂得人類上廁所的原點——拉野屎的人，沒資格大便。同時大家也應該知道，不用紙一樣可以把屁股處理得很乾淨。」

說著說著，接下去說到一件很離譜的事，女性朋友聽了可不要昏倒。

「不過，現在不會有沒衛生紙用的情況了啦……。」

「不，還是有。而且昨天才發生。我到濱松町貿易中心二樓的廁所，上完才發現，沒有衛生紙。或許是剛好用光了。身上也沒帶面紙，開始想該如何是好。手上只有一本書和裝書的牛皮紙袋。我不想把書撕破，所以除了牛皮紙袋別無他物可用。於是我就慢慢舔，想用口水把它浸得軟些。沒想到，花了好多時間才把它弄得夠軟。舔的時候突發奇想，應該也可以用這方法捻紙繩吧。」

真是個什麼都可以拿來玩的人。

永先生要出去工作的時刻到了，我與昌子夫人站在玄關送他。門一關上昌子夫人就笑著說：

「雖然在家裡把父親的角色扮演得很好，但他本質上其實還是個小學低年級男生，光長歲數，生活應對完全沒進步。」

聽到這話的瞬間我僵住了。

雖然那是在說永先生，而不是說我……。

註一：落語是日本一種曲藝，類似中國的單口相聲。
註二：北陸指靠近日本海的新潟、富山、石川、福井各縣。
註三：白川鄉位於岐阜縣大野郡的庄川上游地區。
註四：郡上八幡位於岐阜縣郡上郡。

作家林真理子篇

林真理子小姐的作品我頭一本讀的是《買些興高采烈帶回家》。她在前言裡寫道：

「我決心成為文字的摔角手，把從前那些漂漂亮亮的散文都摔到場外去。」

這種激烈言詞讀起來真是痛快。

書裡還有一段是這麼寫的：

「解脫了。折磨我一個多禮拜的便秘終於被大量便秘藥降伏了。

「我帶著極大的爽快感與幸福感看著那幾乎要溢出馬桶的排泄物。如果我有個不拘小節的老公，我一定會興奮地大喊：

『喂喂！來看啊！』

「興奮過後的我，一想到這堆糞便即將面臨的悲慘下場，突然一陣感傷湧上心頭。我按下了馬桶的把手。」

林真理子小姐可以如此赤裸裸地描寫「糞便」。所以我想，對於許多女性共同的苦惱──「便秘」，她應該也能夠侃侃直言吧。

可是，我錯了。

「我是個寫文章的人，所以能大膽赤裸地寫出來，但用聊的話就沒辦法了。直接從嘴巴裡說出來的言詞，好像傳達了一種活生生的感覺，會讓人很不好意思。而且，我可是還沒結婚呢。」

我竟然把她當成便秘代表……，實在是非常抱歉。沒想到可以把自己的便秘寫得這麼露骨的人，卻沒辦法從口中說出「便秘」二字。

47

「和朋友在一起的時候，如果講到這種話題，我會叫她們別說了，結果就被說『妳好假喔』……。」

話雖如此，她可能擔心採訪無法完成吧，很坦白地繼續說下去。不知道是否有點勉強自己。

林小姐是個心地善良的人。

「平常很容易便秘，可是只要酒一下肚，馬上肚子痛。如果憋住不趕快上廁所，眼前就一片空白，像在看沒有畫面的電影一樣，表示那已經是忍耐的極限了。可是，我又非家裡廁所不上，所以常常就突然冒出一句：『我要回去了！』好像在生什麼氣似的。這時候約會的對象往往嚇一跳，開始擔心是不是自己做了什麼破壞氣氛的事。我當然沒辦法老實說是因為想上廁所才要回家。就這樣，誤解無法冰釋，好幾段戀情就此無疾而終……。」

林小姐一年前曾經到維也納參加每年在歌劇院舉辦的「大舞會」。對那次的經驗，她陶醉又滿足地說：「打扮得像公主一樣翩翩起舞，簡直像在作夢一樣。」她是這樣的人，難怪不想給人「和排泄行為沾上邊」的印象。

「沒錯，我之所以想成為小說家，就是希望能變成穿著漂亮衣裳的公主。也因為國中一二年級的時候讀了《飄》，之後又看了改編成的電影《亂世佳人》，那時候很想變成郝思嘉。」

那時候的林小姐，每天早上起床前都會花一個小時閉著眼睛對自己說「我是郝思嘉我是郝思嘉」。她覺得變成作家的話，離這個夢想便會比較近一些。真是個喜愛幻想世界的人啊。

林小姐勇於將女性內心的願望寫出來或做出來，我想她的魅力就在於此，也因此吸引了大批書迷吧。

「可是，也有很多人不欣賞我喲。不是所有人都帶著善意的眼光看我的，這我很清楚。不喜歡我的人，怎麼看我都不順眼。有人會認為我自以為是或很賣弄吧。人家看起來或許會覺得，這人真是愛現啊，可是要我一個人躲在角落裡暗自高興，根本辦不到。例如在旅行的時候，要是看到什麼好玩東西就想送給喜歡的人，也不管價錢多少，一口氣就買五六個。吃東西也一樣，絕對不一個人獨享，就算再少也要大家分著吃。有什麼高興的事，我也希望能大聲說出來和大家分享。如果說我愛現，其實也不過就如此而已……。」

一方面說自己愛現，一方面又不想讓別人看見「自己家裡廁所」，好像是因為夢想與現實落差太大會覺得不好意思。

「浴室如果再寬敞舒適些就好了，實際上卻單調又狹窄……，不是讀者期待的那種廁所，真是抱歉。」

的確，林小姐家的廁所一點也不像她，但有種無機質的清潔感。

「只有乾淨這點我會很講究……。我曾經和八個女孩子住在一間有六個房間的公寓，那裡的廁所髒得要命。雖然住的人都是女孩子，卻對共用的廁所沒什麼責任感，弄髒也毫不在意。其實我這個人很邋遢，自己的房間亂七八糟，但就是沒辦法忍受廁所髒兮兮的。有時候會花上半天時間，把廁所刷得亮晶晶的，簡直像舔過一般。那時候如果和大家約定好以後輪流打掃，也許從此情況就不一樣了，但要是什麼都不說，接著也不會有人跟進。結果，那間廁所就莫名其妙地成了我的責任區域。那時的我看起來像是個乖孩子，其實只是不敢吭聲而已。」

那間廁所大約只有榻榻米四張半大；之前

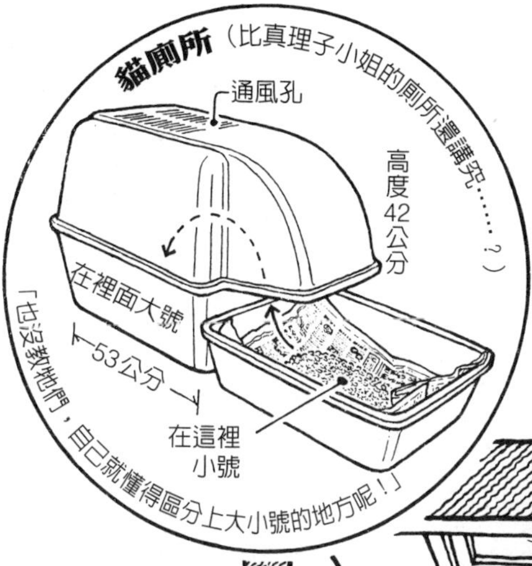

貓廁所（比真理子小姐的廁所還講究……？）
通風孔
高度42公分
在裡面大號
53公分
在這裡小號
「也沒教牠們，自己就懂得區分上大小號的地方呢！」

「現在大廈也難得看到這麼小的廁所了。非常普通的廁所。有人會用書妝點，或是擺個煙灰缸，我是盡可能讓它保持簡單無機質的感覺。因為如果待太久，別人又會想我是不是便秘了，不喜歡這種感覺。」

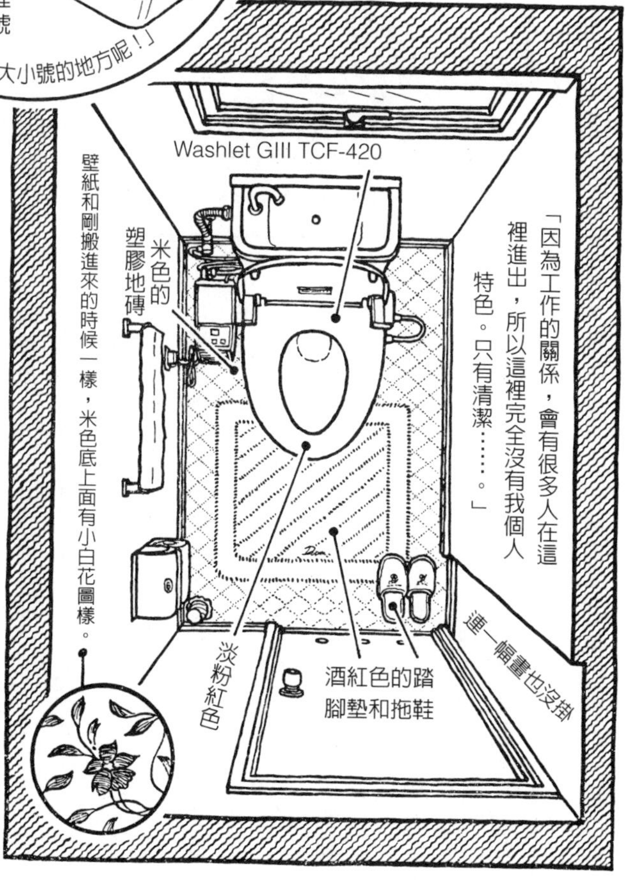

Washlet GIII TCF-420
「因為工作的關係，會有很多人在這裡進出，所以這裡完全沒有我個人特色。只有清潔……。」
壁紙和剛搬進來的時候一樣，米色底上面有小白花圖樣。
米色的塑膠地磚
淡粉紅色
酒紅色的踏腳墊和拖鞋
連一幅畫也沒掛

林真理子小姐家的廁所

「這壁紙是以前住的人貼的。」「溫水洗淨式馬桶也是？」「那是大約兩年前，在朋友家裡用過，覺得蠻舒服的……。其他東西全交給事務所的助理打點。」（一個月後林小姐宣佈訂婚。訪問時全無跡象。）

還是大學生的時候，住的地方廁所只有三塊榻榻米大……。

「那時有十間房間，住了八個男生兩個女生，可是廁所只有一間。我常常憋住不上，結果造成嚴重便秘。我跟朋友說肚子好痛，學校保健室的老師聽了說，『那就早上早一點來學校上吧』。在校園裡調查了一下，發現大講堂地下室的廁所固定有人打掃，而且沒什麼人用。從此之後，每天上課前九點左右就去報到，右邊數來第二間就成了我的私人廁所，然後在那裡……。」

林小姐還好意問我：「這樣的談話內容可以嗎？」

真是個有禮貌又具服務精神的人。

說到她的服務精神，連到國外旅行時也是始終如一。

「到越南旅行時被當地小孩兒包圍，於是就幫他們畫了像。不過我畫得很差，一點兒都不像呢。」

最後她還為我演唱了歌劇《卡門》中有名的詠嘆調《花之歌》。她的歌聲頗具特色，聽了不禁嚇一跳。她好像打算來真的，連鋼琴都買了。林真理子小姐真是個有意思的人。

林真理子小姐的貓兒們

據說是蘇格蘭折耳貓、
右邊的是公貓水雄（好奇心很強，喜歡玩水）；左邊是美少女貓極美。
3kg
4kg

「說『我家的貓』，不如『松任谷由實家貓咪的表兄妹』聽起來響亮呢。去年秋天她打電話來：『要不要養貓？』她從熟識的獸醫那裡要來的。」

48 美食評論家山本益博篇

以前和人稱「美食風潮帶動者」的山本益博先生對談時，我曾當面稱他為「天敵」。

雖然我算老饕，但不管什麼都照吃不誤、從不挑嘴，味覺標準也像伸縮自如的捲尺一樣隨時可變，其實沒什麼講究。所以我覺得那些憑著自己舌頭就能鐵口直斷食物好壞的人，實在是……。

可是，後來他卻有了一百八十度的轉變。

「其實現在想起來還會不好意思。以前好勝心強，到餐廳去的時候簡直是抱著踢館的心態，一家接一家地跑。」

世界著名珍味——肥鵝肝是拿高單位營養飼料對鵝強灌餵食，使其肝臟肥大。山本先生在三十出頭的時候肝臟已經腫脹得很，簡直像人類版的肥鵝肝。山藤章二先生評論當時的他是個「味覺敢死隊」……。

「為什麼那時會吃得這麼拚命？」

「就像我開始接觸落語時一樣，我想用相同的方法深入。」

山本先生也是落語等傳統藝術領域的評論家。他在二十多歲的時候靠雙腳走遍各處、增長見聞，焠鍊出對落語的見解。

「前輩評論家聽過早期知名藝人的演出，這是我所不及的；於是初出茅廬的我只能以聽遍當代落語家的表演來與之抗衡。當時的落語家有二百人左右，我聽過其中近九成的人演出。所以，現在的落語家有許多還在做暖場的時候，我就開始看他們的演出了。這樣的四處奔走為我奠定了評論落語的基礎。所以，為了了解各家餐廳的狀況，就只能盡我所能地吃。總而言之用自己的胃去體驗是最好的……。」

他一年在外面吃八百五十餐，其中兩百四十餐是用了不少奶油與鮮奶油的法國料理。這樣吃身體會不出問題才怪。

「這樣吃難道不痛苦嗎？」

「因為不是光吃想吃的的東西，拉肚子就成了家常便飯。我想是因為『吃』這件事本身已經造成相當大的壓力了。」

不只拉肚子，最後連肝臟都腫成一般人的三倍大，終於病倒了。接著住院，在病床上躺了四十天。吃到這種地步真的是在拼老命了。

他說之所以這麼拚命吃，並不只為了探究每間店的味道。

「與其說我在評論食物，不如說我是對做的人有興趣。就像我遇到桂文樂、然後迷上他的落語一樣，我也想找出料理界優秀的業者與名人。加上若不想被特定看法侷限，就得跑上幾百家、吃個幾千次不可……。『好吃』『不好吃』的評語只是這成果的附屬而已。在每年出版的法國餐廳指南《美食家》（Gourmand）裡面，除了口味以外，我打算也寫些廚師的部份。」

他以之為目標的法國飲食指南《米其林》（Michelin）除了味覺之外也相當注重衛生。而且評價的範圍不單是廚房，連廁所也涵蓋在內。

山本先生對餐廳的廁所當然也極為重視。

「說得誇張點，提供食物的工作可是攸關人命的，所以能做為清潔標準的廁所當然不能放過。」

「你能不能推薦一間三星級廁所？」

「最近新開幕的義大利餐廳『IL SOLE』。

★★★ 三顆星廁所

這不是山本益博先生家的廁所。「哪間餐廳的廁所稱得上是三星級的？」答案就是這裡。於是就直接到這裡參觀。女廁的大小是男廁的三倍，在東京市中心要找間一樓的店面已經相當困難了，這裡居然給廁所這麼大的空間，而且如此華麗！清潔度豪華度都是★★★。
和男廁不同，女廁裡還有化妝間。不過這裡沒用溫水洗淨式馬桶。我想大概是為了不讓人聯想到大號吧！

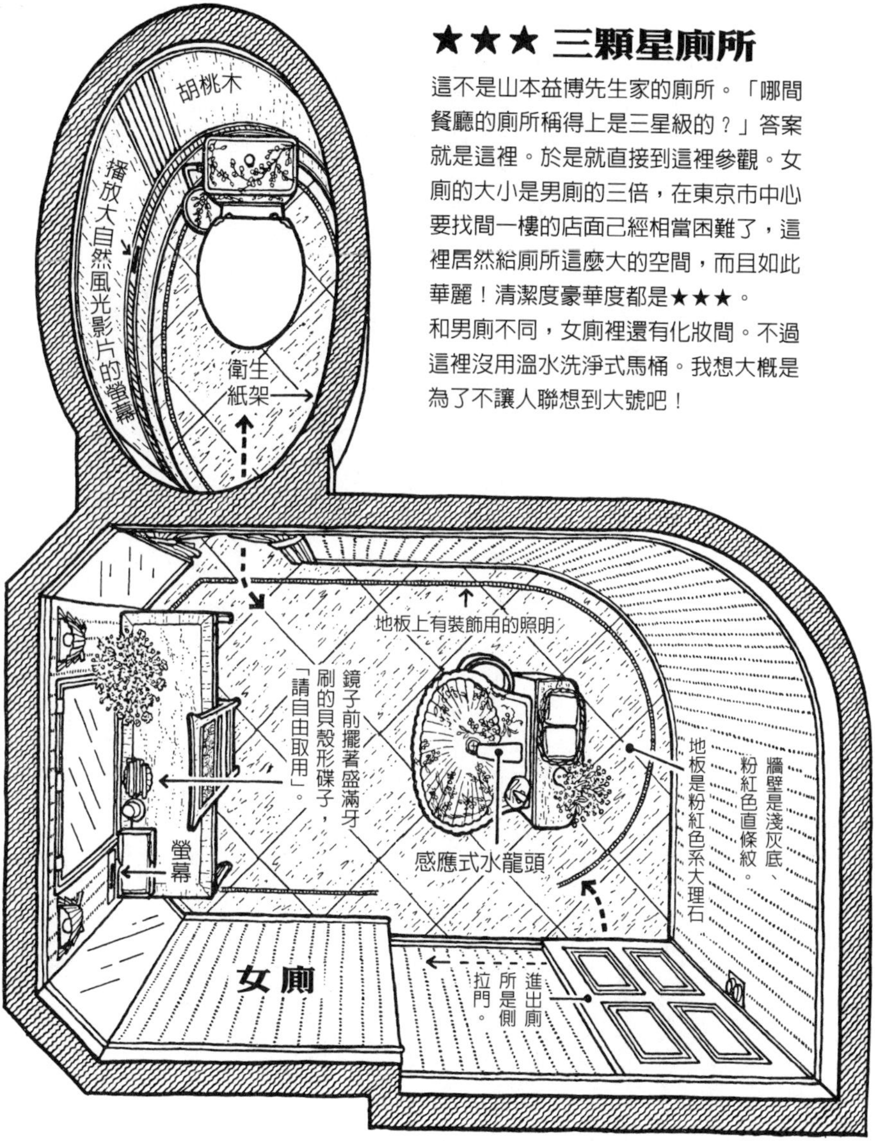

胡桃木
播放大自然風光影片的螢幕
衛生紙架
地板上有裝飾用的照明
鏡子前擺著盛滿牙刷的貝殼形碟子，「請自由取用」。
螢幕
感應式水龍頭
地板是粉紅色系大理石
牆壁是淺灰底、粉紅色直條紋。
女廁
進出廁所是側拉門。

義大利餐廳
IL SOLE（義大利文＝太陽）

很可惜，這家店於1992年春天歇業了。（編集部）

要不要去看看？」

我是個對什麼都好奇的人，就先擺下山本先生家的廁所，直接先到餐廳去了。

一進店裡就說要參觀廁所實在很冒失，沒想到他們一口就答應了，連女廁也對我們開放。山本先生也是第一次參觀女廁。

「男廁很講究，但女廁可是更豪華呢。」

「家裡用這種廁所會感覺很做作，但是餐廳這地方就像劇院一樣，反而能夠盡情享受豪華的感覺呢。」

接著我們在IL SOLE用餐，他們的口味也相當不錯，我就擅自給了顆★。

餐後往山本先生家移動。

「我家廁所跟剛才餐廳的相比，真是天差地別。本來怕會太單調乏味，想趕緊擺些什麼做裝飾呢。轉念一想，這種刻意的小伎倆一定會被河童先生識破，所以就還是保持原樣。」

「的確談不上什麼氣氛，不過很乾淨，我給三顆星。」

我邊量尺寸邊說。

和他的談話很自然會夾雜了食物與排泄的話題。

「好的大便是健康的象徵。吃得好就拉得好，這點非常重要。我以前拚命吃，下場很淒慘。例如不管身體狀況如何，硬是強迫自己把鰻魚丼吃個精光。因為不吃完的話就不知道鰻魚和飯的比例，也沒辦法了解師傅的想法。結果就把身體弄壞了。現在很注意吃的步調與速度，如果不行就不吃了。這跟健康地排便很有關係的。」

他之所以追求美味，是因為相信「美味的東西對身體有益」。在那場大病之後，他了解到舌頭不僅是分辨美味與否、酸甜苦辣各種味道的器官而已。

「我覺得舌頭原本的功能在於判斷食物入

山本益博先生家的廁所

「答應接受河童先生的訪問後，覺得廁所太單調了，本來想裝面浴簾什麼的。但又想，這種臨陣磨鎗應該馬上就會被看破，所以最後還是維持原狀。」

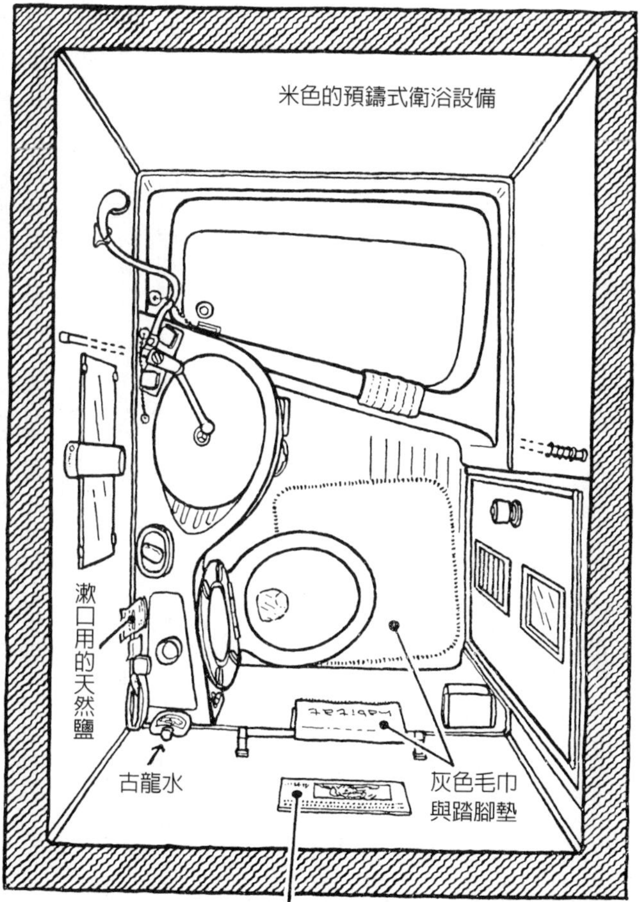
米色的預鑄式衛浴設備
漱口用的天然鹽
古龍水
灰色毛巾
與踏腳墊

「那邊擺的是『伯方天然鹽』，刷牙或漱口時用。古龍水有時拿來灑馬桶裡……。香精油的舒爽氣味很舒服呢。」

一九八八年的奧黛麗赫本的月曆，山本先生很喜歡她。「平常月曆都是掛在房間牆上，但這是最後一張奧黛麗赫本，覺得可惜才掛這裡……。本來在想要不要拿下來，畢竟有點不好意思。」

口後對人體是好是壞。如果是身體必需的東西，舌頭便判定為『好吃』。專業廚師所作的美味料理必定是精選食材加上合適的烹調手法，所以對身體應該頗有益處。而讓人們享受這些食物的廚師就像醫生一樣。行家的料理可以強化我們的身體和精神，同時增進我們的思考能力。這就像練習相撲時藉著橫綱的胸膛練習。我的目標不單是寫出關乎味覺的種種，還打算為料理人寫些談及手藝的文章。」

山本益博先生這麼說。和隨隨便便的我不同，他在「吃」上頭的確下了很大功夫。

主持人塔摩利篇

49

聽說「塔摩利先生對私生活向來採取不公開主義，所以答案可能是ＮＯ……。」

因此就算他不答應也是預料中事。沒想到回答竟然是「ＯＫ」。不過他花了二個月調整工作行程，同時又附加了這番說明：

「人家要來家裡採訪可是全都拒絕的。一方面我家和普通人沒兩樣，也不好意思讓別人看到我們夫妻的生活。不過，還是請來參觀吧。」

等塔摩利先生錄完「Studio Atla」的現場節目，一起搭他的車駛向他家。

在車上，他說假日都會親自下廚，不但能炸天麩羅，連殺魚也行，工夫不錯。

「禮拜天幾乎都會進廚房呢。因為外頭的菜沒自己作的好吃。料理這東西，要是沒什麼概念和天賦，怎麼也教不來。」

「咦？是在說您太太嗎？」

「沒錯。我家那個真是完全拿她辦法。只會說『哇，好好吃』，然後就沒了。」

「這麼說她不好吧。」

「事實嘛！」

雖然塔摩利先生不太好意思多聊聊春子夫人的事，不過聽說她是一位度量很大、很好相處的人。塔摩利先生十五年前從福岡到東京來時，寄居在赤塚不二夫先生家，將近有半年時間身邊的人都以為他單身。

「因為沒人問嘛。我也不會特地去告訴人家我有老婆了。」

現在也一樣，塔摩利先生就像隻貓，突然跑出去又忽然回家。即使如此，夫人認為他遲早會回來，一點兒也不緊張。

看到春子夫人帶著貓站在玄關迎接我們，好像以前就認識一般，有種很親切的感覺。

「這人就是我太座。貓咪叫金永順。唸起來很好聽，結果就取了個韓國名字『金永順』。」

還有兩隻貓，佩佩和咪咪。三隻貓都是迷了路自己闖進屋子來的。

「原本有隻叫橫山彌助的狗，但是撞車自殺了……。」

聽他介紹完家族成員後，就去參觀廁所。廁所有兩間。他比較喜歡靠近寢室、緊挨著浴室的那間。

「房子的設計我們比較注重廁所和廚房。其他部分大抵委由設計者處理，但我們也會根據自己的喜好提出種種要求。因為吃和拉這兩個出入口很重要。」

塔摩利先生早餐吃很多，午晚餐吃得少，有時只吃兩頓。總之，廚房和廁所是他最喜愛的地方。

「在廁所裡會覺得很平靜，所以一待就很久。雖然已經大完了，常常還一直坐著。才沒幾天前，竟然一坐就坐了四十分鐘……。要說原因，好像是坐廁所的時間會隨著年齡增長。年齡和上廁所的時間會一樣長吧。十八歲時坐十八分鐘、二十歲坐二十分鐘、三十歲三十分鐘、四十歲就四十分鐘。最近自己也覺得實在待太久了，還是早點出來比較好，可是……。在客廳時不會什麼都不幹，在廁所就不一樣了，沒東西可玩，又沒辦法動來動去，真的是就一——直坐著。倒也不是在思考什麼，就只是放鬆自己一直坐著，這樣不也很好？」

「也許有類似坐禪的效果……。沒看到廁

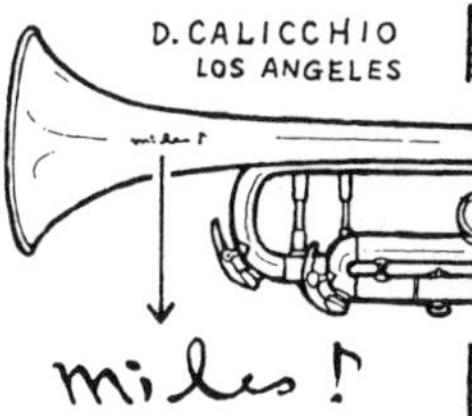
D.CALICCHIO
LOS ANGELES
miles!

戴維斯（Miles Davis）簽名的小喇叭。塔摩利先生的寶物！

塔摩利先生家的廁所

天花板是傾斜的。這廁所是應塔摩利先生要求而設計的。「我喜歡這樣寬敞的感覺。溫水洗淨式馬桶的缺點就是太舒服了，沖完後都不想馬上出來。」

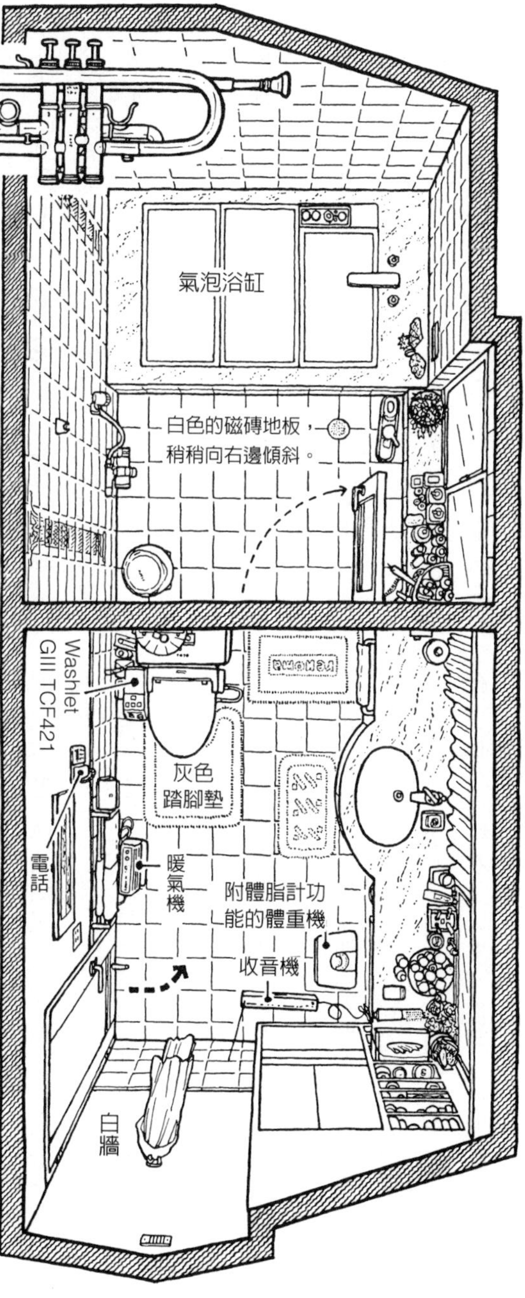
氣泡浴缸
白色的磁磚地板，
稍稍向右邊傾斜。
Washlet
GIII TCF421
灰色
踏腳墊
電話
暖氣機
附體脂計功
能的體重機
收音機
白牆

半地下室裡有一間視聽音響室，錄音混音設備樣樣俱全。牆壁有兩層以利隔音，聲音絕不外漏。音響設備之齊全真是嚇人！還有台四十吋投影式電視機。感覺上對各個環節都非常講究。「今年各廠商應該又推出畫質更好的投影式電視了。」「有新產品馬上就想買嗎？」「對。人家都叫我『衝動購物的塔摩利』。一有新產品電器行就會送來給我看。但是往往在送來前我就已經衝動地先跑去了。所以我就像電器行的餌。這裡全都是我的玩具。」

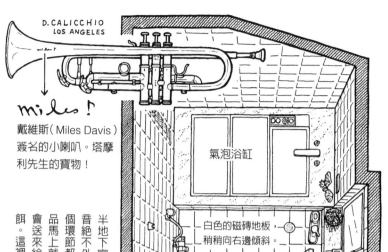

所裡有書，您在廁所看書嗎？」
「大便時會帶那種隨時可以停下不看的雜誌進去。最好的就是郵購型錄《Dinos》。不但隨手翻開都可以讀，而且百看不厭。有時候也會把附近中華料理店的外送菜單拿進去，從頭到尾仔仔細細地看了又看。廁所是我喜歡的地方，喜歡到就算在裡面吃飯也無所謂。」
「您什麼時候上廁所呢？」
「不一定。每次都是想去就去，不違逆身體的呼喚。」
原本以為塔摩利先生工作這麼忙，應該會有固定上廁所的時間，沒想到完全不是這麼回事。
「拉得出來就贏。通常『陣痛』是突然發作的。所以就算錄影即將開始，也不會硬憋而直奔馬桶。」
說到這裡，難怪聽說《當然要笑》的節目製作人橫澤彪先生曾在休息室門上貼上「錄影前禁止大便」的告示。塔摩利先生就在旁邊寫上「請給藝人大便的自由」，然後還作了個「排泄是最基本人權」的標語牌。
「我也不願意因為大便而搞亂工作進度。可是我告訴他『顧慮工作的話，便意會一去不復返』。」
那麼，在任何時間地點都拉得出來嗎？也不盡然。
他到薩摩亞（Samoa）某個島嶼時，由於公共廁所不乾淨，在那村子的三天裡都沒大便。他相當神經質。
「我是很神經質。如果隔壁有人就大不出來。所以總要一直等，直到隔壁的人出去。我也會舉止小心，怕人家知道我進來了。我會小心到不讓衣服發出摩擦聲，像個忍者般一直等，等到沒感覺、便意也消失。隔壁的人出去了就拉一點，再有人進來就只好又偃

塔摩利先生家的客用廁所

「這不是我的廁所，是給客人用的。」好像很多人為了塔摩利先生的親手料理而來。「我是法國料理撲滅總部部長，做的當然是日本料理。只要有青花魚、沙丁魚、竹莢魚，材料不夠我也不擔心。」

「我不在這裡大便。只有小便。小便對我來說感覺不像上廁所。只有大便時才算上廁所。」

「我想獨創一種特殊的小便方式，可惜失敗了。不用手去扶還是不行……。」

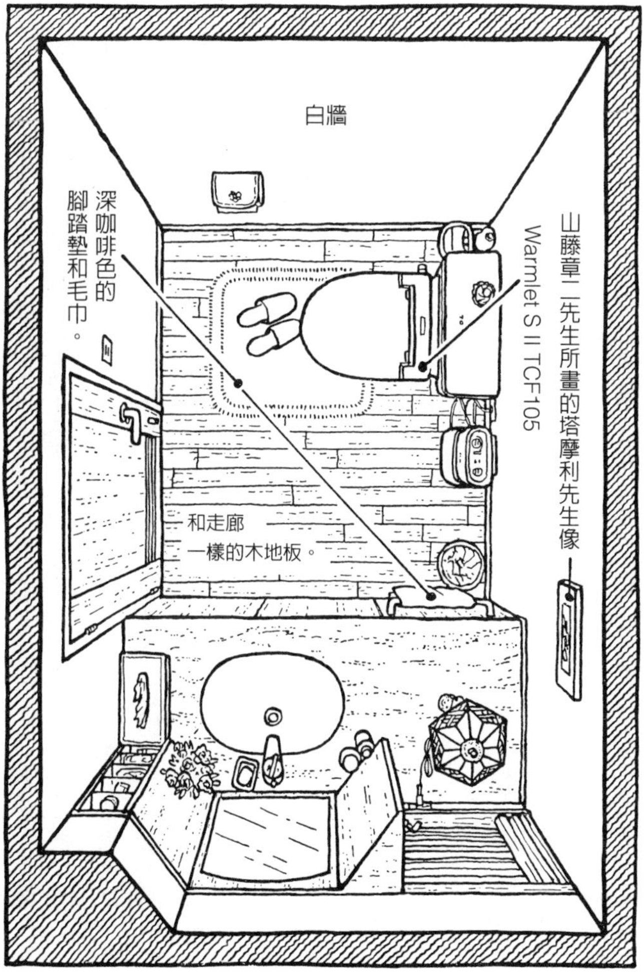
白牆
山藤章二先生所畫的塔摩利先生像
Warmlet S II TCF105
深咖啡色的腳踏墊和毛巾。
和走廊一樣的木地板。

每個房間都經過精心搭配，很有整體感。

旗息鼓，等人走了再繼續拉一點。因為我會這樣，所以儘可能不在外頭大便。話雖這麼說，『陣痛』實在是讓人忍不住，那時候只好死命忍住直到找到中意的廁所。」

塔摩利先生本人就在面前，只對著我一人開講，感覺挺奢侈的。特別是講到他少年時代有關大便的妙談。

「我朋友家的廁所糞坑很淺，我怕大便一掉下去會濺上來，趕緊把屁股撅高，没想到頭一低，啪一聲噴到嘴唇上！」

他說時的那副表情，讓人真想給個特寫鏡頭公諸於世啊。

50 作家阿川佐和子篇

「騎熊背上放個屁，
龍膽花兒凋謝了。
騎熊背上望著天，
人家說我是傻子。」

阿川佐和子小姐說她很喜歡阪田寬夫（註二）的這首詩。

「我對於放屁人便等話題沒什麼顧忌，總是大剌剌地就談起來。所以節目的工作人員都說『形象錯亂』，對我的幻想一天一天破滅了。」

收看由阿川小姐擔任播報工作的《筑紫哲也NEWS 23》的觀眾，如果和真實的她會面必定大吃一驚。

「其實我這人很滑稽搞笑，人家卻說電視上的我一臉嚴肅。節目要開始的時候我都會緊張得笑不出來，有人就教我，唸三次『愛媛橘子』就可以了。結果每當『開始前十秒』的信號打出來，我就開始唸『愛媛橘子愛媛橘子愛媛橘子』，緊接著才冒出『晚安』的問候。可是我常擔心節目錄到一半會突然冒出『愛媛橘子』來。」

請她讓我參觀廁所，結果：

「住的是租來的房子，所以非常普通。不過我很喜歡這類話題，歡迎歡迎。」

一到她家，先請我吃義大利麵。

「要談『出』的話題前先『進』一些吧！」

她邊說邊幫我澆上她拿手的番茄肉醬，真是美味可口。

很愛美食的她在《週刊文春》的〈跑跑滑一跤，哎呀真糟糕〉的隨筆專欄裡曾寫到，有一次醒來的時候，居然發現自己睡在法國餐廳的廁所裡……。

「那天是要和一位很棒的男士用餐，我非常期待，從早上開始就沒吃東西。等到吃飯的時候一方面人緊張，又空腹就喝葡萄酒，馬上就很不舒服……。向對方說聲對不起，就踉踉蹌蹌地找廁所去了。到這裡我都還記得。可是等我醒來，發現自己手掛馬桶上整個人睡倒在地。昏過去了呢。還好那位男士什麼也沒發現。」

看她哈哈笑得很開心，那種毫無心機的模樣和她父親阿川弘之（註二）真像。

訪問吉行淳之介先生時，他說：

「年輕時候曾經和阿川君比賽誰拉屎拉得快，結果我以四十五秒得勝。『輸了！』他一副很不甘心的樣子。」

這兩位已經一把歲數的作家……，真讓人啞口無言。而這種開放明朗的糞尿學氣質好像完全遺傳給女兒了。

「少女時代有什麼趣事？」

「中學時候老師帶我們去野尻湖露營。六個人一間，住半山腰的平房裡。早上保健室老師巡視的時候問：『大家情況還好嗎？』我們異口同聲：『不好——會便秘——』那時大家都便秘，常常互相問來問去『妳幾天了？』常常積了好幾天，現在想起來還蠻噁心的。」

現在，為不影響每天的行程，總是很注意要拉得快。

「小便比較沒辦法控制。一緊張就想去，相親時去得更頻繁，很傷腦筋。明明要碰面前才去過的，結果『初次見面，您好』，剛打完招呼喝口茶，馬上又想去……。」

「這麼說來，妳覺得相親很痛苦、很棘手

佐和子小姐的廁所

她住處的餐廳只有餐桌和一張椅子。也沒有接待客人的家具，屋裡只有必需品。「很單調的房間吧！有人來採訪時問我『是否剛搬家』，因為屋子裡頭堆滿紙箱。其實已經搬來一年了。人家說『很像男孩子的房間』，聽得我啞口無言。不過我的確不喜歡裝飾品什麼的。」

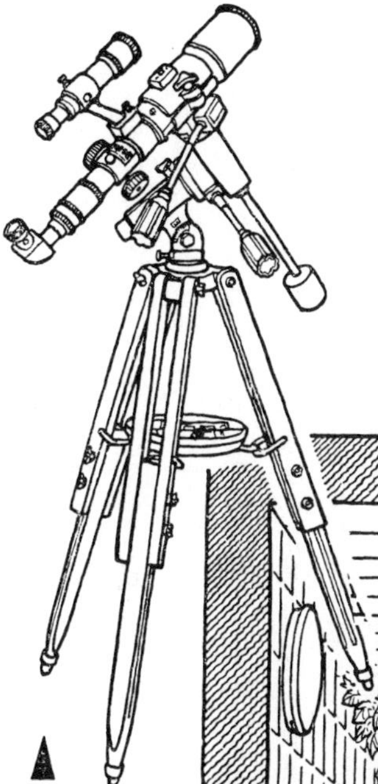

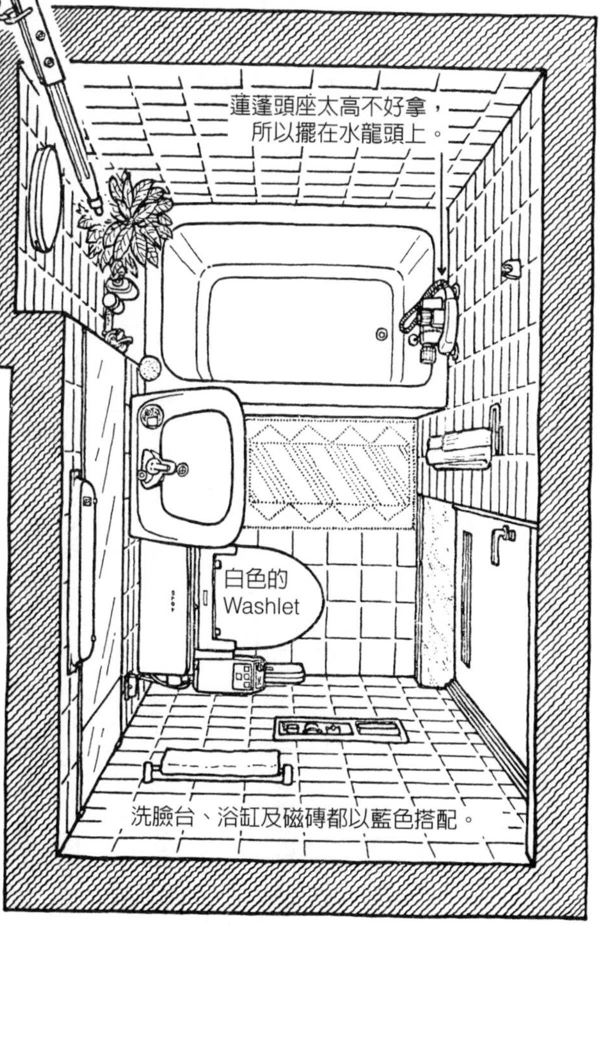

蓮蓬頭座太高不好拿，
所以擺在水龍頭上。
白色的
Washlet
洗臉台、浴缸及磁磚都以藍色搭配。

聽說阿川家家教很嚴格，特別上廁所時一定得靜悄悄的。「麻煩的是廁所就在我爸書房前面啊……。」

▲客廳裡有架很棒的天文望眼鏡，是她主持TBS電視台《秋元秀雄情報站TODAY》結束時拿回家作紀念的。魚缸裡養了二十條魚。佐和子小姐好像對許多事情都蠻感興趣的。

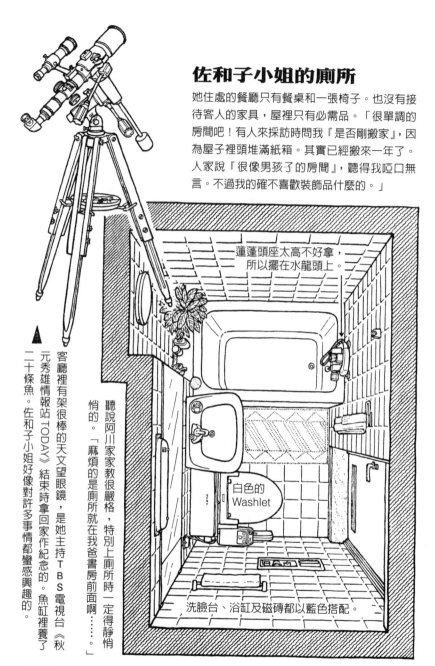

嗎？」

「可是我已經相過三十次了呢。上電視以後也有三次。到底是不是真的想結婚啊，最近也不免開始懷疑了。」

總不至於因為愛上廁所而結不了婚吧。

「我媽也是常要上廁所，可是我更嚴重，動不動就想去。聽到『走，出門囉』，這時當然得上。一緊張間隔更短，出外採訪時就很麻煩。我曾聽檀文（註三）說，有這兩種毛病的女明星會惹人嫌：愛上廁所的，和有她在就下雨的『雨女』。」

「佐和子小姐也不是兩個毛病都有啊。」

「沒錯。所以當不了女明星。可是就算不是女明星，人家也會討厭哪。因為，『接著對談開始。鏡頭轉過來』『啊啊，等一下，請讓我先……。』」

五年前為了ＴＢＳ電視台《一起挖井吧》的活動到伊索匹亞去。那是她第一次到國外採訪。

「加上又是嚴肅複雜的內容，採訪時緊張得一直上廁所。老是被說『又要去了？』也只好裝作沒聽到……。伊索匹亞最常見的廁所是在地上隨便挖個洞，但又會很慎重地擺上踏腳石。雖然是掏糞式廁所，但並非拿去當水肥，而是儲存到一定程度後整堆移到別的地方挖洞埋起來。因為空氣很乾燥，整個兒會變得硬硬的，後來到處飛撒自然就成為大地的肥料了。」

「沒有獨立一間的廁所嗎？」

「有。從阿迪斯阿貝巴（Adis Abeba）往北，沿蜿蜒山路往上到了某個村子時，我們在一間像茶店的小餐館裡吃飯。吃飽準備出發，我照例又要上廁所。有個小孩子帶我出了後門，看到雞和山羊走來走去。從雞群羊群間望過去，斜坡上有間小房子就是廁所。裡頭差不多四張榻榻米寬，只見角落有個小

伊索匹亞山村裡的廁所

佐和子小姐的親筆畫►

她擺出這個姿勢為我詳細表演解說當時情況。讀者可從這張畫自由想像……。

腳這樣抬起來……。

依照佐和子小姐的記憶描繪。

「為什麼需要那麼大的空間呢？使用方法完全不知道。」►

?
只在角落有個洞。
「門一關上，只有從木板縫照進來的光線而已。」

洞。如果是男人要小便倒挺方便的，但我可得怎麼辦事呢？只好兩手扶牆上，抬起一隻腳……。」

說著說著她真把一隻腳抬起來，對著房間的角落現場演出，看得我笑歪了。

「真的可以嗎？這樣寫好嗎？」

「沒關係啊。」

恭敬不如從命，我就如實照寫了……。各位「阿川迷」，真是抱歉了。

註一：阪田寬夫，一九二五年生於大阪，東京大學畢業，小說家、詩人。

註二：阿川弘之，一九二〇年生於廣島，東京大學畢業，小說家、藝術院會員。

註三：檀文，一九五四年生，慶應義塾經濟系畢業。作家檀一雄的長女。女演員，亦從事寫作。

作家景山民夫篇

51

午後兩點，約定的時間。玄關的門一開，一個箭步搶在景山民夫先生前衝出來的是條大狗，撲到我身上。

「哈伯！不要這樣！」

景山先生緊拉住這條黃金獵犬的項圈，看起來蠻吃力的。哈伯好像把我當成同類了，繼續熱烈歡迎，還把我壓倒在沙發上猛舔我的臉。

「因為養狗得住獨棟房子，找得很辛苦。搬來這裡已經第四年了。我很滿意，不過這房子構造蠻奇特的。」

二樓是客廳、餐廳和廚房，一樓是臥室和寫作的地方。每層都有廁所，景山先生用的是工作室旁的那間。每個房間的門都比一般房子高，有兩公尺。景山先生身高一百八十五公分，所以剛剛好。

「過了四十歲還在長，有點異常吧。如果照這樣下去，七十歲的時候就會長到兩百三十公分。我老媽說，『其實你五歲時曾跌到糞坑裡』，我完全沒印象。聽說是到鄉下親戚家，架糞坑上的板子已經腐朽了，結果我走過去時剛好斷掉，噗通一聲掉下去直淹到胸部，嚇得我嚎啕大哭。可能那時的水肥太營養了，所以到現在還在長呢。」

景山先生很喜歡談論廁所或糞便的話題，「話匣子一開就沒完沒了。」他邊說邊笑著帶我去看廁所。

「廁所是我的避難場所。工作累了或寫得

煩了就躲來這裡。以前是『第十五頁症候群』，現在則是『第八頁症候群』——差不多寫到第八張稿紙就開始煩了。但不寫不行啊，又沒時間到樓上喝個茶，那偷個三分鐘也好，就躲進廁所裡。什麼都拉不出來還是窩在那兒。大便一天三次。上廁所時絕對不想工作的事。」

廁所裡堆了漫畫《石井壽一選集》全套十八本。他說這種書最適合放廁所裡。

「以前上廁所時一定帶本書進去，可是常常站書架前猶豫老半天，不知該拿哪本好，那就乾脆把從哪邊都可以開始看的四格漫畫全集放進來……。」

聽說從小他就覺得「書和廁所」是「成套」的。可能也就因為這樣，每次一到書店就想大便。

「進去大型書店差不多過個十分鐘就想上廁所，真的很頭大。有這種毛病的人好像不只我一個，因為大書店的廁所總是人滿為患。不知道是不是因為聞到紙的氣味，才引起連鎖反應，產生便意。」

仲畑貴志和山根真一兩位也都這麼說，看來同病相憐的人還真不少。

「如果要蓋間理想中的廁所，在書庫裡不錯呢。從書架間拉出一座馬桶來，用完可以整個兒收回去。坐擁書城好好大個便，那還真是安心又愉快啊。」

他說如果自己有能力蓋房子，頭一個就以廁所、浴室、廚房為中心來考量，其他的空間也想全部設置書架……。

我以為景山先生會對廁所很講究，沒想到他好像哪裡都ＯＫ。旅行時也是隨遇而安，不太挑。

「婆羅洲（**Borneo**）水上人家的房子是搭在水面的長棧橋上。聽說他們蓋房子只要買到居住權，然後立起柱子鋪上地板就可以住

景山先生的廁所

二樓雖然也有廁所，不過他只用這間。靠近書齋也有關係，但主要是跟這間感覺比較合。

公的黃金獵犬，今年3歲。
哈伯君
體重31公斤
長統膠鞋長40公分。
在釣具店買的，日本製。
（威靈頓型）
身高64公分。

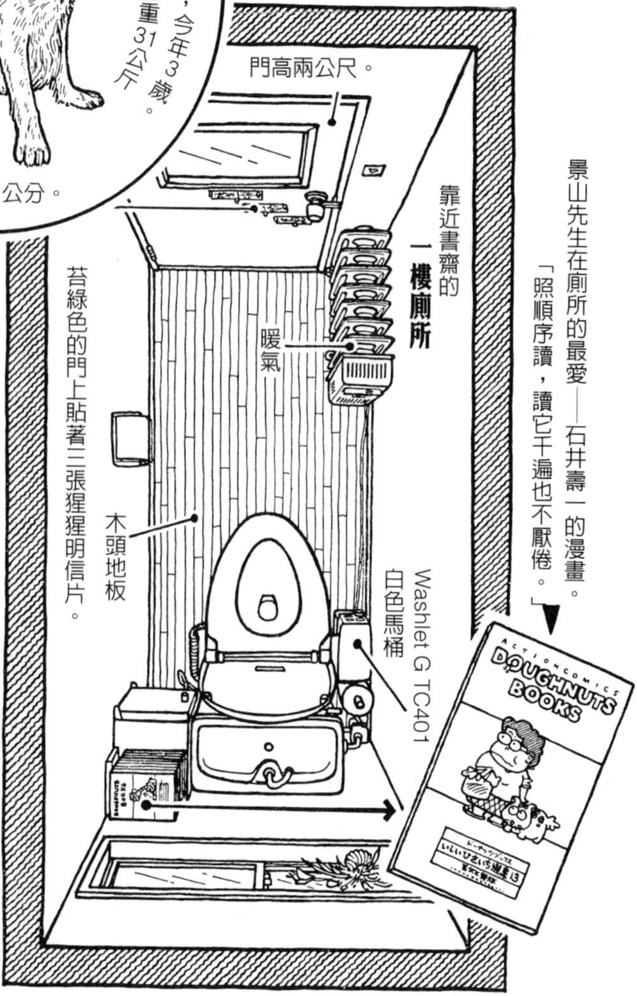

門高兩公尺。
靠近書齋的
一樓廁所
暖氣
苔綠色的門上貼著三張猩猩明信片。
木頭地板
Washlet G TC401
白色馬桶
ACTION COMICS
DOUGHNUTS BOOKS

景山先生在廁所的最愛——石井壽一的漫畫。「照順序讀，讀它千遍也不厭倦。」

「除了夏天外，長統膠鞋是我的生活必需品。這附近已經像山區了，我常穿著膠鞋和太太去溜狗。」「哈伯這名字是取自喜劇演員馬克斯三兄弟中的哈伯嗎？」「是啊。從默片到有聲電影時代，他自始至終沒講過一句話，對不對？人家都說黃金獵犬不會吠，所以把牠取名為哈伯。不過我們家這隻會汪汪叫。」

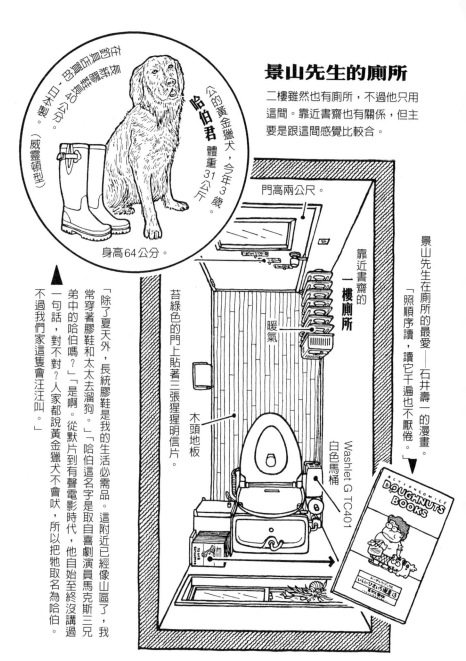

進去了。然後邊在其中生活邊架上屋頂、隔出走廊，廁所的圍牆最後才加上去。廁所是在地板上挖一個三角形小洞，離水面約三公尺。然後人就蹲這兒『噗通噗通』，魚兒便會聚集過來。我旅行通常跟老婆一起去，她也蠻能適應的。如果是沒有圍牆的廁所，她就披上我的大雨衣蹲著辦事。」

最近景山先生到墨西哥沙漠旅行，夫人大津朋子女士也是帶著雨衣去。

在西班牙鄉下的話，就找岩石遍佈的隱蔽之處，通常會發現大便成堆，看來關於辦事地點的選擇是「英雄所見略同」。接著他又談到在印度時的體驗，也是令人捧腹大笑。

「當時已經急得齜牙裂嘴，只見一間空屋草木叢生，跟朋友跑進中庭裡蹲了就拉。沒想到四周的板窗和出入口『啪啪啪』地全打開了。原來板子是遮日曬用，這兒根本不是空屋，是人家辦公室！這下可好啦，他們正好要午休出去吃飯，結果看到我們蹲在那裡不知在幹嘛。對方一臉訝異，我們當然也嚇壞了。他們以北印度話接頭交耳，大概是說『到底在幹嘛啊？』可是我們正拉到一半，沒辦法就此打住。就這樣，我們在八十多人不可思議的眼光圍觀下硬是把屎拉完。完事後我們像小狗般仔細用砂子掩好，說聲『實在很失禮！』夾著尾巴就逃。蠻恐怖的！」

聽說潛到海底去大便，魚群都圍過來。

「婆羅洲、南太平洋、南中國海附近各處去。十公尺處的水壓差不多有兩個大氣壓，所以大便的話感覺會回堵。還有，不管在哪裡拉，魚都會咻地游過來。不知道是不是因為比牠們平常的食物還美味呢。濃度高，又有蛋白質、纖維素……。」

這番話聽下來，感覺景山先生是親眼確認了食物鏈的存在，然後以對等交談交往的態度看待魚和動物們。

景山先生家二樓的廁所

靠近廚房與餐廳，可是「我不太用這間廁所，現在感覺像是貓咪專用。」「？」「貓關在家裡時，就把貓廁所放這裡，把門開著。我們不在家的時候這兒就完全成為貓咪的地盤了。」（現在有一隻貓）

景山家都吃糙米，幾乎不吃肉。「大便形狀好，拉得也順暢。我想應該是食物纖維的功效。糙米吃的時候細嚼慢嚥，一天可以只吃兩餐也不覺得餓。不但百病全無，身體也會覺得很輕鬆。」

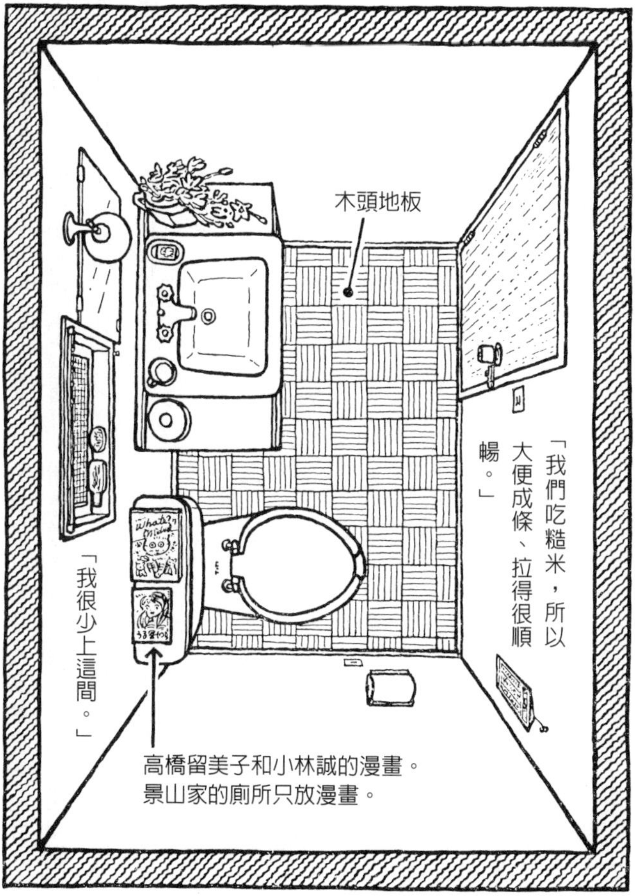
木頭地板
「我們吃糙米，所以大便成條、拉得很順暢。」
「我很少上這間。」
高橋留美子和小林誠的漫畫。
景山家的廁所只放漫畫。

景山先生之所以長得那麼高，跟掉進糞坑沒關係。他現年七十三歲的父親大人身高一七六，應該是遺傳的因素吧。

他的小說《來自遠海的ＣＯＯ》裡有幻獸蛇頸龍上場，其中有一幕描寫剛出生小恐龍的糞便是白色的細繩狀。此段敘述之具體及細膩，讓我讀來真覺得有蛇頸龍存在。

他說是在潛水發現人為污染的可怕後才開始思考地球環境的問題。我和他的談話始於大便，漸次轉到熱帶雨林、垃圾處理及紙資源再利用等問題，告辭時已是傍晚時分。

作家神津十月篇

52

神津十月小姐在《神津家現在有十一人》裡面，把一大家子與困難、危機事件奮戰的滑稽笑鬧描寫得活靈活現，讀起來真是有趣。

我和十月小姐的父親神津善行先生工作過，二十幾年前和她母親中村玫子女士也合作過一齣兩百四十三集的連續劇。換言之，我從她還小就認識她了，所以見面時不禁脫口就說「長大了呢！」一副伯伯的口吻。

「爸爸媽媽工作不在家，要我向您問好。」

「不在家反而好。」

說完就以參觀廁所為題，請十月小姐談談神津家的真實面貌。

「我們這家子看起來和樂融融，對吧？其實感情倒也沒特別好，每個人心裡都還是認為『自己是老大』。因為全家血型都O型，每個人都很任性，奇怪的是偏偏又粗枝大葉想得開。常常『噯，也無所謂啦』，說了就做。廁所也是這樣。我爸沒和任何人商量，『就這樣吧！』擅自決定裝上粉紅色馬桶。其實我們最討厭的就是粉紅色。不過還是覺得『哎，算了，再怎麼說他是爸爸嘛，總要給點面子』……。」

不管哪個家庭，裝潢廁所或選購馬桶通常由女性決定，但玫子女士對此卻沒表示任何意見。

「我媽雖然是很情緒化的人，但對這件事只覺得『廁所就是廁所』，沒什麼特別意見。」
另一方面，身為戶長的善行先生不但決定馬桶的顏色，還從衛生觀點徹底要求了好些事情。例如，「上完廁所後應該坐在馬桶上洗手」。
「老爸說，擦完屁股就拉上褲子，這樣會把衣物弄髒。所以應該先把手洗乾淨再穿褲子才對。」
是很合邏輯沒錯，不過未免也太潔癖了，我忍不住笑出來。
「跟普通人的愛乾淨可是很不一樣的呢。例如一般的父母親可以毫不在意地解決掉自己小孩吃剩的食物。可是我家老爸，如果我用我的湯匙舀東西遞過去，『爸爸，要不要吃吃看？』他是絕對不會吃的。他也不會用自己湯匙拿東西給別人吃。給人感覺蠻冷淡無情的呢。然而他就是這種人，這和喜不喜歡你是兩碼子事。」
神津家有四間廁所。我想大家族嘛，有四間也是應該的，可是，
「不，其實搶得很厲害。雖然說有四間，但是我爸地下室的工作室和祖母房間那兩間廁所，大家都很少用，而是集中到另外那兩間。使用率最高的是二樓有衛浴設備的那間。我爸早餐後一進廁所，就是包含刮鬍子等全套作業。他刮起鬍子來非常仔細，所以時間拖很長。先熱敷軟化，再修剪、再染，門一關就是一個鐘頭，根本就輪不到其他人用。所以我妹八月就很會抓時間，每次都早我爸一步衝進去，趕著沖澡洗頭。所以，我們家雖說是很尊重老爸，其實還是女人的勢力比較強。」
在O型人的這番明爭暗鬥中，是誰佔據廁所的時間最長呢？竟然是十月小姐。
「總計起來，應該是我在家的時間最長。說起來很沒面子，或者說可憐：除了到廁所

聽說神津善行先生不喜歡在工作桌上查些專業的事物，就把《音樂辭典》放廁所裡。必要時就往廁所跑。可能受此影響吧，之後就改放大家都可以用的《國語辭典》。

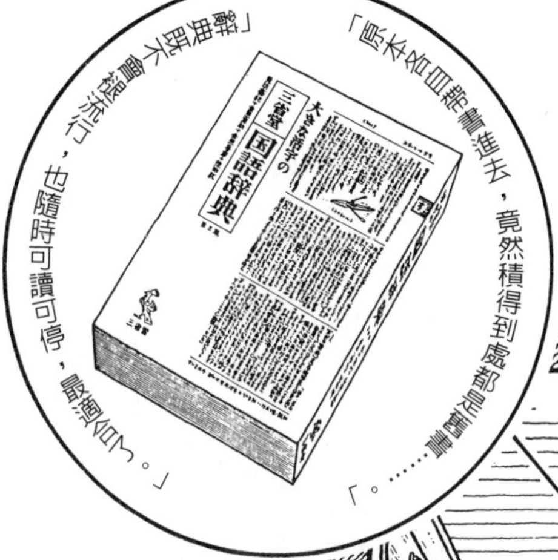
「原本只能書進去，竟然積得到處都是舊書……。」
三省堂
大きな活字の
国語辞典
「辭典既不會被流行，也隨時可讀可停，最適合了。」

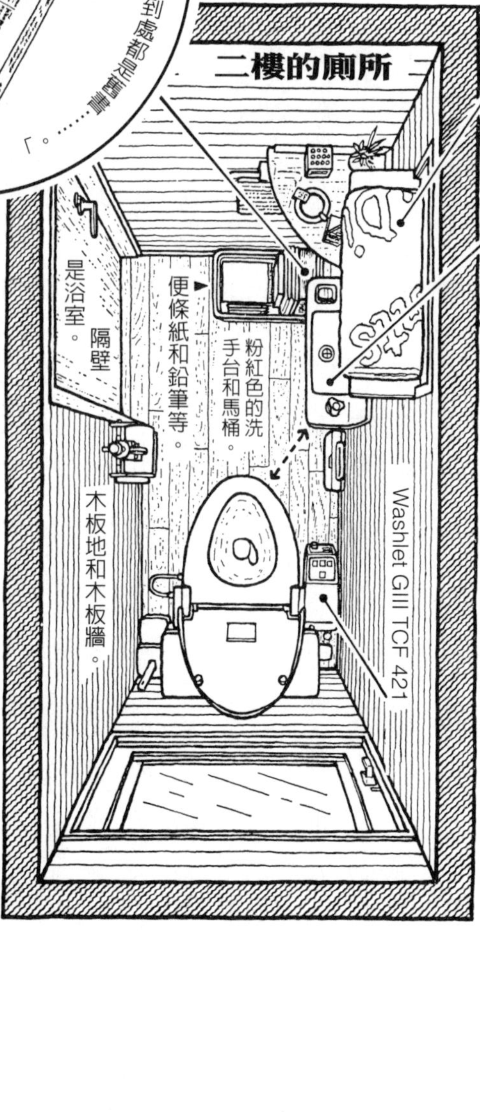
二樓的廁所
粉紅色的洗手台和馬桶。
便條紙和鉛筆等。
隔壁是浴室。
木板地和木板牆。
Washlet GIII TCF 421

架子上擺著蓋膝蓋的毯子。「雖然坐在溫暖的馬桶座上，但因為沒有暖氣設備，這是為長時間坐裡面的人準備的。」

「這個距離……，就是為了能在便後坐著就可以洗到手。」

神津家的廁所

介紹一下《神津家現在有十一人》（德間書店發行）中的登場人物。父親・神津善行（作曲家）。母親・中村玫子（演員）。我・神津十月（文字工作者）。妹妹・神津八月（演員）。弟弟・神津善之介（高中生）。祖母・神津花（已作古）。外婆・中村智慧子。幫傭・小順。幫傭・小雪。看護・鳴山女士。同住者・正江女士。小狗・卡波勒、團長、愛普麗魯、蜜糖。共十一個人四隻狗。

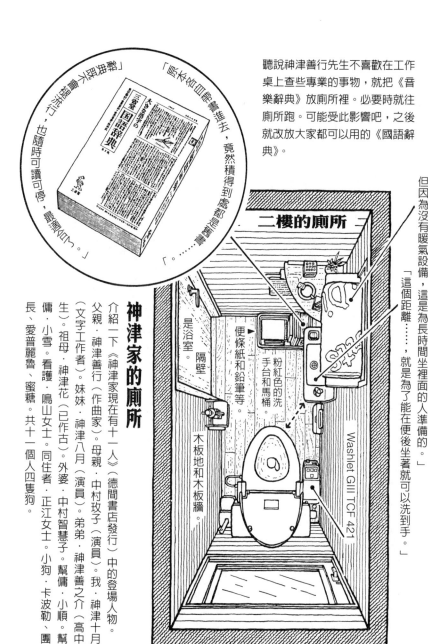

以外，我不知道還有什麼方法可以轉換心情……。寫文章的時候會每隔十五二十分就進去一趟。明明也不是想上，就只是進去坐坐而已。」

十月小姐在十八歲時曾到美國留學。住在宿舍裡有好幾個室友，應該是無法獨占廁所。當時不知是什麼樣的情況？

「感覺像是種生存競爭，很嚴酷呢。宿舍的衛浴設在兩間雙人房中間，也就是說兩個房間共用，所以進去後得把左右兩邊的門都鎖上。但是四個人的使用時間都集中在早上上課前，因此不免爆發激烈的爭奪戰。即使上了鎖，左右兩邊的門都咚咚咚敲個不停，根本沒辦法安心坐著。還有，她們不在意自己坐馬桶的時候有別人同時沖澡，不但很輕鬆地說「ＯＫ」，而且在房間裡就脫得光溜溜才進浴室……。剛開始我都不知道該把視線往哪裡擺才好，很困擾，『不是說這國家很尊重個人隱私嗎？這樣還有什麼隱私可言？』」

十月小姐在那裡感受到的差異，除了生活習慣之外，還有毛髮的顏色和馬桶的高度。

「其他三個人都是細細的金髮，即使掉在洗臉台或浴缸也看不太出來，可是我就算只掉一根頭髮，但因為是黑色的，就很顯眼。所以每次用完浴室總要睜大眼睛打掃一番。還有，馬桶的高度也讓我很苦惱。一坐下去兩腳就懸在那邊著不了地，感覺真的是很屈辱啊。搬離宿舍住進公寓以後，我就擺了個踏腳凳。」

我想起到北歐旅行的時候，那裡的小便斗也是高得很，結果只得踮起腳尖辦事。回到日本我說：「日本的便器真好啊！」還被大夥兒笑。

近年來，日本的便器高度不但降低，溫水洗淨式馬桶也越來越多。《廁所大不同》所參觀的地方幾乎都安裝這種馬桶，可見普及率之高。

神津家也是使用Washlet機型，之所以會採用是出於患有痔瘡的户長的意見。

「現在全家人都愛用。可是剛開始的時候很害怕呢。擔心不知道水有多燙、是不是對

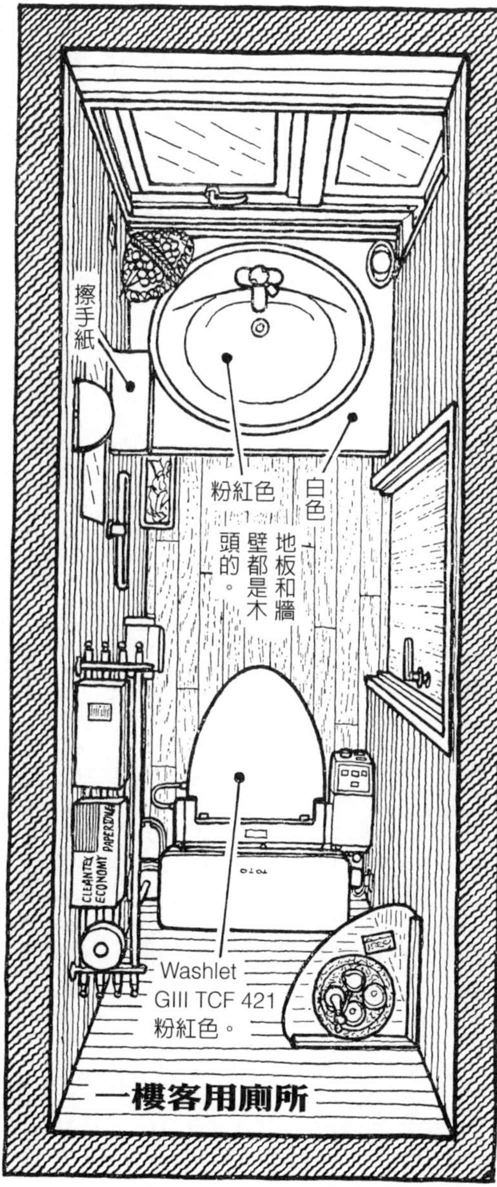

一樓客用廁所
擦手紙
粉紅色
白色
地板和牆壁都是木頭的。
Washlet
GIII TCF 421
粉紅色。

靠近客廳的客用廁所。當然自家人也用，不過二樓浴室旁邊的廁所較受歡迎。

一樓這間廁所裡的馬桶、洗手台、衛生紙架、香皂等，也都是以粉紅色搭配。

得準屁股……。大家都戰戰兢兢進去，不一會兒就『啊！』地一聲。有人不只慘叫，衣服還弄得濕答答的，遮遮掩掩地出來。我祖母更好笑，竟然低頭去看那個噴水孔，結果噴得滿臉都是水……。」

聽她這麼一說，温水洗淨式馬桶引起的騷動好像正熱鬧滾滾地在眼前上演。

很多人用慣了這種洗淨式馬桶，就不喜歡在外面上廁所。聽說十月小姐經常出外旅行……。

「我到哪裡都沒問題，沒那麼神經質。說到這兒想起來，有次出遠門，結果跟在海邊玩的狗一起並排著辦事呢。」

神津家玄關前停了一部露營車。這是喜歡到處跑的十月小姐那部「傳說中的車」。

「以前我常在自己車裡塞滿各種東西到處跑。後來想，若是出外一星期以上，還是具有『居住性』的車子比較好，所以才買了露營車。」

她說自己很喜歡看地圖，思考到哪裡該怎麼走也是件快樂的事。忽然想去旅行也是說走就走。

譬如有一天，因為喜歡相撲力士旭富士，想到他的故鄉青森縣五所川原看看，於是就出發了……。我想那種露營車一定有廁所吧，結果卻不然。

「要不要有廁所和沖澡設備，當初的確猶豫了好一陣子，最後還是作罷。因為裝廁所得自己打掃，而這種廁所和家裡廁所的清掃方式可不太一樣……。有人勸告說：『積存在蓄便桶裡的東西得帶到有淨化槽的地方扔，之後清掃蓄便桶也相當花工夫』。平常的廁所水一沖就沒事了，露營車卻不是這樣啊。更何況，日本到處都有廁所，幾乎不怕找不到，所以我才沒有裝馬桶。但是下次如果換車，我還是想裝個廁所。因為希望自己

十月小姐「傳說中的露營車」

福特「Easy Order」
車種

森繁久彌先生
送的。

露營車的內設馬桶比攜帶式馬桶還大，所以車內就會顯得狹窄……。

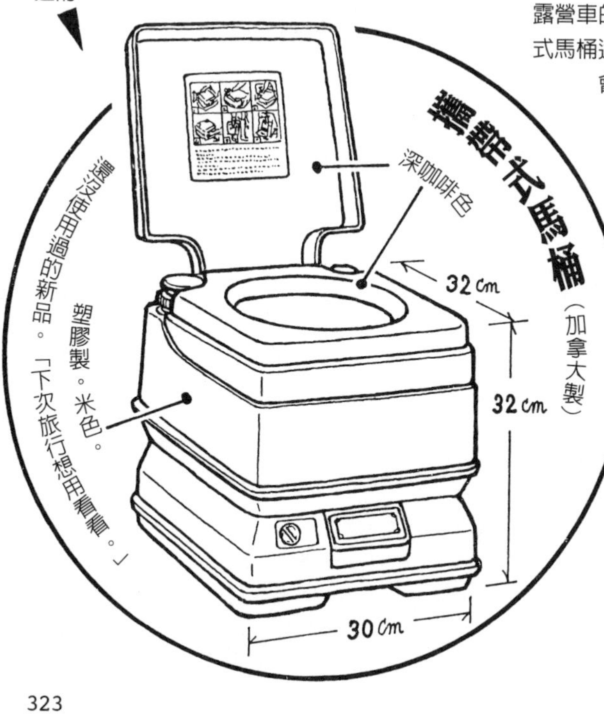
攜帶式馬桶
（加拿大製）
深咖啡色
32cm
32cm
30cm
塑膠製。米色。
還沒使用過的新品。「下次旅行想用看看。」

我對十月小姐說：「請坐攜帶式馬桶上。」「好！」很輕鬆就坐下來。當然是服裝整齊的……。不過還是決定不畫下這姿態，因為要仔細描繪馬桶的形狀和尺寸。

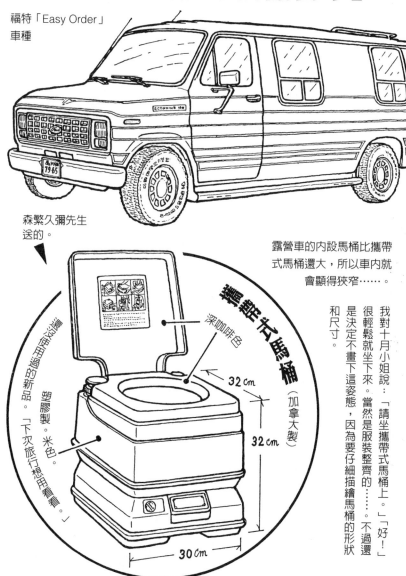

不要光拉而不善後，畢竟我也已經長大了嘛。」

聽她這番話，我這個作伯伯的忍不住想讚美：「這話說得好啊」。

探險作家C・W・尼寇篇

53

定居在長野縣黑姬山麓的C・W・尼寇（C. W. Nicol）先生向來喜歡惡作劇，但在日本好像忍住不敢輕舉妄動。

「我搬來黑姬山十年了，一直提醒自己千萬不要惡作劇。在日本，人家或許不認為那是開玩笑，對方的反應不曉得會是一笑置之或勃然大怒呢。」

他好像從小就特別愛惡搞，尤其有關廁所的惡作劇更是匠心獨具。聽他講完之後，「尼寇篇」就變成「惡作劇特集」了。

首先是十四歲時的小痞子行徑。

「保鮮膜剛上市時，我和兩個朋友比賽以保鮮膜來惡作劇，看誰厲害。有天夜裡，我一個人潛入幾英里外的女校，把所有馬桶座都掀起來貼上保鮮膜再恢復原狀。可惜無法看到結果如何……。」

我彷彿聽到上完廁所的女學生驚慌失措的尖叫聲。

「夠惡劣吧！」他笑著說。

十七歲時，他有個機會以生物老師助手的身分去加拿大北極圈內探險，可是得自籌旅費，因此去找了份體力勞動的打工。那老闆是個趾高氣揚討人厭的傢伙，因此想給他點顏色瞧瞧。

「老闆在野外拉屎時總是蹲到茂密的草叢裡辦事。我和朋友就躲在後面的溝道，偷偷將鏟子放在他屁股下方，待他在上頭拉出一大堆屎後趕緊把鏟子抽走。他辦完事低頭一

LMSR
LONDON MIDLAND AND SCOTTISH RAILWAY
WILL PASSENGERS KINDLY REFRAIN FROM USING THIS WATER CLOSET WHILST THE TRAIN IS IN A STATION
BY ORDER-L Andrews Regional Manager
1st January 1865

尼寇家的廁所

「這個木製馬桶座是買來的。原本希望自己能滿懷心意親手雕一個，可是……。總有一天會這樣做。」尼寇先生說。

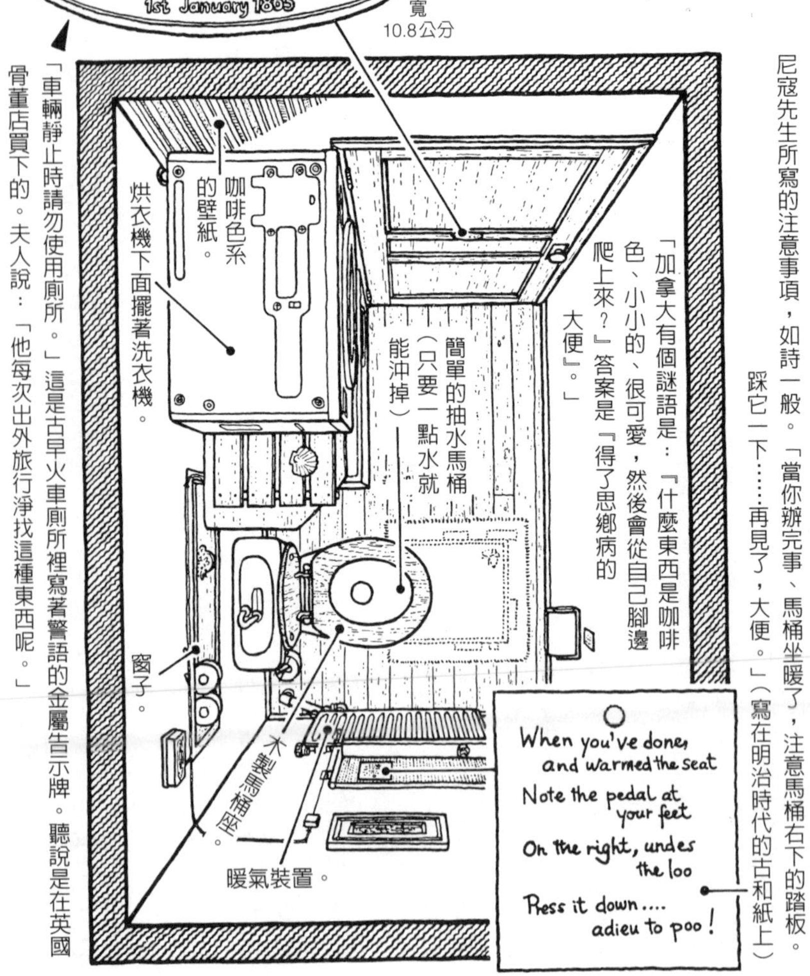
寬
10.8公分
「車輛靜止時請勿使用廁所。」這是古早火車廁所裡寫著警語的金屬告示牌。聽說是在英國骨董店買下的。夫人說：「他每次出外旅行淨找這種東西呢。」
咖啡色系的壁紙。
烘衣機下面擺著洗衣機。
簡單的抽水馬桶（只要一點水就能沖掉）
「加拿大有個謎語是：『什麼東西是咖啡色、小小的、很可愛，然後會從自己腳邊爬上來？』答案是『得了思鄉病的大便』。」
窗子。
木製馬桶座。
暖氣裝置。
When you've done, and warmed the seat
Note the pedal at your feet
On the right, under the loo
Press it down.... adieu to poo!
尼寇先生所寫的注意事項，如詩一般。「當你辦完事、馬桶坐暖了，注意馬桶右下的踏板。踩它一下……再見了，大便。」（寫在明治時代的古和紙上）

看，大便，不見了。他嚇得要死東張西望，居然拉下褲子再檢查一次！最後臉色發青地跑回家了。他到現在恐怕還是百思不得其解吧！」

第二次從北極探險回來就進入聖保羅師範大學就讀，當時十九歲，和幾個死黨聯手搞了一個大規模的惡作劇。

在一年一度的「惡作劇週」（Rag Week）裡，大學生在鎮上極盡能事地到處惡作劇，然後以一場熱熱鬧鬧的遊行閉幕。據說在這期間，學生募集的慈善基金可高達幾千英鎊……。

他們的把戲從週五深夜盜取工程用帳篷開始。

「那頂黃色帆布帳篷是挖路時圍住路面坑洞用的。其他像工作服、工作帽及整套工具等也一起偷了。隔天週六的清晨，我們四個搖身一變成了築路工人，在郵局前石板步道上搭起帳篷。那個地點是當地居民最引以為傲的廣場，兩旁樹木成蔭又有花壇，高級商店餐廳櫛比鱗次。我們從早上八點開始拿鶴嘴鎬、鏟子、鐵鍬，撬開石板挖洞。其間也有警察跑來問，『是什麼工程啊？』我們就搪塞說，『瓦斯漏氣的緊急施工』。接著開始灌水泥、裝馬桶。幾個小時後接近正午，購物人潮開始多了，就在這時候撤掉帳篷，裡面出現一個坐在馬桶上的男人！扮這角色的倒楣鬼是抽籤決定的。他戴著老式禮帽、褲子拉到腳踝，邊喝紅茶邊看報。來往行人看了無不大笑，紛紛抛來賞錢。警察終於過來了：『你到底在這裡做什麼？』『大便。』結果我們那胖子朋友被警察帶走；其他人正要去歸還帳篷、工程帽時，『就是你們這群搞的鬼吧！』也全部被捕了。不過很快就展開救援行動，付了罰金及道路修繕費後就被釋放了。市民在『惡作劇週』裡也樂得很，

一起開懷大笑。」

在《C‧W‧尼寇的青春記》書中他也寫了：「『惡作劇』必須富想像力且不可傷害他人。把惡作劇的樁打進以權威為名的牆壁裡。即使長大成人，只要保持著『惡作劇精神』，青春年代就永不結束。」

或許因為這樣，他在已長大成人的一九七四年曾參加於加拿大舉辦的「世界放屁大賽」（？），並勇奪冠軍。

「那導因於朋友間相互吹噓多會放屁，結果演變成聚集各國放屁好手的大賽。評審的基準有五項。一是音量大小。二是味道。三是技巧，例如能放出『噗——～～嗚～』之類的變化。四是火焰，要能點火燒得起來。五，必須穿著褲子。比賽前的準備才累人。得十分注意食物：多吃番薯、豆類；為了香氣還得吃高麗菜、乳酪。謠傳勝利的會是義大利人，結果是我勇奪冠軍。我單手吊樑懸空，一手拿著口琴吹奏英國國歌，然後放了很精彩的屁。」

「真的嗎？」

「真——的！有錄音帶，要不要聽聽看？」

他馬上拿出那卷證據錄音帶。

的確是場充滿熱鬧氣氛的大賽。實在是太離譜了，怎會有這種蠢主意呢？讓我笑得東倒西歪。

如果光講惡作劇，大家對C・W・尼寇這人可能會有所誤解，趁此機會也正經地問些有關廁所的事。

「北極圈的廁所有什麼特別的嗎？」

「廁所小屋下面裝置橇刀。」

「什麼意思？」

他曾經到北極探險十二次，有五次擔任隊長。對於紮營之類的事情經驗相當豐富，也曾好幾次自己建造廁所。

其中一間建在加拿大西部北極區的奧德庫儒（Old Crow），全出自尼寇先生的點子。

「一九七二年春天，我們一行五人為調查馬更些河（Mackenzie）的生態系與環境，來到溫圖・庫欽族（Vuntut Gwitchin）的村子裡。他們是居住區域最北的印第安人。專為北極地區設計的組合屋雖然一天就搭建起來了，廁所可是大費周章。首先向村裡的長老打聽春夏時的主要風向，因為廁所得在下風處才好。接著要選擇到了夏天不會因融雪而泥濘不堪的地方。然後在選定的地點用鏟子挖洞，但因為是千年凍土，很硬很難挖。隊員揶揄我『在挖誰的墓啊？』『在挖金礦嗎？』結果二公尺的洞我一個人挖好。接著

請尼寇先生畫的「惡作劇週」的圖。

搭建一間裝著橇刀的小屋，擺到深洞上頭。等洞裡的排泄物滿了後，再到別處挖洞，然後把廁所屋移過去。因為我們有個規矩：絶不在紮營地留下任何痕跡。我所發明的移動式廁所完全符合這條件。而且裡頭還設計了擺書架、蚊香、衛生紙的地方，牆上甚至還貼著白紙好讓人塗鴉呢。」

他說，「生活的中心是廁所」。因此不只在北極圈，也曾在衣索匹亞（Ethiopia）搭建過一間舒適的廁所。

「在挖了洞的台座下擺個桶子，裡頭放消毒水以及類似艾草能除臭的葉子。為不污染水源，桶子裡的排泄物必須拿到非水源地挖個深洞埋起來。那個廁所最講究的就是馬桶座。那是我朋友前田幹男用一種膚觸特佳的木材雕成的絶品。任期結束回國幾個月後，有封來信說，『安公主也上了尼寇作的廁所哦。』」

黑姬家裡廁所的馬桶座也是木製。

我光屁股坐坐看，雖然不是加溫型便座，卻有種木頭的暖和感。或許他特意讓廁所成為家中最溫暖的地方吧。

「為什麼廁所和浴室沒在一起呢？」

「我最討厭那樣子。清洗身體的地方和大便的地方一起，不是很奇怪嗎？」

聽說當初蓋這棟房子時，原本廁所和浴室設計在一起，好讓房間能寬敞些。但是「這樣我可能會搞錯，在浴缸裡大便呢。」尼寇先生反對。

「尼寇先生是個愛惡作劇的小孩，也是抱著夢想的長大的少年。」這樣的描述想必他不會生氣吧。

說到夢想，明年即將竣工的新居將排泄物全都再生利用，這棟極具實驗性的住宅就是他的夢想。他計畫利用土壤中的細菌將廢水淨化成飲用水，把糞便分解、乾燥成無臭的

尼寇先生搭建的北極用廁所

（根據他的描述畫出來的）

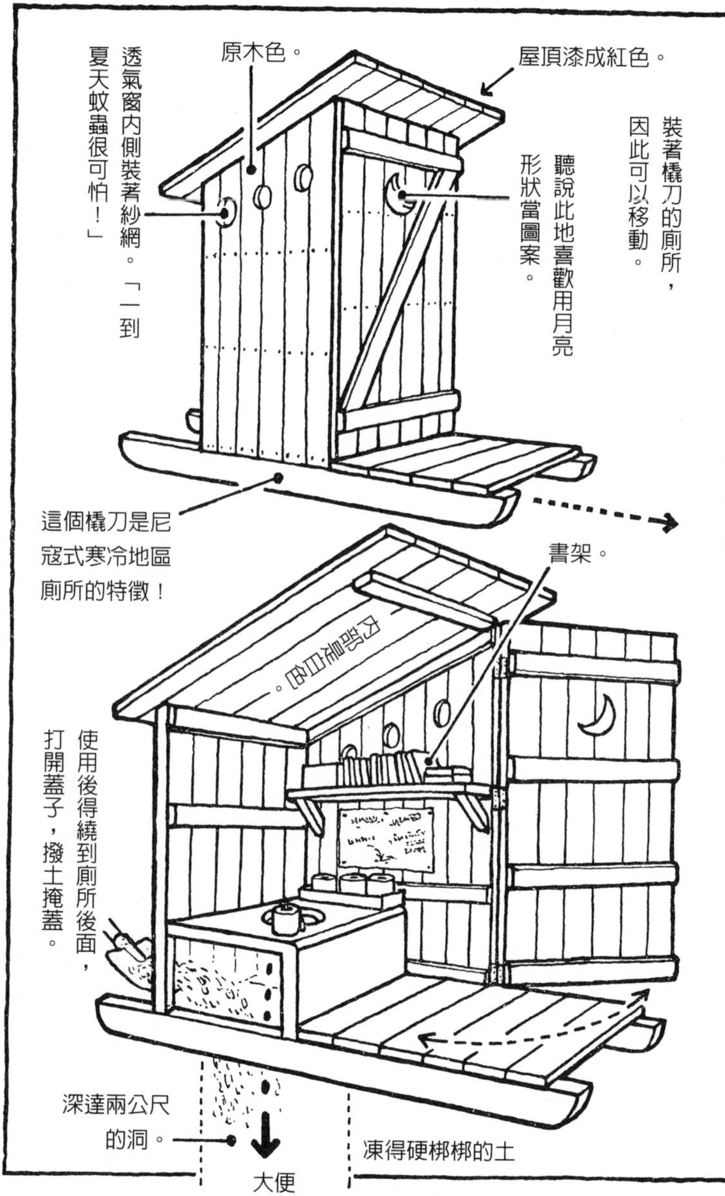

屋頂漆成紅色。
裝著橇刀的廁所，因此可以移動。
聽說此地喜歡用月亮形狀當圖案。
原木色。
透氣窗内側裝著紗網。「一到夏天蚊蟲很可怕！」
這個橇刀是尼寇式寒冷地區廁所的特徵！
書架。
內部是白色。
使用後得繞到廁所後面，打開蓋子，撥土掩蓋。
深達兩公尺的洞。
凍得硬梆梆的土
大便

肥料來種蔬菜。能源方面，也全部利用太陽能來發電，希望能實現不製造廢棄物、不浪費能源的生活方式。

「我希望以不破壞自然為前提來生活，即使只能做到一點點也好。雖然剛開始在設備上花費不少，但長久看來卻很經濟。其實這問題應該從施政層面來整體思考的……。」

說到這裡，尼寇魯先生的臉上由「愛惡作劇小孩」的笑顏一轉為嚴肅大人的表情。

演員桃井薰篇

54

和桃井薰小姐在劇場碰面時，

「要談在沙漠拉糞的事？可以啊。」

她很爽快就ＯＫ了。到目前為止用「糞」這個字的她可是第一位。

我曾經和她一起工作過好幾次，自認相當清楚「薰小姐」的真面目，然而每次見面總覺得有些地方不一樣。

「自從到非洲沙漠旅行之後，我變了。以前常常會擔心，如果不再當女星，該怎麼活下去呢？現在我覺得，只要當個『人』，就可以了。」

她工作那麼忙，還佔用時間採訪太過意不去了——我以此為藉口，故意挑她在自宅舉辦派對時拜訪。其實我別有用心，因為想嚐嚐她的料理……。

我在旁邊看她在廚房中一一料理、俐落地裝盤擺飾，把人家送的美麗山櫻插在大花瓶中，這形象和大家所認為的「桃井薰」迥然不同。

十五位客人三十分鐘後才會到，我想趁這空檔問她一些問題，結果，

「沒關係，就在派對中問也沒關係。」

我是來採訪的，還是來當派對的不速之客的，連自己都搞不清楚了……。

「我的料理也不一樣了。以往總覺得自己做的菜有點見不得人的感覺，小裡小氣、難登大雅之堂。不過，人在非洲可沒辦法那樣呢。想想看，十一個工作人員要吃的飯非得

一口氣作出來不可，而日本女性只有我一個……。」

兩年前，朝日電視台製作記錄片《撒哈拉沙漠縱貫幻想之行》，在兩個月拍攝期間與她共處的工作人員對她的感性與溫柔都讚不絕口。

「除我以外，每個隊員都各有吃力的工作要做，只有我在那裡無所事事，那可不成。在沙漠裡，什麼『女星桃井薰』的，這頭銜一點兒意義也沒有呢。所以我早上從車頂的儲水箱取來六公斤的水，到營地附近撿些枯枝，起火燒開水，做早飯。吃完飯用沙清理碗盤，再拆帳篷撤營。顛簸的吉普車坐得人屁股發腫，一個勁兒地在沙漠中奔馳，一到中午就卸下行李，盤腿坐到沙上夾著砧板揮起菜刀。午餐用畢立刻出發。然後又繼續前進，直到太陽西下再找紮營的地點……。雖然一個多月不曾洗澡，可是意外發現我還蠻耐操的呢。這時才知道，原來我和自己所想像的完全不同。在沙漠裡，只有活得下去和活不下去的區別而已。能夠明白這道理，對我而言真是個珍貴無比的體驗。」

製作人齋藤裕彥先生也說：

「有天早上眼睛一睜開，發現因為吹了一夜的強風，帳篷整個兒被埋在沙裡了。各頂帳篷裡都發出怪聲，趕緊跑出去看。這時只見到有位頭髮眉毛全白的老婆婆站在那裡。正覺得她在對我笑，突然間她開始在身上四處拍打，弄得一片沙塵滾滾。沒多久，桃井小姐從飛揚的白沙中現身。那天的早餐是麵包和咖啡。大家坐在帳篷裡長椅子上開始用餐，一喝咖啡覺得嘴裡好像殘留著什麼，吃了麵包才發現原來是沙。咬在嘴裡沙沙作響，但除了硬吞下去以外，別無他法。大家都默默無語地吃著，桃井小姐也是。看到那景象，很覺得欣慰呢。」

薰小姐家玄關旁的廁所

一開門就看到插著非常漂亮的茶花，讓人不禁忘了這可是間廁所。

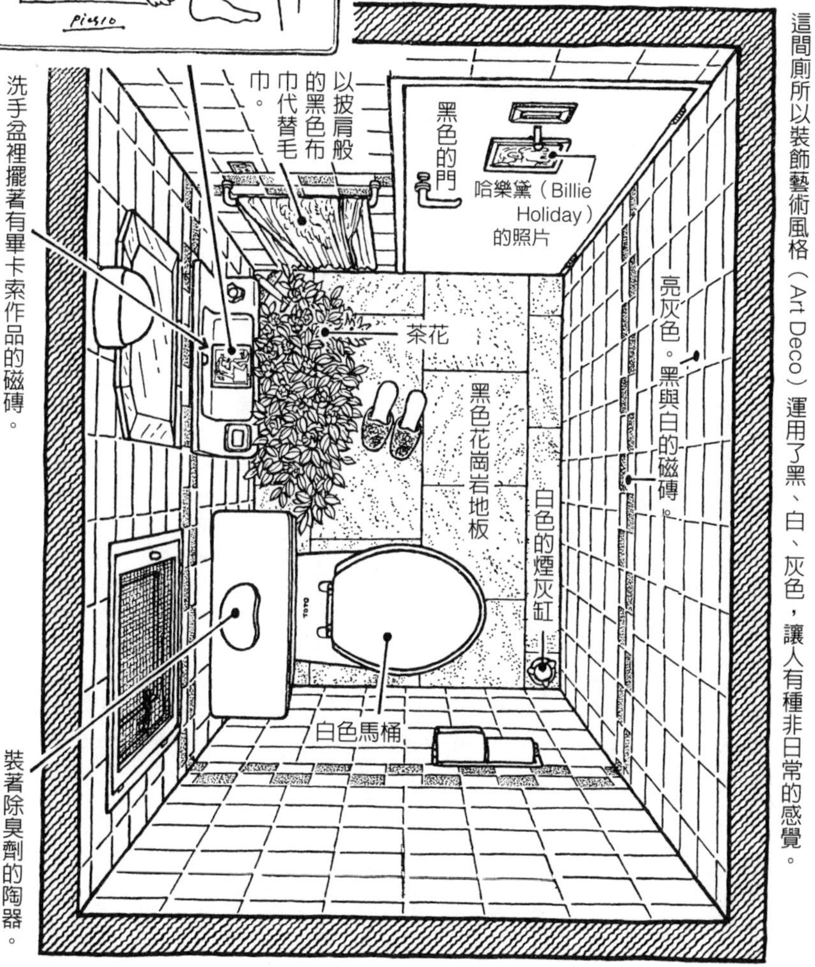
這間廁所以裝飾藝術風格（Art Deco）運用了黑、白、灰色，讓人有種非日常的感覺。
以披肩般的黑色布巾代替毛巾。
黑色的門
哈樂黛（Billie Holiday）的照片
洗手盆裡擺著有畢卡索作品的磁磚。
茶花
亮灰色、黑與白的磁磚。
黑色花崗岩地板
白色的煙灰缸
白色馬桶
裝著除臭劑的陶器。

在水和食物都不充裕的嚴苛自然環境裡，攝影工作從清晨持續到深夜。在挑戰體力和毅力極限的長期旅行中，只有在上廁所的時候有機會離開二十四小時都在一起生活的伙伴們。

「拿著鏟子和衛生紙，晚上的話再帶把手電筒，然後說聲『我去小便了』。如果不先打聲招呼，怕大家會擔心。這已經不是害羞不害羞的問題了。聽到的人會回句『知道了，趕快去吧。』就是這麼一個世界。好像童子軍一般……。」

她在日本時，因為都是用西式馬桶，據說從沒看過自己的「東西」。但在沙漠裡頭，那卻是得知自己身體狀況的標準。

「感覺是只要不拉肚子就沒關係呢。完了就用沙子掩埋起來。」

原來如此。在沙漠裡排泄物會自然乾燥，她用「拉糞」來形容感覺很恰當。

那在和沙漠完全不同的都會生活裡，她理想中的廁所又是如何的呢？

「裝設著青花釉彩的古代西式陶製便器，然後空間要寬敞。這樣的廁所不錯呢。如果太窄，感覺好像被隔離起來逼著要思考些什麼似的，那樣很痛苦。還有，一個人進到四四方方的空間裡，然後擺出大家都一樣的姿勢，那也有種猥褻的感覺。所以我覺得，廁所最好要大到門一打開在裡頭還可以作些其他事。例如喝醉的時候也能坐在那裡想些事情……。總之，我不喜歡廁所直接的功能被一眼看透。不加以隱藏不行。拉屎應該有其隱密性。」

果然桃井薰小姐會神經質的部分和其他人不太一樣。

「也許吧。我給人的印象好像很任性，可是任性和歇斯底里不同。我只是希望能珍重地對待自己的視覺、聽覺、嗅覺、味覺、觸

二樓靠近臥房的衛浴設備

「我很不喜歡『掃廁所』的感覺。所以每天洗完澡一定會把浴缸及廁所好好洗乾淨。我小時候常住院或住宿舍，所以很注意隨時要保持清潔。」

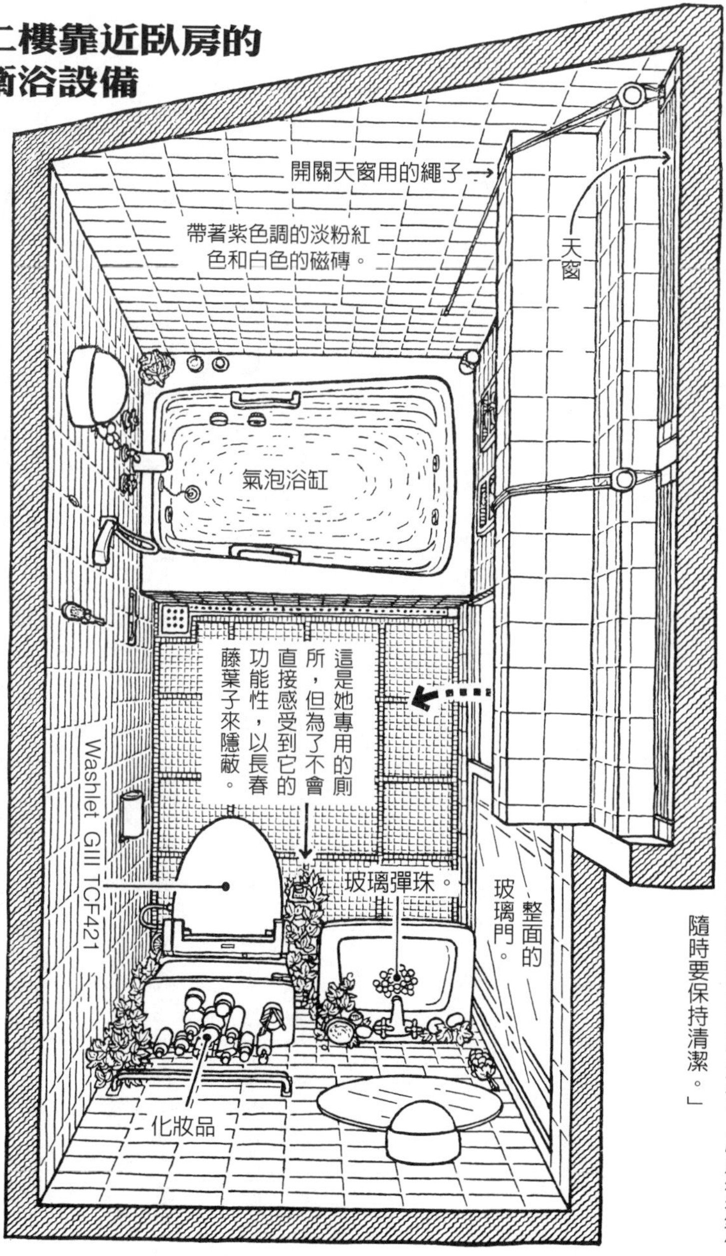
開關天窗用的繩子
帶著紫色調的淡粉紅色和白色的磁磚。
天窗
氣泡浴缸
這是她專用的廁所，但為了不會直接感受到它的功能性，以長春藤葉子來隱蔽。
Washlet GIII TCF421
玻璃彈珠。
整面的玻璃門。
化妝品

「在東京時，除了自家廁所外都不想用。但在大自然裡就無妨。前陣子到屋久島時，也都是以大地為廁。」

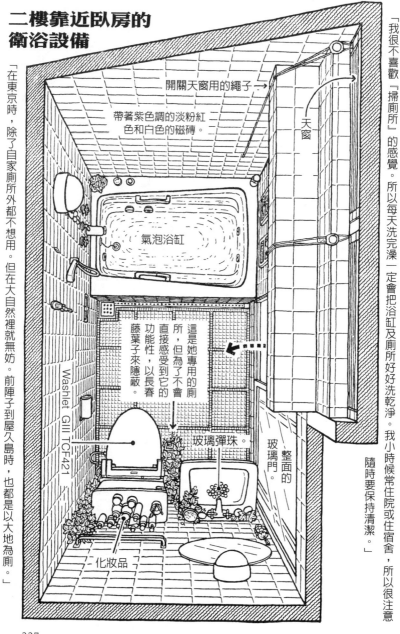

薰小姐房間裡的陶製人偶。
（高44公分）
「她的體態非常美，很性感吧。」

▶「大約三年前在夏威夷的骨董店找到的。我不太喜歡人物造型的東西，但是一看到她就非常中意。然而卻是非賣品呢。最後硬是把她買下，可花了我不少錢……。」

覺。如果妨礙到這五覺的運作，我就會生氣。但是遇到在電車上被踩到腳我可不會生氣喔。」

她說，她希望在生活裡可以一感受到「美」或「舒暢」的事物，就能很直率地表達出來。

她在玄關插了一盆花，花器很像怪獸酷斯拉的蛋。聽說最近她醉心捏陶。

題外篇

從「廁」到「化妝室」

55

西岡秀雄先生以收集世界各地的衛生紙聞名。這位慶應大學的名譽教授身兼「日本廁所協會」會長，是位很奇特的老師。

傳聞他手上有七十多國、近五百種的衛生紙，全部以國別分類，上頭貼著卡紙，記錄著獲得的地點及年月日等資訊……。連喜歡收集東西的我聽到這種事也只得甘拜下風，打消了收集各地衛生紙的念頭。

我一直期待有朝一日能拜見他的收藏品，機會終於來了。而且不只衛生紙，還有讓人對廁所的變遷一目了然的特別企劃展。主題是「廁所考：從『廁』到『化妝室』」。

地點在東京都大田區立鄉土博物館，該館館長就是西岡先生。德國慕尼黑有個「便器博物館」，但在日本以考察廁所為主題的展覽這可是頭一遭。西岡館長能夠有這樣的企劃讓人十分高興。

展場裡有不少在一般博物館鮮見的年輕人及帶著孩子的媽媽，顯得非常熱鬧。展品包括實際的物件、迷你模型、照片資料等，解說得讓人很容易理解。

「原來如此」，令人有恍然大悟之感，收穫不少，於是決定呈現在紙面上，收入《廁所大不同》的題外篇。

首先看到的是繩文時代「川屋」的模型。旁邊則擺著稱為「糞石」的糞便化石，可以透過放大鏡觀察。

從糞石裡分析出的未消化碎骨、纖維、種

▶鳥濱貝塚繩文時代的川屋

（根據福井縣三方郡．鳥濱貝塚遺跡推想復原之物）

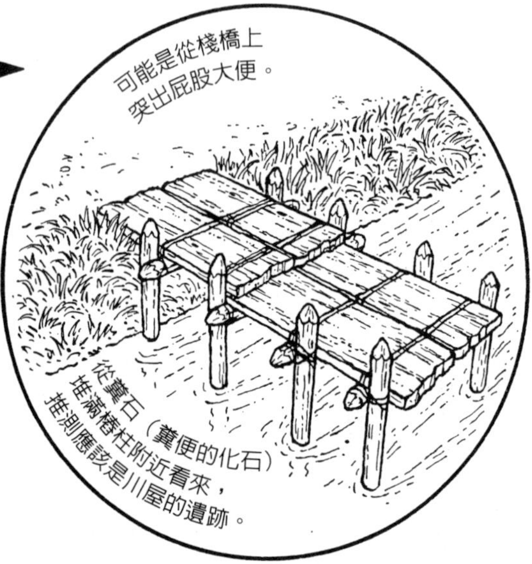
可能是從棧橋上
突出屁股大便。
從糞石（糞便的化石）
堆滿樁柱附近看來，
推測應該是川屋的遺跡。

子、花粉、寄生蟲卵等，可以了解當時的食物內容、烹調方法、糞便排出的季節，進一步明白健康狀態等等，很有意思。

婆羅洲的川屋（二十世紀）

包含婆羅洲的太平洋諸島及大洋洲地區，至今仍有架設在河面上的廁所。從岸邊架著長長的棧橋過去，前端搭建一間簡易的小屋就是了。日本繩文時期的川屋也有同樣的廁所。

樁柱打到河床下
因此不會流走。糞便
是魚群等待的美食。

「婆羅洲川屋」的模型也做得非常好。這種廁所在當地至今仍廣泛使用。糞尿隨河水流走的處理方式和五千年前日本的繩文時期相同，實在有趣。

落在河海中的糞便恰好成為魚兒的美食。在菲律賓、越南、印尼等地，有許多在養魚場上方架設廁所的例子。也許有人會覺得「好髒」，但這就是自然界食物鏈的真相，差別只在知不知道而已。

利用河川湖泊海洋的「川屋」是活用大自然的沖水式廁所，但以人工沖水處理的「抽水馬桶」的歷史竟出人意外地久遠。

世界最古老的沖水式廁所出現在西元前二二〇〇年的美索不達米亞（Mesoptamia）的阿斯瑪（Asmar）遺塚。最讓人訝異的是這座宮殿裡至少有六間廁所、五間浴室，而且廢水及排泄物都排入下水道處理。展場裡展示了出土時的照片。裡面有以磚砌成的坐式便器，但外型還不像現代的馬桶。

「真的很像馬桶！」的東西出現在西元前一三五〇年左右的埃及城市泰爾・阿馬爾納（註）。這次也展出了從城址挖出的馬桶座模型。實物是以石灰岩製成，目前仍留存著。

如果以為那個時代的馬桶座都是石製，那可就錯了。其他遺址只挖掘出砌高的磚座，據此推測馬桶座可能是木製的，所以沒能保

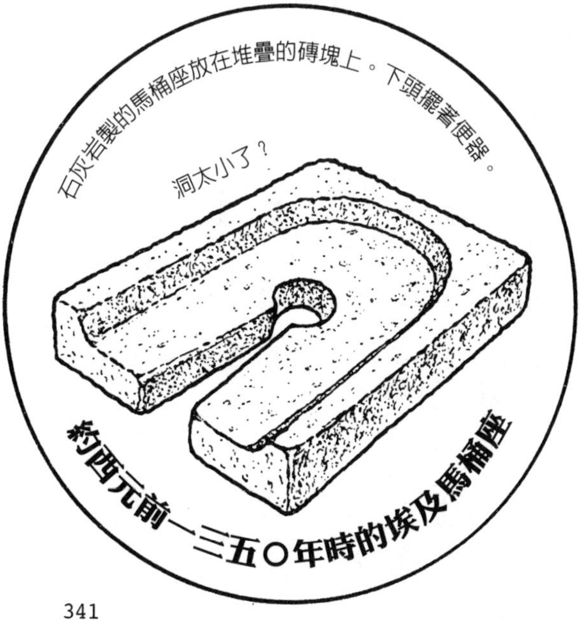
石灰岩製的馬桶座放在堆疊的磚塊上。下頭擺著便器。
洞太小了？
約西元前一三五〇年時的埃及馬桶座

存下來。也許早在遠古時代就已經有「要用觸感舒服的木頭做馬桶座才好」的想法。即使在同個時代，對馬桶座的材質也各有所好，發現這點真是蠻讓人高興的。

可是，石製馬桶座的鑰匙孔形洞穴也未免太小了吧。再大點比較方便吧？我又開始東想西想了。難道是古代埃及人和我不一樣、行為舉止都很中規中矩？

古羅馬帝國的沖洗式馬桶則令人嘆服。從龐貝城遺跡的住宅復原模型可以看出系統設計完善，又注重使用的便利性，不禁令人擊掌叫好。

在古羅馬都市裡的中央廣場、劇場、公共浴場等公共場所中，設有利用上下水道的沖水式公共廁所。西元三一五年戴克里先大帝(Diocletianus)在位時的羅馬有一百四十四處公共廁所，大部分都是沖水式的，夠嚇人吧！

人們坐在公共廁所裡挖了洞的長椅上，邊和鄰座的人聊天邊慢慢出恭。而完事後以海綿擦拭屁股的方法聽起來合情入理，而且應該很舒服。

但是，進化到這種地步的廁所，在歐洲突然間消失了。隨之而來的是糞尿四溢的地獄時代。

主要原因在日耳曼民族入侵歐洲，西元四七六年羅馬帝國滅亡。日耳曼民族與建造都市定居其中、擁有都市文明的羅馬人不同，他們是一邊畜牧或耕種、一邊移動，因此不覺得需要建造具功能性的廁所，大地就是他們的廁所。

民族大遷移結束之後，進入以基督教秩序為依歸的中世紀，但對於糞尿的處理方式卻毫無改善，反而認為「忍耐肉體上的痛苦即是善、舒適地過日子即是惡」——這種今人完全無法理解的宗教思想支配了整個歐洲。

也正因為有這種思想，廁所文化停滯不前。西洋史裡稱中世紀為「黑暗時代」，衛生史上則稱為「不潔時代」。

眾所周知，當時人總是把自家糞尿從窗子往街上傾倒；這種慘狀由中世紀至文藝復興時期、乃至十八世紀都一直上演著。甚至還傳說當時的凡爾賽宮連間廁所都沒有。不過這種說法是錯誤的，凡爾賽宮的確有廁所。

古羅馬帝國沖洗式廁所

（約西元前五百年就已有這樣的廁所。）

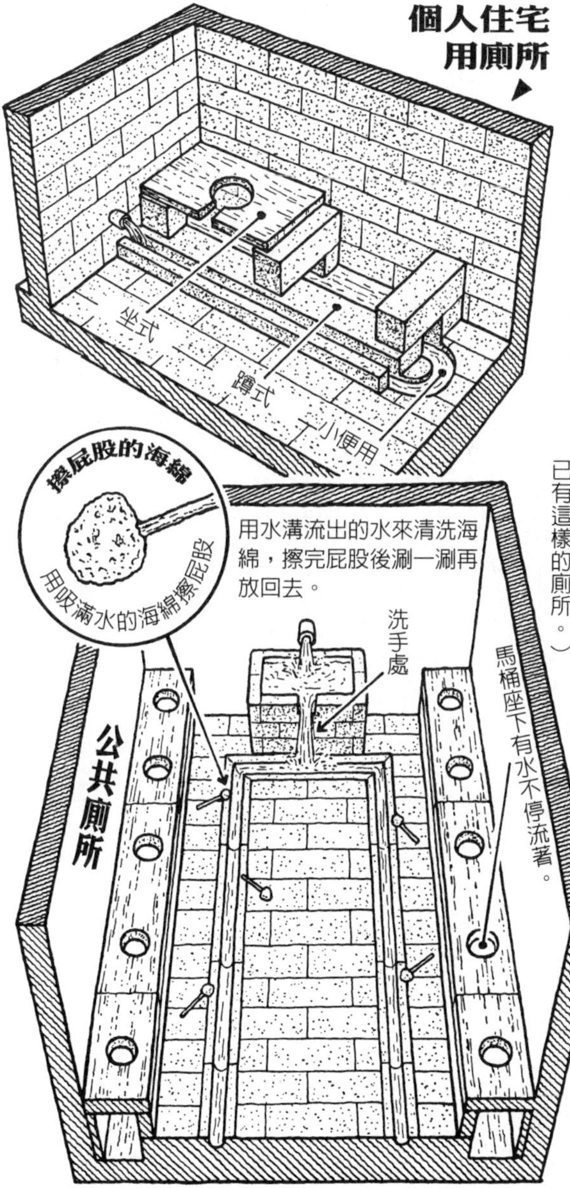
個人住宅用廁所
坐式
蹲式
小便用
擦屁股的海綿
用吸滿水的海綿擦屁股
用水溝流出的水來清洗海綿，擦完屁股後涮一涮再放回去。
洗手處
馬桶座下有水不停流著。
公共廁所

十三世紀英格蘭城堡中的廁所

中世紀的歐洲很少有像樣的廁所，處理糞尿更是馬馬虎虎。這種如此具規模的廁所真可說是例外中的例外。三層樓的構造也很少見。

各樓層的排泄物積儲於最下面的糞池裡，然後定期清除。

凡爾賽宮的沖洗式廁所（十八世紀初）

宮殿裡約有二十間設置大理石馬桶座的沖洗式廁所。路易十五曾坐在這種「英國式椅子」上。之所以稱「英國式椅子」，乃因沖洗式馬桶的發明者為英國的哈林頓（John Harrington）。

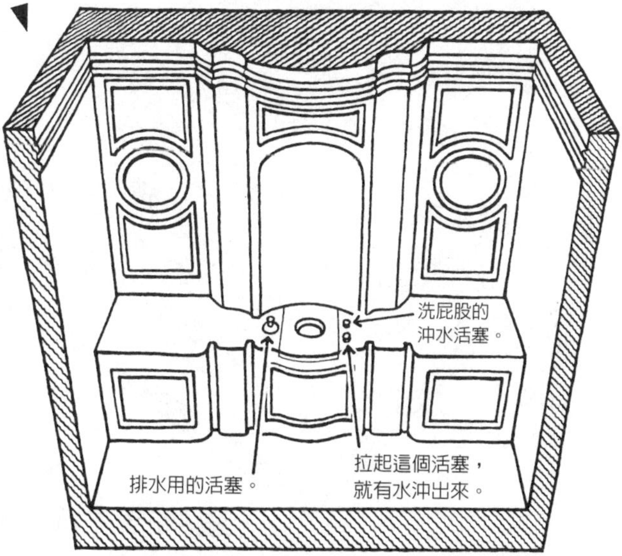
洗屁股的沖水活塞。
排水用的活塞。
拉起這個活塞，就有水沖出來。

法國大革命時已被破壞，很可惜沒留下實物。

中國・廣東地區的坐式公共廁所（二十世紀）

是用廁所旁邊的樹葉來擦屁股嗎……？

並非所有公共廁都像這樣有瓦頂、靠背。地域遼闊的中國有各式各樣的廁所，一般來說都沒有隔間。有些鄉下地方就直接在糞坑上搭塊板子，形式非常簡單。

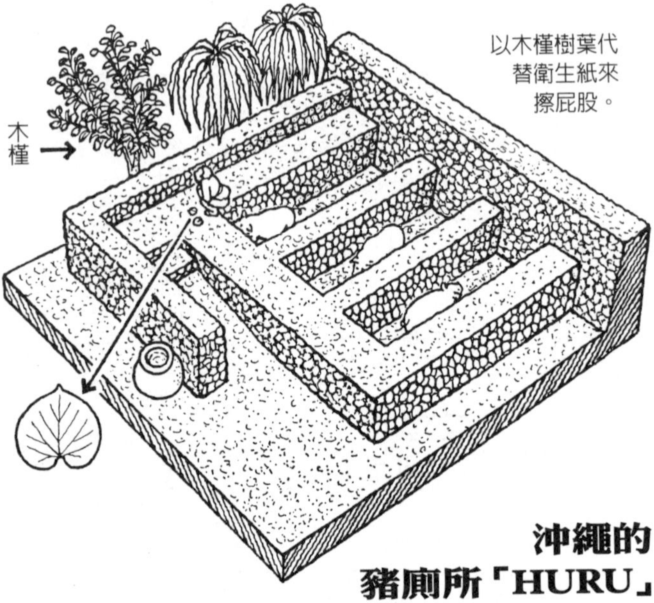

沖繩的豬廁所「HURU」

「豬廁所」是從中國大陸傳到台灣及沖繩的。在沖繩，視地區不同，有「Huru」「Huruyaa」「Hurumaa」等稱法。「Huru」即「風呂」（洗澡間）之意，是四周以牆壁圍住的建築形式的總稱。這種石造的堅固「Huru」為沖繩的特色，惟戰後已漸消失。

不但有，而且一般庶民家中的廁所簡直沒得比，凡爾賽宮裡的可是技術最先進的沖洗式馬桶。

據說是路易十五覺得宮裡實在太髒，因此才整修內部、興建這種廁所。不過只有二十間，僅提供帝王后妃使用。

由英國人發明、在法國開始實際使用的抽水馬桶，竟然歷經兩百年的歲月才普及至一般大眾。

大田區立鄉土博物館的展覽介紹了廁所發展至今的種種階段，可惜無法在此詳列說明。或許有人想前往參觀，但遺憾的是展覽已經結束了。

所幸西岡館長說：

「如果有人很想看『廁所變遷史模型』，我們也可以從庫房裡拿出來。因為有人對這題目感興趣，我也很開心啊。」

意者請洽該館學藝員清水久男先生，應該

會有親切接待（電話03-777-1070）。

告辭之際，西岡館長所說的話至今仍留在耳邊，追記於下。

「日本人的每日衛生紙使用量，平均是男性三．五公尺、女性十二公尺。換算起來，一天的用量可繞地球赤道十圈還有剩。其實世界上只有三分之一的人口用衛生紙，其他三分之二的人不用紙。紙張也關係著森林採伐問題。在思考地球資源的問題時，不必以全球的觀點來考量，從自己每天的衛生紙用量注意起就可以。這也包括不要浪費水。重要的是，即使只是多想一點點也行，大家都應該對此加以關心。因為這是討論今後的廁所文化時無可避免的重要課題呢。」

註：泰爾．阿馬爾納（Tell el-Amarna）又名阿爾馬納圓丘，是位於尼羅河東岸、開羅南方三百公里的埃及古城阿赫塔頓廢墟（Akhetaton）的現代稱呼。

妹尾河童篇

這回是《廁所大不同》的最終篇。

說來這個連載真是令我心有餘悸。打電話給想採訪的對象時總會忐忑不安。即使是平日很親近的友人也一樣。我總是先深呼吸一番，接著緊張地拿起話筒，就算到後來也沒改善，有時甚至會吃螺絲。也許因為如此，這一年來白髮急速增加。

「嗯……，突然打電話給您真是抱歉。雖然很唐突，但，請問能否讓我去參觀府上的廁所？」

我總是劈哩啪啦一口氣把話講清楚。講些冠冕堂皇的理由反而難為情，再加上從對方有所反應的瞬間起，「窺看」就開始了。

近來廁所大多相當明亮，不像往昔又髒又臭、見不得人。話雖如此，但也還不是能毫不在意讓人參觀的地方。來訪的客人因生理需求借用，自然會說「請便請便」，但突然有人開口要求「廁所讓我參觀一下」，這就……。

其實，我也被好幾個人拒絕過。

「什麼！這個實在……。如果是別的企劃的話……。幫不上忙，真對不起。」

每次人家這麼一說，我總會覺得是打這通電話的我該道歉。反正只要人家對此稍有排斥之心，我一定不再多說。

「有哪些人拒絕呢？」

常有人問我這個問題，但我口風緊得很，從不透露半句。只有一個人例外，那就是井

56

上廈先生。

曾在週刊連載的《工作大不同》裡首先登場的井上久先生這次就不願意。

他本人說：「連我拒絕的理由也可以寫出來。」因此就記下他的話。

「對我而言，書齋是個工廠般的生產場所……。但廁所是本能地不想讓人看的地方。請見諒！」

但是，前面也寫過，田邊聖子和吉行淳之介、村松友視諸位的想法就完全相反。

「若要窺看書齋也許會拒絕。被人看到並排成列的書籍等等，好像生理部分被窺看到了一般。廁所的話倒覺得蠻有趣的，所以OK。」

一樣是作家，每個人想法還是各有不同。不過井上先生拒絕的理由聽了也很能理解。

「廁所是我唯一的隱密場所。例如寫不出東西、有種被追逼的感覺時，若想逃避就會把自己關進廁所。躲在那裡我才能放鬆。那裡若被窺看，河童先生畫的俯瞰圖又那麼詳盡，這不等於向全國公開我的藏身之地嗎？這麼一來，以後我就沒有一個能安心躲藏的地方了。把廁所當成藏身之所是小時候養成的習慣。住在仙台的孤兒院時，也是一遇到什麼事就會躲進廁所……。」

他說，他拿到糖果時，怕被人發現，就和弟弟兩人躲進廁所裡分著吃。和現在不一樣，當時的廁所應該是臭氣衝天。但是在孤兒院裡，唯一能讓他安心、能讓兩兄弟獨處的地方，就只有廁所。

聽了這些話，整個兒心都揪在一起了。我想絕對不能去侵犯井上先生的聖地。

讓我窺看廁所的人也是各式各樣，也有人和我談條件的。

「光去看別人廁所自己的卻不給人家看，這不公平。最後一次請公開自家廁所。」

好幾個人這麼說。因此，最終篇只好來個「河童窺看河童的廁所」。

但是，這回的感覺跟先前的都不一樣，很微妙。去窺看熟得不能再熟的自家廁所，這種行為不是很怪嗎？因為所謂的「窺看」，原是「從隙縫看。窺探。從部分開始一點一點學習」呀。

不過約定就是約定，也算是種義務，所以一定得忍耐。邊量尺寸心裡邊想：「各位可真是讓我看到了不少啊。」

其實，對於讓我窺看的人，為表達謝意，我總會在每次的插圖裡暗藏一些東西。這只有被窺看的人才了解，無非是想博取他們一笑……。

「把河童先生的插圖拿到廁所比較，沒想到連磁磚的數目、牙刷有幾把都完全相符，全家人看得哈哈大笑。這是外人無法明白的樂趣吧！」

聽到這種話，好像對方也同樂了一番，感覺鬆了口氣。

當初我就認為，答應這個「窺看廁所」企劃的人通常不會講什麼應酬話，而會真心地把自己的執著或人生觀坦承以告。若能透過廁所把此人不為人知的一面勾勒出來，那就很棒了。

就這樣，五十多位好心人協助我、花費一年的時間，把這幅有點特殊的「眾生相」給完成了。

我在這回當然也非來點告白不可，卻不是什麼大不了的事。

不過，倒讓我想起自己好像從小就對糞便很感興趣。

小學三年級的時候被取了個外號「吃大便的」，真氣死了。我生於神户長於神户，那是個可以上午到山裡、下午到海邊玩的環境。有一天，我跑到後山去大便。和往常一

河童家的廁所

被我窺看的四十九家中有二十家裝設溫水洗淨式馬桶。高達百分之四十點八……！超乎想像。很多人都說：「還沒使用以前——用溫水噴屁股？總有種排斥感……。使用後才覺得很舒服呢。」《廁所大不同》連載結束時，我家也重新整修廁所，裝上了溫水洗淨式馬桶。

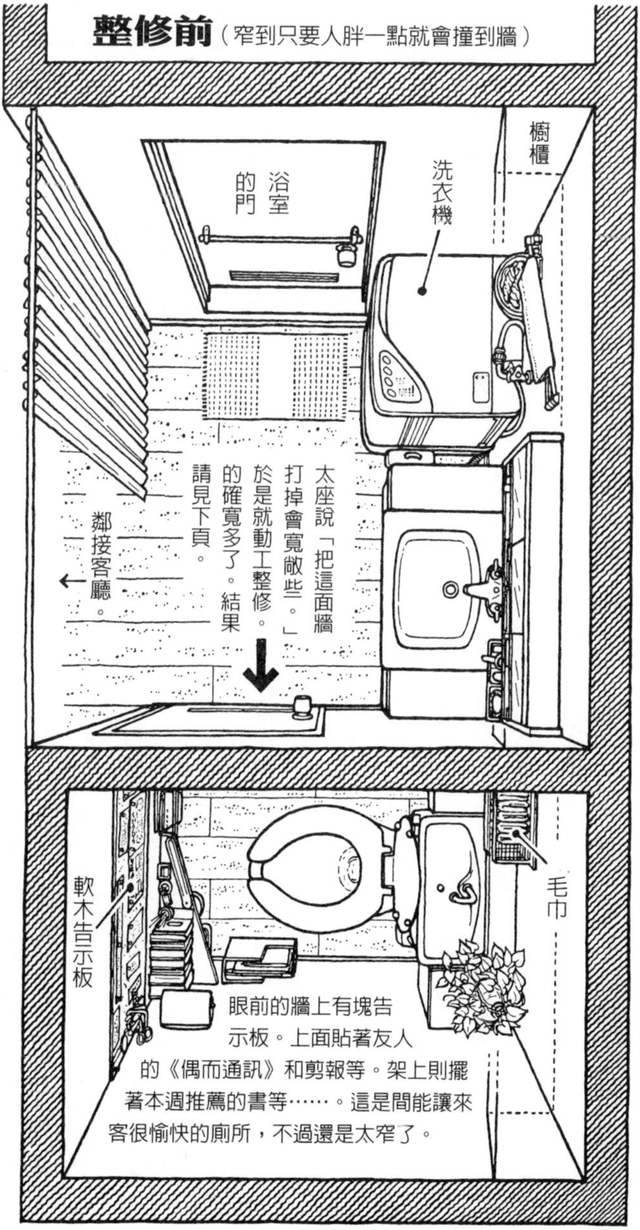

整修前（窄到只要人胖一點就會撞到牆）
櫥櫃
洗衣機
浴室的門
太座說「把這面牆打掉會寬敞些。」於是就動工整修。結果的確寬多了。請見下頁。
鄰接客廳。
毛巾
軟木告示板
眼前的牆上有塊告示板。上面貼著友人的《偶而通訊》和剪報等。架上則擺著本週推薦的書等……。這是間能讓來客很愉快的廁所，不過還是太窄了。

一根火柴就能除臭。

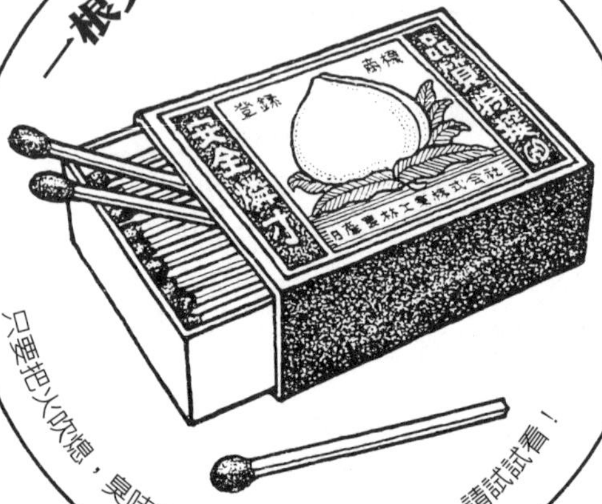

只要把火吹熄，臭味就會消失，簡直不可思議。請試試看！

我在廁所最講究的是如何讓火柴順利冒煙。燒得太猛煙量就少。如何兩者兼顧有很大的樂趣。效果絕佳。真的。

樣，我用樹葉擦好屁股，瞧瞧大便，看到有顆完整的豆子混在裡頭。「會不會就在這兒發芽呀？」我邊想邊看，還把它攪一攪。沒想到這時背後傳來聲響，回頭一看，原來是三個調皮的朋友正鬼鬼祟祟地笑著看我。然後，「看到了哦。看到你吃大便了。」我很慌張地喊：「我只是看而已啦！」隔天到學校，大家都躲著我，還大喊：「吃大便的！吃大便的！」好悲哀。

同樣是三年級時，我想人的大便難道不能是紅色的嗎？於是跑到田裡偷了一顆西瓜，自己一人把它全部解決掉。之後肚子絞痛不已，果然成功拉出帶紅色的大便。只是有點遺憾，不是鮮紅色的。

四年級時，覺得鳥糞是白色的真是不可思議。於是就到動物園去調查各種動物糞便的顏色。

五年級時，到山裡去露營，因為想知道吃

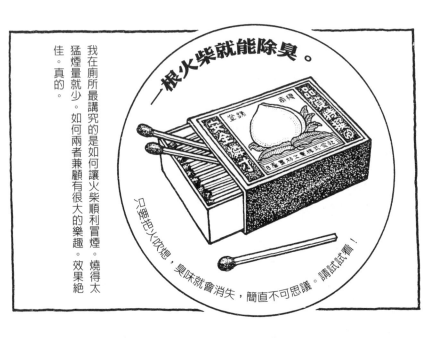

很多人認為，我家的設計圖一定是出自身為「舞台美術設計家」的我之手。其實完全錯了。我家的設計一切由風間茂子（太座大人）全權負責。「交由家庭生活的專業人士處理一定既合理又絕不出錯。」我說了這些就逃了。

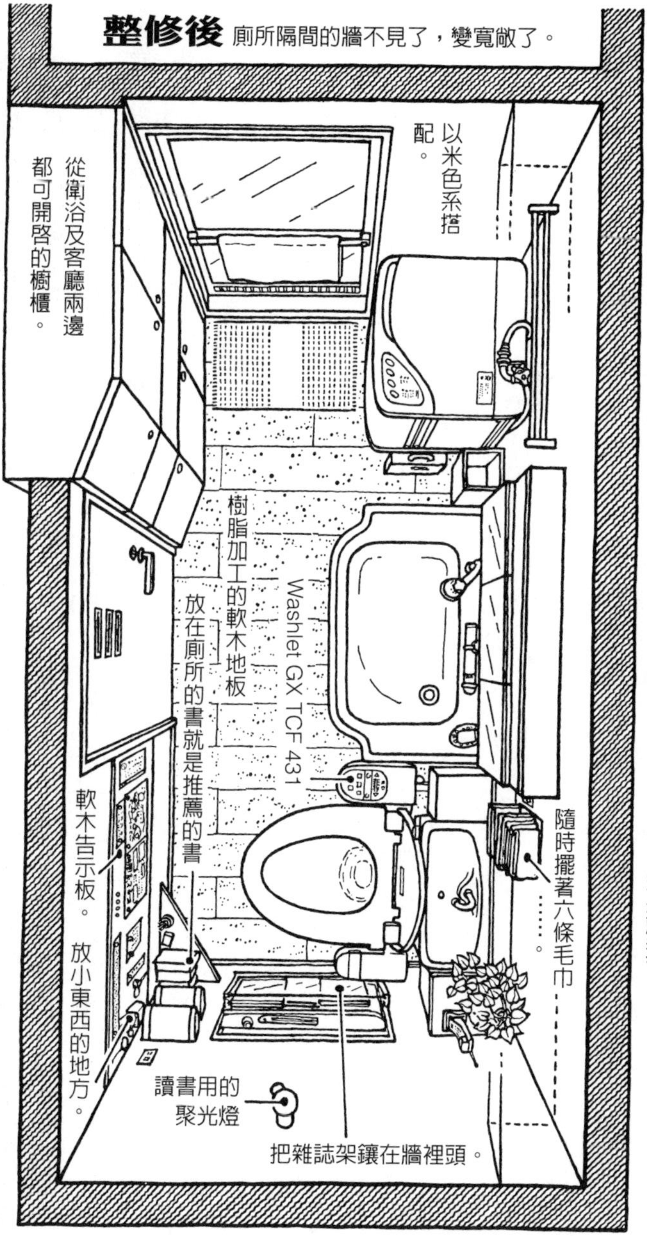
整修後 廁所隔間的牆不見了，變寬敞了。
以米色系搭配。
從衛浴及客廳兩邊都可開啓的櫥櫃。
Washlet GX TCF 431
樹脂加工的軟木地板
放在廁所的書就是推薦的書
隨時擺著六條毛巾。
軟木告示板。
放小東西的地方。
讀書用的聚光燈
把雜誌架鑲在牆裡頭。

雖然比整修前寬敞許多，但與牆壁的距離卻毫無改變，所以我家有名的告示板及廁所小東西（眼鏡、各種筆記用具、剪報用剪刀）等仍擺在那裡。我家雖然隨著時代潮流改裝溫水洗淨式馬桶，但環境和以前一樣，來客應該還是可以安心久留。

同樣食物的人的糞便形狀和顏色是否會有差別，於是強迫同學讓我看，結果被打小報告，挨老師一頓痛罵。

《廁所大不同》大概也源自於小時候愛窺看的因子吧！這麼說來，無怪乎我得承受五十人的起而攻之……。

雖然我已屆花甲之年，感覺總還像個小蘿蔔頭一樣，毫無成長。然而，此次的連載讓我在頭髮急速變白之間學到許多。

真的非常感謝大家！

概念 moving 旅人

廁所大不同

作者——妹尾河童
譯者——林皎碧・蔡明玲

◆

主編——黃秀慧
責任編輯——吳倩怡
美術編輯——吉松薛爾

◆

發行人——王榮文
出版發行——遠流出版事業股份有限公司

100台北市南昌路二段八十一號六樓
電話——(02)2392-6899
傳眞——(02)2392-6658
郵政劃撥——0189456-1

◆

法律顧問——董安丹律師
著作權顧問——蕭雄淋律師

◆

2002年12月1日——初版一刷
2012年11月1日——二版一刷

日本國文藝春秋正式授權作品・中文台灣版
行政院新聞局局版台業字第1295號
定價——350元
缺頁或破損的書，請寄回更換

ISBN 978-957-32-7078-2

YLib.com 遠流博識網

遠流博識網
http://www.ylib.com
e-mail:ylib@ylib.com

國家圖書館出版品預行編目（CIP）資料

廁所大不同／妹尾河童著；林皎碧，蔡明玲譯. --二版. --臺北市：遠流，2012.11
面；　公分.（moving概念旅人）
ISBN 978-957-32-7078-2（平裝）

861.67　　101019927

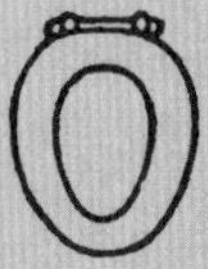